# 中国历代名媛作品选辑

赵温甫 编

巴蜀书社

图书在版编目（CIP）数据

中国历代名媛作品选辑/赵温甫编. —成都：巴蜀书社，2021.1
ISBN 978-7-5531-1335-7

Ⅰ.①中… Ⅱ.①赵… Ⅲ.①中国文学－古典文学－作品综合集 Ⅳ.①I212.01

中国版本图书馆 CIP 数据核字（2020）第 127121 号

## 中国历代名媛作品选辑
ZHONGGUO LIDAI MINGYUAN ZUOPIN XUANJI

赵温甫 编

| | |
|---|---|
| 责任编辑 | 童际鹏 |
| 封面设计 | 周　明 |
| 出　　版 | 巴蜀书社 |
| | 成都市槐树街 2 号　邮编 610031 |
| | 总编室电话：（028）86259397 |
| 网　　址 | www.bsbook.com |
| 发　　行 | 巴蜀书社 |
| | 发行科电话：（028）86259422　86259423 |
| 经　　销 | 新华书店 |
| 照　　排 | 成都完美科技有限责任公司 |
| 印　　刷 | 成都蜀通印务有限责任公司 |
| 版　　次 | 2021 年 1 月第 1 版 |
| 印　　次 | 2021 年 1 月第 1 次印刷 |
| 成品尺寸 | 240mm×170mm |
| 印　　张 | 25.75 |
| 字　　数 | 350 千字 |
| 书　　号 | ISBN 978-7-5531-1335-7 |
| 定　　价 | 98.00 元 |

本书如有印装质量问题，请与发行科调换

摄于1946年

摄于1990年

## 赵温甫

赵温甫(1907－1993),字代暄,四川广安人。1933年毕业于四川大学文学系。1949年前在重庆市从事教育工作。1952年响应号召赴边远地区支教,分配在四川省会理县第一中学任语文教师。1978年受会理师范学校之聘,讲授语文专业班古典文学课。1983年始着手本书编纂工作。

# 自 序

余碌碌一生，每自惭无成。1983年秋旅游京师，得晤睽违四十年之老友胡君德润于钢院，故人情深，一再以献余热相勖勉，词意恳挚，令人振奋。自念伏枥老骥，尚思奋蹄；垂死春蚕，犹吐余丝。况乎叹老嗟卑，非志士之用心；自强不息，乃君子之所尚①。余虽年届耄耋，又安能饱食终日，或徒为无益之事，以遣有涯之生耶②？于是决然以选辑历代妇女文学作品一书自砺，既答良友之鞭策，又娱桑榆之晚景。返川以后，即着手于有关资料之搜求，而会理僻远小邑，文献奇缺，发愿虽宏，收获甚微。1984年孟春赴昆明，仲夏趋成都。1985年5月，再莅首都。两年以来，先后出入于昆、蓉、京各图书馆中，查阅选钞，虽祁寒盛暑，未曾或辍。涉猎渐多，乃知古代巾帼之中，实不乏灵秀杰出之才。所谓"琢玉镂金，剪霞裁雪。吐凤唾珠，辉煌竹册"③ "非以忠贞表悫，则以节义摅衷"④ "文固铮铮，品亦姣丽"⑤，诚非虚誉。然而湮没于浩如烟海之古籍中，长期不为世人所知者，为数极多，殊堪惋惜！王充有云："夫知今不知古，谓之盲瞽。"⑥余虽不敏，阐幽发微，不仅仅为闺媛扬眉吐气，延其芳馨，又能使生逢明时盛世之灵秀英彦览之更亦自奋焉！

**注释**

① 《易经》："天行健，君子以自强不息。"
② 清项莲生《忆云词》自序："不为无益之事，何以遣有涯之生。"
③④⑤均引自明赵世杰《古今女史》序文。
⑥见《论衡·谢短篇》。

1986年6月广安赵代暄温甫于成都

• 前言•

# 前　言

　　《诗经》是我国古代最早的一部诗歌总集，现存三百零五篇中，实不乏妇女之作。朱熹《诗集传序》云："凡诗之所谓风者，多出于里巷歌谣之作，所谓男女相与咏歌，各言其情者也。"清人潘奕隽在其《吴中女子诗钞序》中说："《周南》十一篇，女子之诗居其八。《召南》十八篇，女子之诗居其十二。下至《泉水》之卫女、《柏舟》之共姜、《载驰》之许穆夫人，其诗皆见采于孔门，列于雅颂。"比之朱说，则更为具体。近人余冠英先生在《诗经选译》的题解中，更明确地肯定了《卷耳》《摽有梅》《谷风》《简兮》《柏舟》《氓》《伯兮》《君子于役》《将仲子》《子衿》《蹇裳》《葛生》《晨风》《隰桑》等十四篇，皆妇女之作。并且他通过研究，指出《卷耳》是女子怀念征夫的诗、《氓》是弃妇的诗；《将仲子》写男女私情，人言可畏，女劝男勿逾越墙垣；《隰桑》是一个女子的爱情自白……一反旧说，赋予新意。由此可见，我国古代妇女远在二千五百多年前，就为我们写下了光辉灿烂、坦率真挚的不朽诗篇，这是留给我们的极其宝贵的文学遗产。唯以年代渺远，除许穆夫人有事迹可考外（据魏沅《古诗微》的研究，认为《泉水》《竹竿》，可能也是许姬所作），其余则连姓氏也早已湮没无闻。本辑以许穆夫人之《载驰》冠诸卷首，除了因她的事迹比较清楚而外，还因为她是我国文学史上的第一位爱国的女诗人。

　　自春秋战国迄于清末，在这两千余年的历史长河中，我们的先辈给我们留下了浩如烟海、辉煌灿烂的文学遗产。其中妇女创作的诗、词、曲、文及戏剧、小说、弹词等各种形式的文学作品，无不齐备，而尤以诗词为多。当然，比之男性之作，就数量而言，不及百一；就质量而论，除少数人足使须眉俯首、自叹弗及外，亦多有逊色。但这是由于长期的封建社会制度，给予妇女以种种桎梏、无情的摧残和压迫，扼杀了她们的聪明才智，应该给予深刻的同情，而不能以其思想境界多局限于花前月下、刻红描翠、依依惜别、凄然泪零、频数归舟、魂销肠断，便有所卑视。其实，她们的作品，大都是出于情之不能自已，并不尽是无病的呻吟。至于误落风尘，堕入青楼，其作品则往往是血泪写成，令人不能卒读。如明妓白欢的绝命词："自伤微贱倡家苦，踯躅不如阶下土。忍心托身事贵人，贵人难

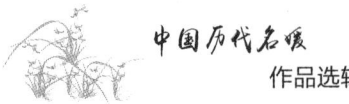

事如驯虎。朝来欢笑掌中珍，日来旁午如路人。白衣苍狗日万状，惨毒酷烈何酸辛……"我们能不一洒同情之泪？又每当民族矛盾十分尖锐，给中土带来深重灾难时，在妇女作品中，也出现了不少有爱国主义思想的可贵篇章。选辑特别珍视这些作品，或录昔人评论，或加辑者按语，在此不一一介绍。

叶恭绰先生所辑《全清词钞》，入选的女词人即达五百二十三人之多。胡文楷先生所著《历代妇女著作考》的自序说："清代妇人之集，超轶前代，数逾三千。"又说："自汉魏以迄近代，凡得四千余家。"这些数字说明了我国古代妇女在文学创作方面的贡献是不小的，是不应该被忽视的，其功绩也是不可磨灭的。可是中华人民共和国成立以来，尚无一部中国妇女文学史问世。1949年前，梓潼谢无量著有《中国妇女文学史》一册，断代于明，且嫌简略。继又有梁乙真女士著《清代妇女文学史》一册，以补谢书之不足。惜均未及修订重版。游国恩先生主编的作为高等学校文科教材的《中国文学史》，先后印行五十余万册，影响极大，然而所论及的妇女作家，仅有蔡琰、李清照、秋瑾三人。郑振铎先生《插图本中国文学史》，较多地涉及一些妇女作家，特别是对沉沦于社会最底层的妓女之能诗文者，以十分同情的态度，选录了她们的作品，但毕竟寥寥无几，不足以反映各个时代妓女生涯的悲惨情况。本辑较多地选录了她们的作品，这绝非单纯地出于怜香惜玉之心，而是意图使读者通过今昔对比，从而对新社会更加热爱，更加努力学习，更好地做好本职工作，为"四化"建设做出更大的贡献。

这本选辑，从先秦许穆夫人至清末吴芝瑛女士，计收诗四百八十二首，入选作者三百零九人。从隋侯夫人至清末徐自华女士，计收词二百三十一首，入选作者一百四十三人。元、明、清三代的散曲、弹词作者共十五人。从汉文帝时缇萦《为父上书》，到民初王燦芝（秋瑾女）为《清代妇女文学史》写序，计收文八十篇，入选作者七十七人。这些文章，包括书、谏、赋、颂、铭、哀吊、赞、表、疏、记、诏、序跋、墓表等文。以上以人计，共五百余人。这其中应除去重复七十人左右，犹有四百七十余人，似乎洋洋大观矣，如以胡文楷"自汉魏以迄近代，凡得四千余家"（当然，其中不少著作，有目无书，早已失传）较之，则遗漏犹多。这是由于辑者见闻不广，学识疏漏所致，深惭未能臻于完备之境。

本选辑重视作者生平，小传力求详备，以其有助于理解作品，但也有很简略的，甚至连姓名也已湮没的。如某某妻、江阴女子、淮上女、平江妓等等。这其中除本已无从查考者外，恐也有由于搜罗不周所造成的，希读者谅之。

选辑编排次序，按诗、词、曲、文，各依时代先后。但在同一时代的作者，由于许多人的生卒年限无从查考，以至于先后颠倒者，谅不乏人。至于宋代诗、词，首李清照，次朱淑真，则是有意如是安排。还有生逢交替之际，如宋末元初，明末清初的作者，概依以往文献。

关于秋瑾的较多，这是因为"秋瑾不仅为民族解放运动，并为妇女解放运动，树立了一个先觉者的典型"，"秋瑾是值得我们作进一步研究的"（郭沫若语），所以不厌其详。

选辑未选录小说、戏剧，这不是因为古代妇女没有这方面的创作（如明末阮丽珍的《燕子笺》、清初陈端生的《再生缘》，以及汪端的《元明佚史》等等），而是因为这些作品章回浩繁，不便选摘，只好付之阙如。

辑者恪遵颜之推"读天下书未遍，不得妄下雌黄"之训，未敢轻易加以注释。除有时引用古人、今人评论及研究成果外，如偶有"一得"之见，或注解、说明，则加"辑者按"以示区别，既避掠美之嫌，又明文责自负之义。但限于水平，按语必多纰缪。至于入选作品，由于涉及面广，时间有限，未遑通读深研，难免会遗其精华而取其糟粕。均望读者批评指正。

云南大学图书馆、昆明师范大学图书馆、云南省图书馆、四川省图书馆及其线装书特藏部、北京图书馆善本特藏部及柏林寺分馆的工作人员（特别是分馆的张彦忠同志），都给了我不少方便，谨在此致以衷诚的谢意！

赵湿南

1986年6月于成都

# 目 录

## 诗

### 先秦—隋

| | |
|---|---|
| **许穆夫人** …… 1 | **白头吟** …… 7 |
| 载驰 …… 1 | **刘细君** …… 7 |
| **次室女** …… 2 | 悲愁歌 …… 8 |
| 处女吟 …… 2 | **王昭君** …… 8 |
| **陶 婴** …… 2 | 昭君怨 …… 8 |
| 黄鹄曲 …… 3 | **班婕妤** …… 9 |
| **韩凭妻何氏** …… 3 | 怨歌行 …… 9 |
| 乌鹊歌 …… 3 | **赵飞燕** …… 9 |
| **勾践夫人** …… 3 | 归风送远操 …… 10 |
| 乌鸢歌 …… 4 | **苏伯玉妻** …… 10 |
| **紫 玉** …… 4 | 盘中诗 …… 10 |
| 紫玉歌 …… 4 | **窦玄妻** …… 11 |
| **虞 姬** …… 5 | 古怨歌 …… 11 |
| 和垓下歌 …… 5 | **徐 淑** …… 11 |
| **戚夫人** …… 5 | 答秦嘉 …… 11 |
| 戚夫人歌 …… 5 | **蔡 琰** …… 12 |
| **唐山夫人** …… 5 | 悲愤诗 …… 12 |
| 安世房中歌 …… 6 | 胡笳十八拍 …… 14 |
| **卓文君** …… 6 | **甄 氏** …… 14 |

1

| | |
|---|---|
| 塘上行 …… 14 | 谢　氏 …… 21 |
| 左　芬 …… 15 | 　赠王肃 …… 21 |
| 　啄木诗 …… 15 | 刘令娴 …… 21 |
| 　答兄感离诗 …… 16 | 　答外二首 …… 22 |
| 谢道韫 …… 16 | 　光宅寺 …… 22 |
| 　登　山 …… 16 | 刘大娘 …… 22 |
| 　拟嵇中散咏松 …… 16 | 　赠　夫 …… 23 |
| 绿　珠 …… 17 | 　和昭君怨 …… 23 |
| 　懊侬歌 …… 17 | 沈满愿 …… 23 |
| 翾　风 …… 17 | 　晨风行 …… 23 |
| 　怨　诗 …… 17 | 　登楼曲 …… 24 |
| 桃　叶 …… 18 | 　昭君叹二首 …… 24 |
| 　团扇歌 …… 18 | 乐昌公主 …… 24 |
| 王　宋（一作氏） …… 18 | 　饯别自解 …… 24 |
| 　杂诗二首 …… 18 | 大义公主 …… 25 |
| 鲍令晖 …… 19 | 　书屏风诗 …… 25 |
| 　寄行人 …… 19 | 侯夫人 …… 25 |
| 　古意寄今人 …… 19 | 　绝命辞 …… 25 |
| 　拟青青河畔草 …… 20 | 　自感三首 …… 26 |
| 　拟客从远方来 …… 20 | 　看梅二首 …… 26 |
| 　题书后寄行人 …… 20 | 秦玉鸾 …… 27 |
| 姚玉京 …… 21 | 　忆情人 …… 27 |
| 　赠孤燕 …… 21 | |

## 唐

| | |
|---|---|
| 文德皇后 …… 28 | 　从驾幸少林寺 …… 29 |
| 　游春曲 …… 28 | 徐贤妃 …… 29 |
| 则天皇后 …… 28 | 　进太宗 …… 29 |
| 　如意娘 …… 28 | 　长门怨 …… 29 |

| | | | |
|---|---|---|---|
| 上官昭容 | 30 | 古兴三首 | 36 |
| 　彩书怨 | 30 | 天宝宫人 | 37 |
| 杨贵妃 | 30 | 　又题洛苑梧叶上 | 37 |
| 　赠张云容舞 | 30 | 刘　媛 | 37 |
| 江　妃 | 30 | 　长门怨 | 37 |
| 　谢赐珍珠 | 31 | 葛鸦儿 | 37 |
| 宋若华 | 31 | 　怀良人 | 37 |
| 　嘲陆畅 | 31 | 张文姬 | 38 |
| 鲍君徽 | 31 | 　沙上鹭 | 38 |
| 　关山月 | 32 | 　双槿树 | 38 |
| 　惜春花 | 32 | 柳　氏 | 38 |
| 张　氏 | 32 | 　杨柳枝 | 38 |
| 　寄　夫 | 32 | 　附：章台柳（寄柳氏）　韩翃 | 39 |
| 崔莺莺 | 32 | 杜秋娘 | 39 |
| 　绝微之 | 33 | 　杜秋娘诗序 | 39 |
| 裴　淑 | 33 | 　金缕衣 | 39 |
| 　答微之 | 33 | 晁　采 | 40 |
| 赵　氏 | 33 | 　春日送夫之长安 | 40 |
| 　杂言寄杜羔 | 34 | 刘采春 | 40 |
| 张夫人 | 34 | 　啰唝曲 | 40 |
| 　拜新月 | 34 | 关盼盼 | 41 |
| 裴羽仙 | 34 | 　燕子楼诗 | 41 |
| 　寄夫征衣 | 34 | 　和白公诗 | 41 |
| 薛　媛 | 35 | 　附：白居易《赠盼盼绝句》 | 41 |
| 　写真寄外 | 35 | 王韫秀 | 42 |
| 元　淳 | 35 | 　同夫游秦 | 42 |
| 　寄洛中诸妹 | 35 | 　夫入相寄姨妹 | 42 |
| 杨容华 | 36 | 李季兰 | 42 |
| 　临镜晓妆 | 36 | 　湖上卧病喜陆鸿渐至 | 42 |
| 开元宫人 | 36 | 　送韩校书 | 43 |
| 　袍中诗 | 36 | 　送韩揆之江西 | 43 |
| 寇坦母赵氏 | 36 | 　恩命追入留别广陵故人 | 43 |

| | |
|---|---|
| 八至诗 …… 43 | 薛 媪 …… 51 |
| 薛 涛 …… 44 | 赠郑女郎 …… 51 |
| 题竹郎庙 …… 44 | 赠故人 …… 51 |
| 柳 絮 …… 44 | 崔 氏 …… 51 |
| 送友人 …… 45 | 述 怀 …… 51 |
| 春望词 …… 45 | 孙 氏 …… 52 |
| 鱼玄机 …… 45 | 闻 琴 …… 52 |
| 鱼玄机事略 …… 46 | 王霞卿 …… 52 |
| 游崇真观南楼睹新及第题名处 …… | 题唐安寺阁壁 …… 52 |
| …… 46 | 附：郑殷彝和诗 …… 52 |
| 秋 怨 …… 47 | 答郑殷彝 …… 53 |
| 江陵愁望寄子安 …… 47 | 窦梁宾 …… 53 |
| 赋得江边柳 …… 47 | 雨中看牡丹 …… 53 |
| 赠邻女 …… 47 | 程长文 …… 53 |
| 张 琰 …… 48 | 铜雀台怨 …… 53 |
| 铜雀台 …… 48 | 春闺怨 …… 53 |
| 春 词 …… 48 | 海 印 …… 54 |
| 梁 琼 …… 48 | 舟 夜 …… 54 |
| 铜雀台 …… 48 | 刘淑柔 …… 54 |
| 昭君怨 …… 48 | 中秋夜泊武昌 …… 54 |
| 郎大家宋氏 …… 49 | 徐月英 …… 54 |
| 宛转歌 …… 49 | 叙 怀 …… 54 |
| 刘 云 …… 49 | 武昌妓 …… 55 |
| 婕妤怨 …… 49 | 续韦蟾句 …… 55 |
| 周仲美 …… 49 | 姚月华 …… 55 |
| 书 壁 …… 49 | 制履赠杨达 …… 55 |
| 德宗宫人 …… 50 | 有期不至 …… 55 |
| 花叶诗 …… 50 | 怨诗寄杨达 …… 55 |
| 宣宗宫人 …… 50 | 魏 氏 …… 56 |
| 题红叶 …… 50 | 赠 外 …… 56 |
| 僖宗宫人 …… 50 | 赵鸾鸾 …… 56 |
| 金锁诗 …… 50 | 柳 眉 …… 56 |

## 前蜀　后蜀

**黄崇嘏** ············ 84
　献蜀相周庠 ············ 84
　辞蜀相妻女 ············ 84
**徐太妃** ············ 85
　题彭州阳平化 ············ 85
　题天回驿 ············ 85
**李舜弦** ············ 85
　随驾游青城 ············ 85

**钓鱼不得** ············ 86
**徐太后** ············ 86
　玄都观 ············ 86
　题金华宫 ············ 86
**花蕊夫人** ············ 86
　宫　词 ············ 87
　口占答宋祖 ············ 87

## 辽、金、元

**萧观音** ············ 88
　怀古诗 ············ 88
　绝命词 ············ 88
**元　氏** ············ 89
　补天花板诗 ············ 89
**管道升** ············ 89
　自题墨竹 ············ 89
　寄子昂君墨竹 ············ 90
　题画竹 ············ 90
　又一首 ············ 90
**管道杲** ············ 90
　跋仲姬墨竹诗 ············ 90
**程一宁** ············ 91
　其一 ············ 91

　其二 ············ 91
　其三 ············ 91
　其四 ············ 91
**郑允端** ············ 91
　罗敷曲 ············ 92
　吴人嫁女辞 ············ 92
**孙　淑** ············ 92
　五律一首 ············ 92
　五绝一首 ············ 93
　七绝二首 ············ 93
**薛兰英　薛蕙英** ············ 93
　苏台竹枝词 ············ 93
**曹妙清** ············ 94
　和苏台竹枝词 ············ 94

7

| | | | |
|---|---|---|---|
| 张妙净 | 94 | 和苏台竹枝词 | 94 |

## 明

| | | | |
|---|---|---|---|
| 郭贞顺 | 95 | 孟淑卿 | 102 |
|   上俞将军 | 95 |   春 归 | 102 |
| 陆 娟 | 95 | 端淑卿 | 102 |
|   代父送人之新安 | 96 |   隋 柳 | 103 |
| 杨文俪 | 96 |   写 闷 | 103 |
|   白门哭夫 | 96 | 陆卿子 | 103 |
|   少年行 | 96 |   赠毗陵安美人 | 103 |
| 顾若璞 | 96 |   短歌行 | 104 |
|   忆夫子 | 97 | 徐 媛 | 104 |
|   坐卧月轩 | 97 |   题垂柳 | 104 |
|   昭 君 | 97 | 薄少君 | 104 |
|   西园避暑 | 97 |   悼亡诗 | 105 |
|   拟李白寄远赠媚清夫人 | 98 | 黄 峨 | 105 |
| 黄幼藻 | 99 |   咏石榴 | 105 |
|   题明妃出塞图 | 99 |   寄 外 | 106 |
| 铁氏长女 | 99 |   寄 外 | 106 |
|   上父同官诗 | 99 |   莺 莺 | 107 |
| 铁氏次女 | 100 |   驻云飞 | 107 |
|   上父同官诗 | 100 |   凭阑人 | 108 |
| 朱妙端 | 100 | 桑贞白 | 108 |
|   吴山怀古 | 100 |   警 女 | 108 |
|   虞 姬 | 101 |   勉女歌 | 108 |
|   惜 春 | 101 | 屈安人 | 109 |
|   雨中写怀 | 101 |   送夫人觐 | 109 |
|   客中偶成 | 101 | 方维仪 | 109 |
|   春睡词 | 102 |   死别离 | 109 |

| | |
|---|---|
| 出　塞 …………………… 110 | 长相思寄幼于 …………… 118 |
| 旅夜闻寇 ………………… 110 | 中秋夜同黄吉甫坐月 …… 119 |
| **梁孟昭** ……………………… 110 | 临诀呈江幼新 …………… 119 |
| 题　画 …………………… 111 | **赵丽华** ……………………… 119 |
| **李　因** ……………………… 111 | 赋　别 …………………… 120 |
| 秋江晚泊和豫章李夫人韵 …… 111 | **林奴儿** ……………………… 120 |
| 长安秋日 ………………… 111 | 题画扇 …………………… 120 |
| 题莲鸭图 ………………… 112 | **薛素素** ……………………… 120 |
| **沈琼莲** ……………………… 112 | 史太学征伯见访 ………… 121 |
| 送弟溥试春官 …………… 112 | 别蔡幼嶷 ………………… 121 |
| **朱德蓉** ……………………… 113 | **景翩翩** ……………………… 121 |
| 虞　姬 …………………… 113 | 寄　远 …………………… 122 |
| **商景兰** ……………………… 113 | 桃叶歌 …………………… 122 |
| 悼　亡 …………………… 113 | 解　嘲 …………………… 122 |
| **沈宜修** ……………………… 113 | 怨辞二首 ………………… 123 |
| 哭长女昭齐 ……………… 114 | **梁小玉** ……………………… 123 |
| 立秋夜感怀 ……………… 114 | 立夏前一日 ……………… 123 |
| **叶纨纨** ……………………… 114 | 醉余吟 …………………… 123 |
| 暮春赴岭西道中 ………… 114 | **马守真** ……………………… 124 |
| **叶小纨** ……………………… 115 | 经旧苑吊马守真文 ……… 124 |
| 采莲歌三首 ……………… 115 | 秋日过吴门感旧 ………… 125 |
| **叶小鸾** ……………………… 115 | 秋闺曲 …………………… 125 |
| 春日送蕙绸姊 …………… 116 | **范桂蓉** ……………………… 125 |
| **会稽女子** …………………… 116 | 仲秋行 …………………… 126 |
| 怨词题壁 ………………… 116 | 秋夜怀饶上舍 …………… 126 |
| **刘静容** ……………………… 117 | **白　欢** ……………………… 126 |
| 和龙悔庵 ………………… 117 | 临终寄丘郎 ……………… 127 |
| **郑如英** ……………………… 117 | **许　氏** ……………………… 127 |
| 忆期莲生 ………………… 117 | 五绝一首 ………………… 127 |
| 芙蓉亭观雨怀郑逢奇 …… 118 | 新　月 …………………… 128 |
| **赵彩姬** ……………………… 118 | **沈氏女** ……………………… 128 |
| 送张幼于还吴门 ………… 118 | 咏春草 …………………… 128 |

| | | | |
|---|---|---|---|
| 马月娇 | 128 | 禅悟 | 129 |
| 　有感 | 128 | 金陵妓 | 129 |
| 徐惊鸿 | 129 | 　咏骰子 | 129 |

## 清

| | | | |
|---|---|---|---|
| 王倩 | 130 | 蚕妇吟 | 138 |
| 　论诗八章 | 130 | 柳枝词 | 138 |
| 江阴女子 | 130 | 题恽南田画册十绝句 | 138 |
| 　题城墙 | 130 | 林以宁 | 139 |
| 柳如是 | 131 | 　独夜吟 | 139 |
| 　春日我闻室作呈夫子 | 131 | 毕著 | 139 |
| 　次韵永兴寺看绿萼梅作 | 131 | 　村居 | 140 |
| 　奉和小岁日京口舟中之作 | 132 | 杨克恭 | 140 |
| 顾媚 | 132 | 　读《唐书·李白传》 | 140 |
| 　海月楼夜坐 | 133 | 王端淑 | 140 |
| 董白 | 133 | 　代外赠别毛大可 | 141 |
| 　绿窗偶成 | 133 | 王静淑 | 141 |
| 　书闷 | 134 | 　初夏同玉映妹游山 | 141 |
| 　附：吴梅村（伟业）题董白小像…… | | 　秋日庵居 | 141 |
| | 134 | 冯小青 | 142 |
| 黄媛介 | 134 | 　无题九首 | 142 |
| 　黄媛介传 | 134 | 　拟古 | 144 |
| 　和梅村题鸳湖闺咏四首 | 135 | 　寄夫人 | 144 |
| 　五绝二首 | 136 | 贺双卿 | 145 |
| 　题画 | 136 | 　柳絮 | 145 |
| 卞玉京 | 136 | 　秋荷 | 145 |
| 　题扇 | 137 | 李含章 | 145 |
| 顾春 | 137 | 　秋夜读韦诗 | 146 |
| 　被遣 | 137 | 耿夫人 | 146 |

寄子诗 …… 146
**范若梅** …… 146
秋斋四首 …… 147
夜　坐 …… 147
**彭氏** …… 147
雷家湾 …… 147
种桃柳 …… 148
惜香橙 …… 148
**恽珠** …… 148
题自画小幅 …… 148
癸丑七夕 …… 149
**吴宗爱** …… 149
忆　外 …… 149
**汪嫈** …… 150
论诗六首寄示徐玉卿 …… 150
**赵菼** …… 150
读淮阴侯传 …… 151
村店甚低戏示子启兄 …… 151
**曾懿** …… 151
浣花诗社歌 …… 151
**吴筠** …… 152
文丞相传后 …… 152
**裘凌仙** …… 153
钱塘观潮 …… 153
**储廷美** …… 153
原田闲步 …… 153
**邓瑜** …… 153
嘲菊 …… 154
**陈芸** …… 154
秦淮闻歌 …… 154
**梁德绳** …… 155
元夜书怀和孙碧梧女史韵 …… 155

**王瑶芳** …… 155
咏鹦鹉二首 …… 155
**陈蕴莲** …… 156
昭君 …… 156
**高氏** …… 156
雨花 …… 156
**孙诵昭** …… 156
弹琴 …… 156
**许韵兰** …… 157
冬夜同外闲话 …… 157
**谢宗蕴** …… 157
题外子画东坡游赤壁图 …… 157
**王采萍** …… 158
白荷花 …… 158
**张熙春** …… 158
闻雁 …… 158
**陈绚** …… 158
过田家 …… 159
**梁娴** …… 159
题画上红梅 …… 159
**任梦檀** …… 159
赠外 …… 159
**徐静安** …… 160
雨中泊采石矶欲登太白楼不果 …… 160
**张蔼云** …… 160
小青墓 …… 160
**席佩兰** …… 161
织女叹 …… 161
贺随园夫子八十寿诗原韵 …… 161
送外入都 …… 162
**袁素文** …… 162

| | |
|---|---|
| 镜 …………………… 162 | 廖云锦 …………………… 173 |
| 闻雁 …………………… 162 | 秋燕 …………………… 174 |
| 感怀 …………………… 163 | 钱琳 …………………… 174 |
| 女弟素文传 …………… 163 | 题画扇 ………………… 174 |
| 祭妹文 ………………… 164 | 陈淑兰 …………………… 174 |
| 袁云扶 …………………… 165 | 夏日书怀 ……………… 174 |
| 哭素文三姊 …………… 165 | 戴兰英 …………………… 175 |
| 袁绶 …………………… 166 | 悼亡 …………………… 175 |
| 春日偶成 ……………… 166 | 骆绮兰 …………………… 175 |
| 孙云凤 …………………… 166 | 绿萼梅 ………………… 175 |
| 媚香楼歌 ……………… 166 | 西湖杂咏 ……………… 175 |
| 巫峡道中 ……………… 168 | 王倩 …………………… 176 |
| 孙云鹤 …………………… 168 | 赠村女 ………………… 176 |
| 宝剑篇 ………………… 168 | 张滋兰 …………………… 176 |
| 送伯兄东归 …………… 169 | 春日 …………………… 176 |
| 沈蕊仙 …………………… 169 | 夏夜 …………………… 177 |
| 影 …………………… 169 | 上元夜 ………………… 177 |
| 晚坐一首 ……………… 169 | 张芬 …………………… 177 |
| 马仕骐 …………………… 170 | 村居秋感 ……………… 177 |
| 独坐 …………………… 170 | 咏卓文君 ……………… 177 |
| 侠客 …………………… 170 | 七夕咏 ………………… 177 |
| 落花 …………………… 171 | 陆英 …………………… 178 |
| 严蕊珠 …………………… 171 | 秋夜怀婉兮,清溪诸同学 …… 178 |
| 春日杂咏 ……………… 171 | 十愁诗 ………………… 178 |
| 夜观秋千戏 …………… 172 | 李嬿 …………………… 178 |
| 纨扇 …………………… 172 | 采莲曲同清溪作 ……… 178 |
| 金顺 …………………… 172 | 尤澹仙 …………………… 179 |
| 题管夫人画竹 ………… 172 | 读武侯传 ……………… 179 |
| 宋凌云 …………………… 172 | 耕 …………………… 179 |
| 偶成 …………………… 173 | 席蕙文 …………………… 179 |
| 金逸 …………………… 173 | 武侯祠 ………………… 179 |
| 偕竹士联句论诗 ……… 173 | 杜陵草堂 ……………… 180 |

12

| | |
|---|---|
| 朱宗淑 …… 180 | 岁暮杂咏 …… 186 |
|   渔　翁 …… 180 | 夜　坐 …… 187 |
|   残　荷 …… 180 | 岳　墓 …… 187 |
| 江　珠 …… 180 | 马士琪 …… 187 |
|   落花次王平泉韵 …… 181 |   独　坐 …… 187 |
| 沈持玉 …… 181 |   落　花 …… 188 |
|   病　起 …… 181 | 冯　氏 …… 188 |
| 沈　纕 …… 181 |   春日即事 …… 188 |
|   美人扑蝶图 …… 181 |   乱后归邛二首 …… 188 |
|   山　行 …… 181 | 杨雪娥 …… 188 |
|   书中干蝴蝶 …… 182 |   雪 …… 189 |
| 徐　灿 …… 182 | 高夫人 …… 189 |
|   送方太夫人西还 …… 182 |   新　月 …… 189 |
| 纪映淮 …… 182 | 巫　云 …… 189 |
|   秦淮竹枝词　秋柳 …… 183 |   咏白鹤翎菊 …… 189 |
| 吴　琪 …… 183 | 敬季苹 …… 190 |
|   送　别 …… 183 |   哭　母 …… 190 |
| 吴　绡 …… 183 | 李龙川 …… 190 |
|   咏　古 …… 183 |   寄　外 …… 190 |
| 范　姝 …… 183 | 李瀛洲 …… 190 |
|   闻蟋蟀有感 …… 184 |   对月有怀涛年二姊、龙川三姊 …… |
| 柴静仪 …… 184 |   …… 190 |
|   勖用济 …… 184 |   京华即事 …… 191 |
|   答林亚清 …… 184 | 彭舒英 …… 191 |
| 王　慧 …… 184 |   听蟋蟀 …… 191 |
|   移居茜里旧宅 …… 185 | 李季兰 …… 191 |
|   闺　词 …… 185 |   红梅和兄雨村韵 …… 191 |
| 吴永和 …… 185 | 张宜颛 …… 192 |
|   虞　姬 …… 185 |   咏　燕 …… 192 |
| 朱柔则 …… 186 | 刘　氏 …… 192 |
|   寄远曲 …… 186 |   避乱渠江 …… 192 |
| 归懋仪 …… 186 | 张瑶湘 …… 193 |

和古雪弟姒留别之作 …………… 193
**林佩环** ……………………………… 193
**陈慧珠** ……………………………… 193
　　漫兴五首和船山弟韵 …………… 194
**杨继端** ……………………………… 194
　　仗剑行 …………………………… 194
**梅　娘** ……………………………… 194
　　口占答外 ………………………… 195
**高浣花** ……………………………… 195
　　温　泉 …………………………… 195
　　漂母祠 …………………………… 195
**耿静如** ……………………………… 195
　　无　题 …………………………… 196
**陈瑞馨** ……………………………… 196
　　绝命词 …………………………… 196
**周湘兰** ……………………………… 196
　　子坚醉后郊游，践水失履，同人咸以
　　诗嘲，代占奉答 ………………… 197
**王　蓉** ……………………………… 197
　　山　行 …………………………… 197
**彭宝姑** ……………………………… 197
　　武侯祠 …………………………… 197
**宋蕙湘** ……………………………… 198
　　题邮壁 …………………………… 198
**王　筠** ……………………………… 198
　　题苏武牧羊图 …………………… 198
**程蕙英** ……………………………… 199
　　自题《凤双飞》弹词 …………… 199
　　自题《凤双飞》后寄杨香畹 …… 199
　　春日过汤氏园有感 ……………… 199

**金婉勤** ……………………………… 199
　　春日偶成小诗作咏 ……………… 200
　　春　山 …………………………… 200
　　春　水 …………………………… 200
　　春　风 …………………………… 200
　　春　晴 …………………………… 200
　　读史记杂咏 ……………………… 200
　　项　羽 …………………………… 200
　　李　广 …………………………… 200
　　菊　花 …………………………… 200
**庞纫芳** ……………………………… 201
　　紫藤花下分赋 …………………… 201
　　春词一首 ………………………… 201
**龙　隐** ……………………………… 201
　　闺　思 …………………………… 201
**俞　桂** ……………………………… 202
　　拟义山无题 ……………………… 202
**王兆淑** ……………………………… 202
　　和秋柳诗 ………………………… 202
**秋　瑾** ……………………………… 202
　　秋瑾传 …………………………… 203
　　对　酒 …………………………… 204
　　日人石井君索和即用原韵 ……… 204
　　柬徐寄尘二首 …………………… 204
　　秋风曲 …………………………… 204
　　感　愤 …………………………… 204
**吴芝瑛夫人** ………………………… 205
　　挽秋瑾女侠五律二首 …………… 205
　　哀山阴七律二首 ………………… 205
　　挽秋瑾女士联语并跋 …………… 206

# 词

| | |
|---|---|
| 侯夫人 …… 207 | 西江月 …… 214 |
| 　一点春 …… 207 | 卢　氏 …… 214 |
| 耿玉贞 …… 207 | 　凤栖梧 …… 214 |
| 　菩萨蛮 …… 207 | 琴　操 …… 215 |
| 陈金凤 …… 208 | 　满庭芳 …… 215 |
| 　渔歌子二首 …… 208 | 哑　女 …… 216 |
| 李清照 …… 208 | 　失调名 …… 216 |
| 　渔家傲 …… 208 | 美　奴 …… 216 |
| 　如梦令 …… 209 | 　卜算子 …… 216 |
| 　声声慢 …… 209 | 　如梦令 …… 217 |
| 　永遇乐 …… 209 | 慕容岩卿妻 …… 217 |
| 　醉花阴 …… 210 | 　浣溪沙 …… 217 |
| 　一剪梅 …… 210 | 幼　卿 …… 217 |
| 朱淑真 …… 211 | 　浪淘沙 …… 218 |
| 　菩萨蛮 …… 211 | 王莹卿 …… 218 |
| 　减字木兰花春怨 …… 211 | 　满庭芳 …… 218 |
| 　眼儿媚 …… 211 | 　一剪梅 …… 219 |
| 魏夫人 …… 211 | 窃杯女子 …… 219 |
| 　江城子 …… 212 | 　鹧鸪天 …… 219 |
| 　武陵春 …… 212 | 　念奴娇 …… 219 |
| 　菩萨蛮 …… 212 | 蒋兴祖女 …… 220 |
| 孙道绚 …… 212 | 　减字木兰花 …… 220 |
| 　南乡子 …… 213 | 谭意哥 …… 220 |
| 　风中柳 …… 213 | 　极相思令 …… 220 |
| 　滴滴金 …… 213 | 　长相思令 …… 221 |
| 　醉思仙 …… 213 | 李　氏 …… 221 |
| 越　娘 …… 214 | 　极相思 …… 221 |

15

| | |
|---|---|
| 乐　婉 …………………… 221 | 平江妓 …………………… 230 |
| 　卜算子 ………………… 221 | 　贺新郎 ………………… 230 |
| 徐君宝妻 ………………… 222 | 王清惠 …………………… 230 |
| 　满庭芳 ………………… 222 | 　满江红 ………………… 230 |
| 花仲胤妻 ………………… 222 | 金德淑 …………………… 231 |
| 　伊川令 ………………… 223 | 　望江南 ………………… 231 |
| 聂胜琼 …………………… 223 | 刘　氏 …………………… 231 |
| 　鹧鸪天 ………………… 223 | 　沁园春 ………………… 231 |
| 赵才卿 …………………… 224 | 陈彦章妻 ………………… 232 |
| 　燕归梁 ………………… 224 | 　沁园春 ………………… 232 |
| 刘　彤 …………………… 224 | 唐　婉 …………………… 232 |
| 　临江仙 ………………… 224 | 　钗头凤 ………………… 232 |
| 陆游妾 …………………… 225 | 郑文妻孙氏 ……………… 233 |
| 　卜算子 ………………… 225 | 　忆秦娥 ………………… 233 |
| 蜀中妓 …………………… 225 | 赵秋官妻 ………………… 233 |
| 　市桥柳 ………………… 225 | 　武陵春 ………………… 233 |
| 蜀　娟 …………………… 226 | 楚　娘 …………………… 233 |
| 　鹊桥仙 ………………… 226 | 　生查子 ………………… 234 |
| 严　蕊 …………………… 226 | 刘鼎臣妻 ………………… 234 |
| 　如梦令 ………………… 226 | 　鹧鸪天 ………………… 234 |
| 　鹊桥仙 ………………… 227 | 陈妙常 …………………… 234 |
| 　卜算子 ………………… 227 | 　太平时 ………………… 234 |
| 梅　娇 …………………… 227 | 吴淑姬 …………………… 235 |
| 　满庭芳 ………………… 227 | 　惜分飞 ………………… 235 |
| 易祓妻 …………………… 228 | 　祝英台近 ……………… 235 |
| 　一剪梅 ………………… 228 | 罗惜惜 …………………… 235 |
| 胡与可 …………………… 228 | 　卜算子 ………………… 235 |
| 　百字令 ………………… 229 | 王玉贞 …………………… 236 |
| 戴复古妻 ………………… 229 | 　玉楼春 ………………… 236 |
| 　怜薄命 ………………… 229 | 马琼琼 …………………… 236 |
| 淮上女 …………………… 229 | 　减字木兰花 …………… 236 |
| 　减字木兰花 …………… 230 | 张淑芳 …………………… 237 |

16

| | |
|---|---|
| 更漏子 …… 237 | 管道升 …… 244 |
| **赵文素** …… 237 | 渔歌子四首 …… 244 |
| 长相思 …… 237 | **刘燕哥** …… 245 |
| 附：吴观察答词 …… 237 | 太常引 …… 245 |
| **舒 氏** …… 237 | **萧淑兰** …… 245 |
| 点绛唇 …… 238 | 菩萨蛮 …… 245 |
| **鄱阳护戎女** …… 238 | **罗爱爱** …… 246 |
| 望海潮 …… 238 | 齐天乐 …… 247 |
| **尹词客** …… 238 | 齐天乐 …… 247 |
| 玉楼春 …… 239 | **陈凤仪** …… 248 |
| 西江月 …… 239 | 一络索 …… 248 |
| 念奴娇 …… 239 | **王 氏** …… 248 |
| **朱希真** …… 239 | 临江仙 …… 248 |
| 蝶恋花 …… 240 | **王 朗** …… 248 |
| 念奴娇 …… 240 | 浪淘沙 …… 249 |
| **王琼奴** …… 240 | **王娇鸾** …… 249 |
| 满庭芳 …… 240 | 如梦令 …… 249 |
| **王素音** …… 241 | **王凤娴** …… 249 |
| 减字木兰花 …… 241 | 临江仙 …… 250 |
| **飞 红** …… 241 | 长相思 …… 250 |
| 留春令 …… 241 | 浣溪沙 …… 250 |
| **贾云华** …… 241 | **张倩倩** …… 250 |
| 踏莎行 …… 242 | 蝶恋花 …… 251 |
| **紫 竹** …… 242 | 忆秦娥 …… 251 |
| 踏莎行 …… 242 | **叶宏缃** …… 251 |
| 生查子 …… 242 | 望江南 …… 251 |
| **盼 盼** …… 242 | **吴永汝** …… 251 |
| 惜春容 …… 243 | 如梦令 …… 252 |
| **僧 儿** …… 243 | **陈若兰** …… 252 |
| 满庭芳 …… 243 | 浪淘沙 …… 252 |
| **尹温仪** …… 243 | **沈宜修** …… 252 |
| 西江月 …… 244 | 忆王孙 …… 253 |

| | |
|---|---|
| 忆秦娥 …… 253 | 柳如是 …… 260 |
| 浣溪沙 …… 253 | 金明池 …… 261 |
| **叶纨纨** …… 253 | 踏莎行 …… 261 |
| 蝶恋花 …… 254 | **杨绛子** …… 261 |
| 水龙吟 …… 254 | 高阳台 …… 261 |
| **叶小纨** …… 254 | **项兰贞** …… 261 |
| 临江仙 …… 254 | 南唐浣溪沙 …… 262 |
| **叶小鸾** …… 255 | **陈沅** …… 262 |
| 水龙吟 …… 255 | 丑奴儿令 …… 262 |
| 浣溪沙 …… 255 | **顾春** …… 262 |
| 南歌子 …… 255 | 浪淘沙 …… 262 |
| **张红桥** …… 256 | 江城子 …… 263 |
| 念奴娇 …… 256 | 江城梅花引 …… 263 |
| 附:林鸿《大江东去》留别红桥 …… 256 | 霜叶飞 …… 263 |
| | 浪淘沙 …… 263 |
| 绝句 …… 256 | **胡莲** …… 264 |
| **顾若璞** …… 257 | 蝶恋花 …… 264 |
| 浣溪沙 …… 257 | **沙宛** …… 264 |
| 玉楼春 …… 257 | 醉花阴 …… 264 |
| **徐媛** …… 258 | **纪映淮** …… 264 |
| 渔家傲 …… 258 | 桃源忆故人 …… 265 |
| 烛影摇红 …… 258 | **顾之琼** …… 265 |
| **寇湄** …… 258 | 浣溪沙 …… 265 |
| 蝶恋花 …… 259 | **唐榛** …… 265 |
| **颜绣琴** …… 259 | 清平乐 …… 265 |
| 长相思 …… 259 | 浣溪沙 …… 266 |
| **朱中楣** …… 259 | **徐灿** …… 266 |
| 西江月 …… 259 | 少年游 …… 266 |
| **李因** …… 259 | 诉衷情 …… 266 |
| 菩萨蛮 …… 260 | 踏莎行 …… 267 |
| **郑妥(郑如英)** …… 260 | 永遇乐 …… 267 |
| 浪淘沙 …… 260 | 西江月 …… 267 |

## 目录

菩萨蛮 …………………… 268
朱中楣 …………………… 268
　西江月 …………………… 268
杜漪兰 …………………… 268
　阮朗归 …………………… 268
刘　淑 …………………… 269
　画堂春 …………………… 269
彭　琬 …………………… 269
　锦堂春 …………………… 269
侯承恩 …………………… 269
　画堂春 …………………… 269
黄媛介 …………………… 270
　临江仙 …………………… 270
张学雅 …………………… 270
　蝶恋花 …………………… 270
钟　青 …………………… 270
　如梦令 …………………… 271
陈　璘 …………………… 271
　临江仙 …………………… 271
吴文柔 …………………… 271
　谒金门 …………………… 271
王端淑 …………………… 272
　浣溪沙 …………………… 272
高景芳 …………………… 272
　祝英台近 …………………… 272
钟　筠 …………………… 272
　虞美人 …………………… 272
王　芬 …………………… 273
　卜算子 …………………… 273
赵承先 …………………… 273
　竹枝词 …………………… 273
吴　碧 …………………… 273

烛影摇红 …………………… 273
钱宛鸾 …………………… 274
　画堂春 …………………… 274
林以宁 …………………… 274
　离亭燕 …………………… 274
蔡　琬 …………………… 274
　南柯子 …………………… 275
顾贞立 …………………… 275
　浣溪沙 …………………… 275
　忆王孙 …………………… 276
　满江红 …………………… 276
　如梦令 …………………… 276
　南乡子二首 …………………… 276
沈　宛 …………………… 277
　朝玉阶 …………………… 277
　菩萨蛮 …………………… 277
贺双卿 …………………… 278
　望江南 …………………… 278
　凤凰台上忆吹箫 …………………… 278
　一剪梅 …………………… 278
俞彩裳 …………………… 279
　如梦令 …………………… 279
　长亭怨慢 …………………… 279
薛　琼 …………………… 280
　沁园春 …………………… 280
方玉坤 …………………… 280
　失调名 …………………… 280
萧恒贞 …………………… 281
　水调歌头 …………………… 281
宗　婉 …………………… 281
　高阳台 …………………… 281
曾　懿 …………………… 282

19

中国历代名媛
作品选辑

| 如梦令 | 282 |
| 采桑子 | 282 |
| 菩萨蛮 | 282 |

**杨继端** 283
　画堂春 283
　蓦山溪 283

**柯心兰** 283
　虞美人 283

**杨琇** 284
　西江月 284

**丁静兰** 284
　满庭芳 284

**王筠** 284
　鹧鸪天 285

**恽珠** 285
　点绛唇 285

**梁德绳** 285
　抛球乐 286

**赵棻** 286
　绕佛阁 286

**刘氏** 286
　行香子 287

**王采薇** 287
　醉花阴 287

**谈印梅** 287
　误佳期 287
　秋蕊香 288

**钱斐仲** 288
　卜算子 288

**武意儿** 288
　一络索 288

**孙云凤** 289

　诉衷情 289
　柳梢青 289

**孙云鹤** 289
　点绛唇 289

**张玉珍** 290
　金缕曲 290

**张芬** 290
　减字木兰花 290

**李嬿** 290
　捣练子 291

**陆瑛** 291
　望江南 291
　江南春 291

**席蕙文** 291
　竹枝词 291

**江珠** 292
　望江南 292

**沈纕** 292
　菩萨蛮 292

**尤澹仙** 292
　卜算子 293

**吴藻** 293
　浪淘沙 293
　祝英台近 293
　满江红 294
　如梦令 294

**沈善宝** 294
　念奴娇 295
　满江红 295
　满江红 295

**秋瑾** 296
　满江红 296

鹧鸪天 …………………… 296
如此江山 ………………… 297

徐自华 …………………… 297
满江红 …………………… 297

# 散　曲

张怡云 …………………… 298
　　残　曲 ………………… 298
珠帘秀 …………………… 298
　　小　令 ………………… 298
　　附：卢挚寿阳曲（别珠帘秀）…… 299
　　套　数 ………………… 299
真　氏 …………………… 299
　　〔仙吕〕解三酲 ………… 300
张玉莲 …………………… 300
　　残　曲 ………………… 300
一分儿 …………………… 301
　　小　令 ………………… 301
金莺儿 …………………… 301
　　红绣鞋 ………………… 301
刘婆惜 …………………… 301
　　小　令 ………………… 302
张　氏 …………………… 302
　　套　数 ………………… 302
王　氏 …………………… 303
　　套　数 ………………… 303
杨升庵夫人黄氏 ………… 305

黄莺儿 …………………… 305
落梅花 …………………… 306
罗江怨 …………………… 306
前　调 …………………… 306
天净沙 …………………… 306
沉醉东风 ………………… 307
一半儿 …………………… 307
骂玉郎过感皇恩采茶歌 …… 307
徐　媛 …………………… 308
　　桂枝香 ………………… 308
　　四时江儿水 …………… 309
蒋琼琼 …………………… 309
　　桂枝香 ………………… 310
林以宁 …………………… 310
　　题芙蓉峡传奇 ………… 310
顾贞立 …………………… 311
　　桃　丝 ………………… 311
　　桃　丝 ………………… 311
　　翠凌波 ………………… 312
无名氏 …………………… 312
　　〔四季五更驻云飞〕 …… 312

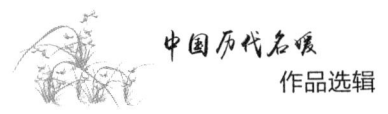

# 弹　词

陶贞怀 ················· 313
　乐善村除害 ············· 313

# 文

缇　萦 ················· 319
　为父上书 ··············· 319
卓文君 ················· 319
　与相如书 ··············· 319
　司马相如诔 ············· 320
赵飞燕 ················· 320
　上成帝书 ··············· 320
王　嫱 ················· 321
　报汉元帝 ··············· 321
班　昭 ················· 322
　为兄上书 ··············· 322
班婕妤 ················· 323
　自悼赋 ················· 323
徐　淑 ················· 324
　答夫秦嘉书 ············· 324
　又报嘉书 ··············· 324
曹公卞夫人 ············· 325
　与杨太尉（彪）夫人袁氏书 ··· 325
杨太尉夫人袁氏 ········· 325
　答曹公卞夫人书 ········· 325
丁廙妻 ················· 326
　寡妇赋 ················· 326
谢　氏 ················· 326
　贻王肃书 ··············· 327
孙　氏 ················· 327
　答夫许迈书 ············· 328
陈　氏 ················· 328
　答舅母书 ··············· 328
孙　琼 ················· 329
　悼恨赋 ················· 329
辛　萧 ················· 329
　菊花颂 ················· 329
卫夫人 ················· 329
　与释某书 ··············· 330
钟　琰 ················· 330
　遐思赋 ················· 330
王劭之 ················· 330
　春花赋 ················· 331
　灵寿杖铭 ··············· 331
李　氏 ················· 331
　吊嵇中散文 ············· 331
左　芬 ················· 332
　松柏赋 ················· 332
　孟轲母赞 ··············· 332

22

张　氏 ………………………… 333
　　谏伐晋书 …………………… 333
临川长公主 …………………… 333
　　上表乞还身王族 …………… 333
刘令娴 ………………………… 334
　　祭夫徐敬业文 ……………… 334
徐　惠 ………………………… 334
　　谏太宗息兵罢役疏 ………… 335
武　后 ………………………… 336
　　苏氏织锦回文记 …………… 336
武　曌 ………………………… 337
　　访求贤良诏 ………………… 337
江采苹 ………………………… 337
　　楼东赋 ……………………… 338
关盼盼 ………………………… 338
　　与白舍人书 ………………… 338
崔莺莺 ………………………… 339
　　答微之书 …………………… 339
鲍君徽 ………………………… 340
　　乞归疏 ……………………… 340
步非烟 ………………………… 341
　　答赵象书 …………………… 341
刘国容 ………………………… 342
李清照 ………………………… 342
　　《金石录》后序 …………… 342
　　祭赵湖州文 ………………… 344
紫　竹 ………………………… 345
　　遗方乔书 …………………… 345
谭意歌 ………………………… 345
　　寄张正字 …………………… 345
刘　后 ………………………… 346
　　别徽宗书 …………………… 346

萧　后 ………………………… 346
　　谏猎疏 ……………………… 346
罗爱爱 ………………………… 347
　　临终寄赵生 ………………… 347
郑允端 ………………………… 347
　　诗稿自序 …………………… 348
桑贞白 ………………………… 348
　　自跋 ………………………… 348
郭　嫔 ………………………… 349
　　绝命词 ……………………… 349
　　附：朝鲜使臣回国陈述成祖朱棣死
　　后，明朝宫廷里殉葬的情形 …… 349
张拾隐 ………………………… 349
　　寄周公辅 …………………… 350
蒋琼琼 ………………………… 350
　　寄杜生 ……………………… 350
侯淑贞 ………………………… 351
　　寄王估吴 …………………… 351
寇烨如 ………………………… 351
　　邀周公辅文兄赏莲 ………… 351
郑如英 ………………………… 351
　　后袁孝廉 …………………… 352
柳　儿 ………………………… 352
　　遗文郎永别书 ……………… 352
李玉英 ………………………… 352
　　辩冤疏 ……………………… 353
马湘兰 ………………………… 354
　　寄王百谷书 ………………… 354
王娇鸾 ………………………… 354
　　与周廷章 …………………… 354
杨采采 ………………………… 355
　　致商生书 …………………… 355

| | |
|---|---|
| 梁孟昭 …… 356 | 西湖三女士墓记 …… 368 |
|   遏愁赋 …… 356 | 归懋仪 …… 369 |
| 小　青 …… 356 |   复吴星槎别驾 …… 369 |
|   与某夫人书 …… 356 | 席佩兰 …… 369 |
| 附　录 …… 357 |   上随园老人书 …… 370 |
|     小　青 …… 357 | 骆绮兰 …… 370 |
|     蠑斋诗话 …… 360 |   《听秋馆闺中同人集》序 …… 370 |
| 吴　氏 …… 360 | 江　珠 …… 371 |
|   临终遗郑子书 …… 361 |   白莲花赋 …… 372 |
| 叶小鸾 …… 361 | 冼玉清 …… 372 |
|   蕉窗夜记 …… 361 |   《广东女子艺文考》序 …… 372 |
|   汾湖石记 …… 362 | 裘凌仙 …… 372 |
| 王端淑 …… 362 |   愤　赋 …… 373 |
|   菊　赋 …… 363 | 易睐娘 …… 373 |
| 柳如是 …… 363 |   绝命书 …… 373 |
|   致汪然明书 …… 363 | 陶贞怀 …… 374 |
|   谢汪然明书 …… 363 |   《天雨花》序 …… 374 |
| 徐德音 …… 364 | 王端淑 …… 375 |
|   出都留别林亚清夫人 …… 364 |   与夫子论槎云遗稿书 …… 375 |
| 曾　懿 …… 365 | 赵　棻 …… 376 |
|   自题像赞 …… 365 |   静坐读书赞 …… 376 |
| 曾　彦 …… 365 | 秋　瑾 …… 376 |
|   《古欢室诗词集》序 …… 366 |   致徐小淑绝命词 …… 376 |
| 黄媛介 …… 367 | 徐自华 …… 377 |
|   闲思赋 …… 367 |   祭秋女士文 …… 377 |
|   《离隐诗》序 …… 367 | 吴芝瑛 …… 378 |
| 金　逸 …… 368 |   致徐寄尘女士书 …… 378 |
|   上随园夫子书 …… 368 | 王灿芝 …… 378 |
| 管　筠 …… 368 |   《清代妇女文学史》序 …… 378 |

# 诗

## 先秦—隋

### 许穆夫人

春秋女诗人，卫公子顽之女，卫戴公之妹，嫁许穆公。鲁闵公二年（前660）冬十二月，狄人灭卫。卫国人在宋桓公帮助下，在漕邑安顿下来，立新君卫戴公。戴公即位仅一月而卒，文公继位。鲁僖公元年（前659）春夏之交，许穆夫人来漕邑慰问，并为复兴卫国而向大国求援。但许国执政者反对许穆夫人的爱国行动，赶来阻挠，她愤而作《载驰》（见《诗经·鄘风》）。此诗抒发了她对许国大夫的极大愤懑，表现了她为复兴祖国而百折不回的决心。她的事迹详见《左传·闵公二年》。

## 载　驰

载驰载驱①，归唁卫侯②。驱马悠悠③，言至于漕④。大夫跋涉⑤，我心则忧。

既不我嘉⑥，不能旋反⑦。视尔不臧⑧，我思不远？

既不我嘉，不能旋济⑨。视尔不臧，我思不閟⑩？

陟彼阿丘⑪，言采其蝱⑫。女子善怀⑬，亦各有行⑭。许人尤之⑮，众稺且狂⑯。

我行其野，芃芃其麦⑰。控于大邦，谁因谁极⑱。

大夫君子，无我有尤！百尔所思，不如我所之。

——《诗经·鄘风》

**注　释**

①载，发语词。驰、驱，车马疾行。②唁，此为慰问失国者。③悠悠，远行貌。④言，语助词。⑤大夫，指从许国赶来劝许穆夫人回许国的诸臣。跋，登山。涉，渡水。⑥嘉，赞成。⑦反，同"返"，指返回卫国。⑧臧，善也。⑨济，止也。⑩闷，慎也。⑪陟，登。阿丘，有一边偏高的山丘，可能是卫国的丘名。⑫虻，草名，即贝母。⑬善怀，多思虑。⑭行，道路。⑮尤，指责。⑯穉，同"稚"。⑰芃芃，草木茂盛貌。⑱因，亲也。极，读"亟"，就是急。这句是说谁和我卫国相亲，谁就会急我卫国之难。

## 次室女

鲁处女也。常倚柱悲吟而啸。邻人谓曰："欲嫁耶？何吟之悲也！"女曰："嗟乎，吾伤民，心悲而啸，岂欲嫁哉！"自伤怀洁而为邻人所疑，于是褰裳而去，入山林之中，见贞女之庙，有女贞木焉。喟然太息，援琴而歌，遂自缢死。贞木者，少阴之精，冬不落叶，即今冬青木也。

## 处女吟

菁菁茂木①，隐独荣兮。变化垂枝，含蕤英兮②。修身养志，建令名兮③。厥身不同④，善恶并兮。屈身浊浊，去微清兮。怀忠见疑，何贪生兮。

——《古今女史》

**注　释**

①菁菁，茂盛貌。《诗经》："其叶菁菁。"②蕤英，草木下垂的花。③令名，好的名声。④厥，代词，相当于其。

## 陶　婴

鲁陶明之女。少寡，作《黄鹄曲》四首，明己之不更二庭也。汉以为横吹曲名,后人因而歌之。

## 黄鹄曲

黄鹄参天飞①,半道郁徘徊。腹中车轮转②,君知思忆谁?
黄鹄参天飞,半道还哀鸣。三年失群侣,生离伤人情。
黄鹄参天飞,凝融争风回。高翔入元阙,时复乘云颓。
黄鹄参天飞,半道还后渚。欲飞复不飞,悲鸣觅群侣。

——《古今图书集成·闺媛曲》

**注 释**
①参天,直向天空。②车轮转,义同"九回肠",言忧思之甚,而肠如车轮屡为之回转也。

## 韩凭妻何氏

《彤管集》:韩凭为宋康王舍人,妻何氏美,王欲之,捕舍人,筑青陵之台。何氏作《乌鹊歌》以见志,遂自缢。

## 乌鹊歌

南山有乌,北山张罗。乌自高飞,罗当奈何。
乌鹊双飞,不乐凤凰。妾是庶人,不乐宋王。

## 勾践夫人

越为吴所灭,勾践去国事吴,身为臣,夫人为妾。及渡浙江,夫人见乌鹊喙江渚之虾①,飞去复来,因据船痛哭而作歌。王闻之,心中自恸。乃谓夫人曰:"孤何忧,吾之六翮备矣。"②遂入吴,共称臣妾于夫差,后卒灭吴。

——《吴越春秋》

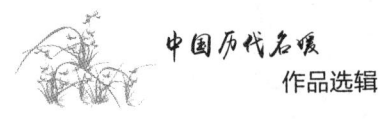

## 乌鸢歌（二首选一）

仰飞鸟兮乌鸢，凌玄虚兮翩翩。集洲渚兮优恣，啄虾矫翻兮云间，任厥性兮往还。妾无罪兮负地，有何辜兮谴天。飘独兮西往，孰知返兮何年！心惙惙兮若割③，泪泫泫兮双悬④。

**注 释**

①喙，鸟嘴，这里作动词用，犹言啄食。②六翮，指大鸟翅膀上的羽茎，相传大鸟赖以高飞。《韩诗外传》："夫鸿鹄一举千里，所恃者六翮尔。"③惙惙，忧愁貌。《诗经》："忧心惙惙。"④泫泫，泣貌。

## 紫 玉

吴王夫差女也。因悦童子韩重，欲嫁之不得，结气而死。重游学归来，知之，往吊于墓侧，玉形见，赠重明珠，因作歌。

## 紫玉歌

南山有鸟，北山张罗。意欲从君，谗言孔多①。悲结成疹②，殁身黄垆③。命之不造④，冤如之何。羽族之长，名为凤凰。一日失雄，三年感伤。虽有众鸟，不为匹双。故见鄙姿，逢君辉光。身远心近，何曾暂忘。

——《古今女史》

**注 释**

①孔，甚、很。《诗经》："其新孔嘉，其旧如之何。"②疹，同"疢"，热病，泛指病。③黄垆，谓地下也。《淮南子》："放乎九天之上，蟠乎黄垆之下。"④不造，俗称幸事曰有造化。这句是说自己命不好。

## 虞 姬

秦末人（？—前202），西楚霸王项羽姬妾。常随征战。秦灭亡后，项羽与刘邦争夺天下，于公元前202年冬，被围于垓下（今安徽灵璧县东南）。羽夜闻四面汉军皆楚歌，大惊，预感大势已去，饮酒帐中，赋《垓下歌》，悲歌慷慨。虞姬作歌和之，歌罢，拔剑自刎。

### 和垓下歌

汉兵北略地①，四面楚歌声。大王意气尽，贱妾何聊生②！

**注 释**
①略，同"掠"，夺取也。②聊，赖也。何聊生，谓依靠谁生存。

## 戚夫人

西汉定陶（今山东定陶西北）人。刘邦为汉王时被纳为妃子，甚受宠爱。生子刘如意，封赵王。太子刘盈为人仁弱，高祖以为不类己，常欲废之而立如意，谓"如意类我"。高祖死，惠帝立，吕后专权，囚戚夫人于永巷，并剃光头发，用铁圈束颈，罚令舂米。她且舂且歌，吕后闻之大怒，乃召赵王而诛之，并将戚夫人砍去四肢，剜眼熏耳，饮以哑药，置于厕所，称为"人彘"，遂惨死。

### 戚夫人歌（又名永巷歌）

子为王，母为虏。终日舂薄暮，常与死为伍，相离三千里，当谁使告汝！

## 唐山夫人

汉高祖刘邦之姬，姓唐山。刘邦好楚声，她依楚声作《房中祠乐》。惠帝时改名《安世乐》，《汉书·礼乐志》改题为《安世房中歌》。该诗是现存最早的汉乐府

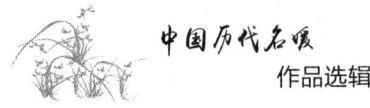

诗。歌辞内容都是对神言志，称颂帝德，宣扬孝道。形式以四言为主，也间有三言、七言。其辞古奥典雅，文学价值不高，但在封建时代却颇受推崇。事迹及歌辞均载《汉书·礼乐志》。

## 安世房中歌（共十六章，选三、四、七言各一章）

安其所，乐终产。乐终产，世继绪。飞龙秋，游上天。高贤愉，乐民人。

我定历数，人告其心。敕身齐戒，施教申申①。乃立祖庙，敬明尊亲。大矣孝熙，四极爰轃。

大海荡荡水所归，高贤愉愉民所怀②，太山崔③，百卉殖。民何贵，贵有德。

**注 释**

①申申，容貌舒朗。《论语·述而》："子之燕居，申申如也。"②愉愉，颜色和悦。《论语·乡党》："私觌（见），愉愉如也。"③崔，高大也。

## 卓文君

西汉蜀郡临邛（今四川邛崃）人。大商卓王孙之女。貌美，喜音乐，十七而寡。司马相如落魄归蜀，到卓王孙家做客，文君听相如弹琴，十分爱慕，遂一同逃往成都。无以为生，不久又返回临邛，当垆卖酒。卓王孙深以为耻，遂分与奴僮财物，乃归成都。《西京杂记》卷三载，相如将聘茂陵人女为妾，文君作《白头吟》表示决绝，相如乃止。《白头吟》写弃妇的哀怨，情辞凄婉。王夫之称其"亦雅亦宕，乐府绝唱"。

《韵语阳秋》引《乐府诗集》："白头吟者，疾人以新间旧，不能至白首，故以为名。"余（作者葛立方）观张籍《白头吟》云："春天百草秋始衰，弃我不待白头时。罗襦玉珥色未暗，今朝已道不相宜。"李白《白头吟》云："妾有秦楼镜，照心胜照井。愿持照新人，双对可怜影。"其语感人深矣！至刘希夷作《白头吟》乃云："寄言全盛红颜子，须怜半死白头翁。此翁白头真可怜，伊昔红颜美少年。"则是言男为女所弃而作，与文君《白头吟》之本意异矣。（《韵语阳秋》卷六）

## 白头吟

皑如山上雪,皎若云间月。闻君有两意,故来相决绝。
今日斗酒会,明旦沟水头。躞蹀御沟上①,沟水东西流。
凄凄复凄凄②,嫁娶不须啼。愿得一心人,白头不相离。
竹竿何嫋嫋③,鱼尾何簁簁④。男儿重意气,何用钱刀为⑤?

**注 释**
①躞蹀,小步行走。②凄凄,云雨起貌。③嫋嫋,风动貌。④簁簁,繁琐貌。⑤钱刀,古代钱币,形状如刀,故称钱刀。

**辑者按**:《邛州志》卷四十四引《乐府诗集》载晋乐所奏《白头吟》与此异,附载如下:
皑如山上雪,皎若云间月。闻君有两意,故来相决绝。一解
平生共城中,何尝斗酒会。今日斗酒会,明旦沟水头。躞蹀御沟上,沟水东西流。二解
郭东亦有樵,郭西亦有樵。两樵相推与,无亲为谁骄。三解
凄凄重凄凄,嫁娶亦不啼。愿得一心人,白头不相离。四解
竹竿何嫋嫋,鱼尾何离簁。男儿欲相知,何用钱刀为。齰如马噉萁,川上高士嬉。今日相对乐,延年万岁期。五解

## 刘细君

西汉沛(今江苏沛县东)人,江都王刘建之女。元封(前110—前105)中,武帝为联合乌孙抗击匈奴,以细君为公主,史称江都公主,嫁给乌孙昆莫(乌孙王号),故亦称乌孙公主。昆莫年老,且语言不通,公主悲愁,乃作歌自伤。今存《悲愁歌》一首,以骚体形式,抒写远嫁异域的哀伤和对故乡的思念。诗及事迹均见《汉书·西域传下》。

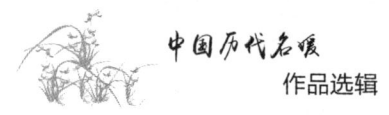

# 悲愁歌

吾家嫁我兮天一方,远托异国兮乌孙王。穹庐为室兮旃为墙,以肉为食兮酪为浆。居常土思①兮心内伤,愿为黄鹄兮归故乡。

注 释

①《玉台新咏》作常思汉土,《艺文类聚》:"土思"作"思土"。

## 王昭君

西汉南郡秭归(今湖北秭归)人。名嫱,字昭君。晋人避司马昭讳,改称明君,后世亦称明妃。汉元帝时选入后宫,待诏掖庭,数年不得见帝,积悲怨。竟宁元年(前33),匈奴呼韩邪单于入朝,执礼甚恭,表示愿保边塞,并请求和亲。昭君自请于掖庭令,愿嫁匈奴。临行,元帝召见,昭君丰容靓妆,光照汉宫,顾影徘徊,竦动左右。元帝见而大惊,意欲留之而难于失信,遂行。自昭君入匈奴后,数十年间,边城晏闭,牛马遍野,人民无干戈之役,朝廷无边警之忧。昭君死葬匈奴,据传塞外草白,独昭君墓上草色青青,世称"青冢"。《乐府诗集》载《昭君怨》一首,题为王嫱作。《古诗源》评论此诗说:"若明诉入胡之苦,不特说不尽,说出亦浅也。呼父呼父,声泪俱绝。"

### 昭君怨 此将入匈奴时所作

秋木萋萋①,其叶萎黄。有鸟处山,集于苞桑②。养育羽毛,形(一作仪)容生光。既得升云,上游曲房③,离宫绝旷④,身体摧藏。志念抑沉,不得颉颃⑤。虽得委食,心有徊徨⑥,我独伊何⑦,来(一作改)往变常。翩翩之燕,远集西羌。高山峨峨,河水泱泱⑧。父兮母兮,道里悠长。呜呼哀哉,忧心恻伤。

注 释

①萋萋,草盛貌。②苞桑,丛生的桑树,比喻牢固。③曲房,密室也。枚乘《赋》:"纵姿于曲房隐室之中。"④离宫,行宫。古时帝王出巡,筑之以为驻跸(天子的车驾)之所。⑤颉

颃，鸟向上飞称颉，向下飞称颃。连用时表示鸟上下翻飞。此句言身无自由也。⑥徊徨，仿徨。⑦伊，语气助词，用于句中无义。⑧泱泱，水深广的样子。

## 班倢伃

名不详。楼烦（今山西朔县东；一说即今宁武。辑者按：朔县在长城外，宁武在长城内，未知孰是）人，班固祖姑。成帝初即位，被选入宫，不久立为倢伃①，居增城舍。后赵飞燕姊妹得宠，诬告她同许皇后挟邪诅咒。许皇后因此被废黜，她以善于对答免祸。恐日久见危，乃自请供奉皇太后于长信宫。成帝卒，她奉守园陵，死后葬于园中，其作品今存《自悼赋》《捣素赋》《怨歌行》三篇，抒写她在宫中的苦闷与幽怨。《怨歌行》一名《团扇歌》，钟嵘《诗品》称其"词旨清捷，怨深文绮"。然后人多疑为伪作。《古诗源》："用意微婉，音韵和平。《绿衣》诸什，此其嗣响。"《诗品·总论》："从李都尉迄班婕妤，将百年间，有妇人焉，一人而已。"

## 怨歌行

新裂（一作"制"）齐纨素②，鲜（一作"皎"）洁如霜雪。裁为（一作"成"）合欢扇，团团（一作"团圆"）似明月。

出入君怀袖，动摇微风发。常恐秋节至，凉风（一作"飙"）夺炎热。弃捐箧笥中，恩情中道绝。

**注　释**

①倢伃，亦作"婕妤"，汉妇官名。武帝所制，位视上卿，爵比列侯，其名号至明时尚沿用之。②齐纨素，指山东所生产的轻细文白绢。

## 赵飞燕

长安（今西安地区）人（？—1）。成阳侯赵临之女。初学歌舞，以体轻，号曰飞燕。成帝悦之，召入宫，为婕妤。许后废，立为皇后。与其妹昭仪①，日事蛊惑②，诽谤他人。成帝无嗣暴崩，公元1年，汉平帝即位，废为庶人，自杀。《西京杂记》："赵后有宝琴曰凤凰，皆以金玉隐起，为龙凤螭鸾，古贤烈女之象，亦善为归风送远之操。"

## 归风送远操③

凉风起兮天陨霜，怀君子兮渺难望，感予心兮多慨慷。

**注释**

①昭仪，汉女官名，元帝所制。位视丞相，爵比诸侯王。其名号至宋尚沿用之。②蛊惑，使人心意迷惑。③操，琴曲曰操。

## 苏伯玉妻

伯玉客蜀久不归，她长期孤居长安，作诗书之于盘中，全诗共二十七韵，四十九句，屈曲成文。从中央以周四角，寓婉转回环之义也。《古诗源》论之曰："似歌谣，似乐府，杂乱成文而用意忠厚，千秋绝调。"

## 盘中诗

山树高，鸟鸣悲；泉水深，鲤鱼肥。空仓雀，常苦饥；吏人妇，会夫稀。出门望，见白衣①；谓当是，而更非。还入门，中心悲。北上堂，西入阶。急机绞②，杼声催。长叹息，当语谁？君有行，妾念之。出有日，还无期。结巾带，长相思。君忘妾，未知之。妾忘君，罪当治。妾有行，宜知之。黄者金，白者玉。高者山，下者谷。姓者苏，字伯玉；人才多，知谋足。家居长安身在蜀，何惜马蹄归不数？羊肉千斤酒百斛，令君马肥麦与粟。今时人，知不足；与其书，不能读，当从中央周四角。

**注释**

①白衣，古未仕者着白衣。《史记》："公孙弘以春秋，白衣为天子三公。"②绞，两股相交扭成的绳索。这句是说把织机上的绳索扭紧。

## 窦玄妻

东汉人。玄出仕后,皇家以公主嫁之,其原妻遂成弃妇。写《古怨歌》寄玄,以抒其愤懑之情。

## 古怨歌

茕茕白兔,东走西顾。衣不如新,人不如故。

**辑者按**:弃妇有如孤独无依的白兔,彷徨四顾,不知所之,其内心之悲苦可知矣。而"人不如故"之期望,未必能如所愿,然亦不失"温柔敦厚"之旨。

## 徐 淑

东汉女诗人。桓帝时,其夫秦嘉赴洛阳,她病居母家,未及面别,遂相互赠诗,表达顾恋思念之意。后秦嘉病死,淑亦哀痛过甚而卒。今存《答秦嘉诗》一首,文辞凄怨,一往情深。诗载《玉台新咏》。另有《答夫秦嘉书》《又报秦嘉书》《为誓书与兄弟》等文,载《艺文类聚》及《太平御览》。《诗品》:"夫妻事既可伤,文亦凄怨。为五言者,不过数家,而妇人居二。徐淑叙别之作,亚于《团扇》矣。"

## 答秦嘉

妾身兮不令①,婴疾兮来归②。沉滞兮家门,历时兮不差③。旷废兮侍觐④,情敬兮有违。君今兮奉命,远适兮京师。悠悠兮离别,无因兮叙怀。瞻望兮踊跃,伫立兮徘徊。思君兮感结⑤,梦想兮容晖。君发兮引迈,去我兮日乖⑥。恨无兮羽翼,高飞兮相追。长吟兮永叹,泪下兮沾衣。

**注 释**

①令,有善、美义。②婴疾,言为疾病所缠着。李密《陈情表》:"而刘夙婴疾病,常在床

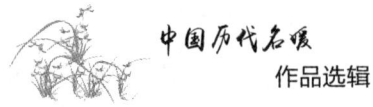

蓐（草席）。"③差，病愈。《三国志》："疾小差。"④侍觐，古时诸侯朝见天子曰觐。封建社会里男尊女卑，这里是徐淑以臣妾自居。⑤感结，结，凝结。《孔雀东南飞》："严霜结庭兰。"这里是说思念之情颇为凝固。⑥乖，离也。

## 蔡琰

东汉著名女诗人。字文姬，陈留圉（今河南杞县南）人，蔡邕女。博学多才，精通音律。十六岁嫁河东卫仲道，夫亡无子，归母家。兴平（汉献帝年号，194—195）中，天下丧乱，为胡兵所虏，身陷南匈奴十二年，与左贤王生二子。曹操念蔡邕无后，以金璧赎回，再嫁同郡董祀。她的作品今传《悲愤诗》二篇，一为五言，一为骚体。题材相同，皆载本传。五言一首较可信。骚体《悲愤诗》所述情节，有与文姬生平不符处，后人多认为伪作。另有《胡笳十八拍》，相传也是她的作品，但后人多有异议，其真伪尚无定论。惟郭沫若同志力主为文姬之作。可参看《胡笳十八拍讨论集》。

### 悲愤诗①（五言体）

汉季失权柄，董卓乱天常。志欲图篡弑，先害诸贤良。逼迫迁旧邦，拥主以自强②。海内兴义师，欲共讨不祥。卓众来东下③，金甲耀日光。平土人脆弱④，来兵皆胡羌。猎野围城邑，所向悉破亡。斩截无孑遗，尸骸相撑拒。马边悬男头，马后载妇女。长驱西入关⑤，迥路险且阻。还顾邈冥冥，肝脾为烂腐。所略有万计⑥，不得令屯聚。或有骨肉俱，欲言不敢语。失意机微间⑦，辄言"毙降虏。要当以亭刃，我曹不活汝⑧"。岂敢惜性命，不堪其詈骂。或便加棰杖，毒痛参并下⑨。且则号泣行，夜则悲吟坐。欲死不能得，欲生无一可。彼苍者何辜⑩？乃遭此厄祸！

叙述遭乱的原因和被虏入胡途中的痛苦。

边荒与华异，人俗少义理。处所多霜雪，胡风春夏起。翩翩吹我衣，肃肃入我耳。感时念父母，哀叹无穷已。有客从外来，闻之常欢喜。迎问其消息，辄复非乡里。邂逅徼时愿⑪，骨肉来迎己。已得自解免，当复弃儿子。天属缀人心⑫，念别无会期。存亡永乖隔，不忍与之辞。儿前抱我颈，问"母欲何之？人言母当去，岂复有还时？阿母常仁恻，今何更不慈？我尚未成人，奈何不顾思？"⑬见此崩五内⑭，恍惚生狂痴。号泣手抚摩，当发复回疑。兼有同时辈，相送告离别。慕我独得归，哀叫声摧裂。马为立踟蹰⑮，车为不转辙。观者皆歔欷，行路亦呜咽。

叙述异域思乡之情和离开南匈奴时的别子之痛。

去去割情恋⑯，遄征日遐迈。悠悠三千里，何时复交会？念我出腹子，胸臆为摧败。既至家人尽，又复无中外⑰。城郭为山林，庭宇生荆艾。白骨不知谁，纵横莫覆盖。出门无人声，豺狼号且吠。茕茕对孤影⑱，怛咤糜肝肺⑲。登高远眺望，魂神忽飞逝。奄若寿命尽⑳，旁人相宽大㉑。为复强视息，虽生何聊赖㉒？托命于新人㉓，竭心自勖厉㉔。流离成鄙贱㉕，常恐复捐废。人生几何时？怀忧终年岁！

叙述回乡后精神上的痛苦。

**注　释**

①这首诗是作者回到故乡嫁董祀后追想往事之作。②主，指汉献帝。③卓众来东下：初平三年（192）董卓派遣部将李傕、郭汜等从长安附近驻防地出函谷关东下，击破河南尹朱俊于中牟（今河南中牟县），并掠夺了蔡琰故乡陈留。④平土，平原，指中原。⑤长驱西入关：李、郭军掠夺陈留等地后，又西入函谷关回到原驻地。⑥略，见前《和垓下歌》。⑦失意机微间：机微，稍微。这句是说被虏掠的人使士兵稍感不满。⑧"辄言"三句：辄言以下是李、郭兵骂俘虏的话。辄，动辄。亭刃，挨刀子。我曹，我们，兵士自称。⑨参并下，交加而来。⑩彼苍者何辜：意思是说，天啊，我们有什么罪孽！⑪徼时愿，顺时如愿。也即求得天从人愿。⑫天属，血缘关系，指南匈奴生的两个儿子。缀，牵系。⑬"母欲"七句：儿子的话。⑭崩五内，心碎的意思。⑮踟蹰，徘徊、犹豫。⑯情恋，指母子之情。⑰中外，中表近亲。舅父的子女是内兄弟，姑母的子女是外兄弟。⑱茕茕，忧思也。《左传》："茕茕余在疚。"⑲怛咤，不自觉地惊叫。糜，碎也。⑳奄若，忽然间仿佛。㉑宽大，劝慰的意思。㉒聊赖，依靠。㉓托命于新人，指重嫁董祀。㉔勖厉，勖勉。厉，同励。㉕流离成鄙贱，是说经过痛苦屈辱的流离后，自己成为被人轻视的低贱的女人。

**辑者按**：这首诗的注释及分段，采用林庚、冯沅君主编的《中国历代诗歌选》。

这首诗作者通过对自身不幸遭遇的叙述，揭露了军阀混战的罪恶，反映出东汉末年动乱纷扰的社会面貌和广大人民妻离子散、颠沛流离的悲惨生活，有强烈的忧患意识和现实主义精神。其形象鲜明，描写生动，感情真挚，动人肺腑，是古代叙事诗中的优秀之作。

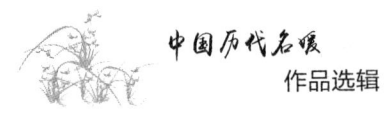

## 胡笳十八拍（选首尾）

我生之初尚无为，我生之后汉祚衰。天不仁兮降乱离，地不仁兮使我逢此时。干戈日寻兮道路危，民卒流亡兮共哀悲。烟尘蔽野兮胡虏盛，志意乖兮节义亏。对殊俗兮非我宜，遭恶辱兮当告谁？笳一会兮琴一拍，心愤怨兮无人知。

胡笳本自出胡中，缘琴翻出音律同。十八拍兮曲虽终，响有余兮思无穷。是知丝竹微妙兮，均造化之功。哀乐各随人心兮，有变则通。胡与汉兮，异域殊风。天与地隔兮，子西母东。苦我怨气兮，浩于长空。六合虽广兮，受之应不容。

**辑者按**：以下所引评论三则，对文姬的评价甚变，然是否恰切，未便妄加一词，引供读者参考而已。

《潜溪诗眼》：东坡称蔡琰诗笔势似建安诸子。

《沧浪诗话》：《胡笳十八拍》浑然天成，绝无痕迹，如蔡文姬肺肝间流出。

《对床夜话》：蔡琰虽失身，然词甚古。如："不谓残生兮却得旋归，抚抱胡儿兮泣下沾衣。汉使迎我兮四牡騑騑，胡儿号兮谁得知。与我生死兮逢此时，愁为子兮日无光辉，焉得羽翼兮将汝归。一步一远兮足难移，魂销影绝兮恩爱遗。"此将归别子也。时身历其苦，词宣乎心，怨而怒、哀而思，千载如新，使经圣笔，亦必不忍删之也。

## 甄　氏（182—221）

名不详。三国魏中山无极（今河北无极西）人，魏文帝皇后。黄初二年（221），被谗赐死。文帝时追谥为文昭皇后。《玉台新咏》所录《塘上行》一诗，抒写弃妇的哀怨，相传是她临终时所作。

## 塘上行

蒲生我池中，其叶何离离①。傍能行仁义，莫若妾自知。众口铄黄金②，使君生别离。念君去我时,独愁常苦悲。想见君颜色,感结伤心脾。念君常苦悲,夜夜不能寐。莫以贤豪故,弃捐素所爱。莫以鱼肉贱,弃捐葱与薤。莫以麻枲贱③,弃捐菅与蒯④。出亦复苦愁,入亦复苦愁。边地多悲风,树木何翛翛⑤。从君致独乐,延年寿千秋。

**注 释**

①离离,繁茂,《诗经》:"彼黍离离。"②众口铄黄金:《史记·张仪列传》:"众口铄金。"意思是众口一词,连金属也会被熔化。比喻流言蜚语多了,使受毁者无以自存。③枲,大麻(俗称火麻)之不结实者。④菅,多年生草,秋开青白花,根短硬如细竹,可为刷帚。蒯,草名,菅类。秋开小花,茶褐色,其茎可取以编织。《左传》:"虽有丝麻,无弃菅蒯。"⑤翛翛,形容鸟羽败坏。此处借以形容树木凋落。


# 左 芬

西晋文学家(?—300)。据出土墓志,"芬"作"棻",字兰芝。齐国临淄(今山东临淄)人,左思之妹。少好学,善缀文,名亚于思,武帝闻而纳之。泰始八年(272)封为修仪,后封贵嫔。姿陋无宠,以文才见重。武帝每有婚丧大事及获方物异宝,必命芬为赋颂。现存诗、赋、颂、赞、诔等二十余篇,多为应诏之作,词藻妍丽。本传所载《离思赋》,诉说其锁闭深宫、骨肉乖离的忧伤,颇为动人。


## 啄木诗

南山有鸟,自名啄木。饥则啄树,暮则巢宿。
无干于人①,惟志所欲。性清者荣,性浊者辱。

**注 释**

①干,有冒犯、冲犯义。又有求取义。《中山狼诗》:"东郭先生将北适中山以干仕。"诗用"求取"义,意谓啄木鸟对于人无所求取也。

**辑者按**:清荣浊辱,由鸟事人,用意深远!读者宜细心体玩,不可轻忽放过。

## 答兄感离诗

　　自我离膝下，倏忽逾载期。邈邈情弥远，再奉将何时？披省所赐告，寻玩悼离词。

　　仿佛想容仪，歔欷不自持。何时当重面，娱目于诗书。何以诉厥苦，告情于文辞。

## 谢道韫

　　东晋女诗人。陈郡阳夏（今河南太康）人，谢安侄女，安西将军谢奕之女，王凝之妻。聪明有才辩。隆安三年（399）孙恩率农民起义军攻破会稽，闻凝之为孙恩所害，她抽刀出门，手杀数贼。从此嫠居会稽，家门严肃，世称为谢夫人之法。今存《登山》《拟嵇中散咏松》等诗，抒写其优游山水、孤芳自赏的情怀。这首诗表现了诗人对祖国锦绣山河的由衷热爱和杰出的文学才华，在古代妇女吟咏山水的诗歌中，是不可多得的作品。

## 登　山

　　峨峨东岳高，秀拔冲青天。岩中间虚宇，寂寞幽以玄。非工复非匠，云构发自然。气象尔何物？遂令我屡迁。逝将宅斯宇①，可以尽天年。

**注　释**

①逝，语气助气，表决心。《诗经·硕鼠》："逝将去汝，适彼乐土。"

## 拟嵇中散咏松

　　遥望山上松，隆冬不能凋①。愿想游下憩，瞻彼万仞条。
　　腾跃未能升，顿足俟王乔②。时哉不我与，大运所飘飘③。

**注　释**

①凋，萎谢、枯槁。《论语》："岁寒，然后知松柏之后凋也。"李白《蜀道难》："使人听此凋朱颜。"②王乔，即古仙人王子乔。乘白鹤至缑氏山头，举手谢时人，数日而去。见《列仙传》。③飘飘，有轻举之意。


## 绿　珠

南海梁氏女，有容貌，石崇以珍珠三斛买之，因号绿珠。大将军孙秀求之，竟不许。崇曰："我为尔得罪。"珠泣曰："当效死于君前。"因自投于金谷楼下而死。秀怒诛崇。珠尝作《懊侬歌》云。

——《古今女史》


## 懊侬歌

丝布涩难缝，今侬十指穿。黄牛细犊车，游戏出孟津。


## 翾　风

石崇爱婢，魏末于胡中得之。年始十岁，使房内养之。年十五，无有比其容貌。妙别玉声，巧观金色。石氏侍妾美艳者数十人，翾风最以文辞擅爱。石崇尝语之曰："吾百年后，当指白日，以汝为殉。"答曰："生爱死离，不如无爱。妾得为殉，其身何朽。"于是弥见宠爱。风年三十，妙年者争嫉之。或者云：胡女不可为群。竞相排毁。崇受谮润之言，即退翾风为房老，使主群少，乃怀怨而作诗。

——《古今女史》


## 怨　诗

春华谁不美，卒伤秋落时。弈烟还自低①，鄙退岂所期！

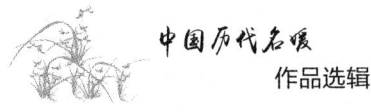

桂芳徒自蠹,失爱在蛾眉。坐见芳时歇,憔悴空自嗤②。

**注　释**

①突,烟囱曰突。《汉书》:"曲突徙薪。"②嗤,讥笑,嘲笑。

# 桃　叶

晋王献之之妾。其妹曰桃根。献之尝临渡,歌以送之,后人因名其渡曰桃叶渡①。

## 团扇歌

七宝画团扇②,灿烂明月光。与郎却暄暑,相忆莫相忘。
团扇复团扇,持许自障面。憔悴无复理,羞与郎相见。
青青林中竹,可作白团扇。动摇郎玉手,因风托方便。

**注　释**

①桃叶渡,在今江苏江宁县秦淮、青溪合流处。②七宝,释家七宝之说有四。《法华经》以金、银、瑠璃、砗磲、玛瑙、莫珠、玫瑰为七宝。疑此指以珍贵原料作绘画颜色。

# 王　宋（一作氏）

平虏将军刘勋妻也。入门二十一年后,勋悦山阳司马氏女,以宋无子出之①。还于道中,作诗二首。

## 杂诗二首

翩翩床前帐②,张以蔽光辉。昔将尔同去,今将尔共归。缄藏箧笥里,当复何时披。

谁言去妇薄,去妇情更重。千里不唾井,况乃昔所奉。远望未为遥,踦嶇不得共③。

**注 释**

①出,驱逐。古出妻之条件有七,一曰无子。②翩翩,形容文采优美。③跱躅,通"踟蹰",犹徘徊也。《诗经》:"搔首踟蹰。"

**辑者按**:在封建社会里,妇女地位卑微。无子、淫佚、不事舅姑、口舌、盗窃、妒忌、恶疾,皆在被出之列。王宋入门二十余年,竟以无子被出,情实可悯。二首哀而不怨,可谓温厚,然又为诗教(温柔敦厚)所束缚矣。

## 鲍令晖

南朝宋女诗人。鲍照之妹,东海(今江苏涟水)人。照自以为其才不及左思,而妹才则远胜左芬。现存《拟青青河畔草》《拟客从远方来》《题书后寄行人》等诗七首,多为思妇之辞,情意缠绵,语言清丽。钟嵘评其诗曰:"崭绝清巧,拟古尤胜。"清人钱振伦《鲍参军集注》附注其诗,读者可参阅。

## 寄行人

桂吐两三枝,兰开四五叶。是时君不归,春风徒笑妾。

## 古意寄今人

寒乡无异服,衣毡代文练。月月望君归,年年不解綖①。荆扬春早和,幽冀犹霜霰。北寒妾已知,南心君不见。谁为道辛苦,寄情双飞燕。形迫杼煎丝,颜落风催电。容华一朝尽,惟余心不变。

**注 释**

①綖,覆在冕上的黑布。

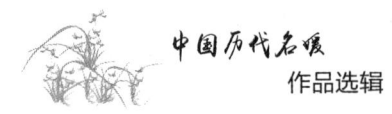

## 拟青青河畔草

袅袅临窗竹①,蔼蔼垂门桐②。灼灼青轩女③,泠泠高堂中④。明志逸秋霜,玉颜艳(一作掩)春红。人生谁不别,恨君早从戎。鸣弦惭夜月,绀黛羞春风⑤。

注 释

①袅袅,形容物体摇曳。杜甫诗:"竹竿袅袅细泉分。"②蔼蔼,形容树木茂盛。陶潜诗:"蔼蔼堂前林。"③灼灼,花盛貌。《诗经》:"灼灼其华。"④泠泠,泠有清意。叠用形容幽静。⑤绀黛,绀,红青色。黛,画眉黑色。均为古代妇女美容用品。

## 拟客从远方来

客从远方来,赠我漆鸣琴。木有相思文,弦有别离音。
终身执此调,岁寒不改心。愿作阳春曲①,宫商长相寻②。

注 释

①阳春,古歌曲名。宋玉文:"其为阳春白雪,国中属而和者不过数十人。"岑参诗:"阳春一曲和皆难。"②宫商,宫,我国古代五声音阶的第一音级,相当于简谱的"1"。商,我国古代五声音阶的第二音级,相当于简谱的"2"。宫、商、角、徵、羽是古乐五音。

## 题书后寄行人

自君之出矣,临轩不解颜。砧杵夜不发,高门昼常关。帐中流熠耀①,庭前华紫兰。物枯识节异,鸿来知客寒。游用暮冬尽,除春待君还。

注 释

①熠耀,萤火也。《诗经》:"熠耀宵行。"

## 姚玉京

南朝宋娼家女,嫁襄阳小吏卫敬瑜。瑜溺水死,玉京守志养姑,常有双燕巢梁间。一日,为鸷鸟所获,其一孤飞悲鸣。至秋,翔集玉京臂,玉京遂红缕系足曰:"新春复来,为吾侣也。"明年果至,因赠诗。凡六岁,玉京遇疾死。明年,燕窥窗无人,周回累夕。坟在南郊,燕悲鸣至坟,亦死。

### 赠孤燕(题为辑者加)

昔年无偶去,今春犹独归。故人恩义重,不忍复双飞。

——《青楼小名录》

**辑者按**:其事甚难置信。封建社会特重节孝,疑以此宣扬之耳。

## 谢 氏

南朝齐人,名、字均不详。夫王肃为齐秘书丞,因父、兄、弟均被齐武帝杀害,遂投奔北魏,被任为尚书令。孝文帝拓跋宏以陈留长公主妻肃,谢氏遂不得复聚,写诗赠肃,以抒幽怨。

### 赠王肃

本为箔上蚕,今作机上丝。得络逐胜去,颇忆缠绵时。

**辑者按**:另有《赠王肃书》,见后"文"部。

## 刘令娴

南朝梁女文学家,彭城(今江苏徐州)人。诗人徐悱(敬业)妻,文学家刘

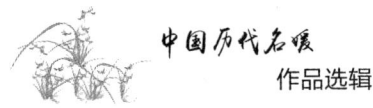

孝绰第三妹，世称刘三娘。有才学，文章清秀不俗。悱游宦于外，二人寄诗赠答，感情真挚。悱死，丧还京师，娴作《祭夫文》，辞甚凄怆。悱父徐勉名重一时，本欲为哀文，见此，叹而搁笔。有诗《答外》《答唐七娘穿针》《杂诗》等十余首。

## 答外二首

花庭丽景斜，兰牖轻风度。落日更新妆，开帘对春树。鸣鹂叶中响，戏蝶花间鹜。调瑟本要欢，心愁不成趣。良会诚非远，佳期今不遇。欲知幽怨多，春闺深且暮。

东家挺奇丽，南国擅容辉。夜月方神女，朝霞喻洛妃。还看镜中色，比艳自知非。摘辞徒妙好，连类顿乖违。智夫（疑作琼，事见《搜神记》）虽已丽，倾城未敢希。

## 光宅寺

长廊欣目送，广殿悦逢迎。何当曲房里①，幽隐无人声。

**注　释**
①曲房，见前《昭君怨》注③。

**辑者按**：在封建社会里，这是一首写得相当坦率而大胆的情诗。语言清新，风格流丽，似受南朝民歌影响。

### 刘大娘

刘孝绰的长妹，嫁琅琊（今属山东）王叔英，世称刘大娘。今存诗三首，载《玉台新咏》及《乐府诗集》，皆为闺怨之作。

## 赠 夫

妆铅点黛拂轻红,鸣环动珮出房栊①。看梅复看柳,泪满春风(一作衫)中。

**注 释**
①房栊,屋舍。韦庄诗:"惆怅四房栊。"

## 和昭君怨

一生竟何定,万事良难保。丹青失旧图,玉匣成秋草。相接(一作想妾)辞关泪,至今犹未燥。汉使汝南还,殷勤为人道。

## 沈满愿

吴兴武康(今浙江德清)人。著名文学家沈约(休文)孙女,西征记室范靖(一作静)妻。今存诗十一首,载《艺文类聚》《玉台新咏》《乐府诗集》。其诗多写妇女的哀愁和相思,以《晨风行》《登楼曲》较好。

## 晨风行

理楫令舟人,停舻息旅薄河津①。念君劬劳冒风尘,临路挥袂泪沾巾。飙流劲润逝若飞②,山高帆急绝音徽③。留子句句独言归,中心茕茕将依谁?风弥叶落永离索,神往形返情错漠。循带易缓愁难却④,心之忧兮颇销铄。

**注 释**
①舻,船首曰舻。②飙,暴风。③音徽,徽音的倒文(为了协韵),谓弦歌之声。④"循带"句:循,抚摩。带,衣带。古人用以束腰。《论语》:"束带立于朝。"这句是说抚摩着自己的衣带松弛了,是因为难以排除的忧愁所致。

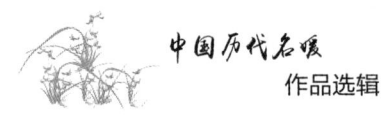

## 登楼曲

凭高川陆近,望远阡陌多。相思隔重岭,相忆限长河。

## 昭君叹二首

早信丹青巧①,重货洛阳师②。千金买蝉鬓,百万写蛾眉。
今朝犹汉地,明旦入胡关。高堂歌吹远,游子梦中还。

**注 释**

①丹青,朱红色和青色的颜料,借指绘画艺术。《晋书·顾恺之传》:"尤善丹青,图写特妙。"②重货洛阳师:以大量的财物去买通画师。

## 乐昌公主

南朝陈吴兴长城(今浙江长江)人。后主陈叔宝妹,太子舍人徐德言妻。公主才色冠绝,时陈政衰,德言自知不相保。乃谓妻曰:"以君之才容,国亡必入权豪之家,斯永绝矣。倘情缘未断,犹冀相见,宜有以信之。"因破镜,各分其半,约"他日必以正月望日卖于都市,我当在,即以是日访之"。公元589年,陈亡,主为杨素所得。德言流寓辛苦,辗转至京,到正月十五日,有苍头卖半镜者①,德言出半镜合之,悲喜交集,题诗一绝:"镜与人俱去,镜归人不归。无复嫦娥影,空留明月辉。"主得诗,悲泣不食。素知之,乃召德言至第,还其妻,并设宴相待。其后夫妻偕老于江南。成语"破镜重圆",即出于此。

## 饯别自解

今日何迁次②,新官对旧官。啼笑俱不敢③,方验作人难。

**注 释**
①苍头，《礼记疏》："汉家仆隶谓苍头。以苍巾为饰，异于民也。"②迁次，仓皇、为难的意思。当时口语。③啼笑，一作"笑啼"。

**辑者按**：其时悲喜交集、矛盾而又复杂的心情，都在"啼笑俱不敢"五字之中。

## 大义公主

北朝北周赵王宇文昭女，初名千金公主，嫁为突厥沙钵累妻。杨坚建立隋朝，公主附隋，赐姓杨，改封大义公主。隋灭陈后，将陈后主屏风赐公主，公主触物生情，题诗屏风。

## 书屏风诗

盛衰等朝暮，世道若浮萍。荣华实难守，池台终自平。富贵今何在？空事写丹青。杯酒恒无乐，弦歌讵有声①？余本皇家子，飘流入虏庭。一朝睹成败，怀抱忽纵横。古来共如此，非我独申名②。唯有明君曲③，偏伤远嫁情。

**注 释**
①讵，岂，何。②申，重也。③明君，即昭君。

## 侯夫人

隋炀帝宫女。名字、里居、家世、生年均不详，卒于隋炀帝大业六年（610）左右。《迷楼记》：炀帝建迷楼，选后宫女数千以居其中，由是后宫多不得进御。宫女侯夫人有美色，一日缢于栋下。臂系囊，囊中有文。左右取以进，帝览其诗，反复伤感，厚礼葬之。

## 绝命辞

初入承明日，深深报未央①。长门七八载②，无复见君王。春寒入骨清，独卧

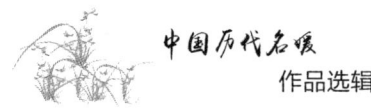

愁空房。飒履步庭下，幽怀空感伤。平日亲爱惜，自待却非常。色美反成弃，命薄何可量。君恩实疏远，妾意徒彷徨。家岂无骨肉，偏亲老北堂③。此身无羽翼，何计出高墙！性命诚所重，弃割良可伤。悬帛朱栋上，肝肠若沸汤。引颈又自惜，有若丝牵肠。毅然就死地，从此归冥乡。

**注　释**
①未央，汉宫名。在今陕西长安县西北。《三辅黄图》："未央宫周回二十八里。"②长门，汉宫名。司马相如有《长门赋》。③北堂，俗称母为北堂。

**辑者按**：题为辑者加。这首诗从开头到"妾意徒彷徨"，铺叙自己被锁深宫，长期无缘受到宠幸的孤寂、伤痛的心情，文字比较平常。后半部分，抒写自缢前的内心矛盾和绝望、悲愤的心情，令人不忍卒读。"此身无羽翼，何计出高墙"十字，真不知饱含着多少血泪！这既是一首自伤薄命的诗，也是一首暴露封建帝王的罪恶的史诗。

## 自感三首

庭绝玉辇迹①，芳草渐成稞②。隐隐闻箫鼓，君恩何处多？
欲泣不成泪，悲来翻强歌。庭花方烂熳，无计奈春何。
春阴正无际，独步意如何？不事闲花柳，翻承雨露多。

**注　释**
①玉辇，天子之舆（东箱，泛指车）也。潘岳赋："天子乃御玉辇。"②稞，通"棵"。俗称树木一株为一棵。

## 看梅二首

砌雪无消日，卷帘时自矕。庭梅对我有怜意，先露枝头一点春。
香清寒艳好，谁惜是天真。玉梅谢后阳和至，散与群芳自在春。

## 秦玉鸾

隋代人,生平不详。

## 忆情人

兰幕虫声切①,椒庭月影斜②。可怜秦馆女,不及洛阳花。

**注　释**
①切,贴近。②椒庭,椒房的庭院。椒房,古代后妃所居,以椒和泥涂壁的宫殿。取其温暖、芳香、多子之意。

**辑者按**:《辞源》"秦楼谢馆"条:旧指城市中吃喝玩乐之所。元李邦祐《转调淘金令》:"花衢柳陌,恨他去胡沾惹,秦楼谢馆,怔(怪)他去闲游冶。"又"楚馆秦楼"条:旧时指歌舞场。明高则诚《琵琶记》三十:"敢只是楚馆秦楼有个得意人儿也,闷恢恢常挂怀。"诗中所用"秦馆",疑为"秦楼谢馆"的省文。据此,则作者可能是一妓女,乃有"不及洛阳花"之叹。然又与开关的"兰幕""椒庭"的生活环境不协。而题为《忆情人》,不知作者是否兼有双重身份,先为妓女,后被选入宫。

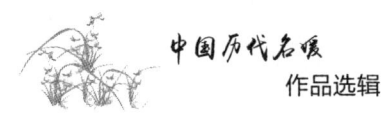

# 唐

## 文德皇后

太宗后。长孙氏,长安人。隋右骁卫将军晟之女。武德元年,立为皇后。今存诗一首。

### 游春曲

上苑杏花朝日明,兰闺艳妾动春情。井上新桃偷面色,檐边嫩柳学身轻。花中来去看舞蝶,树上长短听啼莺。林下何须远借问,出众风流旧有名。

## 则天皇后

高宗后。姓武氏,山西并州文水人。荆州都督士彠之女。永徽六年(655),立为皇后。中宗即位,称皇太后,临朝,寻自称皇帝,改国号曰周,自名曌,在位二十二年。她执政近五十年,注重选拔贤才,收复西域四镇,社会经济持续上升,上承"贞观之治",下启"开元盛世"。但大杀贞观老臣,奖励告密,宠任酷吏,冤狱四起,加之佞佛奢纵,弊政甚多。《全唐诗》存诗四十六篇,《如意娘》《从驾幸少林寺》两篇,被认为是她的本色之作。

**辑者按**:则天长于蜀,今四川广元有皇后山庄。

### 如意娘

看朱成碧思纷纷,憔悴支离为忆君。不信比来长下泪,开箱验取石榴裙。

**辑者按**：太宗死后，她一度被送进感业寺为尼。此诗可能作于这一时期。诗中所忆之"君"，疑指唐高宗李治。

## 从驾幸少林寺并序

睹先妃营建之所，倍切茕衿，逾凄远慕，聊题即事，用述悲怀。

陪銮游禁苑，侍赏出兰闱。云偃攒峰盖，霞低插浪旃。日宫疏涧户，月殿启岩扉。金轮转金地，香阁曳香衣。铎吟轻吹发，幡摇薄雾霏。昔遇焚芝火，山红连野飞。花台无半影，莲塔有全辉。实赖能仁力，攸资善世威。慈缘兴福绪，于此罄归依。风枝不可静，泣血竟何追。

## 徐贤妃

名惠，湖州长城人。生五月能言，四岁通《论语》《诗》，八岁自晓属文，辞致赡蔚，文无淹滞。太宗召为才人，再迁充容。贞观末，上疏论时政，帝善其言，优赐之。太宗死后，她追思顾遇之恩，万分悲痛，竟然成疾。病危不肯服药，卒于高宗永徽元年，时才二十三岁，赠谥号为贤妃。

## 进太宗

朝来临镜台，妆罢暂徘徊。千金始一笑，一召讵能来。

《纪事》云：长安崇圣寺有贤妃妆殿，太宗曾召妃，久不至，怒之，因进是诗。

## 长门怨

旧爱柏梁台，新宠昭阳殿。守分辞芳辇，含情泣团扇。

一朝歌舞荣,夙昔诗书贱。颓恩诚已矣,覆水难重荐。

## 上官昭容

名婉儿,陕州陕县人,西台侍郎上官仪之孙女。天后时,配入掖庭。中宗即位,大被信任,封为昭容。劝帝侈大书馆,增学士员,引大臣名儒充选。景龙四年(710),李隆基(玄宗)起兵诛韦后,婉儿亦被杀。《全唐诗》存录其诗三十二篇,几乎全是应制之作,唯反映宫禁生活的《彩书怨》较为可取。

### 彩书怨

叶下洞庭初,思君万里余。露浓香被冷,月落锦屏虚。
欲奏江南曲,贪封蓟北书。书中无别意,惟怅久离居。

## 杨贵妃

蒲州永乐人,元琰女,小名玉环,号太真。善歌舞,邃晓音律,智算警颖,迎意辄悟。恩幸无比,宫中号娘子。天宝初,进册贵妃。十五载,玄宗西幸至马嵬,六军不发,缢路祠下。有诗一篇。

### 赠张云容舞

罗袖动香香不已,红蕖袅袅秋烟里。轻云岭上乍摇风,嫩柳池边初拂水。

## 江　妃

名采蘋,莆田(今福建莆田)人。开元初,高力士选归,侍明皇,大见宠幸。善属文,自比谢(道韫)女。淡妆雅服,姿态明秀。所居悉植梅花,帝因其所好,戏名梅妃。仅存诗一首。无名氏所作的《梅妃传》中,录存其《楼东赋》一篇。

## 谢赐珍珠

桂叶双眉久不描,残妆和泪污红绡。长门尽日无梳洗,何必珍珠慰寂寥。

**辑者按**:采蘋见妒于杨贵妃,因而失宠,被迁往上阳东宫。但玄宗眷恋旧情,一次,密封珍珠一斛赐之,妃不受。回报《谢赐珍珠》一首。

## 宋若华

《新唐书》作若莘,贝州(今河北清河)宋廷棻长女。廷棻生一男五女,男独愚,不可教。而五女(若华、若昭、若伦、若宪、若荀)皆警慧,善属文。且悉禀性贞素,不愿归人,欲以学名家。贞元中,并召入宫。帝每与侍臣赓和,五人咸预。高其风操,不以妾侍命之,呼学士。云安公主下嫁刘士泾,百僚举畅为傧相,才思敏捷,应对如流,六宫大异之。畅吴音,以诗嘲焉。一云若昭作。

## 嘲陆畅

十二层楼倚翠空,凤鸾相对立梧桐。双成走报监门卫,莫使吴歈入汉宫。

**辑者按**:陆畅,吴县人,字达夫,举进士,以秘书丞为观察判官。

## 鲍君徽

字文姬,鲍征君女。善诗,与五宋齐名。德宗尝召入宫,与侍臣赓和,赏赉甚厚。入宫百余日,以母老乞归。《全唐文》存其《乞归疏》一篇,本辑选录入"文"篇。

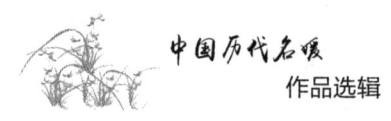

## 关山月

高高秋月明，北照辽阳城。塞迥光初满，风多晕更生。
征人望乡思，战马闻鼙惊。朔风悲边草，胡沙暗虏营。
霜凝匣中剑，风惄原上旌。早晚谒金阙，不闻刁斗声。

## 惜春花

枝上花，花下人，可怜颜色俱青春。昨日看花花灼灼，今日看花花欲落。不如尽此花下欢，莫待春风总吹却。莺歌蝶舞媚韶光（一作"韶光长"），红炉煮茗松花香。妆成形影自矜持（一作"吟罢恣游后"），独把花枝归洞房。

以花喻人，比兴兼用，宛转清丽。不失女性本色。

——《中国历代才女小传》

## 张　氏

袁州人，评事彭伉妻。贞元中，伉登第，辟江西幕，久不归，张以诗寄之。

## 寄　夫

久无音信到罗帏，路远迢迢遣问谁。闻君折得东堂桂，折罢那能不暂归？
驿使今朝过五湖，殷勤为我报狂夫。从来夸有龙泉剑，试割相思断得无。

## 崔莺莺

永宁尉崔鹏女，其母郑氏，与元稹中表也。适与郑氏同寓蒲东普救寺。时军人大扰,稹与将党有善者,护崔免难。郑设馔款稹,命女莺莺出拜,稹心动,诱侍女红娘奉词挑之。翌日,红娘持一彩笺授稹,曰:"崔所命也。"出(疑为由之讹)是通焉。越明年,稹往长安,文战不利,遂止于京,移书于崔,崔缄报之。后崔委身于人,稹过崔,以外兄求见,崔终不出,赋诗绝之。稹怨怼作《会真记》以丑之,所云张生者自讳也。

## 绝微之

自从销瘦减容光,万转千回懒下床。不为傍人羞不起,为郎憔悴却羞郎。

——《古今女史》

**辑者按**:答微之书见后,另附莺莺小传。

## 裴　淑

字柔之,唐著名诗人元稹继室。稹自会稽到京,未逾月,出镇武昌,裴难之,稹赋诗相慰,柔之作《答微之》诗。

## 答微之

侯门初拥节,御苑柳丝新。不是悲殊命,唯愁别近亲。
黄莺迁古木,朱履从清尘。想到千山外,沧江正暮春。

## 赵　氏

洹水人,杜羔妻也。羔为唐德宗贞元初进士,仕至工部尚书。

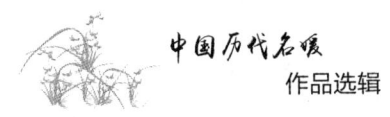

## 杂言寄杜羔

君从淮海游,再过兰杜秋。归来未须臾,又欲向梁州。梁州秦岭西,栈道与云齐。羌蛮万余落,矛戟自高低。已念寡俦侣,复虑劳攀跻。丈夫重志气,儿女空悲啼。临邛滞游地,肯顾浊水泥。人生赋命有厚薄,君但遨游我寂寞。

## 张夫人

户部侍郎吉中孚室。楚州山阳(今江苏淮安)人。所作七古《拜新月》,描写妇女拜月时的心理活动,委婉细腻,音节自然流转。

## 拜新月

拜新月,拜月出堂前。暗魄初笼桂,虚弓未引弦。拜新月,拜月妆楼上。鸾镜未安台,蛾眉已相向。拜新月,拜月不胜情。庭花风露清。(单句用韵)月临人自老,人望月长生。东家阿母亦拜月,一拜一悲声断绝。昔年拜月逞容辉,如今拜月双泪垂。回看众女拜新月,却忆闺中年少时。

## 裴羽仙

失其姓,裴说室也。说征匈奴不归,羽仙赋边将诗以写忧郁。后寄夫征衣,并系以诗。

## 寄夫征衣

深闺乍冷开香箧,玉筯微微湿红颊。一阵霜风杀柳条,浓烟半夜成黄叶。重重白练明如雪,独下闲阶转凄切。只知抱杵捣秋砧,不觉高楼已无月。时闻寒雁声相唤,纱窗只有灯相伴。几展齐纨又懒裁,离肠恐逐金刀断。细想仪形执刀尺,回刀剪破澄江色。愁捻银针信手缝,惆怅无人试宽窄。时时举袖匀残泪,红笺谩有千行字。书中不尽心中事,一半殷勤托边使。

**辑者按**:诗的开头到"纱窗只有灯相伴",绘声绘色,写深闺孤寂之感;以下抒发缠绵幽思之情。"心中事"真非"千行字"所能尽也。

## 薛　媛

濠梁(今安徽凤阳东)南楚材妻。能诗善画。楚材旅游陈颖,颖川太守颜牧慕其仪范,欲妻以女。楚材遣家仆归取琴书,无返归意。薛见其攀附权贵而不念糟糠之情,遂对镜作自画像,并题诗寄之。楚材自惭,遂归偕老。故时人云:"若不逞丹青,空房应独守。"事见《云溪友议》卷上。

## 写真寄外

欲下丹青笔,先拈宝镜寒。已惊颜索寞,渐觉鬓凋残。
泪眼描将易,愁肠写出难。恐君浑忘却,时展画图看。

## 元　淳

洛中(今河南洛阳市)人,女道士。生平不详,《唐才子传》称其"能华藻,才色双美"。作品多佚。

## 寄洛中诸妹

旧国经年别,关河万里思。题书凭雁翼,望月想蛾眉。
自发愁偏觉,归心梦独知。谁堪离乱处,掩泪向南枝。

抒写离乱中对故乡的思念,情辞凄婉。

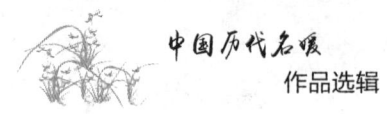

## 杨容华

华阴（今陕西华阴县）人，初唐四杰之一的杨炯之侄女。炯初见郑羲贞，诵容华《临镜晓妆》诗，郑大击节。后诵己作数十首，郑皆曰不如，炯为之汗背。

### 临镜晓妆

宿鸟惊眠罢，房栊乘晓开。凤钗金作缕，鸾镜玉为台。
妆似临池出，人疑向月来。自怜终不见，欲去复徘徊。

## 开元宫人

据《全唐诗》："开元中，赐边军纩衣，制自宫人。有兵士于袍中得诗，白于帅，帅上之朝。明皇以诗遍示六宫，一宫人自称万死。明皇悯之，以妻得诗者，曰：'朕与尔结今生缘也。'"

### 袍中诗

沙场征戍客，寒苦若为眠。战袍经手作，知落阿谁边？
蓄意多添线，含情更著绵。今生已过也，重结后生缘。

## 寇坦母赵氏

唐开元（713—741）间人。余不详。

### 古兴三首（选一）

金菊延清霜，玉壶多美酒。良人犹不归，芳菲岂常有。

不惜芳菲歇,但伤别离久。含情罢斟酌,凝怨对窗牖。

## 天宝宫人

姓名、生卒、籍贯均不详。天宝(742—750)。

## 又题洛苑梧叶上

一叶题诗出禁城,谁人酬和独含情?自嗟不及波中叶,荡漾乘春取次行。

## 刘　媛

唐女诗人,身世无可考。《乐府诗集》与《唐诗纪事》均录媛《长门怨》二首。

## 长门怨

雨滴梧桐秋夜长,愁心和雨到昭阳。泪痕不学君恩断,拭却千行更万行。
学画蛾眉独出群,当时人道便承恩。经年不见君王面,花落黄昏空掩门。

## 葛鸦儿

身世无可考。《全唐诗》录存其《怀良人》《会仙诗》二首。《怀良人》写一农村劳动妇女盼望丈夫归来的心情,朴素诚挚,不同于一般文人的离愁别恨之作。

## 怀良人

蓬鬓荆钗世所稀,布裙犹是嫁时衣。胡麻好种无人种,正是归时君不归?

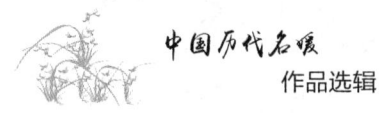

## 张文姬

《又玄集》《才调集》皆云鲍参军妻,余无可考。《全唐诗》录存其诗四首。

### 沙上鹭

沙头一水禽,鼓翼扬清音。只待高风便,非无云汉心。

### 双槿树

绿影竞扶疏,红姿相照灼。不学桃李花,乱向春风落。

沈德潜云:清朗秀逸,寄兴颇深。

## 柳 氏

韩翃妻。翃为大历十才子之一,其七绝《寒食》,是历来传诵的名作。

许尧佐《章台柳传》云:柳氏,韩翃姬也……后为番将沙吒利所劫,宠之专房。翃随侯希逸入觐,见柳氏在辎軿中,殊不胜情。虞侯许俊曰:当为足下致之。乃衣缦胡,佩双鞬,从一骑造沙吒利之第,伺其出,排闼大呼曰:将军中恶,使召夫人。仆侍辟易,无敢仰视。遂升堂扶柳氏跨鞍马,逸尘倏忽而至。引裾而前曰:幸不如命。四座惊叹。柳氏与翃执手涕泣。是时沙吒利恩宠殊等,翃、俊俱惧祸,乃诣希逸。希逸大惊曰:吾生平所难事,俊乃能尔乎。乃以事闻于朝,寻有诏,柳氏宜还韩翃,许俊赐钱二百万。柳氏归翃,翃后累迁至中书舍人。清陆昶说:柳诗语不多而胸情缭绕,前后都到。句法亦紧峭,与韩翃同一工妙。

### 杨柳枝(答韩翃)

杨柳枝,芳菲节,可恨年年赠离别。一叶随风忽报秋,纵使君来岂堪折。

附：章台柳（寄柳氏）　韩翃

章台柳，章台柳，昔日青青今在否？纵使长条似旧垂，也应攀折他人手。

## 杜秋娘

金陵（今江苏南京）人。十五岁为镇海军节度使李锜妾。元和二年（807），李锜叛乱被杀，秋娘籍没入官，为宪宗所宠。穆宗即位，为皇子李凑傅姆。大和五年（831），李凑被废黜，秋娘归故乡，从此穷老无依，晚景凄凉。

# 杜秋娘诗序
杜牧

杜秋，金陵女也。年十五，为李锜妾。后锜叛灭，籍之入宫，有宠于景陵。穆宗即位，命秋为皇子傅姆。皇子壮，封漳王。郑注用事，诬丞相欲去己者，指王为根。王被罪废削，秋因赐归故乡。予过金陵，感其穷且老，为之赋诗。

**辑者按**：晚唐著名诗人杜牧，大和七年过金陵，感其流落事，为之赋《杜秋娘诗》。诗长从略。杜牧《杜秋娘诗》为五言古体，文长五百六十字，概括杜秋的一生，寄予无限同情，读者可查阅刘逸生主编之《杜牧诗选》。

杜秋入宫，经宪宗、穆宗、敬宗、文宗四朝二十七年。在垂暮之年被放归故乡，诚不哀怜。故序文有"感其穷且老"之语。

# 金缕衣

劝君莫惜金缕衣，劝君须惜少年时。花开堪折直须折，莫待无花空折枝。

**辑者按**：后人传诵此诗，意在劝人爱惜时光，切莫留恋玩乐，虚度年华。

清人陆昶所选《历朝名媛诗词》评曰：词气明爽，手口相应。其"莫惜""须惜""堪折""须折""空折"，层层跌宕，读之不厌，可称能事。

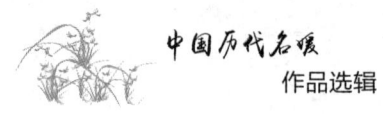

## 晁 采

字试莺,唐代宗大历时人,嫁邻居书生文茂。婚后,茂前往长安,采以诗送之。

### 春日送夫之长安

思君远别妾心愁,踏翠江边送画舟。欲待相看迟此别,只忧红日向西流。

## 刘采春

唐歌伎。淮甸(今江苏淮安淮阴一带)人,一说越州(今浙江绍兴)人,伶工周季崇之妻。善歌,一唱《啰唝曲》,闺妇行人莫不凄然下泪。深为元稹所称赏,有《赠刘采春》诗云:"言词雅措风流足,举止低回秀媚多。更有恼人肠断处,选词能唱《望夫歌》(即《啰唝曲》)。"《全唐诗》录存其《啰唝曲》六首。皆写商贾妻子的闺怨相思,情致哀婉。一说采春只是《啰唝曲》的歌者,所唱歌词皆当代才子所作。事迹略见《云溪友议》卷下。

### 啰唝曲(选三)

不喜秦淮水,生憎江上船。载儿夫婿去,经岁又经年。

《唐诗别裁集》:"不喜生憎,经岁经年,重复可笑的是儿女子口角。"

莫作商人妇,金钗当卜钱。朝朝江口望,错认几人船。

昨日胜今日,今年老去年。黄河清有日,白发黑无缘。

**辑者按**:据元稹诗"选词能唱望夫歌"推断,《啰唝曲》或非采春所作。

## 关盼盼

唐徐州名妓，善歌舞，雅多风态。徐州节度使张愔纳为妾，十分宠爱。旧说为愔父张建封妾，实误。白居易为校书郎时，游徐泗间，张愔设宴，出盼盼以佐欢，居易因之赠诗。元和元年（806），张愔卒后，盼盼念旧爱而不嫁。独居徐州张氏旧宅之燕子楼十余年。后白居易作《感故张仆射诸妓》，讽其不死。盼盼得诗，泣而作《和白公诗》，遂不食而卒。后世文人感其身世，编成小说、戏曲。元王仲谋有《燕子楼传》，侯克中有《关盼盼春风燕子楼》杂剧，明清文人又衍为传奇。《全唐诗》录存其《燕子楼》三首，《和白公诗》一首。可见白居易《燕子楼诗序》、宋陈振孙《白文公年谱》《丽情集》。

## 燕子楼诗（三首）

楼上残灯伴晓霜，独眠人起合欢床。相思一夜情多少？地角天涯不（一作"未"）是长。

北邙松柏锁愁烟，燕子楼中思悄然。自埋剑履歌尘散，红袖（一作"褪"）香销一（一作"已"）十年。

适看鸿雁岳阳回，又睹玄禽逼社来。瑶瑟玉箫无意绪，任从蛛网任从灰。

## 和白公诗

自守空楼敛恨眉，形同春后牡丹枝。舍人不会人深意，讶道泉台不去随。

**附：白居易《赠盼盼绝句》**

黄金不惜买蛾眉，拣得如花四五枝。歌舞教成心力尽，一朝身去不相随。

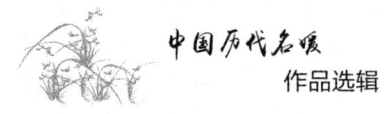

## 王韫秀

太原祈(今山西祈阳东南)人。河西节度使王忠嗣之女,宰相元载之妻,素以骄悍凶戾著称。大历十二年(777),元载伏诛,王氏亦赐死。据传元载被杀后,帝令王氏入官,她叹道:"二十年太原节度使女,十六年宰相妻,谁能为长信、昭阳之事?死亦幸矣!"遂被笞毙。《全唐诗》录存其诗三首,以早年所作《同夫游秦》最佳。富于进取精神,而无伤感情绪。沈德潜《唐诗别裁集》称其"作丈夫语"。

### 同夫游秦

路扫饥寒迹,天哀志气人。休零别离泪,携手入西秦。

### 夫入相寄姨妹

相国已随麟阁贵,家风第一右丞诗。笄年解笑鸣机妇,耻见苏秦富贵时。

## 李季兰

名冶,以字行。乌程(今浙江吴兴)人。幼聪慧,及长,美姿容,神情萧散。专心翰墨,善弹琴。犹工格律。后为女道士,与陆羽、皎然、刘长卿等交游。后因上诗叛将朱泚,为德宗所扑杀。其诗多为送别寄赠,感兴遣怀之作。长于五言,清雅婉丽。以《寄校书七兄》《送韩揆之江西》等篇较著名。《全唐诗》录存其诗十六首。后人曾辑录她与薛涛诗为《薛涛李冶诗集》二卷。

### 湖上卧病喜陆鸿渐至

昔去繁霜月,今来苦雾时。相逢仍卧病,欲语泪先垂。

强劝陶家酒,还吟谢客诗。偶然成一醉,此外更何之?

## 送韩校书（一作寄校书七兄）

无事乌程县,蹉跎岁月余。不知芸阁吏,寂寞竟何如。
远水浮仙棹,寒星伴使车。因过大雷岸,莫忘八行书。

## 送韩揆之江西

相看指杨柳,别恨转依依。万里西江水,孤舟何处归。
溢城潮不到,夏口信应稀。唯有衡阳雁,年年来去飞。

## 恩命追入留别广陵故人

无才多病分龙钟,不料虚名达九重。仰愧弹冠上华发,多惭拂镜理衰容。
驰心北阙随芳草,极目南山望旧峰。桂树不能留野客,沙鸥出浦谩相逢。

## 八至诗

至近至远东西,至深至浅清溪,至高至明日月,至亲至疏夫妻。

**辑者按**：上六言诗录自《古今女史》。
陆羽,字鸿渐,唐竟陵人,嗜茶,著《茶经》三篇,鬻茶者祀为茶神。
皎然,姓谢氏,字清昼,吴兴人,谢灵运十世孙。出家为僧,久居吴兴杼山妙喜寺。
刘长卿,字文房,唐河间人。开元时举进士第,官终随州刺史。有《刘随州集》。他对李冶的诗极为赞赏,誉为"女中诗豪"。
高仲武评李诗云:"士有百行,女唯四德。季兰则不然,形气既雄,诗意亦

荡。如'远水浮仙棹，寒星伴使车'，此五言之佳境也。"

天宝间，玄宗闻李冶诗名，曾召她赴京入宫。时李已值暮年，正栖身于广陵（今扬州东北），志在云水之间，留居宫中仅百余日而还，故有"桂树不能留野客，沙鸥出浦谩相逢"之句。

## 薛　涛

字洪度，中唐著名女诗人，原籍长安。父薛郧游宦蜀中，涛幼时随父入蜀，父死后，母孀居。唐德宗贞元元年（785），韦皋出任剑南西川节度使，固慕涛名，召其侍酒赋诗，遂沦为乐妓。涛聪慧工诗，容貌美丽，声名倾动一时。晚年居成都浣花溪，着女道士服。工为小诗，创制深红色小彩笺，世称"薛涛笺"。曾与元稹、白居易、牛僧孺、令狐楚、裴度、杜牧、刘禹锡、王建等相唱和。《全唐诗》录存其诗八十八首，多为绝句。胡震亨称其"工绝句，无雌声"。《蜀中名胜记》："邑东荣川即古遁水河，岸有竹王祠，盖以祀夜郎王者。薛涛《题竹郎庙》云。"

《后汉书·南蛮西南夷列传》："夜郎者，初有女子浣于遁水，有三节大竹流入足间，闻其中有号声，剖竹视之，得一男儿，归而养之。及长，有才武，自立为夜郎侯，以竹为姓。"

郑振铎《插图本中国文学史》："……其诗轻茜而艳丽，时有佳句，像《题竹郎庙》云。"

《诗词曲语辞汇释》：薛涛《柳絮》诗"一向南飞又北飞"，此"一向"犹云一霎，言一霎间南飞北飞无定也。

### 题竹郎庙

竹郎庙前多古木，夕阳沉沉山更绿。何处江村有笛声？声声尽是迎郎曲。

### 柳　絮

二月杨花轻复微，春风摇荡惹人衣。他家本是无情物，一向南飞又北飞。

**辑者按**：这首诗表面是咏物，实为自伤身世之作，极为沉痛。

## 送友人

水国蒹葭夜有霜，月寒山色共苍苍。谁言千里自今夕？离梦杳如关塞长。

## 春望词

花开不同赏，花落不同悲。欲问相思处，花开花落时。
揽草结同心，将以遗知音。春愁正断绝，春鸟复哀吟。
风花日将老，佳期犹渺渺。不结同心人，空结同心草。
那堪花满枝，翻作两相思。玉箸垂朝镜，春风知不知？

**辑者按**：洪度诗有专集行世，故录诗不多。姜华《介绍女诗人薛涛》："质朴为白衣处女，婷婷玉立，毫无俗态。其表白，其胸襟，荡荡然为一池清水。"

## 鱼玄机

字幼微，一字蕙兰，长安（今西安市）人。性聪慧，好读书，尤工诗，甚有才思。咸通中，为补阙李亿妾。李妻不容，遂入咸宜观为女道士。曾与温庭筠、李郢等唱酬。咸通九年（868），因笞杀女僮绿翘，被京兆尹温璋处死。其爱情诗大胆坦率，细腻真切，为《闺怨》《秋怨》《暮春即事》《情书寄李子安》《江陵愁望寄子安》等。"易求无价宝，难得有心郎"尤为名句。《全唐诗》辑录其诗五十首，编为一卷。辛文房《唐才子传》："观其志意激切，使为一男子，必有用之才。"钟惺《名媛诗归》："风流艳冶，偏与文士相宜，故其语亦矜重自喜。"

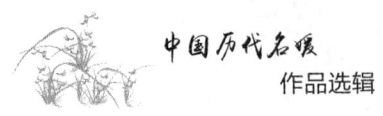

# 鱼玄机事略
## 《历代妇女著作考》

  唐西京咸宜观女道士鱼玄机，字幼微，长安里家女也。色既倾国，思乃入神，喜读书属文，尤致意于一吟一咏。破瓜之岁，志慕清虚。咸通初，遂从冠帔于咸宜，而风月赏玩之佳句，往往播于士林。然蕙兰弱质，不能自持，复为豪侠所调，乃从游处焉。于是风流之士，争修饰以求狎，或载酒诣之者，必鸣琴赋诗，间以谑浪；憎学辈自视缺然。其诗有绮陌春望远，瑶徽秋兴多；又殷勤不得语，红泪一双流；又焚香登玉坛，端简礼金阙，又云情自郁争同梦，仙貌长芳又胜花。此数联为绝矣。一女僮曰绿翘，亦明慧有色。忽一日机为邻院所邀，将行，诫翘曰：无出，若有客，但云在某处。机为女伴所留，追暮方归院。绿翘迎门曰：适某客来，知鍊师不在家，舍辔而去矣。客乃机素相暱者，意翘与之私，及夜，张灯扃户，乃命翘入卧内讯之。翘曰：自执巾盥数年，实自检御，不令有似是之过，致忤尊意。且某客至款扉，翘隔阖报云：鍊师不在，客无言，策马而去。苦乐情爱，不蓄于胸襟有年矣！幸鍊师无疑。机愈怒，裸而笞百数，但言无之。既委顿，请盃水酹地曰：鍊师欲求三清长生之道，而未能忘解佩荐枕之欢，反以沈猜厚诬贞正，翘今必毙于毒手矣。无天则无所诉，若有，谁能抑我强魂，誓不蠢蠢于冥冥之中，纵尔淫佚，言讫绝于地。机恐，乃坎后庭瘗之，自谓人无知者，时咸通戊子春正月也。有问翘者，则曰春雨霁逃矣。客有宴于机室者，因溲于后庭，当瘗上青蝇数十集于地，驱去复来，详视之，如有血痕且腥。客既出，窃语其仆，仆归后语其兄。其兄为府街卒，尝求金于机，机不顾，卒深衔之，闻此遽至观门觇伺。见偶语者，乃讶不睹绿翘之出入。街卒复呼数卒携插具突入玄机院，发之，而绿翘面如生。卒遂录玄机京兆府，吏诘之，辞伏。而朝士多为言者，府乃表列上，至秋竟戮之。在狱中亦有诗曰：易求无价宝，难得有心郎；明月照幽隙，清风开短襟。此等美者也。

## 游崇真观南楼睹新及第题名处

  云峰满目放春晴，历历银钩指下生。自恨罗衣掩诗句，举头空羡榜中名。

## 秋 怨

自叹多情是足愁,况当风月满庭秋。洞房偏与更声近,夜夜灯前欲白头。

## 江陵愁望寄子安（即补阙李亿）

枫叶千枝复万枝,江桥掩映暮帆迟。忆君心似西江水,日夜东流无歇时。

这首诗首句写江陵秋景；次句写愁望之情；结尾两句接写相思,以江水比相思之永无休歇。

## 赋得江边柳

翠色连荒岸,烟姿入远楼。影铺秋水面,花落钓人头。
根老藏鱼窟,枝低系客舟。潇潇风雨夜,惊梦复添愁。

黄周星《唐诗快》："翠色"两句,情景俱绝。
钟惺《名媛诗归》："影铺"两句,俱妙在神气静,语气朗。

## 赠邻女

羞日遮罗袖,愁春懒起妆。易求无价宝,难得有心郎。
枕上潜垂泪,花间暗断肠。自能窥宋玉,何必恨王昌。

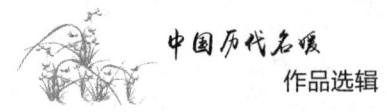

## 张 琰

身世不详。

### 铜雀台

君王冥漠不可见,铜雀歌舞空裴回。西陵啧啧悲宿鸟,空殿沉沉闭青苔。
青苔无人迹,红粉空自哀。

### 春 词（二选一）

昨日桃花飞,今朝梨花吐。春色能几时,那堪此愁绪。
荡子游不归,春来泪如雨。

## 梁 琼

身世未详。

### 铜雀台

歌扇向陵开,齐行奠玉杯。舞时飞燕列,梦里片云来。
月色空余恨,松声暮更哀。谁怜未死妾,掩袂下铜台。

### 昭君怨

自古无和亲,贻灾到妾身。胡风嘶去马,汉月出行轮。
衣薄狼山雪,妆成虏塞春。回看父母国,生死毕胡尘。

## 郎大家宋氏

身世不详。

### 宛转歌

风已清,月朗琴复鸣。掩抑非千态,殷勤是一声。歌宛转,宛转和且长,愿为双鸿鹄,比翼共翱翔。

日已暮,长檐鸟应度。此时望君君不来,此时思君君不顾。歌宛转,宛转那能异栖宿。愿为形与影,出入恒相逐。

## 刘 云

生平无考。

### 婕妤怨

君恩不可见,妾岂如秋扇?秋扇尚有时,妾身永微贱。
莫言朝花不复落,娇容几夺昭阳殿。

## 周仲美

成都人。《全唐诗》:仲美随夫金陵幕,夫因事弃官入华山,仲美求归未得。适舅从泗调任长沙,载之而南(疑当作"西")。因书所怀于壁。

### 书 壁

爱妾不爱子,为问此何理?弃官更弃妻,人情宁可已!永诀泗之滨,遗言空在耳。三载无朝昏，孤帏泪如洗。妇人义从夫，一节誓生死。江乡感残春，肠断晚烟起。西望太华峰，不知几千里。

## 德宗宫人

奉恩院王才人养女凤儿也。贞元中，进士贾全虚于御沟得一花叶，上有诗句，悲想其人，徘徊沟上，为街吏所获。金吾奏其事，德宗询之，知为凤儿所作，因召全虚，搜金吾卫兵曹，遂以凤儿妻之。

### 花叶诗

一入深宫里，无由得见春。题诗花叶上，寄与接流人。

## 宣宗宫人

卢渥应举时，偶临御沟，得一红叶，上有绝句，置于巾箱。及出宫人，渥得韩氏。睹红叶，吁嗟久之，曰："当时偶题，不谓郎君得之。"

### 题红叶

流水何太急，深宫尽日闲。殷勤谢红叶，好去到人间。

## 僖宗宫人

生平不详。

### 金锁诗

僖宗尝自内出袍千领，赐塞外吏士，神策军马真于袍中得锁及诗。主将奏闻，帝令真赴阙，以作诗宫人赐之。

玉烛制袍夜，金刀呵手裁。锁寄千里客（一作"锁情寄千里"），锁心终不开。


## 薛媛

字馥，彦辅孙女也。一作"韫"。

### 赠郑女郎（一作郑氏妹）

艳阳灼灼河洛神，珠帘绣户青楼春。能弹筝篌弄纤指，愁杀门前少年子。笑开一面红粉妆，东园几树桃花死。

朝理曲，暮理曲，独坐窗前一片玉。行也娇，坐也娇，见之令人魂魄（一作"暗"）销。堂前锦褥红地炉，绿沉香榼倾屠苏。解佩时时歇歌管，芙蓉帐里兰麝满。晚起罗衣香不断，灭烛（一作"烛灭"）每嫌秋夜短。

### 赠故人

昔别容如玉，今来鬓若丝。泪痕应共见，肠断阿谁知？


## 崔氏

校书郎卢某妻。校书娶崔时，年已暮，崔微有愠色。

### 述怀

不怨卢郎年纪大，不怨卢郎官职卑。自恨妾身生较晚，不及卢郎年少时。

## 孙 氏

乐昌（一作"安"）人，进士孟昌期妻也。善诗，每代夫作。一日忽曰，才思非妇人事，遂焚其集。

### 闻[①] 琴

玉指朱弦轧复清，湘妃愁怨最难听。初疑飒飒凉风劲（一作"动"，一作"至"），又似萧萧暮雨零。
近比流泉来碧嶂，远如玄鹤下青冥。夜深弹罢堪惆怅，雾湿丛兰月满庭。

**注 释**
①一作"听"。

## 王霞卿

蓝田人，会稽宰韩嵩之妾。嵩死，霞卿流落会稽，尝题诗唐安寺，进士郑殷彝和诗求谒，霞卿答诗拒之。

### 题唐安寺阁壁 并序

琅琊王氏霞卿，光启三年阳春二月，登于是阁，临轩轸恨，睹物增悲。虽看焕烂之花，但比凄凉之色。时有轻绡捧砚，小玉看题。

春来引步暂寻游，愁见风光倚（一作"恨睹烟霞簇"）寺楼。正好开怀对烟月（一作"举目尽为停待景"），双眉不觉自如钩。

**附：郑殷彝和诗**

题诗仙子此曾游，应是寻春别凤楼。赖得从来未相识，免教锦帐对银钩。

**答郑殷彝**

君是烟霄折桂身,圣朝方切用儒珍。正堪西上文场战,空向途中泥妇人。

**辑者按:**"光启"是唐僖宗年号。

## 窦梁宾

夷门人,卢东表侍儿也。

# 雨中看牡丹

东风未放晓泥干,红药花开不奈寒。待得天晴花已老,不如携手雨中看。

## 程长文

鄱阳人。其余不详。

# 铜雀台怨

君王去后行人绝,箫筝(一作"筝")不响歌喉咽。雄剑无威光彩沉,宝琴零落金星灭。玉阶寂寞坠秋露,月照当时歌舞处。当时歌舞人不回,化为今日西陵灰。

# 春闺怨

绮陌香飘柳如线,时光瞬息如流电。良人何处事功名,十载相思不相见。

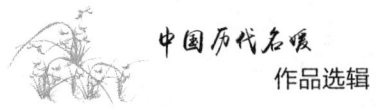

上七绝录自《古今图书集成·闺媛典》。

## 海 印

成都慈光寺尼,生平无考。

### 舟 夜

水色连天色,风声益浪声。旅人归思苦,渔叟梦魂惊。
举棹云先到,移舟月逐行。旋吟诗句罢,犹见远山横。

## 刘淑柔

生平无考。

### 中秋夜泊武昌

两城相对峙,一水向东流。今夜素娥月,何年黄鹤楼。
悠悠兰棹晚,渺渺荻花秋。无奈柔肠断,关山总是愁。

## 徐月英

江淮间妓女。《全唐诗》录存其诗二首。《叙怀》一首,内心悲愤而品德高洁。

### 叙 怀

为失三从泣泪频,此身何用处人伦。虽然日逐笙歌乐,长羡荆钗与布裙。

## 武昌妓

姓氏无考。《全唐诗》:"韦蟾廉问鄂州,及罢,宾僚祖饯,韦以笺书《文选》(《昭明文选》)句,授坐客请续。有妓起,口占二句,无不嘉叹。蟾赠数十千纳之。"

### 续韦蟾句

悲莫悲兮生别离,登山临水送将归。武昌无限新栽柳,不见杨花扑面飞。

## 姚月华

生平不可详考。传说她因梦月轮坠妆台,觉而大悟,聪慧过人,未尝读书,即能搦管属文。她传诗六首,俱属言情之作,并大都与杨达有关。

### 制履赠杨达

金刀剪紫绒,与郎作轻履。愿化双仙凫,飞来入闺里。

### 有期不至

银烛清樽久延伫,出门入门天欲曙。月落星稀竟不来,烟柳曈昽鹊飞去。

### 怨诗寄杨达

春水悠悠春草绿,对此思君泪相续。羞将离恨向东风,理尽秦筝不成曲。
与君形影分吴越,玉枕经年对离别。登台北望烟雨深,回身泣向寥天月。

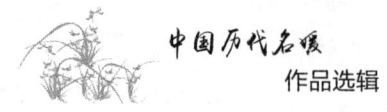

## 魏 氏

求己妹,余未详。

### 赠 外

浮萍依绿水,弱茑寄青松。与君结大义,移天得所从。翰林无双鸟,剑水不分龙。谐和类琴瑟,坚固同胶漆。义重恩欲深,夷险贵如一。本自身不令,积多婴痛疾。朝夕倦床枕,形体耻巾栉。游子倦风尘,从官初解巾。束装赴南郢,脂驾出西秦。比翼终难遂,衔雌苦未因。徒悲枫岸远,空对柳园春。男儿不重旧,丈夫多好新。新人喜新聘,朝朝临粉镜。两鸳固无比,双蛾谁与竞。讵怜愁思人,衔啼嗟薄命。蕣华不足恃,松枝有余劲。所愿好九思,勿令亏百行。

——《古今图书集成·闺媛典》

## 赵鸾鸾

平康名妓也,能诗。有云鬟、柳眉、檀口、纤指、酥乳五咏。

### 柳 眉

弯弯柳叶愁边城,湛湛菱花照处频。妩媚不烦螺子黛,春山画出自精神。

### 檀 口

衔杯微动樱桃颗,咳唾轻飘茉莉香。曾见白家樊素口,瓠犀颗颗缀榴芳。

## 灼 灼

锦城官妓也。善舞柘枝,能歌水调。相府筵中,与河东人坐接,神通目授,如旧相识,自此不复面矣。灼灼以软绡帕裹红泪密寄河东人。

### 春 愁

自有春愁正断魂,不堪芳草思王孙。落花寂寂黄昏雨,深院无人独倚门。

**附录:韦庄闻其贫且老,殂落于成都酒市中,因以四韵吊之**

尝闻灼灼丽于花,云髻盘时未破瓜。桃脸曼长横绿水,玉肌香腻透红纱。多情不住神仙界,薄命曾嫌富贵家。流落锦江无同处,断魂飞作碧天霞。

——《青楼小名录》

## 侯 氏

边将张睽妻。睽防戎十余年,侯氏绣回文作龟形,诣阙进之。帝见诗,放睽还乡,赐绢以表其才美。

### 失 题

睽离已是十年强,对镜那堪重理妆。闻雁几回修尺素,见霜先为制衣裳。
开箱叠练先垂泪,拂杵调砧更断肠。绣作龟形献天子,愿教征客早还乡。

——《祖国女界文豪谱》

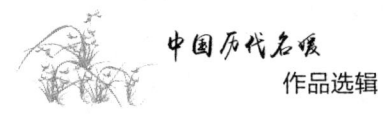

## 常 浩

唐妓，余不详。

### 寄 远

年年二月时，十年期别期。春风不知信，轩盖独迟迟。今日无端卷珠箔，始见庭花复零落。人心一往不复归，岁月来时未尝错。可怜荧荧玉镜台，尘飞幂幂几时开。却念容华非昔好，画眉犹自待君来。

——《青楼小名录》

## 红 绡

大历中有崔生者，博学雅容，承父命问疾于一品家。一品见生，甚款，令妓红绡进生饮食，复命送出院。生顾妓，妓立三指，又反掌者三。复指胸前镜子云："记取。"余无言。生归，神思恍迷。有昆仑磨勒老奴，强达其意，生以实告。勒曰："此小事，何不早言。立三指，一品宅第三院，反三掌者应十五数，指胸前镜者，十五夜月圆令郎君来耳。"生喜曰："何计能达？"勒以计负生逾重垣入第三院，妓绣户不扃，长叹吟诗。见生大喜，执手曰："知郎君必颖悟，又不知有何神术至此。"生以勒告，遂谋生计，勒更负生与妓并资橐出重垣。一品次日大骇，不敢发。后觉，令围杀勒，勒持匕首飞出高垣。一品悔惧，每夕以家僮持兵防卫，岁方止。崔家有人见勒卖药于洛阳市中，容颜如旧。

### 坐 吟

深谷莺啼别院香，偷来花下解珠珰。碧云飘断音书绝，空倚玉箫愁凤凰。

——《古今女史》

**辑者按**：《中国人名大辞典》分载红绡和磨勒事，不及此文详实，且情节有出入，读者可查阅比较。

## 张窈窕

身世未详。

### 春思二首

门前梅柳烂春辉，闭妾深闺绣舞衣。双燕不知肠欲断，衔泥故故傍人飞。
井上梧桐是妾移，夜来花发最高枝。若教不向深闺种，春到门前争得知。

——《古今图书集成·闺媛典》

**辑者按**：不是梧桐花发不知春，其闭锁深闺之悲苦情怀，耐人深思。

### 上成都在事

昨日卖衣裳，今日卖衣裳。衣裳浑卖尽，羞见嫁时箱。有卖愁仍缓，无时心转伤。故园有房隔，何处事蚕桑。

**辑者按**：此诗疑为暮年自伤之作。

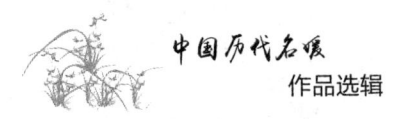

宋

## 李清照

李清照（1084—约1151），号易安居士，山东济南人。生长在文化气氛浓厚的家庭，自幼耳濡目染，通晓音律，长于诗词，工散文，能书画，是我国历史上才华出众的女诗人。

清照十八岁与诸城太学生赵明诚结婚；明诚爱好金石学，且能诗词，共同的爱好和兴趣，使他俩成为"志同道合"的密友。

每逢明诚出游，清照无比怀念，以满怀思念之情写成缠绵悱恻、委婉动人的闺情词，是她前期的代表作。

宋徽宗大观元年（1107）赵廷之（明诚之父）与蔡京矛盾日锐而罢相逝去，死后三日，蔡京弹劾他生前有贪污之嫌，几遭灭门之祸。清照夫妇从此返回青州故居，隐居了十年。

宣和三年（1121）明诚任莱州守，后又迁淄州守，清照均同往。她"食去重肉，衣去重采"，坚持俭朴生活，协助明诚收集金石书画。

清照、明诚每饭罢，"坐归来堂烹茶，指堆积书史，言某事在某书某卷第几叶第几行，以中否角胜负，为饮茶先后。中即举杯大笑，至茶倾覆怀中……"

金兵南侵，高宗建炎三年（1129），明诚在建康病故，这对清照是个晴天霹雳，正当国破家亡的时刻，她成了只身南逃无依无靠的嫠妇。

晚年的清照经受了国破家亡之恨、夫妇永别之悲，一切沉痛复杂的思想矛盾，致使她晚期作品情调悲凉感伤。

## 题八咏楼

千古风流八咏楼，江山留与后人愁。水通南国三千里，气压江城十四州①。

**注 释**

①十四州，《宋史·地理志》：两浙路：府二：平江，镇江。州十二：杭、越、湖、婺、明、常、温、台、处、衢、严、秀。二府十二州共十四州。八咏楼在金华，即婺州，属两浙路，故

清照言此楼可以气压两浙路之十四州。

此首诗作于绍兴五年,清照时在金华。楼内有沈约所撰碑记,碑镌沈约《八咏诗》,故名。《古今女史诗集》卷六:"气象宏敞。"

## 夏日绝句(或作《乌江》)

生当作人杰,死亦为鬼雄。至今思项羽,不肯过江东。

这首充满豪情壮语的绝句,赞扬项羽"不肯过江东",实际上是对南宋统治集团实行逃跑主义的讽刺。

## 春 残

春残何事苦思乡,病里梳头恨发长。梁燕语多终日在,蔷薇风细一帘香。

《历朝名媛诗词》卷七:"清照诗不甚佳,而善于词,隽雅可诵。"即如《春残》绝句"蔷薇风细一帘香",甚工微,却是词语也。

## 咏 史

两汉本继绍,新室如赘疣。所以嵇中散,至死薄殷周。

《章邱县志卷九·人物·李格非传》:"女清照,才情更丽,尤工于词。尝有《咏史》诗曰:'两汉本继绍……'意见声调,绝响一代。班妤、左嫔、蔡文姬之流也。"

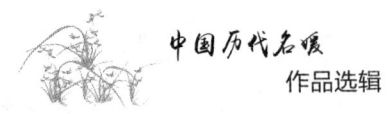

## 断 句

南渡衣冠少王导,北来消息欠刘琨。

这两句诗反映了作者对国家民族危亡的关切。说南渡诸臣既不是要勠力王室,克服神州的王导,也不是隔阂华戎,志在本朝的刘琨。

### 朱淑真

朱淑真,号幽栖居士,生卒年不详,钱塘(今浙江省杭州)人。公元1170年前后在世。早岁父母失审,嫁为市井民家妻。她对婚姻不满,一生抑郁不得志,故其诗词多忧愁怨恨之语。后人把她和李清照并称。今传《断肠诗》十卷,《断肠词》一卷。

## 朱淑真断肠诗词序
### 魏仲恭

尝闻摛词丽句,固非女子之事。间有天资秀发,性灵钟慧,出言吐句,有奇男子之所不如,虽欲掩其名不可得耳。如蜀之花蕊夫人,近时之李易安,尤显著名者,各有宫词乐府行乎世。然所谓脍炙者,可一二数,岂能皆佳也。

比往武陵,见旅邸中好事者往往传诵朱淑真词。每窃听之,清新婉丽,蓄思含情,能道人意中事,岂泛泛者所能及,未尝不一唱而三叹也。

早岁不幸,父母失审,不能择伉俪,乃嫁市井民家妻,一生抑郁不得志,故诗中多有忧愁怨恨之语。每临风对月,触目伤怀,皆寓于诗,以写胸中不平之气,竟无知音,悒悒抱恨而终。自古佳人多薄命,岂止颜色如花,命如叶耶?观其诗,想其人,风韵如此,乃下配一庸夫,固负此生矣!

其死也,不能葬骨于地下,如青冢之可吊,并其诗为父母一火焚之,今所传者,百不一存,是重不幸也。

呜呼冤哉!予是以叹息之不足,援笔而书之,聊以慰其芳魂于九泉寂寞之滨,未为不遇也。如其叙述始末,自有临安王唐佐为之传。姑书其大概为别引云,乃名其诗为断肠集,后有好事君子,当知予言之不妄也。

淳熙壬寅二月望日。醉□居士宛陵魏仲恭茶端礼书

**辑者按**：朱淑真因何投水？又为什么竟未得其尸……"不能算葬骨于地下"？这一些问题,曾多方查寻资料,未获解决。不知临安唐佐所作传文,是否载有此事,则尚待作进一步的查证。

## 元 夜（三选一）

火树银花触目红，揭天鼓吹闹春风。新欢入手愁忙里，旧事惊心忆梦中。
但愿暂成人缱绻，不妨常任月朦胧。赏灯那得工夫醉，未必明年此会同。

这首诗写一对爱人在元宵夜的一次难得的欢聚，描绘人物的心情非常真实。

## 伤 春

阁泪抛诗卷，无聊酒独亲。客情方惜别，心事已伤春。
柳暗轻笼日，花飞半掩尘。莺声惊蝶梦，唤起旧愁新。

## 约游春不去（二选一）

邻姬约我踏青游，强拂愁眉下小楼。去户欲行还自省，也知憔悴见人羞。

## 秋夜牵情（六选一）

纤纤新月挂黄昏，人在幽闺欲断魂。笺素折封还又改，酒杯慵举却重温。

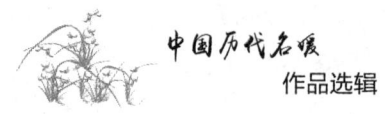

灯花占断烧心事，罗袖长供挹泪痕。益悔风流多不足，须知恩爱是愁根。

## 自 责

女子弄文诚可罪，那堪咏月更吟风。磨穿铁砚非吾事，绣折金铖却有功。
闷无消遣只看诗，又见诗中话别离。添得情怀转萧索，始知怜悧不如痴。

**辑者按**：第一首，愤怒地控诉了男女的不平等。第二首与东坡"但愿孩儿愚且鲁"的愤懑情怀，如出一辙。

## 惜 花

病眼看花似梦中，一番次第又飞空。朝来不忍倚树立，倚树凭摇枝上红。

## 竹

一径浓阴影覆墙，含烟敲雨暑天凉。猗猗肯羡夭桃艳，凛凛终同劲柏刚。风籁八①时添细匀，月华临处送清光。凌冬不改清坚节，冒雪何妨色转苍。

**注 释**
①疑为"入"之误。

## 江上阻风

正阻行程江岸间，江头三日系归船。水光激浪高翻雪，风力推沙远涨烟。
拨闷喜陪尊有酒，供厨不虑食无钱。雕章见及唯虚辱，勉强赓酬愧斐然。

## 咏 柳

长丝袅娜拂溪垂,乱絮风吹漠漠飞。全借东风与为主,年年先占得韶晖。

## 咏 梅

雪格冰姿蜡蒂红,水边山畔淡烟笼。江风也似知人意,密递清香到室中。

## 谢人惠双笔

双毫五彩兔狸锋,珍与欧阳象管同。多谢寄来情意重,从今敢费墨池工。(见《诗渊》第八册)

**辑者按**:此诗《千家诗》卷十七亦收,题作《笔》。"费"作"废"。

## 对竹一绝

百竿高节拂云齐,千亩谁人羡渭溪。燕雀谩教来唧噪,虚心终待凤凰栖。

**辑者按**:《千家诗》题作《竹》,"高节"作"直节"。

## 夏 萤

熠熠迎宵上,林间点点光。初疑是翟落,浑讶火荧煌。著雨藏花坞,随风入画堂。儿童竞追扑,照字集书囊。

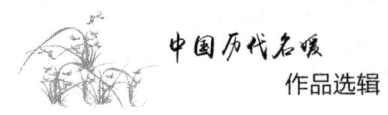

## 游西湖闻莺

野花啼鸟喜新晴,湖上波光漾日明。底事伤春心绪懒,不堪愁里听莺声。

**辑者按**:《千家诗》卷十九有此诗,题作《莺》。"新晴",《诗渊》作"新情",今从《千家诗》。

## 观 燕

深闺寂寞带斜晖,又是黄昏半掩扉。燕子不知人意思,檐前故作一双飞。

**辑者按**:以上自《惜花》至《观燕》十首,均选自孔凡礼的《朱淑真佚诗辑存及其它》。见中华书局出版之《文史》第十二辑。

## 蒨 桃

生卒年不详,公元 1010 年前后在世。北宋名相寇准的侍妾。准幼年穷困,位重官高以后,生活却极豪华奢侈。常燃烛达旦,夜宴剧饮,歌姬侑酒,一曲即赏绫一束。蒨桃作《呈寇公》诗二首,进行讽劝。

## 呈寇公

一曲清歌一束绫,美人犹自意嫌轻。不知织女萤窗下,几度抛梭织得成。

夜冷衣单手屡呵,幽窗轧轧度寒梭。腊天日短不盈尺,何似妖姬一曲歌。

这两首诗对比强烈,怨而不怒,堪称"抒怀佳作,讽刺雅言。"

## 魏夫人

名玩,字玉汝,公元1078年前后在世,湖北襄阳人。魏泰(道辅)姊,南丰曾布丞相之妻。徽宗时,封为鲁国夫人。《朱子语录》:"本朝妇人能文者,唯李易安与魏夫人。"

## 虞美人

鸿门玉斗纷如雪,十万降兵夜流血。咸阳宫殿三月红,霸业已随灰烬灭。
刚强必死仁义王,阴陵失道非天亡。英雄本学万人敌,何用屑屑悲红妆。
三军散尽旌旗倒,玉帐佳人坐中老。香魂夜逐剑光飞,青血化为原上草。
芳心寂寞倚寒枝,旧曲闻来似敛眉。哀怨徘徊愁不语,恰如初听楚歌时。
滔滔逝水流今古,汉楚兴亡两丘土。当年遗事久成空,慷慨尊前为谁舞。

## 杨璞妻

宋真宗(998—1022)时人。杨璞字契元,善歌诗,生卒年不详,每乘牛往来村店,自称东野逸民。

## 送夫赴召

更休落魄耽杯酒,且莫猖狂爱咏诗。今日捉将官里去,者回断送老头皮。

**辑者按**:"者"犹"这"。晏几道《少年游》词:"细想从来,断肠多处,不与者番同。"
《东坡志林》:真宗东封还,访天下隐者,得杞人杨璞,能为诗。召对,自言不能。上问:"临行有人作诗送卿否?"璞曰:"惟臣妻有一首。"上大笑,放还山,命其子一官就养。

## 谢希孟

字母仪,晋江人,景山之妹。嫁陈安国,早卒。

欧阳公序云:"希孟之言,尤隐约深厚。守礼而不自放,有古幽闲淑女之风,非特妇人之能言也。"

### 咏芍药

好是一时艳,本无千岁期。所以谑相赠,载之在声诗。

## 王 氏

名文淑,荆公之妹,张奎妻,封长安县君。厉鹗按:《墨庄漫录》作荆公女,适吴丞相之子,封长安县君,误。今从《隐居诗话》改正。

### 戏咏白罗系髻

香罗为雪缕新裁,惹住乌云不放回。还似远山秋水际,夜来吹散一枝梅。

## 曹希蕴

生卒年不详,《桐江诗话》:女郎曹希蕴,货诗都下。有人以敲梢为韵,索赋新月诗,曹赋云云。《东坡诗话》云:希蕴颇能诗,虽于韵不高,时有巧语。

《漫叟诗话》:希蕴诗虽格韵不高,时有巧语。尝作《墨竹诗》云:"记得小轩岑寂夜,月移疏影上东墙。"

### 新月诗

禁鼓初闻第一敲,乍看新月出林梢。谁家宝镜新磨出,匣小参差盖不交。

## 丁渥妻

《雪斋广录》：进士丁渥在太学，梦归家，见妻于灯下披笺握管为书寄生。生曰："我已至矣，何用书为？"妻但挥涕而不答。又于别幅见诗云云。生既觉，以语同舍客。客曰："君思念之极，以至于此。"后旬日，得书并诗，皆梦中所见，无稍差矣。

### 寄　外

泪湿香罗帕，临风不肯干。欲凭西去雁，寄与薄情看。

## 陈　氏

陈述古女，适李氏，从夫仕晋宁军判官。部使者以小雁屏求诗，自作黄鲁直小楷题其上云（《宋诗纪事》引《耆归续闻》）。

### 题小雁屏

蓼淡芦苍曲水通，几双容与对西风。扁舟阻向江乡去，却喜相逢一枕中。
曲屏谁画小潇湘，雁落秋风蓼半黄。云淡雨疏孤屿远，会令清梦到高唐。

## 谢　氏

王元甫妻。余不详。

### 送　外

此去惟宜早早还，休教重起望夫山。君看湘水祠前竹，岂是男儿泪染斑。

——《青琐高议》

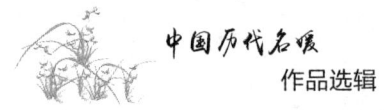

## 郭晖妻

叶梦得《岩下放言·白纸诗》：士人郭晖，因寄妻问，误封一白纸去，细君得之，乃答一绝云。

### 答 外

碧纱窗下启缄封，尺纸从头彻尾空。应是仙郎怀别恨，忆人全在不言中。

## 秦少游女

生平不详。

### 句

眼前虽有还乡路，马上曾无放我情。（靖康间题壁，《梅硐诗话》）

**辑者按**：靖康，宋钦宗年号。靖康二年（1127），金兵攻下汴京，掳徽钦二帝北去，北宋政权从此灭亡。当时，赵宋臣民、良家妇女，被掳北行者甚众。玩此句意，少游女亦在被掳之列矣。诗虽仅有两句（或因胁迫就道，不克卒章），但却备极哀痛。

## 韩玉父

生卒年不详。赵问奇曰：念切秋胡，又复追随不遇，强颜落笔时，应已魂越关山矣。

——《古今女史》

## 题漠口铺并序

妾本秦人,先大父尝仕于朝,因乱,遂家钱塘。幼时,易安居士教以诗。及笄,父母以妻上舍林子建。去年,林得官归闽,妾倾囊以助其行。林许秋冬间遣骑迎妾,久之杳然,何其食言耶?不免携女奴自钱塘而之三山。比至,林已官盱江矣。因而复回延平,经由顺昌,假道昭武而去。叹客旅之可厌,笑人事之多乖。因理发漠口铺,漫题数语于壁云。

南行逾万山,复入武阳路。黎明与鸡兴,理发漠口铺。盱江在何所?极目烟水暮。生平良自珍,羞为浪子负。知君非秋胡,强颜且西去。

### 何师韫

字季才,金溪人,抱甕先生天棐女。嫁临川饶氏,四十而寡。所居有懒愚树,因榜室曰懒愚。有诗集。

## 自题懒愚室

君不见南岳懒残师,佯狂啖残食。鼻涕任垂颐,懒为俗人拭。又不见愚溪子柳子,堂堂古遗直。以愚名溪山,于今慕其德。二子真吾师,欲见不可得。唯有懒愚树,终日对颜色。齐威勤读书,轮扁巧斲轮。勤巧动心志,何如懒愚贞?衰年发已皤,行少坐时多。众欲效勤巧,奈此懒愚何。

——《夷坚志》

### 黄 淑

字致柔,适建宁进士王防,寡居后,族议改适,因咏竹以见志。

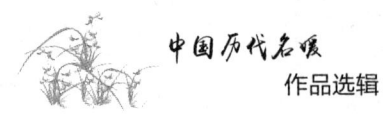

## 咏 竹

劲直忠臣节,孤高列女心。四时同一色,霜雪不能侵。

——《名媛玑囊》

**谢慧卿**

四川巴县(今重庆)人。有《闺余集》。

## 绝 句

寻得桃源可学仙,丹书唯恐凤飞传。雨收峰顶云归洞,风到池塘月满天。

**卢 氏**

荆州(今湖北荆州)人,统制吴源妻。《荆门纪略》:源救襄阳,阵殁。氏闻讣,大恸。部署家事毕,焚香泣拜曰:"夫死王事,忠也。妾敢不相从于地下。"遂赋此诗,自缢死。

## 绝命词

夫为苌弘血,妾感共姜诗。夫妻同死义,天地一凄其。

**韩希孟**

巴陵(今湖南岳阳)人,魏公五世孙襄阳贾尚书子琼之妇,年十八而英逝。

开庆初,元兵至岳阳,为卒所掠,赴水。越三日,得其尸,练裙带中有诗云云。

## 练裙带诗

我质本瑚琏,宗庙供蘋蘩。一朝婴祸难,失身戎马间。宁当血刃死,不作衽席完。汉上有王猛,江南无谢安。长号赴洪流,激烈摧心肝。

## 许 氏

《宫闺氏籍艺文考略》:方勉妻许氏,许虞部女,好学能诗。

## 夫犯夜禁代呈郡守郑毅夫诗

明时乐事娱诗酒,帝里风光剩占春。况是白衣重得侣,不堪青旆自招人。早知玉漏催三鼓,肯把金貂换百巡?大抵仁人怜气类,免教孤客作囚身。

——《宋诗纪事》引《诗话总龟》

## 李少云

《许彦周诗话》:有李氏女者,名少云,本士族,夫死无子,着道士服,往来江淮间。

## 梅花诗(病中作)

素艳明寒雪,清香任晓风。可怜浑似我,零落此山中。

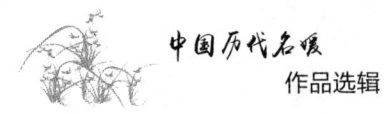

## 王荆公女

吴持安妻，封蓬莱县君。

### 失 题

西风不入小窗纱，秋意应怜我忆家。极目江山千万恨，依前和泪看黄花。

——《临汉隐居诗话》

## 周 韶

杭州妓。约生活在北宋哲宗时代。苏子容（名颂，元祐中拜右仆射，兼中书门下侍郎）过杭，太守陈述古设宴，召周韶侑酒。韶向苏请求落籍，苏指帘间白鹦鹉令赋诗，韶援笔立就，陈当即允其落籍从良。又有胡楚、龙靓，亦杭妓，与周同时。《三妓诗》一卷，即周、胡、龙三人之作。

### 求落籍诗（咏白鹦鹉）

陇上巢空岁月惊，忍看回首自梳翎。开笼若放雪衣女[1]，长念观音般若经[2]。

**注 释**
[1]时韶有服，衣白。[2]一座惊叹，遂落籍。同辈皆有诗送之，胡、龙诗最善。

## 胡 楚

### 送周韶

淡妆轻素鹤翎红，移入朱栏便不同。应笑西园旧桃李，强匀颜色待春风。

## 龙 靓

《青泥莲花记》：苏子（东坡）尝书周、胡、龙、三妓诗作一卷，元时柯敬仲得之，虞邵庵伯生题其后。

### 送周韶

桃花流水本无尘，一落人间几度春。解佩暂酬交甫意，濯缨还作武陵人。

**辑者按**：郑交甫，神话中人物。事见《辞源》第四卷"郑交甫"条。

## 王娇红

又名娇娘，北宋末蜀人。有殊色，能诗。与姑子申纯潜通，纯乞婚，其父不许，而字别人。娇红抑郁死，纯亦怛丧而卒。其父悔之，与纯合葬于濯锦江边。有双鸳鸯飞翔上下，后人因名为鸳鸯冢。李诩有《娇红记》记其事。

### 送 别

临别殷勤诗语长，云云去后早还乡。小楼记取梅花约，目断江山几夕阳。

### 寄别申生

月有阴晴与圆缺，人有悲欢与会别。拥炉细语鬼神知，拚把红颜为君绝。

## 朱皇后

武康军节度使朱伯材女，开封祥符人。公元1127年，金兵破汴京，与钦宗一

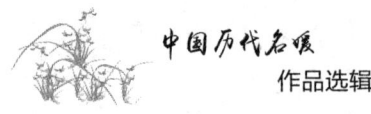

同被掳北行。途中金人强令陪欢,她以死抗之,不为所辱。后卒于燕京,年仅二十岁左右。《怨歌二首》,被俘后所作。

## 怨歌二首

幼富贵兮绮罗裳,长入宫兮奉尊觞。今委顿兮流落异乡,嗟造物兮速死为强。

昔居天上兮珠宫贝阙,今日草莽兮事何可说?屈身辱志兮,恨何可雪,誓速归泉下兮,此愁可绝。

### 毗陵女子

生平不详。毗陵,今江苏常州。

## 弹 琴

昔年常笑卓文君,岂信丝桐解误身?今日未弹心已乱,此心原是不由人。

### 叶桂娘

字月流,身世不详。其《题琵琶亭》诗,可能是夜泊江州时作。

## 题琵琶亭

乐天当日最多情,泪滴青衫酒重倾。明月满船无处问,不闻商女琵琶声。

## 谢金莲

字素秋，原为妓女，后嫁赵汝舟。余不详。

### 答赵生红梨花诗

本分天然白雪香，谁知今日却浓妆。秋千院落溶溶月，羞睹红脂睡海棠。

## 温 婉

字仲玉，甘棠之妓女也。初姓郝氏，本良家子。性明睿，习诗书，达旦不寐。日诵千言，能通大义。尤善书法，落笔无妇人之态。

### 初冬有寄

万木凋零苦，楼高独凭栏。绣纬良夜永，谁念怯孤寒。

### 寄 远

小花静院东风起，燕燕莺莺拂桃李。斜倚红墙卜远人，楼外春山几千里。

### 寄 情

郎在溪西妾岸东，双眸寄恨托溪风。待郎行尽溪边路，笑入垂杨避钓翁。

——《古今图书集成·闺媛典》

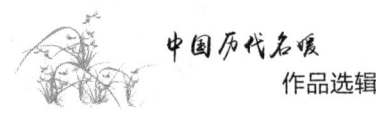

**辑者按**：末句着一"笑"字，韵味无穷。

## 贺方回妹

姓氏，生卒年均不详。《宋词纪事》引《能改斋漫录》：方回眷一妓。别久，妓寄诗云云。贺因所寄诗成《柳色黄》词："薄雨催寒……"

### 寄贺方回

独倚危栏泪满襟，小园春色懒追寻。深恩纵似丁香结，难展芭蕉一寸心。

## 桂 英

山东名妓，与王魁厚，誓不他适。比魁服食，皆取给焉。魁赴举，英饯，赠以诗。及登第，英以书贺，复寄诗，魁竟不答。复除徐州佥判，娶崔氏赴任。英闻之，乃自杀。魁忽白昼见英，责以负心，遂得病卒。

### 赠王魁

灵沼文禽皆有匹，仙园美木尽交枝。无情微物犹如此，何事风流言别离。

### 戏 呈

上都梳洗逐时宜，料得良人见即思。早晚归来幽阁内，须教张敞画新眉。

## 闻琼林宴寄一绝

上国笙歌锦绣乡,仙郎得意正疏狂。谁知憔悴幽闺客,日觉春衣带系长。

## 贺王魁登第

人来报喜敲门速,贱妾初闻喜可知。天马果然先骤跃,神龙不肯后蛟螭。海中空却云鳌窟,月里都无丹桂枝。汉殿独成司马赋,晋庭惟许宗君诗。身登龙首云雷疾,名落人间霹雳驰。一榜神仙随驭出,九衢卿相尽行迟。烟霄路稳休回首,舜禹朝清正得时。夫贵妇荣千古事,与郎才貌各相宜。

——《古今女史》

**辑者按**:《青楼小名录》记桂英事更为翔实,特转录为下:

桂英姓殷氏,居莱州北市深巷。王魁下第游其家。英酌酒曰:"某名桂英,酒乃天之美禄。足下得桂英而饮天禄,明春登第之兆。"取拥项罗巾请诗,魁题云:"谢氏筵中闻雅唱,何人夏玉在帘帏。一声透过秋空碧,几片行云不敢飞。"英曰:"君但为学,四时所须,我为办之。"由是魁朝去暮来。逾年,有诏求贤,英为办西游之用。将行,往州北望海神庙盟誓不相负。后唱第,为天下第一。英以诗贺,后又寄诗云:"上国笙歌锦绣乡,仙郎得意正疏狂。谁知憔悴幽闺质,日觉春衣丝带长。"魁不复答,而其父已约崔氏为亲。及授徐州金判,英喜曰:"徐去此不远,当使人迎我矣。"遣仆持书,魁方坐厅决事,大怒,叱书不受。英曰:"魁负我如此,当以死报之。"挥刀自刎。魁在南都试院,英自烛下出曰:"君轻恩薄义,负渝誓盟,使我至此!"魁曰:"为汝饭僧诵佛书,多焚纸钱,可乎?"英曰:"得君命即止,不知其他。"复数日,魁竟死。

**又按**:川剧《情探》的故事本此。其唱词颇为典雅。开头"更阑尽,夜色哀,明月为水映楼台,透出了凄风一派",渲染了整个剧情的悲凉气氛。桂英的唱段则更是凄惋欲绝。"纸儿、笔儿、墨儿、砚儿、点点斑斑,都是郎君在。""缓思裁,权相待,恐他从前恩爱依然在。"观众无不痛恨王魁之负心,而深怜桂英之钟情,取得了很好的艺术效果。据传《情探》唱词,乃四川荣县赵熙(尧生)先生所润色。

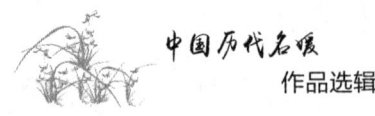

## 周月仙

月仙，余杭名妓，意态艳冶，工词翰。柳耆卿，东京才子，年二十五，来守兹郡，造玩江楼于水浒，每召月仙玉楼歌唱，欲私之，月仙不从。柳访知与隔渡黄员外情密，每夜用船往来，因命舟人乘渡强淫之，月仙惆怅作一绝。

### 无 题

自叹身为妓，遭淫不敢言。羞归明月渡，懒上载花船。

**辑者按**：耆卿无行，其卑劣处，何殊于近世之阿飞流氓！

次日柳排宴于玩江楼。召月仙佐酒，令舟人在侧，酒半，歌月仙之诗。月仙惶愧拜谢，遂与柳款洽。柳作诗曰："佳人不自奉耆卿，却驾孤舟犯夜行。残月晓风杨柳岸，肯教辜负此时情。"柳因此自损其名。

——《青楼小名录》

## 谭意歌

年八岁丧亲，流落长沙，寄养竹庄张文家。有妓丁婉卿见之，乃厚遗娶女。女年未及笄，容貌俊美，工于文翰，车马如市，未尝妄见一人。会汝州张调官，意歌饯别曰：子乃名家，我乃娼类，今之分袂，决无后期，腹怀君之息数月矣，君宜垂念。相泣而别。别后赋诗寄张，张内逼慈亲，外为物议，纳孙殿丞之女为姻。后三年，孙谢世，有客自长沙来，云意歌掩户不出，买田百亩自给，规教其子。张乃如长沙，携归京师。其子后以进士登第。贾云华《踏莎行》词，亦有"一年一度一归来"句。同为宋人，由于生年失考，不知谁袭谁。

### 寄 外

潇湘江上探春回，消尽寒冰落尽梅。愿得儿夫似春色，一年一度一归来。

——《古今女史》

## 盈 盈

宋妓，吴人。年十六，善歌舞，犹工弹筝。容貌甚冶，词翰清思，翘翘出群。少年子争登其门，不惜金帛。盈盈遴选嘉偶，乃许一笑。魏人王山能为诗，标韵清卓，因下第，薄游东海，值盈盈于府守田龙图宴，相得于樽俎间，从之欢处累月。山辞归，盈盈怨不自止，明年，以《伤春曲》寄山。

## 伤春曲

枝上差差绿，林间簌簌红。已叹芳菲尽，安能樽俎空。君不见，铜驼茂草长安东，金镳玉勒雪花骢，二十年前是侠少，累累昨日成衰翁。几时满饮流霞钟，共君倒载夕阳中。

——《青楼小名录》

## 王琼奴

字润贞，宋代常山人。两岁丧父，母童氏携琼奴改嫁。十四岁时，雅善歌词，兼通音律，后受诬陷，恋人徐苕郎被充军辽阳，王琼奴也被发配到岭表（今广东地区）。时有吴指挥见琼奴貌艳，欲娶为妾。琼奴因此赋《满庭芳》以自誓：彩凤分群，文鸳失侣，红云路隔天台。旧时院落，画栋积尘埃。谩有玉京离燕，向东风，似诉悲哀。主人去，卷帘恩重，空屋亦归来。泾阳憔悴女，不逢柳毅，书信难裁。叹金钗脱股，宝镜离台。万里辽阳郎去也，甚日重回？丁香树，含花到死，肯傍别人开！后苕郎因逃军罪入狱而被杖杀。琼奴悲愤欲绝，欲以死相拼。恰逢监察御史傅公到驿，琼奴遂上前告状，幸得伸冤，吴指挥伏法。而琼奴为苕郎营葬完毕，遂自投墓侧池中死节，年仅十九岁。其事见宋代《古今事文类聚》、明代李昌祺《剪灯余话》、周复俊《泾林杂记》、冯梦龙《情史类略》、清代钱锋《名媛玑囊》、靓芬女史贾茗《女聊斋志异》以及清嘉庆、光绪《常山县志》等。

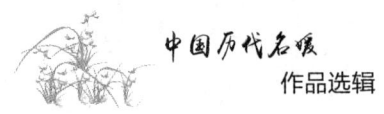

# 答 外

茜色霞笺照面赪，玉郎何事太多情。风流不是无佳句，两字相思写不成。

## 张玉娘

松阳（今浙江松阳）人，字若琼，自号一贞居士。宋提举官张懋女。生有殊色，敏慧绝伦。字表兄沈佺（徽宗时状元沈晦后代，丰神翩翩，才思俊逸），未及婚而卒。玉娘不久亦郁郁死，时仅二十八岁。文章蕴籍，诗词尤得风人之体。有《兰雪集》传世。

近人唐圭璋在《宋代女词人张玉娘》一文中说："我们觉得她短促的身世，比李清照、朱淑贞更为悲惨。李清照是悼念伉俪，朱淑贞是哀伤所遇，而她则是有情人不能成眷属，抱恨千古。"

**辑者按**：1981年6月《杭州大学学报》载有苏振元同志《略论诗人张玉娘和她的作品》一文，可供读者参考。

# 采莲曲

女儿采莲拽画船，船拽水动波摇天。春风笑隔荷花面，面对荷花更可怜。

# 牧童辞

朝驱牛，出竹扉，平野春深草正肥。暮驱牛，下短陂，谷口烟斜山雨微。饱采黄精归不饭，倒骑黄犊笛横吹。

## 山之高三章

山之高，月出小；月之小，何皎皎！我有所思在远道，一日不见兮，我心悄悄！

采苦采苦，于山之南。忡忡忧心，其何以堪！

汝心金石坚，我操冰雪洁。拟结百岁盟，忽成一朝别。朝云暮雨心去来，千里相思共明月。

## 王将军墓并序

宋王将军名远宜，松阳人，曾为文天祥部下。宋亡，与元兵战于望松岭，死之，遂葬于此。

岭上松如旗，扶疏铁石姿。下有烈士魂，上有青菟丝。烈士节不改，青松色愈资。欲试烈士心，请看青松枝。

诗人对英雄烈士的由衷赞美和爱国主义热情，跃然纸上。

## 塞下曲

寒入关榆霜满天，铁衣马上枕戈眠。秋生画角乡心破，月度深闺旧梦牵。愁绝惊闻边骑报，匈奴已牧陇西还。

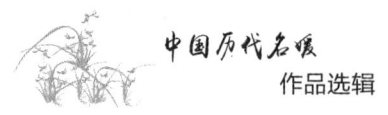

## 前蜀　后蜀

### 黄崇嘏

前蜀女子。居恒为男子装，游历两川，因事下狱。献诗蜀相周庠，庠荐摄司户参军，政事明敏。庠爱其才，欲妻以女，嘏作诗以见意。庠得诗大惊，问之，乃黄使君女也。后归临邛（今四川邛崃），不知所终。

### 献蜀相周庠

偶离幽隐住临邛，行止坚贞比涧松。何事政清如水镜，绊他野鹤在深笼。

### 辞蜀相妻女

一辞拾翠碧江涯，贫守蓬茅但赋诗。自服蓝衫居郡掾，永抛鸾镜画蛾眉。
立身卓尔青松操，挺志坚然白璧姿。幕府若容为坦腹，愿天速变作男儿。

**辑者按**：《邛州志》卷四十一引《玉溪编事》记崇嘏事较详，现转录为下：

王蜀相周庠者，初在邛南幕中，留司府事，时临邛县送失火人黄崇嘏，才下狱便贡诗一章。……周览诗，遂召见，称乡贡进士，年三十许，只对详敏，即命释放。后数日献歌，周极奇之，召于学院与诸子侄相伴，善棋琴，妙书画。翌日，荐摄府司户参军，颇有三语之称，胥吏畏伏，案牍丽明。周既重其英聪，又美其风采，在任将逾一载，遂欲以女妻之。崇嘏又袖封状谢，仍贡诗一篇。……周览诗惊骇不已，遂召见诘问，乃黄使君之幼女。……周益仰贞洁，郡内咸皆叹异。旋乞罢，归临邛之旧隐，竟莫知亡焉。

## 徐太妃

成都徐耕次女,前蜀王建妃。生衍。公元919年王衍继位,封为太妃。

### 题彭州阳平化

云浮翠辇届阳平,真似骖鸾到上清。风起半厓闻虎啸,雨来当面见龙行。晚寻水涧听松韵,夜上星坛看月明。长恐前身居此境,玉皇教向锦城生。

### 题天回驿

翠驿红亭近玉京,梦魂犹是在青城。比来出看江山景,却被江山看出行。

**辑者按**:成都北门外十公里,有镇曰"天回"。相传唐明皇(玄宗)天宝十五年(756)奔蜀,行至该处,得悉太子李亨(肃宗)即位于灵武,遂回驾。后人因名其地曰"天回镇"。

## 李舜弦

前蜀词人李珣之妹。其先为波斯人,后家梓州(今四川三台)。王衍立为昭仪,有词藻,又通医理,兼卖香药,可见她还不脱波斯人本色。前蜀亡,遂亦不仕他姓。著蜀宫应制诗、随驾诗、《钓鱼不得》诗诸篇,多为文人赏鉴。

### 随驾游青城

因随八马上仙山,顿隔尘埃物象闲。只恐西追王母宴,却忧难得到人间。

**辑者按**:王衍甚有文才,能为浮艳之词。既嗣位,年少荒淫,委政宦者,日夜酣饮。尝与太后、太妃游青城山,宫人衣服皆画云霞,望之飘然若仙。衍自作

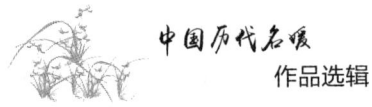

《甘州曲》述其仙状，常自歌而使宫人皆和之。上诗疑即和作，故有末二句云云，似寓劝诫之意。吴梅《词学通论》云："蜀昭仪李氏等，单词片语，不无可录。"（吴将此归入宫词）

## 钓鱼不得

尽日池边钓锦鳞，芰荷香里暗消魂。依稀纵有寻香饵，知是金钩不肯吞。

## 徐太后

徐耕长女，王建妃。王衍继位后，封为太后。

## 玄都观

千寻绿嶂夹流溪，登眺因知众岳低。瀑布迸春青石碎，轮囷横剪翠峰齐。步粘苔藓龙桥滑，日闭烟罗鸟径迷。莫道穹天无路到，此山便是碧云梯。

## 题金华宫

再到金华顶，玄都访道回。云披分景象，黛锁（一作"敛"）显楼台。雨涤前山净，风吹去路开。翠屏夹流水，何必羡蓬莱。

## 花蕊夫人

名不详。青城（四川灌县，今都江堰）人，五代后蜀主孟昶之妃，姓费（《辍耕录》则说：蜀主孟昶纳徐匡璋女，拜贵妃，别号花蕊夫人。意花不足拟其色，似花蕊之翾轻也。或以为姓费氏，则误矣）。她不仅长于诗词，而且娴于骑射，深为蜀主孟昶所宠爱。宋平蜀，随军入宋，太祖问蜀亡之因，即口占一绝以答。孟昶死,她于宫中设容,朝夕焚香以祭。偶为太祖所见,诡称张仙像,求之可以得子,太祖亦不究。后纶织室,悲忧抑郁,不忘故君,以罪赐死。或云为太宗射死。《巴蜀文苑英华》则说"后患肠病卒于玉真宫内。太祖哀感不已,命以贵妃礼厚葬之"。今传《宫词》百首,已杂入他人著作。

## 宫　词（选录八首）

殿前宫女总纤腰,初学乘骑怯又娇。上得马来才欲走,几回抛鞚抱鞍桥。

罗衫玉带最风流,斜插银篦慢裹头。闲向殿前骑御马,挥鞭横过小红楼。

龙池九曲远相通,杨柳丝牵两岸风。长似江南好风景,画船来往碧波中。

月头支给买花钱,满殿宫人近数千。遇著唱名多不语,含羞急过御床前。

东内斜将紫禁通,龙池凤苑夹城中。晓钟声断严妆罢,院院纱窗海日红。

春风一面晓妆成,偷折花枝傍水行。却被内监遥觑见,故将红豆打黄莺。

离宫别院绕宫城,金版轻敲合凤笙。夜夜月明花树底,傍池长有按歌声。

内家追逐采莲时,惊起沙鸥两岸飞。兰棹把来齐拍水,并船相斗湿罗衣。

**辑者按**：第一首写宫女娇怯之态,极为生动形象。第二首写自己娴于骑射的"飒爽美姿",亦极可喜。

## 口占答宋祖（或题述亡国诗）

君王城上竖降旗,妾在深宫那得知？十四万人齐解甲,更无一个是男儿。

**辑者按**："十四万"或作"二十万""四十万"。据北宋陈师道《后山诗语》正作"十四万人齐解甲"。盖蜀兵十四万,而王师数万耳。

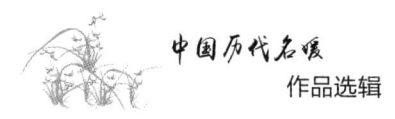

## 辽、金、元

### 萧观音

辽女诗人，道宗（耶律洪基）皇后。工诗，善谈，能自制歌曲，尤擅长琵琶，为当时第一。人多以"观音"称之，故小字观音。清宁（1005）初，立为懿德皇后。帝游畋无度，萧后讽诗劝谏，帝疏，作《回心院词》，寓望幸之意。后被耶律乙辛诬以与伶官赵惟一有私，道宗勃然大怒，被迫自尽。作《绝命词》一首，乃以白练自尽，春秋三十有六，闻者莫不称冤。这首诗题为"怀古"，本是讥赵飞燕的，诬之者说诗中隐藏"赵惟一"三字，是对赵的怀念。于是赵惟一被族诛，后自杀。

### 怀古诗 书十香词纸尾

宫中只数赵家妆，败雨残云误汉王。惟有知情一片月，曾窥飞燕入昭阳。

### 绝命词

嗟薄祐兮多幸，羌作俪兮皇家。承昊穹兮下覆，近日月兮分华。托后钧兮凝位，忽前星兮启耀。虽釁累兮黄床，庶无罪兮宗庙。欲贯鱼兮上进，乘阳德兮天飞。岂祸生兮无朕，蒙秽恶兮宫闱。将剖心兮自陈，冀回照兮白日。宁庶女兮多惭，遏飞霜兮下击。顾子女兮哀顿，对左右兮摧伤。共西曜兮将坠，忽吾去兮椒房。呼天地兮惨悴，恨今古兮安极。知吾生兮必死，又焉爱兮旦夕。

**辑者按：**《辽史》记萧后之死甚略。辽观书殿学士王鼎所著《焚椒录》叙其被诬经过则甚详。又清人王昙（乾隆五十九年举人）《烟霞万古楼文集》中《辽懿德萧后哀文》，一开头就说："愿终汝世世生生易复为有情之物矣。"又称其"诗有仙心，人如玉德"。以上两篇文献，对萧后的评价是肯定的，读者可参阅。

## 元 氏

金代著名文学家元好问（字裕之，号遗山）之妹，太原秀容（今山西忻县）人。生卒年不详。《山房随笔》：元遗山，好问裕之，北方文雄也。其妹为女冠，文而艳。张平章当揆欲娶之，使人嘱裕之。（裕文）辞以可否在妹，妹以为可则可。张喜，自往访，觇其所向。至，则方自手补天花板，辍而迎之。张询近日所作，应声答曰："补天手段……"张悚然而出。

### 补天花板诗

补天手段暂施张，不许纤尘落画堂。寄语新来双燕子，移巢别处觅雕梁。

**辑者按**：遗山之妹不以富贵萦怀，委婉地拒绝当朝宰相亲自求婚，真可谓才德兼备，无怪"张悚然而出"矣。


## 管道升

字仲姬，又字瑶姬，号栖贤山人。元代吴兴人。管伸之女，嫁同郡书画家赵孟頫。延祐三年，孟頫入翰林为承旨，道升加封魏国夫人，世称管夫人。她禀赋聪明，性格豪爽，落落大方，有丈夫气概。能诗词，工书法，擅画墨竹梅兰，笔意清绝。生平所作诗词不多，传世更少。书牍行楷，殆与其夫不辨。卫夫人之后，无与俦者。

### 自题墨竹

内宴归来未夕阳，绡衣犹带御炉香。侍奴不用频挥扇，庭竹潇潇生嫩凉。

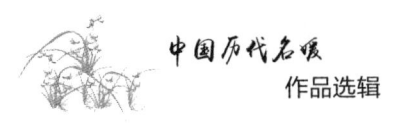

## 寄子昂君墨竹

夫君去日竹初栽,竹已成林君未来。玉貌一衰难再好,不如花落又花开。

## 题画竹

雪后琼枝嫩,霜中玉蕊寒。前村留不得,移入月宫看。

## 又一首

春晴今日又逢晴,闲与儿曹竹下行。春意近来浓几许,森森稚子石边生。

### 管道杲

道升姊,适南浔姚氏。亦工诗,善书画。

## 跋仲姬墨竹诗

绿窗无长物,树蕙与滋兰。光风布淑气,扬扬畹亩间。窗外何所有?修竹万千竿。密叶敷午荫,劲节当岁寒。方欣同臭味,且以报平安。吾妹忽来顾,绿纱生薄寒。幔结贻佩纕,重重青琅玕。写真一挥洒,翰墨犹未干。古意镇长在,高风渺难攀。况有斐比德,懿名垂不刊。

——梁乙真《中国妇女文学史纲》

## 程一宁

顺帝淑妃也。元氏《掖庭记》云：程一宁未得幸时，尝于春夜坐翠鸾楼，倚栏弄玉龙之笛，吹《惜春词》，先后四调。

### 其一

兰径香销玉辇踪，梨花不忍负春风。绿窗深锁无人见，自碾朱砂养守宫。

帝忽于月下闻之，问宫人曰："此何人吹也？"有知者对曰："程才人所吹。"帝虽知之，未召也。及后夜，帝复游此，又闻歌一词云。

### 其二

牙床锦被绣芙蓉，金鸭香销宝帐重。竹叶羊车来别院，何人空听景阳钟？

### 其三

淡月轻寒透碧纱，宫屏残梦听啼鸦。春风不管愁深浅，日日开门扫落花。

### 其四

春光欲去疾如梭，冷落长门苔藓多。懒上妆台脂盖蠹，承恩难比雪儿多。

歌中音语咽塞，情极悲怆。帝因谓宫人曰："闻之使人能不凄怆？深宫中有人愁恨如此，谁得而知。盖不遇者亦众矣。"遂乘金根车至其所，宁见龙矩簇拥，遂趋出叩头俯伏。帝亲以手扶之曰："卿非玉笛中自道其诗，朕安得此。"……自是宠爱日隆。

——《中国妇女文学史纲》引自《元诗纪事》

## 郑允端

字正淑，平江（今苏州）人。出身于儒学世家，自幼受到良好的家庭教育，能诗善文。嫁同郡施伯仁，晢时常"操弄笔墨，吟咏性情"。伯仁亦出身于文献故家，博古通今。二人相敬相亲，是一对具有共同的文学好尚的恩爱夫妇。端死后，伯仁整理其遗稿，题名为《肃雍集》。

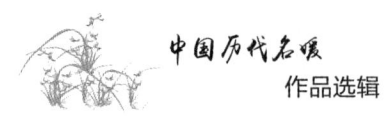

## 罗敷曲

邯郸秦氏女，辛苦为蚕忙。清晨行采桑，采采不盈筐。使君从南来，五马多辉光。相逢在桑下，遗我双明珰。听妇前致辞，卑贱那可当！使君自有妇，罗敷自有郎。请君上马去，长歌《陌上桑》。

## 吴人嫁女辞

余见寻常百姓家，多以女嫁达官贵人，虽夸耀于一时，而终不得偕老。故作是诗以警之，时至正丙申岁也。

种花莫种官路傍，嫁女莫嫁诸侯王。种花官路人取将，嫁女王侯不久长。花落色衰情变更，离鸾破镜终分张。不如嫁与田舍郎，白首相看不下堂。

## 孙 淑

字蕙兰，汴州（今河南开封）人，元代诗人傅若金之妻。若金所作《殡志》中说："蕙兰年二十三归我于湘中，五月而卒。"死后仆人出示平时陆续私藏的蕙兰手稿，仅存诗十八首，零章断篇二十六句，由傅若金编辑成帙，序而藏之，题为《绿窗遗稿》。

**辑者按**：傅若金少贫，以织席为生，又改业缄工。后有所激，乃读书，工诗。

## 五律一首

窗里人初起，窗前柳正娇。卷帘冲落絮，开镜见垂条。坐对分金线，行防拂翠翘。流莺空巧语，倦听不须调。

## 五绝一首

粲粲梅花树,盈盈似玉人。甘心对冰雪,不爱艳阳春。

## 七绝二首

几点梅花发小盆,冰肌玉骨伴黄昏。隔窗坐久怜清影,闲划金钗记月痕。

庭院深深早闭门,停铖无语对黄昏。碧纱窗外初生月,照见梅花欲断魂。

### 薛兰英　薛蕙英

元末女诗人。父为吴郡(今苏州)富商,以粜米为业,家住阊阖门外。特建"兰蕙联芳楼",为其二女提供了幽静的学习环境。姊妹共同创作的诗歌达数百首之多,题名为《联芳集》。集已佚,只有《苏台竹枝词》十首传世。杨维桢读到她们的诗稿,曾题诗备加赞扬,从此姊妹名播遐尔,时人誉为"班姬、蔡女复出,易安、淑贞而下不足伦"。

## 苏台竹枝词

姑苏台上月团团,姑苏台下水潺潺。月落西边有时出,水流东去几时还。

馆娃宫中麋鹿游,西施去泛五湖舟。香魂玉骨归何处?不及真娘葬虎丘。

杨柳青青杨柳黄,青黄变色过年光。妾似柳丝易憔悴,郎如柳絮太颠狂。

百尺高楼倚碧天,阑干曲曲画屏连。侬家自有苏台曲,不去西湖唱采莲。

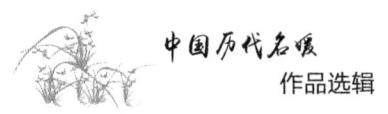

**辑者按**：维桢诗名擅一时，号铁岩体。古乐府出入少陵、二李间，尤号名家。

——《中国人名大辞典》

### 曹妙清

钱塘人。字比玉，自号雪斋，善鼓琴和书法。著有《弦歌集》，杨维桢为之序，今已佚。

## 和苏台竹枝词

美人绝似董娇娆，家住南山第一桥。不肯随人过湖去，月明夜夜自吹箫。

### 张妙净

钱塘人。字莲蕙，号自然道人。通晓音律，晚居姑苏春梦楼，与杨维桢为文字友。著有《自然道人集》，已佚。

## 和苏台竹枝词

忆把明珠买妾时，妾起梳头郎画眉。郎今何处妾独在，怕见花间双蝶飞。

# 明

## 郭贞顺

明潮州（今广东湖安）人，周伯玉妻。通经史，尤精数学，能诗文。元末避乱居村寨，太祖定天下，遣指挥俞良辅征诸寨之未服者。贞顺作诗遮道上之①，良辅览诗大喜，敛兵而回，一寨得全。贞顺后与伯玉卜筑偕隐，卒年一百二十五岁。

## 上俞将军

将军开国之武臣，早附凤翼攀龙鳞②。烟云惨淡遍九野③，半夜捧出扶桑轮④。前年引兵下南粤，眼底群雄尽流血。马蹄带得淮河冰，洒向江南作晴雪。潮阳僻在南海滨，十载不断干戈尘。客里移处万里外，天子亦念遐方民。将军高名迈千古，五千健儿猛如虎。轻裘缓辔踏地来，不减襄阳晋羊祜⑤。此时特奉明主恩，金印斗大龟龙纹。大开藩卫制方面，期以忠义酬明君。宣威布德民大悦，把菜一笠谁敢夺⑥。黄犊春耕万陇云，牦龙夜卧千秋月⑦。去岁壶阳戍守时，下车爱民如爱儿。壶山苍苍壶水碧⑧，父老至今歌咏之。欲为将军纪勋绩，天家自有如椽笔⑨。愿属壶民歌太平，磨厓勒尽韩山石。

**注　释**

①遮道，拦着道路。《史记》："三老董公遮说汉王。"②凤翼攀龙鳞：《后汉书·光武帝纪》："天下士大夫捐亲戚，弃土壤，从大王于矢石之间者，其计固望其攀龙鳞，附凤翼，以成其所志耳。"③九野，即九州，指中国。④扶桑轮，日出东方，扶桑（日本）在中国之东。⑤羊祜：晋武帝时镇襄阳，绥怀远近，甚得江汉之心。官至征南大将军，伐吴病卒，南州民为之罢市巷哭。⑥⑦⑧未详。⑨椽笔，《晋书》："珣梦人以大笔如椽与之。既觉，语人之：此当有大手笔事。俄而帝崩，哀、册、谥、议，皆珣所草。"

## 陆　娟

明华亭（今上海市松江）人。陆德蕴女，马龙妻。余不详。

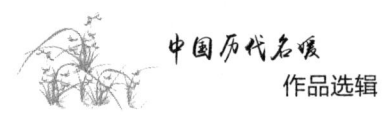

## 代父送人之新安

津亭杨柳碧毵毵,人立东风酒半酣。万点落花舟一叶,载将春色过江南。

## 杨文俪

约公元1551年即明世宗嘉靖三十年前后在世,字不详,仁和人,工部员外郎杨应獬女,礼部尚书余姚孙文恪公升之继室。幼聪慧,工诗,尤精制义。诸子登进士榜首四人,皆夫人教之。《四库提要》称:有明一代,以女子而工科举之文者,文俪一人而已,诗其余事也。诗稿一卷附《文恪集》行世。

## 白门哭夫

石裂山颓人共叹,春曹行馆迹无闻。残书架上犹存帙,比翼空中已失群。钟阜月明孤鹤泪,秦淮风冷夜蛩纷。相如宝剑埋黄土,独使文君哭暮云。

## 少年行

长安少年白狐裘,肥马金鞍何处游。春风桃李东西陌,翠管银筝十二楼。

## 顾若璞

字和知,钱塘人。生卒年不详,上林署丞顾友白女,督学黄寓庸长子文学东生妇。若璞生而夙慧,幼娴诗书。东生亦工古文词,无奈多病,竟以病卒。所遗二子一女,彬彬有文,皆若璞教之也。著有《卧月轩稿》四卷。

## 忆夫子

日长春尽草芊芊①,兰砌香生欲暮天。千结离愁天地语,支颐漫自忆当年②。

**注 释**
①芊芊,草木茂盛。孙光宪词:"江上草芊芊。"②支颐,以手托颐(面颊)也。韩愈诗:"暂拳一手支颐卧。"

## 坐卧月轩

卧月人何在?明珠界玉痕。一从鸾镜破,无复对清尊。

## 昭 君

李卫边功竟若何①?翻劳红粉渡交河②。卢龙塞外春将满③,丹凤楼前恨已多④。刁斗咽霜惊落雁,琵琶弄雪蹙双螺。昭阳女伴无多少,寄语将军夜枕戈。

**注 释**
①李卫,李广、卫青。②交河,亦曰灰河。源出山西宁武,下流入河北桑干河。③卢龙,唐置卢龙节度使,今河北卢龙。④丹凤楼,未详。

## 西园避暑 并序

六月既望,与仲女子媳诸孙,游于西园,避暑月下。是夕疏雨骤过,朗月复生;百卉欣荣,盆荷逞艳;风轻籁寂,林木萧森,小阁雕楹,或掩或映。远而望之,如画如影。空庭地白,有如湖艇。选胜班荆①,啸歌各适。乃忆旧游,爰成十韵。

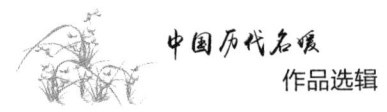

疏林散纤月,玲珑照曲房②。乍疑乘雪棹,宛在水中央。雨收苔欲腻,风过竹生凉。碧叶翻清露,红葩散软香。兰芽纷满座,诸孙亦琳琅③。借草竞歌啸④,把酒傲羲皇⑤。忽焉睹远山,四望光苍茫。皎皎夜未艾⑥,迢迢星河长。云卧北窗下,诗思多荒唐⑦。颓然忆旧游,怀抱儿摧伤。

**注 释**

①班荆,布荆于地而坐也。②曲房,这里不能作密室解,指曲折幽静处之房屋。③琳琅,《卧游录》:"有人诣王太尉,遇安丰、大将军、丞相在堂。往别屋,见季胤、平子。还语人曰:'今日之行,触目见琳琅珠玉。'"按(《辞源》):太尉,王衍。安丰,王戎。大将军,王敦。丞相,王守。谓王氏一门,其品格皆尊美贵重也。作者在这里是对诸孙的赞扬(上句用"兰芽"赞女子的)。④竞,比赛。⑤把酒,执酒杯也。孟浩然《过故人庄》:"把酒话桑麻。"⑥艾,尽也。《诗经》:"夜未艾。"⑦荒唐,漫无边际。不同于行为放荡。

吴梅里评云:每叙光景宛妙,致堪想念,诗亦古倩。

## 拟李白寄远赠媚清夫人 有引

夫人归宁①,隔篱一见即别,未暇款曲②。偶阅青莲集,聊为学步,以寄离怀。

美人言笑多娉婷,瞥然一见心暗惊。美人芳心自妍洁,暂得相亲忽言别。春云缥缈何倏忽③,芙蓉隔水愁难挹④。怨羲和之疾移⑤,怪流霞之速灭。心依罗幨尘意惬,潇湘月。湘月年年照碧苔,美人兮,美人兮,使我相见常萦怀。

吴梅里评云:为美人写照,能夺青莲之笔。

**注 释**

①归宁,女子既嫁,归问父母之安否,曰归宁。《诗经》:"归宁父母。"②款曲,殷勤的心意。为言互通款曲。③倏忽,一转眼之间。杜甫诗:"隔河见胡骑,倏忽数百群。"④挹,通"抑",压制。⑤羲和,御日,借指太阳。

**辑者按**:以上两首,录自《黄夫人卧月轩稿卷四钞本》。此稿为丁氏所未刻。《历代妇女著作考》的作者胡文楷先生于1955年9月14日抄此孤本。现藏北京图书馆柏林寺分馆内。书末有吴梅里先生总评。

　　钟记室评诗云："自王杨枚马之徒，词赋竞爽，而吟咏靡闻，从李都尉迄班婕妤，将百年间，有妇人焉，一人而已。"又称其"辞旨清捷，怨深文绮，得匹妇之致"。今黄夫人才思不减纨扇，而弘丽过之，览之者宁无才难之叹。长信之凄凉，西园之寂寞，其志亦均可悲矣。

## 黄幼藻

　　字汉荐，福建莆田人。苏州府通判黄议之女。公元1596年前后在世，幼年即以诗名，工声律，通经史。嫁林恭卿。有《柳絮篇》。

### 题明妃出塞图

天外边风掩面沙，举头何处是中华？早知身被丹青误，但嫁巫山百姓家。

## 铁氏长女

　　其先蒙古色目人。父铉，为山东布政，力御靖难之师①，成祖即位，杀之。发二女入教坊②，义不受辱。后原问官至坊，二女各献诗。诗闻，皆赦，以适庶人。

### 上父同官诗

　　教坊脂粉洗铅华，一片闲心对落花。旧曲听来犹有恨，故园归去已无家。云鬟半挽临妆镜，雨泪空流湿绛纱。今日相逢白司马③，尊前重与诉琵琶。

**注释**

①靖难，明建文帝削夺诸藩，燕王朱棣不自安，以清君侧为名，兴师南下，名其兵曰靖难之师。②教坊，唐开元二年（714）置左右教坊，历代因之。女乐隶于教坊，故亦谓女妓为教坊。"发二女入教坊"，逼二女为妓也。③白司马，白居易有《琵琶行》，对商妇寄予了极大的同情。

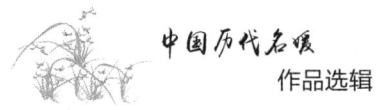

## 铁氏次女

生平不详。

### 上父同官诗

骨肉伤残产业荒，一身何忍去归娼。泪垂玉箸辞官舍①，步蹴金莲入教坊。
览镜自怜倾国貌，向人休学倚门妆。春来雨露宽如海，嫁得牛郎胜阮郎②。

**注 释**
①玉箸，这里与下句"金莲"相对，不指泪。杜甫诗："金盘玉箸无消息。"说的是以玉为之筋。②牛郎，牵牛星，指农夫。阮郎，指刘晨、阮肇入天台遇仙女事。这句是说愿做平民妇。

## 朱妙端

字仲娴（1423—1506），又字令文，自号静庵，浙江海宁人。她出身于书香门第，自幼聪慧，博览群书，能诗，颇多佳句。其《篱落见梅》诗云："可怜不遇知音赏，零落残香对野人。"借梅寓意，寄托深远。可是有人据此便以为是作者"所配非偶，形诸吟咏"之作，则是全凭臆度。有《静庵诗集》一卷传世。

### 吴山怀古①

万里中原战血腥，宋家南渡若为情②。忠臣有志清沙漠，庸主无心复汴京。
北塞春风啼蜀魄③，西湖夜月照瑶筝。百年兴废空陈迹，回首吴山落照明。

**注 释**
①吴山，在浙江杭县治，春秋时为吴南界，故名。南宋初金主亮南寇，欲立马吴山。峰峦相属，总曰吴山。②若为情，犹言何以为情或难以为情也。③蜀魄，《成记》载：杜宇（杜宇，古蜀帝名，号曰望帝）死，其魂化为鸟，名曰杜鹃，亦曰子规。

**辑者按**：妙端嫁洛阳周济（字汝航，号大亨），济于永乐（明成祖年号）中以举人入太学，正统（明英宗年号）初擢御史，后为安庆知府。卒官，民皆罢市巷哭，何得云"所配非偶"耶？兴废之感，忧国之心，不亚于清照矣。

## 虞　姬

力尽重瞳霸气消，楚歌声里恨迢迢。贞魂化作原头草，不逐东风入汉郊。

**辑者按**：清照赞美项羽"不肯过江东"，静庵颂扬虞姬贞魂不入汉郊。我国古代巾帼中如清照、静庵者，尚不乏人，读者于此辑中幸留意焉。

## 惜　春

挂树游丝旖旎①，扑帘飞絮轻狂。杜宇唤将春去，小桃落尽红香。

**注　释**
①旖旎，形容风光柔和美丽。

## 雨中写怀

草屋无客过，苍苔满庭绿。谁怜扬子居①，寥寥苦幽独。

**注　释**
①扬子居，疑指扬雄。雄家道败落，"家产不过十金，乏无担石之储"。有《逐贫赋》一篇。

## 客中偶成

异乡久为客，风雨阻归程。两岸数峰碧，孤舟一羽轻。
蓬窗残烛在，烟树早鸦鸣。坐待东方曙，依稀见海城。

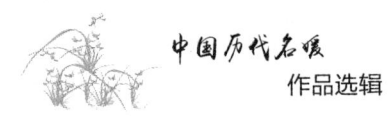

## 春睡词

茸茸芳草含新绿,露井夭桃锦云簇①。石阑干外早莺啼,又唤春光到华屋。绮窗花影摇玲珑②,玉人梦破春溶溶③。云鬟半軃风钗滑④,枕痕一缕消轻红。香汗轻轻透衾湿,含情欲起娇无力。海棠庭院鸟声和,睡足东风一竿日⑤。

**注 释**

①露井,谓井上无覆者。《古诗》:"桃生露井上,李树生桃旁。"②玲珑,有多义,此为铃声。③溶溶,本为水盛多貌,如《阿房宫赋》:"二川溶溶。"凡景象之深广者,亦多以此形容之,许浑诗"波静月溶溶"。④軃,垂下的样子。岑参诗:"柳軃莺娇花复殷。"⑤一竿日,苏轼诗:"瞳昽晓日上三竿。"言日出至于三竿之高也。此言一竿,较早。

## 孟淑卿

苏州人,训导孟澄之女。有才辩,工诗词。公元1476年前后在世。自以所配非偶,别号荆山居士。性疏朗,不忌客,为道法家所病。尝论作诗贵脱胎化质,僧诗贵无香火气,女诗无脂粉气,秀士诗无寒酸气,山人诗无幽僻气。朱淑真固有俗病,李易安可与语耳,为士林所尝。著有《荆山居士诗》一卷。

## 春 归

落尽棠梨水拍堤,萋萋芳草望中迷。无情最是枝头鸟,不管人愁只管啼。

**辑者按**:不失闺媛本色,似犹有"脂粉气","所配非偶",哪能不愁!

## 端淑卿

当涂人,教谕端延弼之女,适丹湖芮儒。赋性幽闲,天资颖悟。幼从父官邸,日读《毛诗》《烈女传》《女范》诸篇。笄总后,遂博通群书。作为诗词,大类唐人。与其夫白首相庄,里党重之。著有《绿窗诗稿》,德清章元礼称其旨醇而节和,飒飒有致。

## 隋　柳

炀帝宫中柳,凋零几度秋?蝉声悲故国,莺语怨荒丘。
行殿基何在!空江水自流。行人休折尽,春日更生愁。

## 写　闷

四十余年岁月驰,自惭双鬓白于丝。从前无限关情事,今日都来夜雨时。

### 陆卿子

姑苏人,寒山赵凡夫室。秉性玄淡,不喜繁饰。与赵结庐山中,绣佛长斋,吟咏无间,超然有遗俗之志。所著有《考槃》《玄芝》二集。

## 赠毗陵安美人

去年花发毗陵道①,美人何处拾瑶草。今年草绿姑苏台,美人此时花下来。风吹罗袂香不定,流波荡漾光徘徊。不逐行云作飞雨,梦里铅华学神女。坐久烟霞拂袂生,回眸愁向空中举。水远山长不见君,空闻树上黄鹂语。

**注　释**
①毗陵,今江苏常州武进。

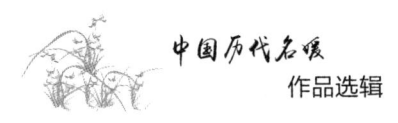

## 短歌行

君不见春风枝上华灼灼，春风日日吹华落。人生且莫恋悲欢，朱颜却被悲欢烁。悲欢未尽年命尽，黑却悲欢两寂寞。惟余夜月流清晖，华间叶底空扉扉。

## 徐　媛

字小淑，苏州人。公元 1596 年前后在世。好吟咏，与陆卿子唱和，吴中士大夫望风景从，交口称誉，流传海内，称吴门二大家。嫁副使范允临，筑室同居天平山下①，极唱和之乐。著有《络纬吟》十二卷传于世。（《明史·艺文志》）

**注　释**
①天平山，在江苏吴县西。群峰环峙，泉石奇秀。山下有范仲庵墓。

## 题垂柳

离亭陌上散芳尘，邺下齐看浥露新①。黛绿巧弯妆妇色，团香初着御袍人。章台系马争攀折，御院藏莺几换春。今日飘零任萧索，凄迷风雨对河滨。

**注　释**
①浥露，湿露也。《诗经》："厌浥行露。"

## 薄少君

太仓人。约公元 1596 年前后在世。嫁秀才沈承，承字君烈，有隽才而夭，少君为悼亡诗百首（今存八十一首）以弟之。逾年，值承忌日，少君一恸而绝。著有《嫠泣集》一卷。

## 悼亡诗（选录四首）

海内风流一瞬倾，彼苍难问古今争。哭君莫作秋闺怨，薤露须歌铁板声①。

简君笥箧理残书②，欲认签题泪转霏③。忽听履声窗外至，回头欲语却还非。

浊世何曾顷刻光，人间真寿有文章。君文自可垂天壤，翻笑彭翁是夭亡④。

一片冰心白日寒，由他狞鬼状千般。相传地府威仪肃⑤，莫作新诗谑冥官⑥。

**注　释**

①薤露，古挽歌。言人命如薤上之露，易晞（干）灭也。铁板，《吹剑续录》："苏东坡问歌者：'吾词比柳耆卿何如'？歌者曰：'学士词须关西大汉，抱铜琵琶，执铁绰板，唱大江东去。'"后因谓文词之豪爽激越者曰铜琵琶铁板。②简，查检。《左传》："秋大阅，简车马。"③签题：签，书签。作为标记的牙片、竹片或纸片。题，书套。李白诗："蠹鱼坏其题。"④彭翁，彭祖。尧臣，历虞夏至商，年七百岁，或云年八百岁。⑤地府，谓冥中也，即俗所谓阴间。⑥冥官，指地府中的狞鬼。这一首戒勉死者，用意极为深刻。

## 黄　峨

字秀眉（1498—1569），四川遂宁人，黄简肃公琦（《文学家大辞典》作珂）女。正德十四年（1519）与新都杨慎结婚。婚后，两人情好意笃，相互砥砺切磋，共同写诗填词作曲，过着诗情画意般的爱情生活。慎谪云南时，她以《寄外》诗知名当时。又工于散曲，明时已有刊本《杨升庵夫人词曲》五卷，不过其中多杂有慎作。

## 咏石榴

移来西域种多奇，槛外绯花掩映时。不为秋深能结实，肯于夏半烂生姿①？番嫌桃李开何早②，独秉灵根放故迟③。朵朵如霞明照眼，晚凉相对更相宜。

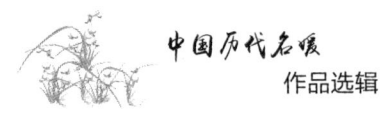

**注 释**

①肯，犹岂也。（《诗词曲语辞汇释》）②番，疑为"翻"之误。翻，反而。李白诗："胡马翻衔洛阳草。"③灵根，《太玄经》："美厥灵根。"注：灵根，道德也。作者在这里是把"道德"引申为品格高洁。

**辑者按**：据简绍芳编次的《赠光禄卿前翰林修撰升庵杨慎年谱》"一五一九正德十四年王安年卒。继室，得遂宁黄简肃琦女"。据此，则《咏石榴》诗，应是作于公元1519年或次年夏。因公元1520年"九月，公北上，仍旧官"也。

**又按**：1984年四川人民出版社出版的《巴蜀文苑英华》："这年夏天，黄娥写下了《庭榴》一诗：

大荒西域种原奇，第一绯英上苑姿。不到秋深丹结实，独于夏五艳垂枝。已嫌桃李开何早，略笑芙蓉发迹迟。万点落霞明照眼，采衣金屋正相宜。

标题既不同，诗句中文字差异更大，不知《巴蜀文苑英华》的编者据何种版本？而末句"采衣""金屋"两典，似不贴切。远不如"晚凉相对"更能体现出新婚夫妻的亲昵之态。

# 寄 外（其一）

懒把音书寄日边，别离经岁又经年。郎君自是无归计，何处春山不杜鹃。

# 寄 外（其二）

雁飞曾不到衡阳①，锦字何由寄永昌②？三春花柳妾薄命③，六诏风烟君断肠④。

曰归曰归愁岁暮⑤，其雨其雨怨朝阳⑥。相闻空有刀环约⑦，何日金鸡下夜郎⑧。

**注 释**

①湖南衡阳县南有回雁峰，衡山为七十二峰之首。相传雁至衡阳，难以飞越此峰，遇春而回。唐宋以来，诗人遂以为故实。又，苏武被拘留在匈奴时，曾借雁足传书，后人遂以飞雁作为书信的代称。②锦字，也指书信。据《晋书·列女传》记载，苏蕙的丈夫窦滔，因罪被徙流

长沙,蕙思念不已,织锦为《回文璇玑图诗》寄之。永昌,今云南保山县。③三春,春季三月也。④六诏,云南及四川西南部一带的六个少数民族政权,后为南诏统一。这里实指永昌。⑤《诗经》:"曰归曰归,岁亦暮上。"(天天说回家,一年将尽,还是未回。)⑥《诗经》:"其雨其雨,杲杲日出。"(天天盼望下雨,结果是大太阳。)⑦刀环,《汉书·李陵传》:"立政等见陵,未得私语,即目视陵而数数自循其刀环,握其足(古人席地而坐)阴谕之,言可还归汉也。"这句是说徒有还(与环谐音)家之约。⑧金鸡,古代大赦时,把金鸡树于长干,然后宣读赦诏。鸡以黄金饰首,故云金鸡。李白诗:"我愁远谪夜郎去,何日金鸡放赦回。"这句以夜郎喻云南,以李白喻杨慎。意谓何时才能像李白一样,在云南得到赦罪的消息呢?

**辑者按**:明清以来的诗歌选本多选有此诗。以其善于融铸旧句,以抒发其哀惋悲戚之情,而又自然贴切,"袭旧弥新"也。

## 莺 莺

春风户外花萧萧,绿窗绣屏阿母娇。白玉郎君恃恩力,尊前心醉双翠翘①。西厢月冷濛花雾,落霞零乱檐东树。此夜灵犀已暗通②,玉环寄恨人何处③?

——《古今女史》

**注 释**
①翠翘,古妇人首饰。《山堂肆考》:翡翠鸟尾上长毛曰翘,美人首饰如之,因名翠翘。李商隐诗:"旁有堕钗双翠翘。"②灵犀,传说犀牛彼此之间是用角来互表心灵,角中有白纹如线,直通两头。李商隐《无题》:"身无彩凤双飞翼,心有灵犀一点通。"借喻两心相印。③玉环寄恨,莺莺《答微之书》:"玉环一枚,是儿婴年所弄,寄充君子下体所佩。玉取其坚润不渝,环取其始终不绝。"

**辑者按**:《古今女史》此首上有眉批云:"今真记费千万言,此诗只数描尽,不相上下。"窃以为诗歌与传记小说,似不应相提并论。

## 驻云飞 古诗四首选二

暗想娇容,疑是瑶台月下逢。凤枕鸾衾共,蝶粉蜂黄重。侬何处,最情钟,

分散西东。会少离多,天也将人弄,水远山长处处同。

暗想娇娆,家住成都万里桥。啼凤求凰调,比玉如花貌。妖无福,也难消,泪染红桃。欲寄多情,鱼雁何时到,若比银河路更遥。

## 凭阑人 是古诗四首

休教宫髻学蛮妆,原是巫山窈窕娘。行云梦高阳,随郎还故乡。
休教莺语学蛮声,万里长途辛苦行。迢迢远别情,盈盈太瘦生。
休教眉黛扫蛮烟,同上高楼望远天。天涯新月悬,故乡何处边。
休教杨柳学蛮腰,魂断关山骨也销。何时步兰苕,析花戏红桥。

## 桑贞白

字月珠,约公元1596年前后在世,号月窗,嘉禾人。周履靖继室,工诗,著有《香奁集》二卷传于世。

## 警 女

侯门少妇纵奢华,不及村中农妇家。晓起采桑来陌上,夜供蚕叶月西斜。

## 勉女歌

新歌勉女行,听之不可忘。须守闺中则,休登闺外堂。
勤纺寒窗织,虚心学缀裳。烹调和五味,拈刺绣鸳鸯。
如宾事夫主,尽孝奉姑嫜①。克勤于旦暮,立志在冰霜。
当知孟光德,莫学飞燕妆。

**注 释**

①姑,丈夫的母亲;嫜,丈夫的父亲。陈琳诗:"善待新姑嫜。"

108

辑者按：读此诗，可知古代妇女绳索之多、桎梏之深矣。

## 屈安人

华阳（今四川成都）人。副都御史屈直之女，参议韩邦靖妻。沈德潜《明诗别裁集》评云："闺阁诗尽洗金粉，独标高格，既取风雅，亦用垂教，别于时俗金粉之习。"

### 送夫人觐①

君往燕山去，弃妾雒水傍。雒水向东流，妾魂随飞扬。丈夫轻离别，壮志在四方。努力事明主，肯为儿女伤。君有双亲老，垂白坐高堂。晨昏妾定省②，喜惧君自量。珍重复珍重，丁宁须记将③。既为远别去，饮余手中觞④。莫辞手中觞，为君整行装。阳关歌欲断⑤，柳条丝更长。

**注　释**

①觐，诸侯秋天朝见天子曰觐。这里指丈夫入京晋见皇帝。②定省，指女子早晚向父母请安。③记将，强记，因协韵而颠倒。强记，犹言牢记。④觞，古代酒器。这里指酒。⑤阳关，居玉门关之南，故曰阳关，为出塞必经之地。王维诗"西出阳关无故人"即指此。后歌入乐府，以为送别之曲。

## 方维仪

字仲贤，大理卿大镇之女，安徽相城人。适姚孙棨，夫夭，年十七而寡，请大归①，守志于清芬阁，以文史代织任。终年八十四岁。有《清芬阁集》七卷传于世。

### 死别离

昔闻生别离，不言死别离。无论生与死，我独身当之。此风吹枯桑，日夜为

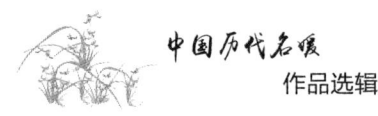

我悲。上视沧浪天②,下无黄口儿③。人生不如死,父母泣相持。黄鸟各东西④,秋草亦参差。予生何所为,死亦何所辞。白日有如此,我心当自知。

**注　释**

①大归,言妇人被出,归其母族而不复返也。《左传》:"夫人姜氏归于齐,大归也。"②沧浪,青绿的水色。此指天色。③黄口,小儿也。《淮南子》:"古之伐国,不杀黄口。"④黄鸟,黄莺也。

## 出　塞

辞家万里戍,关路隔风烟。赋重无余饷,边荒不种田。
小兵知有死,贪吏尚求钱。倚赖君王福,何时唱凯旋。

**辑者按**:中四句深刻地揭露了当时黑暗腐朽的社会现实。末尾借"君王福"设问,实则"凯旋"是没有希望的。作者写这首诗的心情是极为愤慨的。

## 旅夜闻寇

蟋蟀吟秋户,凉风起暮山。衰年逢世乱,故国几时还。
盗贼侵南甸,军书下北关。生民涂炭尽①,积雪染刀环②。

**注　释**

①涂炭,烂泥和炭火。比喻极端困苦的境遇。②雪,与"血"同音,实指血。

**沈德潜评**:为读杜老伤时之作,闺阁中乃有此人。

## 梁孟昭

字夷素,钱塘人,明末女文学家。茅鼒妻。性格贞静,不苟言笑。诗文自成一家,被誉为"一代作手""女士中之表表者",绘画和书法也驰名一时。尤工花鸟、小楷。《中国历代才女小传》引王端淑(清初女作家)评论说:"其长短诗歌,皆清新幽异；大小墨妙，远过前人。"

## 题　画

登楼忽见山头白，冰筯如缕挂瑶碧。晓窗风急唤垂帘，鹤唳一声天地窄。
雪花骄艳斗梅花，逊色输香各自夸。终日费人评品事，肠枯频唤煮浓茶。

阮元《两浙輶轩录》

## 李　因

字今生（1610—1685），号是庵，又号龛山逸史，会稽（今浙江绍兴）人。一作武林（今浙江杭州）人。工水墨画，能近体诗。

### 秋江晚泊和豫章李夫人韵

石尤风急泊沙湾，日落寒江鸥鹭闲。秋水空明千里月，荒烟暝琐万重山。
樵歌野唱犹行路，僧寺残钟独掩关。潦倒篷窗愁客梦，漫披诗史手重删。

### 长安秋日

高树秋声入梦迟，夜来风雨簟凉时。季鹰自解归来好[①]，纵乏莼鲈也动思。

**注　释**

①季鹰，《晋书》言张翰字季鹰，齐王冏辟为东曹掾。因见秋风起，乃思吴中菰菜、莼羹、鲈鱼脍。曰："人生贵得适志，何能羁宦数千里，以要名爵乎？"遂命驾而归。后言人之归隐，多引此事。

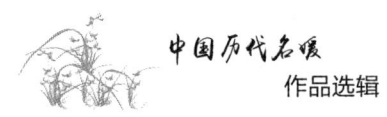

## 题莲鸭图（自绘）

皎镜方塘绝点尘，水宫仙子晓妆新。画家不著胭脂染，想见蛾眉淡扫人。
芜园风景迥超尘，好鸟名花异样新。不画并头与交颈，自伤身是抱衾人。
晓春句好笔无尘，淡墨秋塘格更新。若信三生因果事①，前身应是辋川人②。

**注　释**
①三生，即是三世转生之意。白居易诗："世说三生如不谬，共疑巢许是前身。"②辋川，在陕西兰田县辋谷川口。唐右丞王维有别墅在此。王诗画皆工，苏轼称赞他"诗中画""画中有诗"。此首以王维自比。

## 沈琼莲

字莹中，乌程（今浙江吴兴）人。以父兄皆仕于朝，得通籍掖庭（明弘治初年送入掖庭）。尝试守宫论，孝宗擢第一。绘事禁中，为女学士。吴兴人称为女阁老，能诗。

## 送弟溥试春官①

少小离家侍禁闱②，人间天上两依稀。朝迎凤辇趋青琐③，夕捧鸾书入紫微④。
银烛烧残空有梦，玉钗敲断未成归。年年望汝登金籍⑤，同补山龙上衮衣⑥。

**注　释**
①春官，上古置官，多以四时为名。明太祖立春夏秋冬四官，肖之四辅。"试春官"，谓应春官考试也。②禁闱，旧谓试院曰闱。③凤辇，天子之车。青琐，汉宫门也，《名义考》：青琐，即今门之有亮隔者。④紫微，星座名，天帝之座，天子之所居。⑤登金籍，犹言题名金榜。⑥衮衣，绣有卷龙之衣。

**辑者按**：这首诗堆砌了许多名词，思想内容、艺术风格，皆无可取。唯以吴兴人对琼莲有阁老之誉，姑辑存之。

## 朱德蓉

明末人。明臣祈班孙之妻。生卒年不详。

**辑者按**：明亡，班孙聚众谋恢复，事泄被捕，流放宁古塔。不久脱归，下发为僧，好议论古今，言明事辄恸哭。

### 虞 姬

歌罢伤心泪几行，江山旋逐楚声亡。贞心甘向秋霜剑，不欲含情学汉妆。

## 商景兰

字媚生，会稽人。明末祈彪佳①之妻。能诗，有《东书堂合稿》。

### 悼 亡

公自垂千古，吾犹恋一生。君臣原大节，儿女亦人情。
折槛生前事②，遗碑死后名③。存亡虽异路，贞白本相成④。

**注 释**
①祁彪佳，字弘吉，生而英特绝人。天启进士，累官右佥都御史，巡抚江南。南部失守，彪佳绝粒，端坐池中死。唐王时谥忠敏。②折槛，汉成帝时，槐里令朱云请斩安昌侯张禹。帝怒，欲诛云。御史将（扶也）云下，云攀殿槛，槛折，以辛庆忌救得免。后当治槛，上曰："勿易，因而辑之，以旌直臣。"（见《汉书·朱云传》）祈彪佳在崇祯时，上疏被切责；在福王时，又论不可再设特务太监，为马士英等所排挤，故用朱云事相比。③遗碑，晋羊祜镇襄阳，有德政，死后人为立碑于岘山，见其碑者皆堕泪。④贞白句，谓忠贞与清白互相配合也。

## 沈宜修

字宛君（1588—1635），江苏吴兴人。精通经史，文章流利，诗词秀雅。嫁同

邑叶绍袁（天启进士），生三女（纨纨，小纨，小鸾），皆工诗词。夫妇偕隐汾湖，与子女（五子三女）刻写诗词自娱。著有《鹂吹集》，又辑录当时名媛之作为《伊人思》，并传于世。

## 哭长女昭齐

东风吹不到泉台①，姊妹长眠甚日开②。微雨池塘春索寞③，暮云烟树影徘徊。半生只与愁为伴④，七载尝从闷里催。赴唁归宁伤竟夭，可堪哀处更添哀。

**注　释**
①泉台，墓穴也。②小鸾离结婚只有五天的时候病逝，昭齐归家哭妹，哀伤过甚，发病而死，故云"姊妹长眠"。甚日，犹言何日。③索寞，形容人神气沮丧的样子。这里借景写人。④见后纨纨小传。

## 立秋夜感怀

凉夜悠悠露气清，晴虫凄切草间鸣。高林一叶人初去，短梦三更感乍生。自恨回波千曲绕，空余残月半窗明。文园多病悲秋容，摇落西风万古情。

## 叶纨纨

沈宜修长女，字昭齐。据说她三岁便能背诵《长恨歌》，十三岁已能作诗填词。著有《愁怨》，一名《芳雪轩遗集》。她嫁袁氏为妻，婚后七年一直悒悒不得志，因而"无一时不愁，无一语不悲"。

## 暮春赴岭西道中

故园别后正春残，陌上莺花带泪看。何处乡情最凄切，孤舟日暮泊严滩①。

## 注 释

①严滩，即严陵濑，在浙江富春江，东汉严光隐居垂钓处。

## 叶小纨

字蕙绸（1613—1657），叶纨纨之妹，适沈永祯。父叶绍袁，母沈宜修均工诗词。姊纨纨，妹小鸾亦有文才，惜均早卒。小纨伤之，乃作《鸳鸯梦》杂剧以寄意。其父刊宛君及二女之作曰《午梦堂十集》，而以小纨之《鸳鸯梦》附于后。

单士厘曰：蕙绸为小鸾之妹，后小鸾三十年卒，盖康熙时矣。

### 采莲歌三首

生长江头惯采莲，兰桡飞动水云边。红颜灼灼花羞艳，更借波光整翠钿①。

棹入波心花叶分，花光叶影媚睛曛。无端捉得鸳鸯鸟②，弄水船头湿画裙。

女伴今朝梳裹新③，迎凉相约趁清晨。争寻并蒂争先采，只见花丛不见人。

## 注 释

①翠钿，妇女头饰。翠，翠翘。翡翠鸟尾上长毛曰翘，美人首饰如之，因名翠翘。钿，金花也。《六书故》：金花为饰，田田然，故曰钿。②无端，犹言无因（无缘无故）。这里有出乎意外的意思。③梳裹，谓梳发裹巾帻也。多指女子而言。

**辑者按**：第三首三句连用两争字，将一群少女无拘无束的欢乐形象生动地刻画了出来。

## 叶小鸾

小纨之妹，字琼章（1616—1632），一字瑶期。才思敏捷，品性高雅。字昆山张立平，距婚期只五日而病逝，卒年才十七岁。她的诗词，清新淡雅，无脂粉气。著有《返生香》。

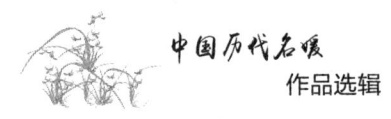

## 春日送蕙绸姊

丝丝杨柳拂烟轻,总为愁人送别情。惟有流波似离恨,共将明月伴君行。

## 会稽女子

幼攻书史,年及笄,适于燕客,偶过新嘉驿,题怨词壁,书曰李秀云。江道行曰:狮子已吼,尚敢留题,此女胆愈大而情愈切。

——《古今女史》

## 怨词题壁 并序

余生长会稽,幼攻书史,年方及笄,适于燕客。嗟林下之风致①,事腹负之将军。兼以河东狮子②,日吼数声。今朝薄言往愬,逢彼之怒③,鞭捶乱下,辱等奴婢。余气溢填胸,几不能起。嗟呼!余笼中人耳,何足惜!但恐委身草莽,湮没无闻。是以忍死须臾④,俟同类睡熟,蓦至后庭,以泪和墨,题三诗于壁,并叙出处,庶知音读之,悲余生不辰,则余死且不朽。

银红衫子半蒙尘,一盏孤灯伴此身。恰似梨花经雨后,可怜零落不成春。
万种忧愁诉阿谁?对人欢笑背人悲。此诗莫把寻常看,一句诗成千泪垂。

**注 释**

①林下之风致,《世说》:王夫人神情散朗,故有林下风气。《宣和画谱》:"妇人薛涛,成都娼妇,虽失身卑下,而有林下风致。"后人称颂妇女,恒云有林下之风。这里,作者盖以王夫人自比也,下句"腹负之将军"未详,疑指粗鄙之武夫。②河东狮子,妇人悍妒者之称也。苏东坡诗:"忽闻河东狮子吼。"指陈季常妻柳氏,季常惧内,东坡借佛语(佛家谓狮子吼则百兽伏)戏之。③"薄言"二句,见《诗经·柏舟》。薄,急急忙忙。言,语辞,无义。愬,同"诉"。④须臾,片刻。《鸿门宴》:"坐须臾,沛公起如厕。"

## 刘静容

江上名姬也。意念潇洒,风韵不减徐娘①。尝登场演剧,一坐倾靡②。

### 和龙悔庵

扫眉才子忽停车③,鹦鹉传言到妾家。三日名花留坐褥,五云彩笔照窗纱。
青衫肯惜红颜薄,翠袖客扶乌帽斜④。珍重春风数相访,小庭新树琵琶花。

《青楼小名录》

**注 释**

①徐娘,梁元帝妃徐氏,与帝左右暨(姓)季江淫通,季江曰:徐娘虽老,犹尚多情。今称妇人年老色衰者。②一坐,谓满座之宾客也。③扫眉才子,谓女子之有文学者。王建赠薛涛诗云:"扫眉才子知多少,管领春风总不如。"④乌帽,隐者之服。此处描写纱帽。东晋时宫官着乌纱帽,其后贵贱于宴私皆着之,至唐遂为官服。

## 郑如英

字无美,桃叶妓。以韵艳闻,曲中呼为妥十二,妥其小名也。能为诗,秦淮四美之一。

——《青楼小名录》

### 忆期莲生

执手难分处,前车问板桥。愁从风雨长,魂向别离销。
客路云兼树①,妆楼暮与朝。心旌谁复定②,幽梦正摇摇③。

——《古今青楼集选》

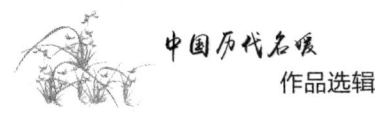

**注　释**

①化用杜甫怀李白"渭北春天树，江东日暮云"诗句。②心旌，谓心不定，为旌旗之摇曳也。《国策》：楚王曰："寡人卧不安席，食不甘味，心摇摇如悬旌。"③摇摇，心忧无所附着之意。《诗经》："中心摇摇。"

## 芙蓉亭观雨怀郑逢奇

妾在江南君在北，可怜欲见不可得。凄凄薄暮芙蓉亭，独坐寒窗观雨色。
雨色沉沉何时止，今夕相思愁欲死。

——《古今青楼集选》

### 赵彩姬

字今燕，南院妓。张幼于所狎①，名官北里②。晚居琵琶巷口，冶游少年号曰闭门赵四③。

## 送张幼于还吴门

花前双泪湿衣裙，把酒江亭落照余。此去吴门霜月满，逢人好寄洞庭书④。

## 长相思寄幼于（附此，不另入词）

去悠悠，意悠悠，水远山长无尽头。相思何日休。
见春愁，对春羞，日日春江认去舟。含情空倚楼。

——《青楼小名录》

## 中秋夜同黄吉甫坐月

月从今夜满,秋向此时分。莫惜金尊数,清光喜对君。

## 临诀呈江幼新

青楼女儿心独苦,艳色日日从歌舞。妾身已作路旁花,博得黄金娱老姆。自嗟薄命自耽娱,此日哀情向谁诉。初时犹自带娇羞,可怜习惯应如故。相知谁不贵白头,妾身一似水东流。才为故人没旧恨,又对新知歌别愁。江郎顾我良不浅,妾意君情两相恋。千金用尽妾自知,老妇顾欲唾君面。君虽怜我难久留,我欲从君不自由。何似当初不相识,今日恩多成怨仇。此时此际饶多恨,柔肠折尽无一寸。绿珠不是负恩人,区区生死何足论。生则同衾死同穴,悲莫悲兮生离别。香销玉毁自有时,琵琶弹罢声凄切。情牵意牵惟一线,木石心肠终不变,前身后身知是谁,但教世世为姻眷。君不见,玉环比妾更无缘,不闻开元韦郎同白练[5]。

——《古今青楼集选》

**辑者按**:通篇除"绿珠"句和结句外,再无引用故实处,然句句出自肺腑,情意悲切,感人至深。

#### 注 释

①狎,戏也,有玩弄之意。②北里,妓院所在曰北里。③冶游,谓狎妓也。④洞庭书,柳毅(唐人)下第将还,洞滨见有妇人,牧羊于道畔,曰:"妾洞庭龙君小女也,欲以尺素(书信)寄托。"毅如其言,访于洞庭,取书进之洞庭君。明日毅辞归……因适广陵,聚于卢氏。因话昔事,即洞庭君之女也。见《异闻录》(柳毅传书故事,早已广泛流传人间。)⑤唐玄宗幸蜀,杨玉环被迫自缢于马嵬坡。韦郎疑指韦应物,玄宗时,尝扈从游幸。

## 赵丽华

字如燕(一作燕如),南院妓,自号昭阳殿中人。父锐,以善歌乐府,供奉康

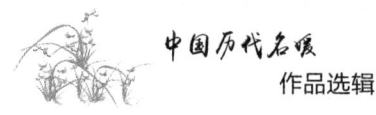

陵。燕年十三,录籍教坊,能缀小词,被入弦索。沈嘉则为作传有云:"赵虽平康人,使其须眉,当不在剧孟、朱家下。"①今即其题扇数语,豪宕可知②。

## 赋 别（题扇）

妾舟西发君舟东,顷刻天涯两处风。此际云山天际渺,寸心千里附冥鸿③。

——《青楼小名录》

**注 释**

①剧孟,汉,洛阳人,以侠显。朱家,汉初鲁人,秦末为侠客,所存豪士以百数。②豪宕,意气横佚,不拘细行。③冥鸿,喻高飞远引者。李贺诗:"我今垂翅附冥鸿。"

## 林奴儿

一名金兰,自号春秋亭中人,南都名妓也。风流有姿色,冠于一时。学画于史廷直、王元父二人,笔力清润。落籍后,有旧知欲求见,林因画柳枝于扇头,书二十八字以拒之。

## 题画扇（题目辑者所加）

昔日章台舞细腰,任君攀折嫩枝条。从今写入丹青里,不许东风再动摇。

——《祖国女界文豪谱》

**辑者按**:昔日身不自主,无可奈何,可是今朝超脱风尘,劲如青松,可敬。

## 薛素素

字润嬢,又字润卿,一字素卿,吴人,或云嘉兴人。有十能(诗、书、琴、弈、箫、驰马、走索、射、弹、画），其挟弹走马，能以两弹先后发，使后弹击前弹，碎于空中。又置一弹于地，以左手持弓向后，以右手从背上反引其弓以击地下之弹，百不失一。素素自爱重，非名士不得一见其面。独倾意于袁六微之。后居吴门，著《南游草》，王伯谷为之序。

——据《青楼小名录》

## 史太学征伯见访

独坐幽斋里，门前报客来。幸逢瞻紫气①，敢怨破苍苔。
刻竹留新句，开尊醉旧醅②。若为怜寂寞，常此共徘徊。

**注 释**

①紫气，《关令君内传》："关令登楼四望，见东极有紫气西迈，喜曰，应有圣人经过京邑，至期乃斋戒，其日果见老子。"作者用此事是对史太学的敬重。②旧醅，浊酒。杜甫《客至》："美酒家货只旧醅。"

## 别蔡幼嶷

记得相逢二月春，桃花如锦草如茵。黄鹂两两成佳偶，绿杨丝丝绾住人。
千金不惜重然诺，意气慷慨欣所托。比翼鸟兮连理枝，私语叮咛莫教错。
那堪风雨妒芳菲，叹息韶华得几时。自是鸳鸯春梦断，番成一段别离悲。
罗衫红湿啼痕透，可怜酒醒愁依旧。须知何处更思君，月明人静黄昏后。

——《古今青楼集选》

### 景翩翩

字三昧，一作惊鸿。建昌妓，嫁丁长发。丁为人诬讼于官，景竟自缢。有《散花吟》。王百谷题云："闽中有女最能诗，寄我一部散花词。虽然未见天女面，快语堪当食荔枝。"朱竹垞云："翩翩本旴江人，时游建安，故百谷误以为闽中女

子也。"

——《青楼小名录》

## 寄 远

驱车一以疾,相见何迟迟。思君平昔意,不似薄情儿。
江上望归棹,君归未有期。试看圆缺月,是侬断肠时。

## 桃叶歌

侬自唤桃叶①,侬貌似桃花。桃花容易落,郎去宿淮家。

**注 释**

①侬,我。自唤,犹自名。《陌上桑》:"秦氏有好女,自名为罗敷。"

## 解 嘲

闺中自昔论红线①,侠气纵横频掣电②。来作处女君不知,去矣脱兔容谁见③。
世人徒夸屋是金,明珠换骨不换心。一自临邛罢绿绮④,只知千载无知音。

——《古今青楼集选》

**注 释**

①红线,唐之侠女,潞州节度使薛嵩家青衣(婢女)。②掣电,谓时之极暂,为电光之一闪也。杜甫诗:"走过掣电倾城知。"③脱兔,喻势疾遽也。《孙子》:"是故始如处女,故人开产;后如脱兔,敌不及拒。"刘克庄诗:"日月跳丸,光阴脱兔。"④绿绮,琴名。司马相如有绿绮琴。

• 诗 明 •

## 怨辞二首

岂因道路长，君怀自阻止。妾心如车轮，日日万余里。
妾作溪中水，水流不离石。君心似杨花，随风无定迹。

——《古今女史》


## 梁小玉

明武林（今浙江杭州）妓。七岁能赋落花诗，八岁摹献之帖，长而涉猎群书，作两都赋，半载乃就。有《娜嬛集》。

——《中国人名大辞典》

**辑者按**：据此简介，小玉必然出身于书香门第，但为何沦为妓女，尚待详查。


## 立夏前一日

低声问春色，明日归何处？是你带愁来，何不将愁去①！

**注释**
①将，送也。《诗经》："百辆将之。"


## 醉余吟

自怜何似受人怜，媚骨而今已尽湔①。酒渴常思吞碧海，诗狂猛欲上青天。
闲调玉宇千岑鹤②，梦对琼楼万岁山③。为敕花神休聒噪，主人醉向绿云眠④。

——《古今青楼集选》

123

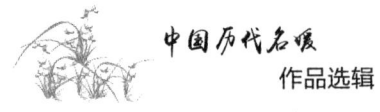

**注　释**

①湔，浣也。②玉宇，天帝所居之处。③琼楼，琼楼玉宇，月中宫殿也。苏轼词："又恐琼楼玉宇，高处不胜寒。"④绿云，喻美发多而黑也。杜牧《阿房宫赋》："绿云扰扰，梳晓发也。"

**辑者按：**"酒渴"四句，气度不凡，直悲巾帼口吻，必与其性格豪放有关，惜目前尚未能详悉其身世。

## 马守真

字湘兰，一字月娇，金陵妓。姊妹四人；贞最小，人称四娘。《静志居诗话》："香兰貌本中人，而放诞风流，善伺人意，性复豪侠，恒挥金以赠少年。感吴人王伯谷解墨郎之后，欲委身焉，伯谷不可。万历甲辰秋，伯谷年七十，湘兰买楼船载小鬟十五，造飞絮园，置酒为寿。晨夕歌舞，流连者累月，亦胜概也。"她祝寿归来，一病不起，病中燃灯礼佛，沐浴更衣，端坐而逝。卒年五十七岁。

王伯谷（稚登）曾盛赞她"轻钱刀若土壤，居然翠秀之朱家①。重然诺如丘山，不忝红妆之季布②"（《湘兰子集·序》）。

## 经旧苑吊马守真文
### 《述学别录》
### 汪　中

岁在单阏，客居江宁城南，出入经回光寺，其左有废圃焉。寒流清泚，秋菸满田，室庐皆尽，惟古柏半生，风烟掩抑，怪石数峰，支离草际，明南苑妓马守真故居也。秦淮水逝，迹往名留，其色艺风情，故老遗闻，多能道者。余尝览其画迹，丛兰修竹，文弱不胜，秀气灵襟，纷披楮墨之外，未尝不爱赏其才，怅吾生之不及见也。夫托身乐籍，少长风尘，人生实难，岂可责之以死。婉娈倚门之笑，绸缪鼓瑟之娱，谅非得已。在昔婕妤悼伤，文姬悲愤，矧兹薄命，抑又下焉。嗟呼！天生此才，在于女子，百年千里，犹不可期，奈何钟美如斯，而摧辱之至于斯极哉！

余单家孤子，寸田尺宅，无以治生，老弱之命，悬于十指，一从操翰，数更府主，俯仰异趣，哀乐由人，如黄祖之腹中，在本初之弘上，静言身世，与斯人其何异?! 只以荣期二乐，幸而为男，差无床箦之辱耳。江上之歌，怜以同病，秋风鸣鸟，闻者生哀，事有伤心，不嫌非偶，乃为辞曰：

嗟佳人之信嫭兮，挺妍姿之绰约，羌既被此冶容兮，又工謩与善谑。攘皓腕以抒思兮，乍含毫以绵邈。寄幽怨于子墨兮，想蕙心之盘薄。

惟女生而从人兮，固各安乎室家。何斯人之高秀兮，乃荡堕于女闾。奉君子之光仪兮，誓偕老以没身。何坐席之未温兮，又改服而事人。顾七尺其不自由兮，倏风荡而波沦。纷啼笑其感人兮，孰知其不出于余心。哆乐舞之婆娑兮，固非微躯之可任。哀吾生之鄙贱兮，又何矜乎才艺也。予夺其不可冯兮，吾又安知夫天意也。人固有不偶兮，将异世同其狼籍。遇秋气之恻怆兮，抚灵踪而太息。谅时命其不可为兮，独甲哀而竟夕。

## 秋日过吴门感旧

香残带缓不胜愁，又见萧条一片秋。身到故乡翻是客，心惟明月许同舟。数声新雁凌江下，几点寒鸦逐水流。遮莫平生多少恨③，闲吟欹枕更悠悠④。

**注 释**

①朱家，汉初鲁人，秦末为侠，所存豪士以百数。②季布，楚人、项羽将，数窘高祖。及羽灭，高祖购之千金（悬赏千金买其头），布潜匿于鲁朱家。朱家说汝阴侯滕公，劝帝赦之，乃召为郎。布任义侠，又得曹丘生为之游扬，故布名满天下。当时有得黄金百斤，不如季布一诺之谚。③遮莫，有尽管、不论、任凭诸义。④悠悠，这里是闲适之意。

## 秋闺曲

芙蓉露冷月微微，小院风清鸿雁飞。闻道玉门千万里，秋深何处寄寒衣。

## 范桂蓉

生平未详。

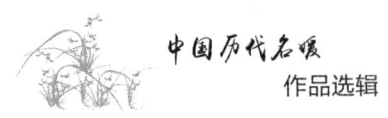

## 仲秋行

　　金风驱剩暑①,疏雨引新凉。淮水痕初敛,钟山翠欲苍。罗衫朝起薄,团扇暮擎荒。塞雁惊风惨,寒螀泣露狂②。高楼悲宋玉③,孤枕恨萧郎④。蛙鼓声无势,蝉琴韵不扬。梧飘游子洞,砧断旅人肠。带甲边关苦,缝衣闺阁忙。荷枯凄断沼,燕去冷雕梁。鱼蠹亲打火,鸳鸯上绣床。游禅修蜡屐,词客整奚囊⑤。洲老芦将白,林穷树渐黄。昼眠疑梦短,夜话觉更长。不问秋深浅,惟知到海棠。

**注　释**
①金风,秋风也。古人认为秋季在五行属金,故称秋风为金风。②寒螀,即寒蝉。③宋玉,战国楚人,屈原弟子。作有《悲秋赋》。杜甫诗:"悲秋宋玉宅。"④萧郎,《唐书》萧瑀迁内史令,帝委以枢筦(管),或引升御榻,呼曰萧郎。崔郊诗:"侯门一入深似海,从此萧郎是路人。"⑤奚囊,《唐书》李贺使小奚奴,背古锦囊而从,得诗,则投囊中。

　　**辑者按**:这首排律,用事太多,殊嫌堆砌。且有不恰切处。为"奚囊",与仲秋何干?但以一青楼女子而博览群书,亦觉可贵。

## 秋夜怀饶上舍

从郎归棹后,着处尽相思。见月悲圆缺,知夜叹别离。
遣愁须倩酒,避闷强邀诗。不觉腰肢损,翻怜宋玉痴。

——《古今青楼集选》

## 白　欢

生平不详。

## 临终寄丘郎

女身生命不自由,况复飘零离故丘。一朝失路堕虎口,同舟共济皆仇雠。念我十一十二时,学书学字兼学诗。十三十四善歌舞,名擅教坊天下知。自伤微贱倡家苦,踯躅不如阶下土①。忍心托身事贵人,贵人难事如驯虎。朝来欢笑掌中珍,日未旁午如路人。白衣苍狗日万状②,惨毒酷烈何酸辛!自分沉沦无出期,何意得郎顾盼之。譬如解网肉白骨,再见枯树重荣时。人心险恶不可测,未得事君先永别。今生欢聚无复期,留取别时衣泪血。人生有生必有死,彭殇休短空复尔。妾今身得事郎君,万憾千愁不虚矣。佩郎所赠环,生死不相弃。报郎以此诗,知妾死时意。不知遗骨弃何所,一片精魂逐君去。

——《古今青楼集选》

**注 释**

①踯躅,徘徊不前。②苍狗,谓云也。杜甫诗:"天上浮云如白衣,须臾忽变为苍狗。"

**辑者按**:古代倡女的悲惨遭遇,大抵如此。这是用血泪写成的令人不忍卒读的绝命词,具有典型意义。读毕应洒一掬同情之泪。

## 许 氏

名璩姬,临平人,浙江钱知县旸之继室。

## 五绝一首

鹊噪未为喜①,鸦鸣岂是凶②。人间吉凶事,不在鸟声中。

**注 释**

①鹊鸣声噪,故谓其鸣曰噪。《田家杂占》:鹊噪檐前,主有嘉客至及有喜事。《禽经》亦有"灵鹊兆喜"之说。②俗谓鸦鸣主将有不吉之事发生(多指人死亡)。

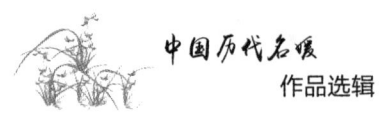

## 新 月

三星明灿烂,一仰一钩金。似吾深闺里,春来夜夜心。

——《祖国女界文豪谱》

## 沈氏女

四川阆中人,余不详。

## 咏春草

别情随处总魂销,草色迷离入望遥。如此青青回首忆,似郎袍影妾裙腰。

——《闺秀诗评》

## 马月娇

明妓女,余不详。

## 有 感

怅望铅华不易留,残妆犹带旧风流。传香尚忆窥青锁,览镜那堪渐白头。寂寞朱颜羞闭月,萧条纨扇欲藏秋。近来不分诸年少,夜夜吹箫向凤楼[①]。

**注 释**

① 凤楼,古楼观之屋角,往往饰为凤形,故曰凤楼。

——《古今青楼集选》

## 徐惊鸿

明妓女,余不详。

### 禅 悟

误落风尘已有年,每思探道叩金仙①。羞将凤髻重临镜,独挽牛车好着鞭。梦里巫山空二六②,悟来法界遍三千③。伤心歌舞难重睹,矫首长辞玳瑁筵④。

——《古今青楼集选》

**注 释**
①金仙,神仙之别称。《宋史》徽宗崇道教,改称佛为大觉金仙。②二六,巫山有十二峰,神女峰下有神女庙。③三千,指世界。佛说为吾人今所住之世界,盖谓世界无量无边而不可思议也。④矫首,抬头也。陶潜辞:"时矫首而遐观。"

**辑者按**:题曰:"禅悟",诗中竟有"伤心歌舞难重睹"之句,令人难解。

## 金陵妓

正德间妓女,失其名。尝于客所分咏,以骰子为题,妓即应声成一绝。

### 咏骰子

一片寒微骨,翻成两面心。自从遭点污,抛掷到如今!

——《古今女史》

**辑者按**:关汉卿杂剧载谢天香诗云:"一拉低微骨,置君掌握中。料应嫌点涴,抛掷任东风。"词意略同,而此妓不仅有脱胎之妙,且其结合自身遭遇,感人更深。

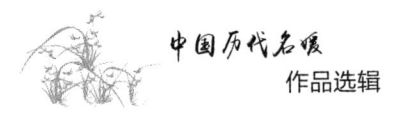

# 清

## 王 倩

道光咸丰年间人,字雅三,号梅卿,祖籍浙江山阴(今绍兴)。知县王谋文女,陈基继室。工诗词善绘画。与陈基游吴越间,常琴书相对,目为刘樊仙侣。卧室有联曰:"几生修得到,何可一日无。"一时传为佳话。画梅尤多,欲绘仕女百幅,未就。病于云间白苎城,赋绝命词六章而殁。卒年六十六岁。陈云伯大令挽诗云:"便非絮果亦兰因,散雪团香当写真。一角雅宜山下路,年年寒食吊诗人。"著有《问花楼诗钞》七卷、《寄梅馆诗钞》《洞箫楼词》。事迹见李濬之《清画家诗史》癸下、施淑仪《清代闺阁诗人征略》卷六。

### 论诗八章(选一)

春花如笑,秋山疑颦。宇宙皆诗,本乎天真。
灵机妙悟,无陈非新。不物于物,斯能感人。

## 江阴女子

公元1645年春,清兵下江南,福王朱由崧被俘。这时,江阴县(今江苏江阴)典史阎应元,本已调任广东英德县主簿(管理文书簿籍),因道阻留寓。清兵进逼江阴,江阴人民推新典史陈明遇为主,起兵抵抗。明遇邀应元共筹战守,固守八十一日,先后杀清兵七万五千余人。城破,清兵屠城,尸满街巷池井。后有一女子题诗城墙。(见《小腆纪传·阎应元传》)

### 题城墙

雪胔白骨满疆场[1],万死孤忠未肯降。寄语行人休掩鼻[2],活人不及死人香[3]。

**注　释**

①胔，腐肉。②寄语，传语也。鲍照诗："寄语后生子。"③死人香，指死者气节高尚，可以留芳百世。

**辑者按**：清兵南下，多次遭到明末忠义之士及人民群众的坚强抵抗。城破之后，市民横遭屠戮，惨绝人寰。江阴"尸满街巷池井"，亦云惨矣，然犹不如"扬州十日""嘉定三屠"之史无前例。幸存的"江阴女子"，赞美"孤忠"，指出"活人不及死人香"，虽失其姓名，然亦烈女也。特以冠诸清诗。

## 柳如是

明末清初女诗人，1618—1664在世。本姓杨，名爱，改姓柳，名隐，又改名是，字如是。号河东君，又号蘼芜君、影怜、我闻居士。初为吴兴名妓，能画工诗，色艺冠一时。后嫁崇祯朝礼部侍郎钱谦益，构绛云楼居之，酬唱无虚日。明亡，劝谦益殉国，谦益不能从。谦益死后，尸骨未寒之际，由于家族中攘夺家产，被逼自缢。如是传世著作有《戊寅草》《湖上草》，并辑有《古今名媛诗词选》。

## 春日我闻室作呈夫子①

裁红晕碧泪漫漫，南国春来正薄寒。此去柳花如梦里，向来烟月是愁端。
画堂消息何人晓②？翠帐容颜独自看。珍重君家兰桂室，东风取次一凭阑③。

**注　释**

①夫子，妇人称夫之词。《孟子》："无违夫子。"②画堂，华丽的堂舍。③阑，栏杆。李煜词："独自莫凭阑。"今通作"栏"。

**辑者按**：此诗疑为钱谦益远赴京就礼部右侍郎时所作。

## 次韵永兴寺看绿萼梅作

乡愁春思两欹斜，那得看梅不忆家。折赠可怜疏影好，低徊应惜薄寒赊①。

穿帘小朵亭亭雪②，餐月流光细细沙。欲向此中为阁道，与君坐卧领芳华。

**注　释**

①赊，作语气助词，相当于"也"。李商隐诗："昨日紫姑神去也，今朝青鸟使来赊。"②亭亭，美好的样子。

## 奉和小岁日京口舟中之作

首比飞蓬鬓有霜①，香奁累月废丹黄②。却怜镜里丛残影③，还对尊前灯烛光④。错引旧愁停笑语，探支新喜压悲伤。微生恰似添丝线，邀勒君恩并许长。

**注　释**

①飞蓬，《埤雅》：蓬草之不理者，叶散生，遇风辄拔而旋。《诗经》："首如飞蓬。"言发散乱如蓬草遇风也。②香奁，本为妇女妆具。今通称诗语涉及闺阁者为香奁体。丹黄，圈点书册所用。这句是说累月未写读。③丛残：丛，集也；残，犹言遗闻佚事也。④尊，古注酒器。今别作"樽"。

**辑者按**：陈寅恪先生《柳如是别传》对其生平事迹，考证颇为详备，可供读者参考。其《缘起》一章中，有如下一段话："披寻钱柳之篇什于残阙毁禁之余，往往窥见其孤怀遗恨，有可以令人感泣不能自已者焉。夫三户亡秦之志，《九章·哀郢》之辞，即发自当日之士大夫，犹应珍惜引申，以表彰我民族独立之精神、自由之思想，何况出于婉娈倚门之少女，绸缪鼓瑟之小妇，而又为当时迂腐者所深诋，后世轻薄者所厚诬之人哉！"不难看出，陈先生对柳如是的思想、品质是持肯定态度的。他对于在封建社会中不幸而沦为妓女，地位卑微的女性的同情，尤为可贵。

## 顾　媚

明末清初女诗人，1619—1664在世。字眉生，一字眉庄，上元（今南京）人。原为秦淮著名歌妓，后为龚鼎孳宠妾，改姓徐，号善财君，又号智珠、梅生，时称横波夫人。《板桥杂记》说她"庄妍雅靓，风度超群"，"通文史，善画兰"。她所绘的兰竹石卷共十一幅，画极妍秀。有黄石斋夫人蔡玉卿及黄女士媛介、姜实节之妹桂、蒋南沙之妹苹南女士题诗于上。她精音律，能诗词，风格幽婉。著有《柳花阁集》。

**辑者按**：龚鼎孳为崇祯进士，屈节降清，官至兵科给事中。以诗名卓著清初，与吴伟业、钱谦益号称"江左三大家"。

## 海月楼夜坐

香生帘幕雨丝霏，黄叶为邻暮卷衣。粉院藤萝秋响合，朱栏杨柳月痕稀。
寒花晚瘦人相似，石磴凉生雁不飞。自爱中林成小隐，松风一榻闭高扉。

## 董 白

字小宛（1624—1651），一字青莲，金陵人。原是著名歌妓，后家金阊（今属苏州），遇冒襄（字辟疆，当时有名的文学家），坚欲委身。以负累轇轕①，事将决裂，钱谦益以三千金偿其逋②，改之如皋（今属江苏南通），遂归襄。小宛天资巧慧，容貌娟妍，针神曲圣③，食谱《茶经》④，莫不精晓。尝集古今闺帏轶事，荟为一卷，名曰《奁艳》。卒年二十七。襄为作《影梅庵忆语》，记得小宛始末，清艳动人，为襄杰作。

**注 释**

①轇轕，杂乱貌。事之纷繁不清者曰纠葛。此与纠葛同义。②逋，债也。③针神，魏文帝所爱美人薛灵芸，帝改名曰夜来，妙于针工，虽处深帷之内，不用灯烛，裁制立成，宫中称为针神。见《拾遗记》。④《茶经》，书名，唐陆羽著。

## 绿窗偶成（病中作）

病眼看花愁思深，幽窗独坐弄瑶琴①。黄鹂亦似知人意，柳外时时送好音。

**注 释**

①瑶琴，琴之以玉饰者曰瑶琴。

# 书　闷

独坐红窗闷检书，双眉终日未能舒。芳容销减何人觉？空费朝朝油壁车①。

**注　释**
①油壁车，以油漆饰车壁，故名。《乐府》："妾乘油壁车，郎乘青骢马。"

**附：吴梅村（伟业）题董白小像**

珍珠无价玉无瑕，小字贪看问妾家。寻到白堤呼出见，月明残雪映梅花。

## 黄媛介

字皆令，浙江嘉兴（今浙江嘉兴）人。生卒年均不详，约清世祖顺治前后在世。工诗赋，善山水。太仓张溥①闻名往求之，时已许字杨氏世功。世功久客不归，父兄劝之改字，媛介誓不可，卒归世功。吴伟业曾作《鸳湖闺咏四章》以赠。明亡，家破，转徙吴越间，以笔墨自给。著有《湖上草》《越游草》《离隐词》等传于世。

## 黄媛介传
### 《清代七百名人传》

黄媛介，字皆令，杨世功妻也。先世有显者。介性淑警，闻兄鼎读书声，欣然请学，多通文史。既许字世功，后有大力者，艳其才，将夺之。介曰："食贫，吾命也。"卒归杨。椎髻亲井臼，间作诗画。临小楷书法，笔意萧远，无儿女子态。世功读书不成，遂劝之偕隐。国初，随世功避兵，播迁所至，有知者时相饷遗。卞处士妻吴岩子，以诗名假馆，留数月，为文字交。尝栖山阴梅市，与诸大家名姝静女唱酬，有越游诗。还家湖上，好事者传其笔墨。一时士大夫钱尚书牧斋，吴祭酒梅村，皆称异之。名日起，世功用是以布衣游公卿间。持书画片纸，或易米数石。介既垂老,伤世功无家人产,以游为生,黾勉同劳苦。叹曰:"妾闻妇人之道,出而蔽面,言不出梱,得稍给饘粥,完稗弱婚嫁,吾守数椽没齿矣。"会石吏部有女知书,自京邸遗书币强致为女师。舟抵天津,一子德麟溺死,明年,女本善又夭,介遂无子。懑甚南归,过仁宁,值佟夫人贤而文,留养疴于僻园。半岁卒。遗诗千余篇,尝募人剞劂,自叙其家世中落。生蓼长荼,饥不食邪蒿之菜,倦不息曲木之阴。夫既俭我乾灵,不甘顽质,借此斑管,用写幽怀。倘付诸蠹鼠,与腐草流电,一瞬消沉,殊为恨恨。词旨酸妍,读者悲之。

# 和梅村题鸳湖闺咏四首

月移明镜照新妆,闺阁清吟已雁行。花里双双巢翡翠,池中六六列鸳鸯。黄粱熟后迟仙梦,白雪传来促和章。一自蓬飞求避地,诗成何处寄萧娘?

罢吟纨扇礼金仙,欲洗尘根返自然。风扫桃花馀白石,波呈荷叶露青钱。山中自护烧丹井,世上谁耕种玉田。磊磊明珠天外落,独吟遥对月平川。

石移山去草堂虚,漫理琴尊葺故居。闲教痴儿频护竹,惊闻长者独回车。牵萝补屋思偏逸②,织锦成文意自如③。独怪幽怀人不识,目空禹穴旧藏书④。

往来何处是仙坛⑤,飘忽回风降紫鸾。句落锦云惊韵险,思萦彩笔惜才难。花飞满径春情淡,水涨平堤夜雨寒。忆昔金闺曾比调⑥,莫愁城外小江干⑦。

**注 释**

①张溥,崇祯进士,诗文敏捷,名高一时。②牵萝补屋,杜甫《佳人》:"侍婢卖珠回,牵萝补茅屋。"形容生活困难。媛介"转徙吴越间,以笔墨自给",生活自然是困难的,然而她的情绪却是超脱的。③织锦成文,《回文诗序》:"前秦安南将军窦滔,与宠姬赵阳台之任,而遗其妻苏蕙于家,蕙织锦回文,题诗二百余首,计八百余字,纵横反覆,皆为文章。"此句言自己安于贫困,勤于写作,意趣自如也。五、六两句,见其品格之高。④禹穴,《史记·太史公自序》云:"二十而南游江淮,上会稽,探禹穴。"《清一统志》云:禹穴在会稽县宛委山,禹藏书之所。⑤仙坛,仙人所在之地。元结诗:"九疑第二峰,其上有仙坛。"⑥金闺,闺阁之称。赵嘏诗:"向灯垂玉枕,对月洒金闺。"比调,相互唱和。⑦江干,犹言江畔。

## 五绝二首

一日饥寒见,三年感愧深。君看水流处,一折一回心。

倾橐无锱铢①,搜瓶无升斗②。相逢患难人,何能解相救。

**注 释**
①锱铢,比喻极少的钱财。②升斗:升,量器名,十合为升,十升为斗。这里指无升斗之粮。

《玉镜阳秋》评第二首云:"家无儋石(儋,通担。儋石,儋容一石。形容米粟为数不多),而心存济物,襟情尤不凡。"

## 题 画

懒登高阁望青山,愧我年来学闭关①。淡墨遥传缥缈意②,孤峰只在有无间。

**注 释**
①闭关,谓闭门谢客也。《文中子》:"刘伶者,古之闭关人也。"②缥缈,高远貌。白居易诗:"山在虚无缥缈间。"王士禛《池北偶谈》卷十二:"禾中闺秀黄媛介,字皆令,负诗名数十年。近为予画一小幅,自题诗云。"又云:"皆令作小赋,颇有魏晋风致。"

## 卞玉京

名赛,字赛赛(《梅村诗话》:字云装,白门人也),明妓女,秦淮人。工小楷,善画兰,能诗,好作小诗。年十八,侨虎丘(苏州名胜)之山塘。所居湘帘棐几(榧木所制),岩净无纤尘。常着黄衣,作道人装,自号玉京道人。后归东中一诸侯,不得意,乞身下发,十余年卒。

## 题 扇（送吴志衍入蜀）

剪烛巴山别思遥①，送君兰楫渡江皋。愿将一幅潇湘种②，寄与春风问薛涛。

**注 释**
①此句从李商隐《夜雨寄北》"何当共剪西窗烛，却话巴山夜雨时"化来。②潇湘，湘水入湖南，至零陵合潇水，曰潇湘。零陵一带盛产兰蕙（俗名佩兰），香气浓烈，故云潇湘种。

**辑者按**：志衍为吴伟业（梅村）同学，伟业有《哭志衍》五古一首，甚长。这首送别小诗，清新可喜。又吴伟业《琴河感旧》诗序及七律四首，写吴、卞情谊颇动人，读者可参考。

## 顾 春

字子春，号太清，西林人。生于清仁宗嘉庆四年（1799），卒年不详。丰才美貌，嫁高宗玄孙奕绘为侧室。夫妻俱工诗词，唱和甚乐。奕绘卒，春被逐居府外。自署名曰太清西林春，或简称之曰西林春。著有《天游阁诗集》《东海渔歌》。王鹏运论词谓："满州词人，男有成容若，女有太清春。"足见对其词评价之高。时人并有"女中清照"之誉。

## 被 遣并序

七月七日先夫子弃世，十月二十八日奉堂上命，携钊、初两儿，叔文、以文两女，移居邸外，无所栖迟。卖金凤钗，购得住宅一区，赋诗以记之。

仙人已化云间鹤①，华表何年一再回②。亡肉含冤谁代雪③？牵萝补屋自应该。已看凤翅凌风去，剩有花光照眼来。兀坐不堪思往事，九回肠断寸心哀④。

**注 释**
①《神仙传》："苏仙公，桂阳人，升云而去。后有白鹤来止郡城楼上，人或弹之，鹤以爪

书曰:城郭是,人民非。三百甲子一来归,吾是苏君,弹我何为?"后人借化鹤为去世之喻。②华表,《古今注》:尧设诽谤之木,今之华表木也。大路交衢悉施焉,或谓之表木。《搜神记》:"辽东城门有华表柱,忽一白鹤飞集,言曰……"③亡肉含冤,《汉书·蒯伍江息夫传》:"里妇夜亡肉,姑以为盗,怒而逐之。"诗用以典,疑因大妇诬其盗窃家财,堂上不察,怒而逐之,故云:"谁代雪?"或谓与龚自珍有爱情关系,但提不出可靠论据,不能轻信。④九回肠,司马迁文:"肠一日而九回。"言忧思之甚而肠屡为之回转也。

## 蚕妇吟

星星初破卵,蠢蠢渐眠床①。濯濯寒闺秀②,采采陌上桑。
采多桑叶稀,迟归恐蚕僵。楼上谁家妇,看花笑我忙。

**注 释**

①蠢蠢,虫动貌。②濯濯,明洁貌。《世说新语》:"濯濯如春月柳。"

**辑者按**:"楼上"二句,读者不可轻忽放过。

## 柳枝词(十二首选一)

十月漫天雪作花,柔条叶净剩枯枒。平桥野渡无人处,栖定冲寒数点鸦。

**辑者按**:二十八字写尽初冬萧瑟情景,诗中有画。

## 题恽南田画册十绝句(秋荷)

披离翠盖无全叶①,寒落红衣冷半池。秋雨秋风任憔悴,苦心结子有谁知!

**注 释**

①披离,枝叶散乱貌。

《中国历代才女小传》：太清诗不刻意雕琢，而风韵自然，丽而不艳，诗格极高。每于清丽写景之外，亦见深情。

## 林以宁

字亚清，钱塘人。进士林纶之女，监察御史钱肇修（著名戏曲家）之妻。能诗善画，尤长墨竹，且工书法和骈文。她是清代有名的"蕉园五子"（徐灿、柴静仪、朱柔则、林以宁、钱凤纶）之一。著有《墨庄文抄》《墨庄诗余》等。

### 独夜吟

蕉心未展桐花老，春社才临燕声小①。屋角阴云冻天色，雨脚斜侵砌草织。
暮寒压梦梦不成，耳边哀角呜呜鸣②。幽房鬼逼兰缸凝③，床头玉盏敲红冰④。
斫桂烧云老不死，夜乌啼杀晓乌起。独茧抽丝结绣襦⑤，侬心未卜郎心似。
开帘蜡树烟依微，海燕宾鸿相背飞。孤吟起坐各无赖，昨夜邻家夫婿归。

**注　释**

①春社，古节候之名，立春后第五个戊日为春社。②哀角，角为五声（宫商角徵羽）之一。角在清浊高下之间。③兰缸，谓用兰膏所燃之灯也。谢朓诗："兰缸当夜明。"④玉盏红冰，未详。⑤绣襦，五彩具备的短袄。

**辑者按**：以宁在寄夫诗中有"千里相思一轮月，三年情绪百篇诗"之句。这首七古便是她的相思之作，而望夫归来的迫切心情，并不直说，却以"昨夜邻家夫婿归"反衬出来，戛然而止，真耐人寻味。

## 毕　著

字韬文，江南歙县人。二十岁时，曾手刃父仇。后来吴中，为昆山王圣开室。裙布荆钗，无往时义勇气矣。白首相庄以没。诗佚，《清诗别裁集》录存二首。

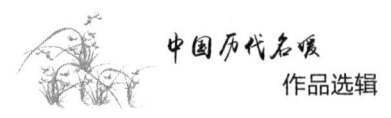

## 村 居

席门闲傍水之涯①,夫婿安贫不作家②。明日断炊何暇问,且携鸦嘴种梅花③。

**注 释**

①席门,以席为门,犹言蓬门也。②不作家,意谓不治家产。③鸦嘴,锄名,锄之锐利如鸦嘴者。陆游诗:"题诗又满牛腰束,采药常携鸦嘴锄。"

### 杨克恭

字德基,扬州人。少傅敏庄公孙女,德清徐志严室,封宜人①。

## 读《唐书·李白传》

汾阳微日无人识②,独有青莲赏最真③。再造唐家缘救免④,可知卓见出诗人。

**注 释**

①宜人,明清职官五品之命妇封宜人。②汾阳,郭子仪累官太尉中书令,封汾阳郡王,故或称郭汾阳。③青莲,李白五岁入蜀,家江油青莲乡,号青莲居士。④救免,《新唐书·文艺列传中》:"白游并州,见郭子仪,奇之。子仪尝犯法,白为救免。"

### 王端淑

清初女作家,字玉映,号映然子,又号青芜子,山阴(《中国人名大辞典》作钱塘)人。宗伯王季重次女,钱塘贡士丁睿子之妻(《人名大辞典》作适丁兆圣)。博学工诗文,善书画,一生著述宏富。顺治中欲援曹大家例①,召入禁中,教诸妃主,端淑力辞不就。卒年八十余岁。

## 代外赠别毛大可②

西泠月落板桥霜,衰柳长堤只自伤。几日穷愁兼别怨,一帆秋色带斜阳。
浮云影逐离亭路,归雁声凄碧草塘。学采芙蓉江上去③,黯然回首恨茫茫④。

**注　释**
①曹大家,家读作姑,即班昭。和帝召入宫,令皇后贵人师事之。②毛大可,毛奇龄,字大可,清代著名学者,世称西河先生。③芙蓉,莲花亦称芙蓉。李白诗:"清水出芙蓉,天然去雕饰。"④黯然:伤别貌。江淹《别赋》:"黯然销魂者,惟别而已矣。"

## 王静淑

王季重长女,字玉隐,号隐禅子。陈树勷妻,早寡。著有《清凉集》《青藤书屋集》。

## 初夏同玉映妹游山

欲觅清幽处,山高恐不深。闲云飞别岫,野鸟定花阴。笋嫩留饥采,茶香待渴吟。深闺无限意,触景破愁心。

## 秋日庵居

空斋度深夜,高卧一床秋。苔老浑无色,溪清浅欲流。
尘随红叶扫,心付懒云收。萧瑟闻征雁①,空归万籁休②。

**注　释**
①萧瑟,形容景色凄凉。②万籁,凡空虚所发之声皆曰籁,泛指自然界的声响。万籁,谓众响也。

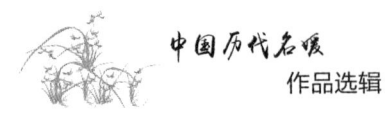

**辑者按**：吃人的封建礼教，给不幸丧偶的青年妇女以悲惨的终身。静淑早寡，故上两诗凄然有出世之思。

## 冯小青

清初为杭人冯生姬，亦姓冯，讳同姓，故以字称。能诗，善音律，为大妇所不容，置之孤山别业。戚某讽以别嫁，不从，忧郁而死，年仅十八。今西湖孤山有小青墓。其悲惨身世，详见本辑《与某夫人书》及附录。

## 无题九首

稽首慈云大士前①，莫生西土莫生天②。
愿为一滴杨枝水③，洒作人间并蒂莲④。

**注　释**

①稽首，至敬之礼，谓头至地也。慈云大士，观世音菩萨。②这句说，不愿成佛成仙。③杨枝水，《法苑珠林》："佛图澄，天竺人。石勒（晋五胡后赵之主）闻名召之，其子暴病，澄取杨枝沾水洒之，遂苏。"④并蒂莲，一作并头莲。一蒂两心的荷花，常用为男女好合的象征，比喻夫妇的恩爱。《西厢记》："地生连理木，水出并头莲。"

春衫血泪点轻纱①，吹入林逋处士家②。岭上梅花三百树，一时应变杜鹃花③。

**注　释**

①血泪，卞和抱其璞哭于楚山之下，三日三夜，泪尽而继之以血，言悲伤之深也。②林逋，宋钱塘人，结庐西湖孤山，以梅为妻，以鹤为子，二十年足不及城市。处士，谓不仕之士也。③杜鹃花，《成都记》：杜宇（古蜀望帝）死，其魂化为鸟，名曰杜鹃。杜鹃花每于杜鹃啼时盛开，色多红紫，间有白色。

新妆竟与画图争，知在昭阳第几名①。瘦影自临春水照②，卿须怜我我怜卿。

**注　释**

①昭阳，汉宫殿名，后妃所居。②小青好与影语，或斜阳花隙，烟空水清，辄临池自照，

对影细之如问答。婢辈窥之，则不复耳。但微见瘦眉惨然，似有注意。

西陵芳草骑辚辚，内信传来唤踏青①。杯酒自浇苏小墓②，可知妾是意中人③。

注 释

①踏青，清明出游曰踏青。②苏小，指苏小小，相传是南齐时钱塘的乐妓，能诗善歌，才色倾动一时。有一次在西陵遇到一骑马少年，两人相誓，结为伴侣。苏小小当时吟了一首乐府诗："妾乘油壁东，郎骑青骢马。何处结同心？西陵松柏下。"后人根据这首诗，在西泠桥畔建立了苏小小墓。③意中人，意中所思恋之人。

冷雨幽窗不可听，挑灯闲看牡丹亭。人间亦有痴于我①，岂独伤心是小青。

注 释

①《牡丹亭》写杜丽娘梦中和书生柳梦梅相爱，醒后感伤致死。三年后，柳至南安养病，发现丽娘自画像，深为爱慕，丽娘感而复生，两人终得结为夫妇。

何处双禽集画阑①，朱朱翠翠似青鸾②。如今几个怜文彩，也向秋风斗羽翰③。

注 释

①双禽，指雌雄并飞之鸟，如鸳鸯之类。②青鸾，《洽闻记》："光武时有大鸟，高五尺，五色备举而多青。诏问百僚，咸以为凤。太史令蔡衡对曰：凡象凤者有五，多赤色者凤，多青色者鸾。此青者乃鸾非凤也。"③"如今"两句，疑为讽刺那些自炫其美而妒嫉他人者，如大妇之流。

脉脉溶溶艳艳波①，芙蓉睡醒欲如何？妾映镜中花映水，不知秋思落谁多②？

注 释

①脉脉，含情欲吐之貌。《古诗十九首》："盈盈一水间，脉脉不得语。"溶溶，水盛貌。《阿房宫赋》："二川溶溶，流入宫墙。"滟滟，水动貌。②秋思，犹言愁思也。

盈盈金谷女班头①，一曲骊珠众伎收②。直得楼前身一死③，季伦原是解风流④。

注 释

①盈盈，形容体态轻巧。《古诗十九首》："盈盈楼上女。"金谷，今河南洛阳县西。石崇自序云："余有别庐，在金谷涧中，清泉茂树众果竹柏药物备具。"女班头，位居女列之首。②骊

珠,今人谓文字之中肯者曰探骊得珠。这里借指歌曲之最美妙动听者。③石崇置爱妾绿珠于金谷园中,孙秀求之,崇不许,秀矫诏收崇,绿珠自投楼下而死。④季伦,石崇字。风流,唐时长安有平康坊,为妓女所居之地,每年新进士释褐(释贱者之服而服官服)其中,时谓为风流薮泽,故亦称狎妓曰风流。

**辑者按**:此首借咏绿珠以自伤也。

乡心不畏两峰高①,昨夜慈亲入梦遥。说是浙江潮有信②,浙潮争似广陵潮③。

**注 释**
①两峰,杭州西湖有北高峰,南高峰。北高峰在灵隐寺后,南高峰在烟霞岭旁,与北高峰对峙。②潮有信,每年阴历八月间,钱塘江的潮胜于平时,尤以八月十六日到十八日为最盛。③争似,犹怎似也。广陵,故城在今江苏江都县东北,小青广陵人。

# 拟 古

雪意阁云云不流,旧云正压新云头。米颠颠笔落窗前①,松岚秀处当我楼。垂帘只愁好景少,卷帘又怕风缭绕。帘卷帘垂底事难②,不情不绪谁能晓?炉烟渐瘦剪声小,又是孤鸿泪悄悄③。

**注 释**
①米颠,米芾,宋太原人。善草书。后徙居襄阳,行多违世异俗,人称米颠。②底事,此事也。③悄悄,忧愁貌。

# 寄夫人①

百结回肠写泪痕,重来惟有旧朱门②。夕阳一片桃花影,知是亭亭倩女魂③。

**注 释**
①这首七绝是小青绝笔。夫人指钱塘进士杨廷槐妻。②朱门,豪富之家。小青十六岁为冯云将妾,冯豪公子也(据《名媛诗归》)。③亭亭,美好的样子。倩女魂,唐陈玄祐小说《离魂记》:衡州张镒有女倩娘和镒甥王宙相恋,后镒以女另配他人,倩娘抑郁成疾。王宙被遣去四

川，夜半，倩娘的魂赶到船上。五年后，两人归家，房中卧病在床的倩娘，闻声出见，两女合为一体。

**辑者按**：小青伤心人也。所适冯生，憨跳不韵，而大妇复奇妒，以致年仅十八而夭。其诗文幸存者仅十二篇，本辑全录之。

## 贺双卿

字秋碧，江苏丹阳人。其家世居四屏山下，业农。秋碧生质颖异，姿亦秀丽。幼时颇好学，遇其舅课徒，窃听之，默记不爽。迨长，工女红，制品精巧。恒取易诗词习之，遂深通文艺。雍正八年（1730），年十八，归于金沙周氏子。姑恶夫暴，劳悴以死。有《雪压轩诗词集》。

——《清代名媛诗录》

### 柳　絮

柳絮多情已化萍，素魂红怨淡无声。似闻燕子三更语，月过花梢又不明。

### 秋　荷

女郎清怨晓凉吹，露滴鱼儿冷眼窥。莲子有心秋正苦，不怜明月更怜谁？

**辑者按**：《国朝闺秀正始集》云："双卿嫁金沙绡山里周姓樵子。生有凤慧，吟咏清新。"上二绝的属风格清新，非凤慧者不能为。又史梧冈《西青散记》载双卿事甚详，可供参考。

## 李含章

字兰贞，云南晋宁县人。清湖南巡抚因培女，适浙江归安叶佩荪为继室。所

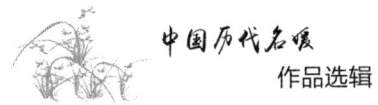

著有《蘩香草》。梁乙真女士《中国妇女文学史》:"李含章诗颇轻清冲淡,盖其得力在韦柳之间。"

## 秋夜读韦诗①

山城足秋阴,凉意入深屋。黄昏疏雨过,檐溜断复续。霁色开遥岑②,帘际映寒绿③。微云淡落月,余光入修竹④。深更人未寝,青灯照幽独⑤。爱此五字诗,静对黄花读⑥。

**注释**
①韦庄,字端己,唐末杜陵人。以诗名,尤工于词。②岑,山小而高曰岑。③际,边也。李白诗:"惟见长江天际流。"④修,长也。⑤端己句。⑥黄花,菊花。

## 耿夫人(徐氏)

山东新城耿侍御省亭(鸣世)妻,都御史华平(庭柏)之母。有贤行,能文章。兵后失其集,仅存《寄子诗》一绝(见《池北偶谈》)。

## 寄子诗

家内平安报尔知,田园岁入有余资。丝毫不用南中物①,好做清官答圣时。

**注释**
①南中,疑指南书房。地在乾清宫右,康熙时创立,为清翰林在内庭供奉之处,常择词臣才品兼优者入直。其子庭柏官都御史,盖勉其清廉自持也。王士禛评此诗云:"有德之言,与捻脂弄粉者迥异。"

## 范若梅

字鹤倩,江西新建人。清进士范金镛义女。鹤倩姓不可考,因系金镛义女,暂从范氏定之。金镛子藕舫，光绪三十二年（1906）官云南南宁县知县，鹤俦随侍，时年方二十。

## 秋斋四首（选一）

色香何处证维摩①，一例人天苦折磨②。试取病愁相计较，近来滋味那边多③？

**注　释**
①色香，疑为色相之误。佛家谓色身之相貌现于外而可见者。《华严经》曰："无边色相，圆满光明。"维摩，维摩诘之简称，菩萨名，其义为净名。净者清净无垢之谓，名者名声远播之谓。唐诗人王维字摩诘，即以此菩萨之名，为其名字也。②一例，犹言一律也。人天，犹言人间天上。③"试取"二句，是对前二句的解释。

## 夜　坐

误人端的是才名①，多少新诗泪化成②。只有小窗灯一点，照侬心事最分明③。

**注　释**
①端的，犹言果然、真个是。②多少，偏义复词。此句犹言许多新诗都是由泪化成的。③侬，我。李白诗："汝意忆侬不？"

## 彭　氏

邓州彭氏，布政使禹峰（而述）女，适李鸿。鸿字青立，文达公裔孙，学士恒茂之子，禹峰门人也。鸿亦能诗，而才不及妇。

——《池北偶谈》卷十六

## 雷家湾

峰峰斜倚俯清溽①，一叶孤舟乱后身。洞口白云鸡犬在②，此中大有避秦人③。

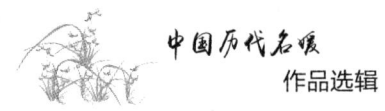

注　释

①浒，水边。《诗经·伐檀》："置之河之浒兮。"②鸡犬，陶渊明《桃花源记》："山有小口……鸡犬相闻。"③避秦人，《桃花源记》："自云先世避秦时乱，率妻子邑人来此绝境。"

## 种桃柳

绕畦烟水望迷离，种得桃枝间柳枝。好是年年芳草地，春晴须记听莺时。

## 惜香橙

几经剪拂始成林，夏晚移床就绿阴。却怪一朝风雪恶，惜香空负十年心。

## 恽　珠

字星联，又字珍浦，晚号蓉湖散人。江苏阳湖人。生于清高宗乾隆三十六年，卒于宣宗道光十三年，年六十三岁。满州延璐室。十岁能诗，十三工纮（缝也）绣，善绘事，闺中有"三绝"之目。子麟庆，官至河南总督。著有《红香馆集》《兰闺实录》及《闺秀正始集》二十卷，附录一卷，续集十卷，并传于世。

## 题自画小幅

几度春归欲惘然，谁知春事正暄妍①。还凭点染春风笔，写出深春第一仙②。（牡丹）

注　释

①暄妍，天气和暖，景物明媚。鲍照诗："是节最暄妍。"②第一仙，牡丹在花中最为艳美，故以第一仙赞之。

雨雨风风九月寒，零香碎影半凋残。阿侬深惜秋光老①，移向图中子细看。

**注　释**
①阿侬，古代吴人自称。诗人江苏人，古属吴地。

## 癸丑七夕①

女儿穿铖踏月歌②，停梭试问夜如何？阿自被聪明误，愿乞天孙赐拙多③。

**注　释**
①七夕，阴历七月七日为七夕。《荆楚岁时记》："天河之东有织女，天帝之子也。年年织机杼劳役，织成云锦天衣。天帝怜其独处，许嫁河西牵牛郎。嫁后，遂废织衽。天帝怒，责令归河东，惟每年七月七日夜，渡河一会。"②铖，亦作"针"。这句写女伴们在七夕之夜"乞巧"的欢乐。③天孙，星名，即织女星。赐拙，《天启宫词注》："七月七日午间曝盎水于日中生膜，投针则浮。看水中针影，有成云龙花草形者为得巧。若如椎如轴者为拙征。"

## 吴宗爱

字绛雪，浙江永康人，同邑徐明英室。著有《六宜楼稿》一卷，《绿华草》一卷及《回文同心栀子图》。

单士釐曰：绛雪早寡。康熙十三年，耿精忠逆将索之，云得绛雪，即免永邑兵。绛雪挺身行，而以间投崖死，年仅二十五。保身保邑，一人兼之，足光浙水。

## 忆　外

几回归信失秋莼①，砧杵声中盼望频。别雁何堪愁里听，寄衣难称瘦来身。
贫家蔬笋怜佳节，驿路风波阻远人②。姒娣同居犹寂寞，天涯举目果谁亲？

**注　释**
①秋莼，《晋书》："张翰字季鹰……（入洛）齐王冏辟为大司马东曹掾……因见秋风起，乃思吴中菰菜莼羹鲈鱼脍，曰：'人生贵得适志，何能羁宦数千里，以要名爵乎？'遂命驾而归。"

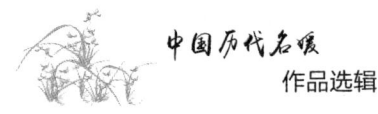

后言弃官归隐，多引此事。②驿路，古时传达官文之道路。风波，水遇风而兴波，则舟行者危。故多以风波喻人事之变幻险恶。

**辑者按**：耿精忠，清耿继茂子，袭封靖南王。吴三桂反，精忠亦处福建叛，旋为清兵所败降，仍统所部。后又叛，被杀。

# 汪 嫈

字雅安，安徽歙县人，程禹和室。著有《雅安书屋诗集》四卷，文集二卷。

## 论诗六首寄示徐玉卿（选二）

曾向名山叩秘传，性情以外漫谈禅①。自然乐府从骚出②，根柢终须三百篇③。吟风弄月雅非宜④，浑朴天真恻恻思。一片清光渣滓净，无人知是女郎诗。

**注 释**

①漫，本为漫不经意义，引申为聊且义或胡乱义；又为徒义或空义（《诗词曲语辞汇释》）。这里是"空"的意思。②乐府，汉武帝定效祀之礼，乃立乐府。乐府之名始此。其后歌曲皆称乐府。骚，指屈原《离骚》。③柢，木之根也。三百篇，《诗经》三〇五篇，通称三百篇。④雅，极也。《后汉书·皇后纪》："及见，雅以为美。"

**辑者按**：雅安论诗，重视性情，追源风骚，反对吟风弄月，主张浑朴天真，颇有卓见。

# 赵 棻

字仪姞，又字子逸，号婉卿，晚号善约老人。上海人，秉冲女，适乌程汪延泽。著有诗集二卷，续集二卷，文集二卷，续集一卷，诗余一卷，统名《滤月轩集》。

## 读淮阴侯传①

猎猎英风大将台②,当年一饭剧堪哀③。淮阴不少豪华客,谁及蛾眉解忧才④!

**注 释**
①韩信,汉初淮阴人。初以策干项羽,不用。去而事汉,拜为大将。后有人告信谋反,高祖伪游云梦,执之,赦以为淮阴侯,卒为吕后所杀。②猎猎,风声。也指旌旗在风中飘动声。司马光诗:"楚旗猎猎盖山红。"③韩信家贫不能治生,有一漂母哀之,饭信数十日。剧堪哀,甚可哀也。④蛾眉,指漂母。

## 村店甚低戏示子启兄①

数椽茅屋小于舟,拘束无端作楚囚②。廿载昂藏曾未屈③,可怜今日也低头。

**注 释**
①单士釐曰:此初嫁出京道中作。②无端,犹言无缘无故。李商隐诗:"无端嫁得金龟婿。"楚囚,比喻处境窘迫的人。语本《左传》楚钟仪被俘囚事。③昂藏,仪表雄伟,气宇不凡。

## 曾 懿

字伯渊,又名朗秋,四川华阳(今四川成都)人,阳湖袁学昌(幼庵)室。她出身于书香门第,自幼聪慧勤学。父亲去世后,全家乡居浣花溪畔。曾随夫自川入闽,复由闽之皖。她不仅工于诗词书画,尤长于医。著有《古欢室诗词集》及《女学篇》二卷、《中馈篇》一卷、《医学篇》八卷(1907年问世,至今受到中医界的较高评价)。

## 浣花诗社歌①

浣花溪水何洋洋②,绕溪珍木郁苍苍③。楼阁瞰流各低昂④,湘帘十二卷夕

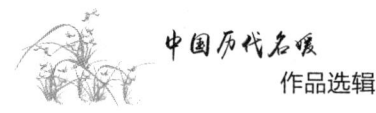

阳⑤。中有诗人清且扬,芝兰竞秀雁成行⑥。明月为裾云为裳,高谈妙语翰墨香⑦。依依梦锁春草堂,笔花灿烂生辉光。丽句争传碧琳琅⑧,浣溪风月富锦囊。松篁敲韵入潇湘⑨,波光云影皆文章。染墨绮靡不可忘⑩,诗情遥共海天长。诗万卷,酒千觞,吟咏之乐乐未央⑪。但愿人生欢聚永无荒⑫,千秋万岁,合与骚人共草堂⑬。

### 注 释

①诗社,为诗人定期聚集,吟咏、相互唱和的处所。②浣花溪,在成都西南郊,一名百花潭。杜甫故宅在此,谓之浣花草堂。所谓"万里桥西宅,百花潭北庄"是也。洋洋,大水貌。《诗经》:"河水洋洋。"③苍苍,深青貌。《诗经》:"蒹葭苍苍。"④瞰,俯视。⑤湘帘,湘竹编制的帘子。⑥此句赞美诗社中的女伴。⑦翰墨,笔和墨,借指文词(也指书传绘画)。⑧碧琳琅,碧色的美玉。这里比喻诗句的佳妙。⑨篁,竹。李商隐诗:"湘篁染泪多。"⑩绮靡,美丽细致。⑪未央,未尽。⑫荒,废止。⑬合,应该。

## 吴 筠

字畹芬,浙江嘉兴人,同邑李贻德室。著有《早花集》。

单士釐曰:畹芬十岁即嗜诗,于归后,姑戒以非闺人所宜,遂不言诗,故所作不多。

## 文丞相传后①

天人策自冠群言②,内志先窥一寸丹③。只手独扶残社稷④,三年终著旧衣冠⑤。雪飞柴市燕云暗⑥,魂恋江湖夜月寒。寂寞半闲堂外路⑦,春花秋草共谁看!

### 注 释

①文丞相,《指南录后序》:"德祐二年正月十九日,余(文天祥)除右丞相兼枢密使。"②冠群言,《宋史·文天祥传》:"年二十举进士,对策集英殿。时理宗在位久,政理浸怠,天祥以法天不息为对,其言万余,不为稿,一挥而成,帝亲拔为第一。"③一寸丹,天祥《过零丁洋》:"人生自古谁无死,留取丹心照汗青。"④社稷,国家之代称。⑤旧衣冠,指宋服。在囚三年,不易冠服。⑥柴市,至元十九年(1282)十二月,就义于燕京柴市。⑦半闲堂,贾似道(累官左丞相,封魏国公,投降派)于西湖葛岭起楼阁亭榭,作半闲堂,延羽流,塑己像其中,与群妾踞地斗蟋蟀,日肆淫乐。德祐元年(1275)被杀。

## 裘凌仙

字筱云,江苏甘泉人,秦某室。著有《明秋馆集》词一卷,诗二卷,杂著一卷。

### 钱塘观潮

不数广陵涛,来观钱塘潮。钱塘江边无所见,海门初觉来一线①。须臾恍似倒银河②,卷浪翻波横匹练③。潮头遮断越山青,奔腾怒发追飞电。守潮女儿貌如花,潮扑船篷湿粉面。观涛女儿斗新妆,称身罗绮簪钗钿④。浙东潮落日将昏,香车宝马盈芳甸。

**注 释**

①一线,周密《观潮》:"方其远出海门,仅如银线。"②须臾,片刻。③匹练,瀑布。苏轼诗:"岩头匹练兼天净,泉底真珠溅客忙。"④簪,这里作动词用。

## 储廷美

字松友,江苏宜兴人,长洲韩霞轩室。工绘事。著有《小秋兰馆诗钞》。

### 原田闲步

原田予宅近,真景不须赊。绕屋几株柳,临溪三五家。
门前蔬渐美,篱外菊初花。爱听村姑语,归来日已斜。

**辑者按**:此诗仿孟浩然《过故人庄》,然亦清新可喜。

## 邓 瑜

字慧珏,江苏金匮人,钱塘诸可宝室。著有《清足居蕉窗词》。

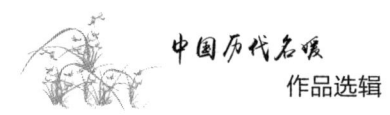

## 嘲 菊

瘦影亭亭纵出尘,也从篱下寄闲身。当时不遇陶彭泽①,淡到无言谁与亲?
知否群芳共擅名,嫣红姹紫斗轻盈②,傲霜君太矜风格,入世何妨略近情。

**注 释**

①陶彭泽,陶渊明尝为彭译令。宋周敦颐《爱莲说》:"晋陶渊明独爱菊。"②轻盈,形容动作轻快,姿态优美。

**辑者按**:这两首七绝,均用拟人写法,既有怀才难遇之感,又寓勿恃才傲物之诫。

## 陈 芸

字芸仙,号淑宜,福建侯官人。著《黛轩集》,刊时改名《陈孝女遗诗》,词附。

## 秦淮闻歌

女墙明月影婆娑①,入夜遥闻隔夜歌。急调曼声催落叶②,哀丝豪竹送微波③。漫倾俗耳筝琵乐,始信人情酒肉多。我独盛衰忆六代④,后庭玉树竟如何⑤!

**注 释**

①女墙,城墙上的矮墙。婆娑,舞貌,往来蹀躞貌。②曼声,声音轻细、悠长。③丝竹,音乐之总称。丝谓琴瑟,竹谓箫管。④六代,即六朝。吴、东晋、宋、齐、梁、陈,相继都建业,是为六朝(秦淮河在建业,历代歌舞之所)。⑤后庭玉树,陈后主的亡国歌曲《玉树后庭花》。唐杜牧《泊秦淮》:"烟笼寒水月笼沙,夜泊秦淮近酒家。商女不知亡国恨,隔江犹唱《后庭花》。"

## 梁德绳

一作德纯,字楚生,晚号古春老人,浙江钱塘人,许彦宗(嘉庆进士、兵部主事)之妻。德绳出身官宦之家,自幼随宦,足迹遍天下。笃于友子,姊适汪早卒,为抚其遗孤。陈端生(清代女文学家)作《再生缘》弹词,未竟而卒,德绳为之续成,且为刊行。她在续稿中说:"为遇知音能改削,竟当一字拜为师。"足见其胸怀是非常谦逊的。卒后阮元为之传。著有《古春轩诗钞》二卷,词一卷,并传于世。

### 元夜书怀和孙碧梧女史韵

卧听人语六街稠①,风紧罗帏早下钩。病久渐能谙药味②,兴阑无复忆春游③。岁华可奈堂堂去④,心事从教得得休⑤。明月暗尘空自好,何人何地不闲愁。

**注 释**

①六街,出处未详。②谙,熟悉。③兴阑,兴趣尽也。④堂堂,公然。薛能诗:"青春背我堂堂去。"⑤得得,行貌。苏轼诗:"会作堂堂去,何妨得得来。"

## 王瑶芳

字云兰,安徽婺源人,相乡严廷钰室。著《写韵楼诗钞》一卷。

### 咏鹦鹉二首(录一)

丹砂染嘴翠为衿,镇日依人弄好音①。只为能言翻自误②,输他凡鸟占长林。

**注 释**

①镇日,犹言常日。朱熹诗:"镇日空掩门。"②翻,反而。李白诗:"胡马翻衔洛阳草。"

**辑者按**:言真切而感慨殊深。

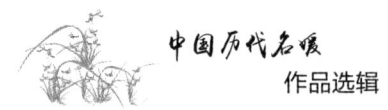

## 陈蕴莲

字慕卿,江苏江阴人,阳湖左晨室。著有《信芳阁诗草》五卷,诗余一卷。

### 昭　君

妾未承恩愿报恩,琵琶一曲靖边尘。寄言汉代麒麟阁[①],莫画将军画美人。

**注　释**
①麒麟阁,汉宣帝图功臣于麒麟阁,凡十一人。

## 高　氏

四川高县人,绥阳陈评室。著有《西轩诗集》。

### 雨　花

雨雨风风度此朝,飘红坠粉望无聊。西施已自埋尘土,只有香魂尚未销。

**辑者按**:红粉飘零,青春易逝。西施亦徒有"香魂"尚留人间而已。

## 孙诵昭

字班卿,江南江宁人,遵义王青藜继室。著《宜春剩草》。

### 弹　琴

横琴对月弹,澄怀似秋水。祗求得古心[①],不求悦俗耳。

**注　释**

①祇，只。

## 许韵兰

字香卿，浙江海宁人，铜仁徐棨室。著《听春楼诗》六卷。

## 冬夜同外闲话

坐话寒宵永①，围炉暖阁中。雪残三径白②，窗静一灯红。诗味徐徐引，茶香细细通。夜深人不觉，明月已升东。

**注　释**

①永，长也。②三径，舍中小路。杜甫诗："花径不曾缘客扫。"花径，满是落花的小路。

**辑者按**：夫妇长夜闲谈，不是儿女情，乃是诗书味。

## 谢宗蕴

浙江上虞人，钱塘沈绍勋继室。著有《咏絮小草》四卷。

## 题外子画东坡游赤壁图

峭然赤壁俯江流，艳说坡公两度游。惟有英雄徒一世①，从无名士不千秋。眼前山色南朝寺，足底潮生北固楼②。为问洞箫谁作客③？空余万顷浸孤舟④。

**注　释**

①徒，空也，白白地。②北固楼，在今镇江市东北北固山上。③《前赤壁赋》："客有吹洞箫者。"④《前赤壁赋》："纵一苇（小船）之所如，凌万顷之茫然。"

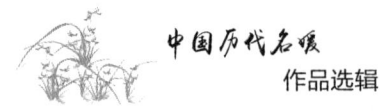

## 王采萍

字涧香,江苏太仓人,张纨英之女。生年不详,卒于清德宗光绪十九年(1893)。少依其舅仲远于武昌,与其妹采蘩、采藻同受书于裯英、纶英二姨母。嫁无锡程培元,结婚未久,培元即卒。采萍先后仰药死,皆未遂。年七十余,河督许振祎聘为女师,且刻其诗草行世。著《选楼诗稿》十卷。

### 白荷花

亭亭翠盖覆华池,独立谁怜绝世姿。一镜清波低照影,月明风静露凉时。

## 张熙春

安徽桐城人,同邑姚映湖室。著有《培桂轩诗钞》。

### 闻　雁

月暗南楼夜,长空雁影微。一声催木落,万里带霜飞。
愁客难成梦,寒闺罢捣衣①。江湖矰缴满②,莫恋稻粱肥。

**注　释**

①捣,捶。李白诗:"夜捣戎衣向明月。"(古人洗衣置砧上,以杵捶之) ②矰缴:矰,射鸟用的短箭。缴,系在矰尾的丝绳。

**辑者按**:末二句寄寓深刻。

## 陈　绚

字莲蕙,海宁人,海盐张上发室。著有《吟香诗集》。

## 过田家

风光最好野人家,门径斜临绿水涯。短旆青飐茅店酒①,疏林红隐竹篱花。禾登场圃喧檐雀,草满陂塘少钿车②。却羡夕阳茅屋畔,闲听父老话桑麻③。

**注 释**
①短旆青飐,青色的酒旗随风飞扬。②钿车,车之饰以金花者(贵人所乘)。③桑麻,指农事。孟浩然诗:"把酒话桑麻。"

**辑者按**:久居烦嚣都市者,能不心向往之。

## 梁 娴

贵州人,钱塘吴某室。自号黔南淑庄女史。著《香雪斋稿》。

## 题画上红梅

一树孤标野趣长,春风吹酒醉寒芳。红罗亭外无人到①,满院蜂声绛雪香②。

**注 释**
①红罗,荔枝名。②绛雪,指红梅。

## 任梦檀

嘉兴人,陆颐高室。著有《碎锦集》。

## 赠 外

并坐秋窗语倍亲,唱随弹指已经旬①。艰难家事君休问,典尽钗钿不怨贫②。

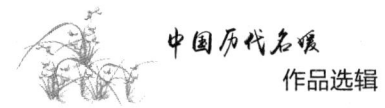

**注 释**

①弹指，比喻时间极短暂。《吕氏春秋》："二十瞬为一弹指。"苏轼诗："一弹指顷去来今。"
②典，质贷曰典。为典当、典押。钗钿，妇人首饰。陷金于器曰钿。

**辑者按**：新婚不久，即向良人发出"不怨贫"的誓言，显示了自己高洁的品质。

## 徐静安

字花蕴，乌程人，海宁俞俨室。著有《花蕴诗集》。

### 雨中泊采石矶欲登太白楼不果

暮雨萧萧惹客愁①，空思凭吊一登楼。吟魂千古呼难起②，月影三人恨不留③。才大翻能因酒见，诗成那敢向公投。今朝定被先生笑，秉烛无能作夜游。

**注 释**

①萧萧，风声。《史记》："风萧萧兮易水寒。"②"吟魂"句：世传太白过采石，酒狂捉月而死。③李白《月下独酌》："举杯邀明月，对影成三人。"

## 张蔼云

长兴人，著《枕苕楼诗钞》。余不详。

### 小青墓

飘零春色满天涯，流水萦愁落日斜。留待西泠一抔土①，冬青不种种桃花②。明月无主夜乌啼，妆阁重寻细草迷。一种伤心谁记取，断云零雨六桥西③。

**注　释**

①一抔土，《汉书》"假令愚民取长陵一抔土"注：抔，谓手掬之也，其字从手。不忍言毁彻，故只云取土耳。谓墓为一抔土，本此。②冬青常绿，桃花易凋，此句伤小青命薄为桃花也。③六桥，在西湖苏堤上，小青墓在六桥西。

## 席佩兰

字韵芬，洞庭人，随园女弟子。嫁常熟孙子潇孝廉，两人俱工诗，为一时佳偶。著有《长真阁诗稿》。

## 织女叹

秋月已如雪，秋风已如铁。孤灯耿寒机①，有女当窗织。废我一宵瞑②，看丝乍盈尺③。废我两宵瞑，看丝不成匹。岂不畏龟手④，此心凛无逸。昨日入城提蟹筐⑤，东邻嫁女耀丰妆。彩币百千束，绮罗十二箱。龙章象服何煌煌⑥，平生不识蚕与桑。归来泣对机中锦，知与谁人作嫁裳？抽刀断机不如寝，又听络纬啼金井⑦。

**注　释**

①耿，照也。《国语》："其光耿于民矣。"②瞑通"眠"，睡。陆机诗："终朝理文案，薄暮不遑瞑。"③乍，忽也。《孟子》："今人乍见孺子。"④龟手，天寒手冻开裂为龟纹曰龟手。《庄子》："宋人有善为不龟手之药者。"⑤蟹筐，未详。⑥龙章象服，龙章未详。象服，谓法度之服，夫人之服也。《诗经》："象服是宜。"⑦纬络，虫名，即莎鸡。六七月生草中，好夜鸣，连夜喳喳不止，其声如纺织之声，故名络纬，俗谓之络丝娘。李白诗："络纬秋啼金井阑。"

## 贺随园夫子八十寿诗原韵（十选一）

六十生儿八十婚①，阿翁生日是良辰。桃花恰对盘根李，萱草犹缠合抱椿。
香茗一编为贽礼②，扫眉寸管祝长春③。随园衣钵今堪继④，妇普佳儿作普人⑤。

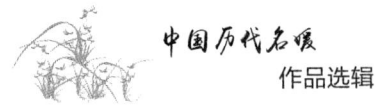

**注　释**
①袁枚得子甚晚，八旬生日又娶妻。②贽礼，古代初次拜见尊长时执以为礼的物品。这里指送给老师的礼物。③扫眉，王建赠薛涛诗："扫眉才子知多少。"谓女子之有文学者。④衣钵，僧家师徒相传授之具。衣谓袈裟，钵谓饭器。今凡师徒相承皆曰衣钵。⑤作者自注："新妇工诗。"故云。

## 送外入都

打叠轻装一月迟①，今朝真是送行时。风花有句凭谁赏，寒暖无人要自知。情重料应非久别，名成翻恐误归期。养亲课子君休念，若寄家书只寄诗。

**注　释**
①打叠，犹安排。韩偓诗："打叠红笺书恨字。"亦作打揲。

## 袁素文

袁枚的三妹。由其父指腹为婚，许配给江苏如皋高家。十多年后，高家因儿子品德败坏，自愿解除婚约，但因素文本人深受封建礼教的贞节观影响，结果还是嫁了过去。婚后，丈夫横暴放荡，对她百般虐待，素文均逆来顺受；直至丈夫赌博输钱，竟要卖掉她时，方才告诉父亲。父亲为她向官府申诉，经判决，脱离了夫妻关系。素文回娘家"侍母倚兄"，从此过着抑郁忧伤的独身生活。卒年才四十岁。详见本辑附录袁枚《女弟素文传略》。

## 镜

我有秦宫镜，清光欲上天。近看花独立，远望月孤悬。
菱角何时铸，盘龙不记年。无人来照影，抛掷井阑边。

## 闻　雁

秋高霜气重，孤雁最先鸣。响遏碧云冷，灯含永夜清。

自从怜只影,几度作离声。飞到湘帘下,寒衣尚未成。

## 感 怀

兰熏粉泽之飘流,落叶哀蝉独倚楼。奁具久为游子费(传文对此有记叙),书香空与此身留。梦中明镜开还合①,水上飞云断不收②。回首夕阳芳草路,那堪重忆恨悠悠③。

**注 释**

①开,指破;合,指圆。即破镜重圆之意。②断不收,终于离异,为水上飞云。③"那堪"句,此诗为离婚后返母家作,故云"恨悠悠"。

**辑者按**:袁枚《哭三妹五十韵》中有:"一闻婚早定(指腹为婚),万死誓相随。彩凤从鸦逐,红兰受霜欺"之句。素文受封建礼教之毒害,以致自误终身,殊堪惋叹。然而数千年来,名山闺秀,荒村山姑,受封建伦常四条绳索之桎梏摧残者,又何只素文一人而已哉!

## 女弟素文传(摘录)

### 袁 枚

第三妹曰机,字素文,皙而长,端丽为女兄弟冠。年幼好读书,既长,益习于诵。针袄之旁,缥缃度积。雍正元年,先君客吴中,闻衡阳令高君清卒,库亏,妻子狱系,叹曰:"我高公幕下客也。非我往,则难不解。"遂治装,历洞庭而南,告其弟高八曰:"曩而兄倾库供上官,吾尝止之,而兄不可;则劝其簿籍而加印焉,亦知正为今日计乎?"高大悟,检箧得印簿,诉制军。制军者,大学士迈柱也;素善先君,兼知高公之冤,为平其事。当是时,簿中贵人隐探高氏孤稚无能为,使人具三千金,啖先君。先君怒而叱之。高八益感谢。临别泣曰:"无以报,闻先生第三女未婚,某妻方妊,幸而男也,愿为公婿。"已而果然。因寄金锁为礼。时妹未周晬,枚长妹四岁,代系金锁饰项者数年。乾隆七年,高八执讯来曰:"某子病,不可以婚;愿以前言为戏。"先君犹豫,妹侍侧,持金锁而泣,不食;先君亦泣,亦不食。以其意复高氏。高之族人惊,欢传高氏得贞妇。高八殁,其

兄子继祖来曰："婿非疾也。有禽兽行，叔杖死而苏；恐以怨报德，故言辞婚。贤女无自苦。"妹闻如不闻，竟适高氏。高渺小，偻而斜视，躁戾佻险，非人所为。见书卷怒，妹自此不作诗；见女工又怒，妹自此不持针黹。索奁具为狎邪费，不得则手掐足踆，烧灼之毒毕具。姑救之，殴姑折齿。输博者钱，将负妹而鬻。妹见耳目非是，告先君。先君大怒，讼之官而绝之。妹归侍母。母体微不适，妹彻夜立，持粥饮而匕箸进之。长斋，衣不纯彩，不髹剃，不闻乐，有病不治；遇风辰花朝，辄背人而泣。如皋人至，必出问堂上姑安否，寄赠服食甚谨。前一年，高氏子死，妹亦病，以乾隆二十四年十一月死，年四十。枚在扬州，闻病奔归，气已绝矣，目犹瞠也，抚之乃瞑。

# 祭妹文

袁 枚

乾隆丁亥冬，葬三妹素文于上元之羊山，而奠以文曰：

呜呼！汝生于浙，而葬于斯，离吾乡七百里矣；当时虽觭梦幻想，宁知此为归骨所耶？

汝以一念之贞，遇人仳离，致孤危托落，虽命之所存，天实为之；然而累汝至此者，未尝非予之过也。予幼从先生授经，汝差肩而坐，爱听古人节义事；一旦长成，遽躬蹈之。呜呼！使汝不识《诗》《书》，或未必艰贞若是。

余捉蟋蟀，汝奋臂出其间；岁寒虫僵，同临其穴。今予殓汝葬汝，而当日之情形，憬然赴目。予九岁，憩书斋，汝梳双髻，披单缣来，温《缁衣》一章；适先生奓户入，闻两童子音琅琅然，不觉莞尔，连呼"则则"，此七月望日事也。汝在九原，当分明记之。予弱冠粤行，汝掎裳悲恸。逾三年，予披宫锦还家，汝从东厢扶案出，一家瞠视而笑，不记语从何起，大概说长安登科、函使报信迟早云尔。凡此琐琐，虽为陈迹，然我一日未死，则一日不能忘。旧事填膺，思之凄梗，如影历历，逼取便逝。悔当时不将婗娗情状，罗缕记存；然而汝已不在人间，则虽年光倒流，儿时可再，而亦无与为证印者矣。

汝之义绝高氏而归也，堂上阿奶，仗汝扶持；家中文墨，眛汝办治。尝谓女流中最少明经义、谙雅故者。汝嫂非不婉嫕，而于此微缺然。故自汝归后，虽为汝悲，实为予喜。予又长汝四岁，或人间长者先亡，可将身后托汝；而不谓汝之先予以去也！

前年予病，汝终宵刺探，减一分则喜，增一分则忧。后虽小差，犹尚殗殜，无所娱遣；汝来床前，为说稗官野史可喜可愕之事，聊资一欢。呜呼！今而后，吾将再病，教从何处呼汝耶？

汝之疾也，予信医言无害，远吊扬州；汝又虑戚吾心，阻人走报；及至绵惙已极，阿奶问："望兄归否？"强应曰："诺。"已予先一日梦汝来诀，心知不祥，飞舟渡江，果予以未时还家，而汝以辰时气绝；四支犹温，一目未瞑，盖犹忍死待予也。呜呼痛哉！早知诀汝，则予岂肯远游？即游，亦尚有几许心中言要汝知闻、共汝筹画也。而今已矣！除吾死外，当无见期。吾又不知何日死，可以见汝；而死后之有知无知，与得见不得见，又卒难明也。然则抱此无涯之憾，天乎人乎！而竟已乎！

汝之诗，吾已付梓；汝之女，吾已代嫁；汝之生平，吾已作传；惟汝之窀穸，尚未谋耳。先茔在杭，江广河深，势难归葬，故请母命而宁汝于斯，便祭扫也。其傍，葬汝女阿印；其下两冢：一为阿爷侍者朱氏，一为阿兄侍者陶氏。羊山旷渺，南望原隰，西望栖霞，风雨晨昏，羁魂有伴，当不孤寂。所怜者，吾自戊寅年读汝哭侄诗后，至今无男；两女牙牙，生汝死后，才周晬耳。予虽亲在未敢言老，而齿危发秃，暗里自知；知在人间，尚复几日？阿品远官河南，亦无子女，九族无可继者。汝死我葬，我死谁埋？汝倘有灵，可能告我？

呜呼！生前既不可想，身后又不可知；哭汝既不闻汝言，奠汝又不见汝食。纸灰飞扬，朔风野大，阿兄归矣，犹屡屡回头望汝也。呜呼哀哉！呜呼哀哉！

## 袁云扶

袁枚四妹。著有《绣余吟稿》。

## 哭素文三姊

去年分手出江城，一别何由判死生。似此才华终寂寞，果然福命误聪明。北堂月冷珠沉海①，南国云飞雁断行。（予于归时，姊以诗赠别，有"柳絮风高雁断行"之句。）谁道诗成成自谶②，不堪展卷见君名。

诸兄来说泪纷纷，无限伤情不忍闻。归梦难寻他日约，招魂空奠隔江云。半生辛苦狂夫怨，中路凄凉弱女分。剩有千秋遗韵在③，清风林下吊斜曛。

**注　释**

①北堂，俗称母为北堂。取义于《诗经》："焉得萱草，言树之背。"背，北堂也。②谶，预

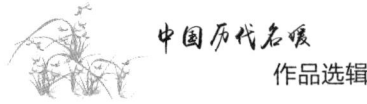

示吉凶的隐语（义偏于凶）。③遗韵，指所作诗文。

## 袁 绶

字紫卿，浙江钱塘人，上元吴伯钧室。清代大文学家袁枚之女孙，有家学。

### 春日偶成（四选二）

挑菜不嫌泥滑，踏青却喜天晴。仰面儿童拍手，云中吹落风筝。

地僻惟闻犬吠，山深未有莺啼。游子寻芳倦返，紫骝嘶过长堤。

## 孙云凤

字碧梧，浙江仁和人。适程氏，为随园十三女弟子之一。工倚声，佳者绝似北宗人语。通音律，兼工点染花卉。妹云鹤亦工词，兼长骈体文，与云凤齐名。著有《湘云馆诗词稿》。郭频伽评其词云："清新婉美，在梦窗、竹山之间。"

### 媚香楼歌 并序

媚香楼，明末秦淮妓李香君之妆楼也。香君初为归德侯生（方域）聘妾，被选入宫，媚香楼竟废。

秦淮烟月板桥春①，宿粉残脂腻水滨。翠黛红裙竞妆裹，垂杨勾惹看花人。香君生小貌无双②，新筑红楼唤媚香③。春影乱时花弄月，风帘开处燕归梁。盈盈十五春无主④，阿母偏怜小儿女。弄玉虽居引凤台⑤，萧郎未遇吹箫侣⑥。公子侯生求燕好⑦，输金欲买红儿笑。桃花春水引渔人，门前系住游仙棹。阉党纤儿想纳交⑧，缠头故遣狡童招⑨。那知西子含颦拒⑩，更比东林结社高⑪。楼中刚耀双星色⑫，无奈风波生顷刻⑬。易服悲离阿软行⑭，重房难把台卿匿⑮。天涯从此别情浓，锦字书凭若个通⑯。桐树已曾栖彩凤⑰，绣帷争肯放游蜂⑱。因愁久已抛歌扇⑲,教坊忽报君王选⑳。啼眉拥髻下妆楼,从今风月凭谁管?柘枝旧谱唱当筵㉑,曲部新翻燕子笺㉒。总为圣情怜䐔腆㉓,桃花宫扇赐帘前。天子不知征战苦㉔,风前且击催花鼓㉕。阿监潜侍铁锁开㉖,美人犹在琼台舞㉗。银箭声残火尚温㉘,君王匹马出宫门㉙。西陵空见宫人泣,南内谁招帝子魂㉚,最是秦淮古渡头,伤心无复媚香楼。可怜一片清溪水㉛,犹向门前呜咽流㉜。

**注　释**

①秦淮,水名,流贯南京,入大江,是南京名胜之一。板桥,即长板桥,在南京旧院(秦淮歌妓聚居的地方)墙外不远的地方。两岸种植许多柳树。②生小,犹言幼小时。《孔雀东南飞》:"昔作女儿时,生小出野里。"③红楼,一般指妇女居住的地方。④盈盈,形容体态轻巧。《古诗十九首》:"盈盈楼上女。"春无主,谓香君尚未字人也。⑤⑥这两句是说香君尚未识侯方域。《列仙传》:萧史,春秋时人,善吹箫作凤鸣,秦穆公以女弄玉妻之,遂教弄玉吹箫。后弄玉乘凤,萧史乘龙,飞升而去。⑦侯生,侯方域,明末清初著名文人。燕好,夫妇和好。这里指求婚。⑧阉党纤儿,阉党指阮大铖。宦官叫做阉,大铖曾认宦官魏忠贤为干爹。纤儿,犹言小儿也。⑨缠头,是客人给妓女的赏赐。从前多用锦,后来以钱物代替。据《桃花扇·却奁》场,阮大铖纳交侯方域,约费二百余金,备办妆奁酒席,指使杨龙友送去。则句中狡童,应是指杨龙友(罢职县令,凤阳督抚马士英的妹夫,阮大铖的盟弟)。狡童,猾狡好之童,有貌而无实。《诗经》:"不见子充,乃见狡童。"招,招客梳栊(娼家处女初次接客叫梳栊)。⑩西子,西施。此指香君(参看《桃花扇·却奁》)。⑪东林,指东林党。明万历间,顾宪成与高攀龙重修宋扬时东林书院,讲学其中,评议朝政。魏忠贤乱政,诸人力与相抗,被目为党人。惟同类之中,贤奸糅杂,小人伺隙中之,一时党祸大兴,诛斥殆尽。⑫双星,指牛郎、织女。比喻侯李结合。⑬风波,比喻人事之变端。这里指香君却奁后,阮大铖恼羞成怒,诬侯方域致书左良玉引兵东下,将为内应(参看《桃花扇·辞院》)。⑭輭,俗作"软"。輭行未详。⑮这句说媚香楼中难以匿藏侯方域。⑯锦字书,前秦苏蕙寄给丈夫窦滔的织锦回文诗。这里指书信。若个,犹言怎个。⑰彩凤,比喻侯方域。唐李德裕文:"成都夹岷江矶岸,多植紫桐,每至春暮,有灵禽五色,来集桐花,以饮朝露,谓之桐花凤。"⑱争,犹怎也。游蜂,蜂群中之雄蜂(似亦喻侯方域)。⑲歌扇,古时美人掩面而歌,故有歌扇之称。吴梅村诗:"芳草乍疑歌扇绿,落英错认舞衣鲜。"⑳教坊,古代掌管宫廷音乐的官署。㉑柘枝旧谱,柘枝舞的歌曲。㉒燕子笺,阮大铖所著的石巢四种(春灯谜、燕子笺、双金榜、狮子赚)传奇之一,是四种中最好的一种。㉓䐔腆,害羞。㉔天子,指弘光帝(福王朱由崧)。㉕催花鼓,《开元遗事》:"明皇二月旦游上苑,呼高力士取羯鼓临轩纵击,奏一曲名《春光好》。回顾柳杏,皆已发坼(裂也)。笑谓妃子曰:'得不唤我作天公乎。'"马祖常诗:"催花羯鼓变新声。"吴梅《顾曲尘谈·谈曲》说,康熙皇帝喜欢看"桃花扇"的演出,每看到《设朝》《选优》等出,就皱眉顿足说:"弘光弘光,虽欲不亡,其可得乎!"㉖铁锁开,晋朝太康初年,王濬伐吴,吴人用铁锁横江拦截。王濬叫人烧断铁锁,攻到石头城下,吴王孙皓无法抵挡,便出城投降。这句是指左良玉引兵东下,长江防线被打开,清兵乘机南渡,南京快要沦陷了。阿监,即内监。㉗琼台,夏帝癸之玉台。这里指宫中舞台。㉘银箭,刻漏之箭,古计时器。㉙君王,指弘光帝。㉚西陵,帝王陵墓。南内,即南宫,指南京明故宫。㉛清溪水,秦淮河。㉜门前,媚香楼的门前。

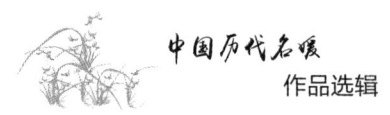

## 巫峡道中（四选二）

天外几归舟，征人怅远游。猿声知客恨①，灯影散江流。月正千山白②，风号万壑秋。巴歌何处起③，不寐迥添愁。

秋江木叶下④，客子独徘徊⑤。瘴起浓云合⑥，滩鸣骤雨来。凄凉庾信赋⑦，寂寞楚王台⑧。俯仰乾坤里⑨，悲歌亦壮哉。

**注 释**

①知客恨，杜甫《秋兴》："听猿实下三声泪，东使虚随八月槎。"《秋兴》作于旅居夔州时，故云"知客恨"。②月正，指半夜。《水经注·三峡》："自非亭午夜分（半夜），不见曦月。"③巴歌，《水经注·三峡》"故渔者歌曰：'巴东三峡巫峡长，猿鸣三声泪沾裳'。"④这句源于杜甫《登高》："无边落木纷纷下。"《登高》亦作于旅居夔州时。⑤徘徊，来回走动，流连往复不进貌。⑥瘴，山川湿热蒸郁气。⑦庾信赋，庾信，字子山，南阳新野人。文章辞令，盛为邺下所称。信虽位望通显，但常有乡关之思。其代表作《哀江南赋》，但常有乡关之思，发为哀怨之辞者也。⑧楚王台，即阳台。宋玉赋："楚襄王游云梦之泽，梦神女曰：'妾在巫山之阳，高丘之阻，朝朝暮暮，阳台之下。'"⑨乾坤，谓天地也。韩愈诗："浩荡乾坤合。"

## 孙云鹤

字兰友（云凤妹），嫁金氏。

## 宝剑篇

宝剑遗编在，挑灯击节吟①。恩仇千古事，湖海一生心②。
气逼秋霜冷，光腾夜月沉。从军应有愿，慷慨答知音。

**注 释**

①击节，乐器之绰板，系之与他乐器或歌曲相应和。《晋书·乐志》："宋识善击节唱和。"②这句是说遨游五湖四海是一生心愿。

辑者按：此诗豪气逼人。倘匿其姓名，谁识出自巾帼之口？

## 送伯兄东归

登高兼送远，客泪一沾裳，归棹随流水，乡心带夕阳。
秋高山落木，风急雁兮行。丛菊何情绪，篱边依旧黄。

### 沈蕊仙

清训导沈延广，江南人，客四川大足，生蕊仙。适处士刘御六。《大足县志》录存其诗十一首，词五首。

## 影

瞥惊孤影过墙东①，日照秋潭落雁鸿。水鸟带波飞岸浦，花枝和月入帘栊②。
一天星斗横云汉，满地竹云弄井桐。遥指前山岚杳霭，杖藜人在柳荫中③。

**注释**
①瞥，眼光掠过。②帘栊，帘，障蔽门窗的竹帘。栊，窗上櫺（雕有花纹的木格子）木。即指窗户。③杖藜，持藜茎为杖。泛指扶杖而行。

## 晚坐一首

独坐空庭晚，墙头树影斜。雨余虹似带，日暮鸟如麻。
结伴惟明月，同盟有好花。侍儿偏解意，汲水煮新茶。

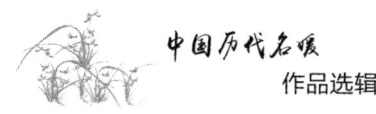

## 马仕骐

字韫雪,四川西充人。高祖廷用,官大宗伯。曾祖金,官左布政使。祖晋明,官太守。父云锦,官江西南城令。文章德望,声籍累世。韫雪从父读书,十四岁以诗名。适祥符张应垣上舍,为斗斋先生孙妇,先生盛称之。中岁孀居,辄自晦其笔墨,故见者绝少。初,有《漱泉集》七百余篇,为其姻党女窃去。越数载,嗣集成帙,又以病革自焚。由是残笺剩纸,仅百存一二而已。其子新,辑其遗诗,名《烬余诗草》。诗鸿洞踔厉,笼盖诸家,绝无闺阁气,真名媛中所未有也。集中有《落花诗》十五首,甚工。

——《锦里新编》(清汉州张邦仲撰)

### 独 坐

独坐领幽趣,残书未忍抛。雨余蛛续网,社后燕争巢①。
月趁园时赏,诗从改后钞。满腔生意足,咫尺忘蓬茅②。

**注 释**

①社后,指春社以后(立春后第五个戊日为春社)。②咫尺,指短距离。

### 侠 客

海内论交契①,斯人独鲜明。金丸闲打雀②,银烛醉调鹰③。
畏死嗤逢掖④,空谈厌老僧。矫然天地外⑤,名教不须绳⑥。

**注 释**

①契,神合也。意志相合曰相契。②金丸,金制之丸。《西京杂记》:"韩嫣好弹,常以金为丸,所失者日有十余,长安为之语曰:'苦饥寒,逐金丸。'京师儿童,每间嫣出弹,辄随之,望丸之所落辄拾焉。"③银烛,喻明亮之灯光。王维《早朝》诗:"银烛已成行,金门俨驺驶。"④逢掖,宽袖之衣,古代儒者所服。后来用为士人的代称。⑤矫然,强貌。《中庸》:"故君子和而不流,强哉矫。"⑥名教,以正名定分为中心的封建礼教。绳,约束。如言绳之以法。

## 落 花（选二首）

烂红残紫乍高低，痛惜行人踏作泥。六代铅华蝴蝶梦①，一林风雨鹁鸪啼②。徒闻湘瑟人何在③？再问胡麻路已迷④。元亮尚存松菊径⑤，不须空说五陵溪⑥。

陌上篱边泣晓风，含羞含恨一丛丛。香飘池面鱼争饵，影掠帘钩燕接虫。放叶诗随流水上⑦，助妆人在梦魂中。既怜复损何劳尔，消息须当问化工⑧。

**注 释**
①六代句，六代，这里指三国吴、东晋、南朝宋、齐、梁、陈。又称六朝。铅华，搽脸之粉。蝴蝶梦，《庄子·齐物论》记庄子梦为蝴蝶。后来因称梦为蝴蝶梦，有梦幻非真之意。这句是说六代国祚短促，犹如花之易于飘落。承上句，既怀古，又伤今。②鹁鸪，即鹁鸠（祝鸠、斑鸠之属）。阴则屏逐其匹，晴则呼之。语曰：天将雨，鸠逐妇。因其将雨时鸣声急，俗亦呼为水鹁鸪。③湘瑟，屈原《远游》："使湘灵鼓瑟兮，令海若舞冯夷。"④胡麻，相传张骞得其种于西域，故名。有黑白二种，即今芝麻也。此句何义，未详。⑤元亮，陶潜一名渊明，字元亮。⑥五陵溪，李白《少年行》："五陵年少金市东，银鞍白马度春风。"又引杜甫《秋兴》："同学少年多不贱，五陵衣马自轻肥。"但俱与本诗意旨不切贴。再查"武陵源"条："……故桃花源又称武陵源。"此与上句吻合。不知"五陵"是否为"武陵"之误，抑作者另有所本。⑦放叶句，唐人小说记红叶题诗故事颇多，本选辑唐诗部分，已有选录。⑧化工，自然的创造力。汉贾谊《鹏鸟赋》："且夫天地为炉兮，造化为工。"此言百花荣枯之理，应向大自然去探求。


## 严蕊珠

字绿华，吴江人，未字。卒年十七。著有《霜香阁诗草》。

## 春日杂咏（四选一）

粘天芳草翠平铺①，三月江南似画图。小立溪边春被禊②，水中人影万花扶。

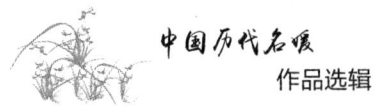

**注　释**

①粘天芳草，形容春草荣盛，与天粘连。吴梅村《鸳湖曲》："鸳鸯湖畔草粘天，二月春深好放船。"②祓禊、古代民俗，三月上巳日到水滨洗濯，洗去宿垢，叫春祓禊。

## 夜观秋千戏

梨花乍开杏花落，深院朦胧月色薄。双竿百尺立中庭，淡云低护红丝索。美人玉貌超月群，半酣结束红罗裙。留仙不住忽飞起，丁冬环佩空中闻。一笑低头顾女伴，腰肢无力飘扬缓。髻斜堕马玉钗垂，眼底明霞烘颊煖。百树金盘绛烛烧，氤氲香雾迷春宵。帘幕沉沉漏声永，玉铢衣薄犹含娇。翩跹再试回鸾舞，仿佛霓裳别翻谱。飘飘绣带曳长虹，影堕檐前惊鹦鹉。

## 纨　扇

织就蝉纱薄，蒲葵样不同。清风生袖底，皓月落怀中。
制羡班姬巧，诗惭柳恽工。夜深摇小院，萤火堕光红。

## 金　顺

字德人，江南吴兴人。中书汪曾裕室，夫亡以节孝称。沈德潜云：题仲姬画，却从竹上讽谕王孙，用意微婉。

## 题管夫人画竹

墨妙由来数仲姬，闺房静对写风枝。王孙若解凌霜节，合署鸥波老画师。

## 宋凌云

字逸仙，江南长洲人。李博室。

## 偶 成

天外鱼书至，征人岂念家。可怜小儿女，夜夜看灯花。

## 金 逸

字纤纤（1770—1794），江苏长洲（今苏州）人。适陈竹士秀才，亦诗人也。袁枚谓其"生而婐妮，有夭绍之容"。工诗，与江珠等结诗社，唱和无虚日。及殁（年仅二十四岁），诸女友均有挽诗。著有《瘦吟楼诗草》及《虎山唱和诗》。

**辑者按**：婐，婀的异体字。妮，同"娜"。"婀娜"，轻盈柔美貌。《孔雀东南飞》："四角龙子幡，婀娜随风转。"又陆机《拟青青河畔草》诗："皎皎彼姝女，阿那当轩织。""婀娜"亦作"阿那"。夭绍：形容女子体态轻盈。《诗经·陈风·月出》："佼人燎兮，舒夭绍兮。"

## 偕竹士联句论诗

谈何容易说工诗（基），事在千秋笔一枝。人道葫芦依故样（逸），天生花叶竟谁师。
性情以外无传作（基），唐宋之间有等差。今日放言狂不讳（逸），识君已恨十年迟（基）。

## 廖云锦

字织云，松江华亭人。合肥令古檀先生之女。嫁马氏，早寡。著有《织云楼诗稿》。

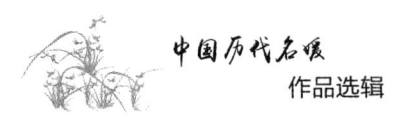

## 秋 燕

林薄霜清木叶黄,江漂摇落燕飞忙。凉生汉帝昭阳殿,梦入卢家少妇堂。
北渚烟深迎客舫,西风日暮掠斜阳。伤心春雨香泥尽,羡尔先归到故乡。

## 钱 琳

字昙如,杭州人,福建布政使钱琦女。嫁同里汪海树秀才。

## 题画扇

月落鸦寒暮霭平,小桥流水一湾横。幽人别有看山兴,黄叶声中自在行。

**辑者按**:诗句极清丽,意境令人神往。

## 陈淑兰

字蕙卿,庠子邓宗洛之妻。邓生溺死,淑兰自缢。

## 夏日书怀

帘幕风微日正长,庭前一片芰荷香。人传郎在梧桐树,妾愿将身化凤凰。

自注:梧桐树地名,郎读书处也。

## 戴兰英

字瑶珍,嘉兴人。适家舒亭弟次子,早寡,有子恩官。著有《瑶珍吟草》。

**辑者按**:家,姓。据《辞海》:宋代有家安国。

## 悼 亡

一曲离鸾唱夕晖,轻尘短梦万缘飞。可怜稚子情痴甚,犹著麻衣待父归。

三千里外竟亡身,拟向泉台共死生。只虑膝前儿太小,教侬强作未亡人。

## 骆绮兰

字佩香,句容人。嫁江宁龚氏,早寡。著有《听秋轩诗稿》。

## 绿萼梅

梅花已孤高,绿萼更幽绝。古轩蟠瘦蛟,数朵点苍雪。
尤爱未开时,碧意枝头结。宛似空谷姝,倚竹无言说。
水边淡荡风,庭际黄昏月。谁无惜花心,春来莫轻折。

## 西湖杂咏

偶同女伴泛西湖,真个西湖似画图。水浸天光晴亦雨,云迷山色有还无。

渺渺平湖漠漠烟,酒楼斜倚绿杨前。忽来一阵催花雨,锦带桥头尽泊船。

闻说西湖可采菱，菱花深处碧波澄。小舟荡入菱塘去，路隔垂杨绿几层。

## 王　倩

字雅三，号梅卿，浙江山阴人。文成公第八世孙女，介休令讳谋文女，归苏州陈竹士基为继室。

### 赠村女

汲水良粮气力微，伴人小语自依依。不知机上鸳鸯锦，剪作谁家嫁女衣。

清波为镜竹为钗，尘垢难将光辉埋。说道采桑蚕事紧，不曾制得踏青鞋。

**辑者按**：村女勤劳美丽的光辉形象，远胜于锦衣玉食，傅粉施朱的大家闺秀矣。

## 张滋兰

名允滋，以字行。一字清溪，号桃花仙子，匠门太史大受曾孙女。受业于伯父云南观察风孙之门，今翰林院侍读学士彭公绍观义女，震泽诸生任兆麟室。著《潮生阁诗稿》。

### 春　日

虚窗静坐夕阳斜，新竹闲庭感岁华。堪爱风轻春日暖，桃红又见一枝花。
经年庭树留残叶，隔浦灵禽聚浅沙。野岸池塘芳草绿，石桥南畔钓鱼家。

## 夏 夜

修竹亭亭曲径前，碧天新月照池边。夜深微觉凉风动，人静当窗犹未眠。

## 上元夜

当此元宵节，窗前月影园。流光惊逝水，谁为惜华年？

## 张 芬

字紫蘩，一字月楼。云南学政学庠孙女，乙卯举人曾汇女，滋兰从妹。直隶州同知，今置吴县县丞夏清和室。著《两面楼偶存稿》《别雁吟草》。

## 村居秋感

门倚秋山叶正黄，一湾流水淡斜阳。小鬟不识离人意，笑折名花号断肠。

## 咏卓文君

锦江山色敛眉痕，弃掷由人早断恩。何必白头吟寄怨，夫君自解赋长门。

## 七夕咏

晚来无复旧时妆，欲罢金梭亦自伤。莫笑离多偏易别，久将离别作寻常。

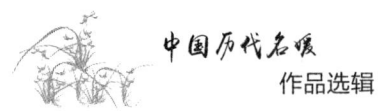

## 陆 英

字素窗，贡生罗康济室。著《赏奇楼诗草》《蠹余稿》。

### 秋夜怀婉兮，清溪诸同学

吟罢残编独倚楼，一天风露月当头。那堪多病逢长夜，况复怀人值暮秋。鸿雁有声云漠漠，蒹葭无际水悠悠。徘徊不隔当年景，满目湖山是旧游。

### 十愁诗（选二）

残照西风碧树秋，行云望断楚江楼。不知何处吹横竹，唤起新愁与旧愁。

飘泊随风叶叶秋，秋声一片入高楼。五噫歌断牛衣泣，今古才人一样愁。

**辑者按**：《五噫歌》诗歌篇名，东汉梁鸿作。他看到崔嵬的宫殿，联想到"民之劬劳"。事为章帝所闻，鸿不自安，因改名换姓，避居齐鲁。"牛衣泣"：给牛御寒用的覆盖物。编草使暖，以被牛体，盖蓑衣之类。《汉书·王章传》："章疾病，无被，卧牛衣中，与妻决，涕泣。"后以"牛衣对泣"形容夫妻共守穷困。

## 李 嬿

字婉兮，漫翁诗老其永女。甲子举人溧阳教谕蟠根妹，吴县诸生陆昶室。著有《好琴楼小制》。

### 采莲曲同清溪作

波面风来香满舟，露珠滴破若耶秋。双桡停却忘归路，贪看红莲放并头。

临湖自櫂（棹）木兰桨，蓼草苹花楚岸长。侬意只将莲子摘，好留荷叶盖鸳鸯。

## 尤澹仙

字素兰，一字寄湘。著《晓春阁诗集》。

### 读武侯传

经世推王佐，伊周共瘁勤。君才能一统，天意定三分。
饮血承遗诏，攻心静徼氛。英雄终古恨，泪洒出师文。

### 耕

赛社前村去，桑麻带夕曛。归来呼稚子，明日是春分。

## 席蕙文

字兰枝，一字芸芝，清溪县知县绍元女。著《采香楼诗钞》《自怡集》。

### 武侯祠

森森古柏翠烟浮，独向祠堂谒武侯。国定三分成鼎足，图荒八陈咽江流。
天心何事终亡汉，臣节真能再造刘。画壁灵旗风雨黯，夜深应挟鬼神游。

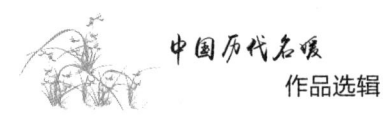

## 杜陵草堂

万里桥边结伴游,草堂景物信清幽。斜阳衰草成荒径,老树寒鸦变暮秋。
放弃半生怨患难,文章千古擅风流。先生遗址谁题句,凭吊频教旅客愁。

### 朱宗淑

字德音,一字翠娟。甲辰台试廪膳生云骧女。著《修竹庐吟稿》《德音近稿》。

## 渔　翁 以溪西鸡齐啼为韵

一叶扁舟傍绿溪,丝纶斜挂小桥西。勋名底事蓑兼笠,得失还看虫与鸡。
春水初添新雨足,夕阳欲落晚烟齐。仙源何处堪停棹,万树桃花鸟白啼。

## 残　荷

莲房露冷坠轻红,败叶残茎碧沼中。会得美人迟暮意,不须惆怅怨秋风。

### 江　珠

字碧岑(1764—1804),号小维摩,江苏甘泉人,国子生藩妹。嫁诸生吴学海,受业余处士萧客之门。工词赋,尤长骈体文,通经史,并善舞剑。著有《青藜阁诗文》《小维摩集》传世。

## 落花次王平泉韵

促欢再覆掌中杯,浪蕊飘花瞬作堆。满院绿阴人赋别,一帘红雨燕归来。
唾成绀碧衣初染,泣化琼魂梦不回。费尽春工殊莫辨,究为谁落为谁开。

### 沈持玉

字佩之,一字皎如。著有《停云阁诗稿》。

## 病 起

莺啼碧树晓风和,病起兰闺兴若何。小婢不知春欲去,卷帘报道落花多。

### 沈 缣

字蕙孙,一字散华,号玉香仙子。戊子举人祈门训导起凤女,进士清瑞侄女。著有《翡翠楼诗文集》。

## 美人扑蝶图

春闺二月春昼长,落花满院春风香。紫蜨双双拂烟草,浓香淡粉迷花房。
美人敛翠低钗钿,手持新月齐纨扇。轻轻笑扑曲阑东,躲入花丛寻不见。

## 山 行

春水碧如染,柴门日正斜。野人相对语,茅屋自煎茶。涧绝疑无路,云轻忽

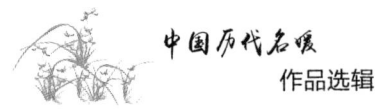

变霞。绿苔闲久坐，看落泪中花。

## 书中干蝴蝶

此身未肯没蓬蒿，翰墨钻研志趣高。早并虫鱼登尔雅，自寻芳草到离骚。怜他金粉耽缃帙，写尔芳魂托彩毫。一卷南华凭梦醒，始知栩栩亦徒劳。

**辑者按**：立意新，寄寓深。

## 徐 灿

字湘蘋，一字明深，江苏吴县人。约清世祖顺治中前后在世。嫁大学士陈之遴为继室。善属文，尤精书画。著《拙政园集》传于世。沈德潜《清诗别裁集》："此相国被罪，尽至遣谪塞外，羡方太夫人归，怜已之未能归也。极愁惨中不失和平气象，是为正声。"

## 送方太夫人西还

旧游京国久相亲，三载同淹紫塞尘。玉珮忽携春色至，兰灯重映岁华新。多经坎坷增交谊，遂判云龙断凤因。料得鱼轩回首处，沙场犹有未归人。

**辑者按**：陈之遴，明崇祯进士，入清累官弘文院大学士。坐结党营私，以原官发辽阳居住。寻召还，以贿结内监吴良辅论斩。免死流徙，卒于徙所。

## 纪映淮

字阿男，江南江宁人。诗人映钟妹、杜某室，以苦节旌门。沈（德潜）评：王渔洋秦淮竹枝有"栖鸦流水空（一作真）萧瑟，不见题诗纪阿男"，盖赏其风神也。

## 秦淮竹枝词 秋柳

栖鸦流水点秋光，爱此萧疏树几行。不与行人绾离别，赋成谢女雪飞香。

## 吴 琪

字蕊仙，江南长洲人，管勋室。后寡居，皈依空门。

## 送 别

雪意满芳洲，苍山引去舟。霜风醒客梦，笳月起边愁。
万里从军急，孤身倚剑游。家园落日里，莫上最高楼。

## 吴 绡

字素公，江南长洲人，常熟进士许瑶室。

## 咏 古

公子翩翩信绝伦，拟将豪举却狂秦。不知宾客成何事，枉向楼头斩美人。

## 范 姝

字洛仙，江南如皋人，诸生李延公室。沈评：此闻蟋蟀而恰远行也。起十字便已高绝。

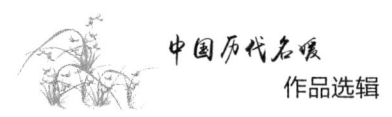

## 闻蟋蟀有感

秋声听不得,况尔发哀吟。游子他乡泪,深闺此夜心。
已怜妆阁静,还虑塞垣深。萧瑟西风紧,行看霜雪侵。

## 柴静仪

字季娴,浙江钱塘人,沈汉嘉室。著有《凝香室诗钞》。沈评:立身一败,万事瓦裂,皆由不能贫贱之故。贫贱中正可磨炼人品也。

## 勖用济

君不见侯家夜夜朱筵开,残杯冷炙谁怜才。长安三上不得意,蓬头鼊面仍归来。呜呼世情日千变,驾车食肉人争羡。读书弹琴聊自娱,古来哲士能贫贱。

## 答林亚清

罗帏不卷坐焚香,静对残春欲断肠。怜我病余都罢绣,知君愁里不成妆。
牡丹着雨还为泣,柳絮随风底事忙?倘步池塘闲遣兴,莫因幽恨打鸳鸯。

**辑者按**:沈用济,字方舟,静仪子也。著有《方舟集》。
又,林亚清即林以宁,蕉园五子之一。

## 王 慧

字兰韫,江南太仓人。学使王长源女,冰庵太守妹,常熟诸生朱方来室。《池北偶谈》:王慧,字兰韵。所著《凝翠轩诗》一卷,极多佳句。沈评:兰韫一门风雅，得所承受，故其诗清疏朗洁，其品最上。

## 移居茜里旧宅

新塘一水绕街东，旧是柴桑五亩宫。松菊尚存思祖德，蓬蒿不剪见家风。花深鸡犬疏篱外，潮落鱼虾小市中。却爱堂前双燕子，还寻故垒入帘栊。

## 闺　词

轻寒薄暖暮春天，小立闲庭待燕还。一缕柳花飞不定，和风搭在绣床前。

宿田家偶见粘窗破纸，乃韩偓香奁诗，惜而赋绝句。

丽情佳句有谁知？瞥见窗前字半欹。为惜风流埋没甚，自携红烛拂蛛丝。

王评：此等怀抱，亦非寻常闺阁所解。

### 吴永和

字文璧，江南武进人，董玉苍室。沈评：虞姬之死，史笔无暇及此，然一经拈出，真见心思。

## 虞　姬

大王真英雄，姬亦奇女子。惜哉太史公，不纪美人死。

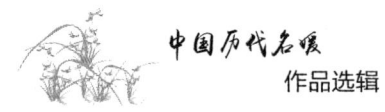

## 朱柔则

字道珠,浙江钱塘人。诗人沈用济室。沈评:末章望其葬亲急归,游子不容不归矣。性情既挚,诗安得不工。

## 寄远曲

恨少垂杨柳,殷勤系玉鞍。夕阳鸦背暖,春雪马蹄寒。入世逢迎拙,依人去住难。痴儿啼向我,昨夜梦长安。

猎猎风初劲,沉沉雨未阑。因怜儿被薄,转忆客衣单。栖燕将雏苦,征鸿失侣寒。居家与行路,同是一艰难。

闻说燕台路,生涯亦可怜。耻弹门下铗,谁乞广文钱。久客非长策,归耕有薄田。一棺痛慈母,急为卜牛眠。

## 归懋仪

字佩珊,常熟人。上海监生李复轩学璜之室人,随园女弟子,诗名甚著。陈云伯赠以诗云:"绝代青莲笔,名媛比大家。幽怀到清雪,仙骨艳成花。"其诗品可想见矣。著有《绣余续草》五卷、《绣余再续草》一卷、《绣余三续草》一卷、《绣余四续草》一卷。北京图书馆柏林寺分馆藏有道光三年和十二年刻的《绣余续草》。

## 岁暮杂咏

纸窗曙色尚朦胧,试拨薰炉火尚红。连日零飘茅屋底,一分春逗雨声中。虀盐琐事删难尽,身世牢愁洗不空。竟夕药炉灯影里,残年光景太匆匆。

岁云暮矣雪霜寒,人过中年感万端。善病时时求上药,耽吟往往废晨餐。

翻来陈迹心为醉,溯到离情鼻亦酸。凄绝朔风催雁阵,萧萧木叶下江干。

## 夜　坐

乌啼钟动助人愁,感昔伤今易白头。此日苦吟还自累,他年遗稿定谁收。
黄花瘦极香应淡,蜡炬灰时泪尚流。惆怅三吴好山水,更无情绪豁双眸。

## 岳　墓

南宋兴亡事已空,巍巍祠宇仰英风。仙乡两度飘蓬过,既拜灵山又拜公。

孤坟三尺峙烟村,碧血千秋今尚存。到底不埋家国恨,墓门风雨泣忠魂。

——《绣余续草》

# 马士琪

字韫雪,四川西充人。江西南城知县云锦女,举人士琼、士玙、士玠姊。适河南张应垣。著有《片石斋烬余草》,有诗七百余首。康熙己未,为滑县令某室人窃去,又自焚于丁亥暮秋,今所存乃其子新搜采以成者。蜀中闺秀,应推为大宗。

## 独　坐

独坐领幽趣,残书未忍抛。雨余蛛续纲,社后燕争巢。
月趁园时赏,诗从改后钞。满满腔生意足,咫尺忘蓬茅。

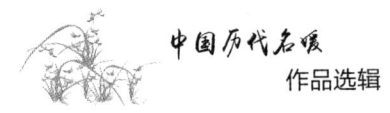

## 落　花（十四首选二）

烂红残紫乍高低，痛惜行人踏作泥。六代铅华蝴蝶梦，一林风雨鹧鸪啼。
徒闻湘瑟人何在？再问胡麻路已迷。元亮尚存松菊径，不须空说五陵溪。

放春依旧化工收，辛苦东皇可自由。十里莺声樵子径，半帘蝶影玉人楼。
飘零艳质为逢劫，瞬息韶光莫怨秋。休怪繁华易消歇，六陵松柏几株留！

## 冯　氏

邛州人（今四川邛崃县），同里刘睽度室。王渔洋《陇蜀余闻》：睽度妻冯氏，诗甚清婉。

## 春日即事

闲步小桥东，黄莺处处逢。梨花风雨后，人在绿杨中。

## 乱后归邛二首

飘泊余年掩泪归，萧萧征路逐霞晖。寒光过水星初落，鸣叶惊人鸟乍飞。

回首荒城不忍看，一潭江水映山寒。幽怀暂解调饥意，采得松花进晚餐。

## 杨雪娥

四川彰明（今四川江油）人，余不详。

## 雪

乾坤一夕地同天，白日无端影倒悬。人爱落花夸六出，我憎飞絮又三年。银装袅袅辉帘外，玉屑霏霏落槛前。酹酒深闺无别祝，望他膏泽兆丰年。

**辑者按**：细玩此诗四、七两句，蕴含着无限哀痛之情。疑其夫或死于大雪纷飞之冬日耶？

## 高夫人

华阳（今四川成都）人，川陕总督威信公岳钟琪室。夫人娴弓马，明习军事，佐理内政，井井有条。尤工吟咏，常与公唱和。

## 新 月

一痕印破碧天秋，半面修眉宛转浮。疑是广寒犹闭户，水晶帘畔挂银钩。

## 巫 云

姓韩氏，华阳人。川陕总督岳钟琪簉室。

## 咏白鹤翎菊

莫道秋来花事稀，丰姿皎皎玉为衣。风寒月淡空庭静，鹤立东篱势欲飞。

## 敬季苹

字有斋,华阳人。翰林院编修华南女,贡生赵尊素室。著有《竹松斋集》。

### 哭　母（四选二）

临去丁宁泪几垂,秋风秋雨挂帆迟。哪知江上牵衣别,便是今生永诀时。

回忆年时病体危,慈亲调药夜深时。儿今无恙音容杳,纵有呻吟哪得知!

## 李龙川

成都人,江苏常州府同知中江孟衍舆室。

### 寄　外

临发音书封又开,离愁难尽不胜哀。愧将俚句传千里,属和应劳七步才。

## 李瀛洲

字怡亭,龙川妹。顺天府府尹华阳顾汝修继室。著有《静好楼稿》。

### 对月有怀涛年二姊、龙川三姊

万绿渐凝烟,宵深露径闲。水摇光泛泛,帘透影娟娟。
映竹依稀见,穿云仿佛园。临窗非昔日,吟咏怅当年。

## 京华即事（八选二）

南星门外访王园，花下曾停仕女轩。可惜断桥残柳外，题痕谁拂旧颓垣。

支颐徒倚看朝霞，鼓吹官私听水蛙。久客金台风景异，黄梅时节想山家。

### 彭舒英
字卒斋，四川丹棱人。举人蕙支妹，适峨眉黄氏。

## 听蟋蟀

蟋蟀鸣长夜，停梭听转凄。吾家无懒妇，莫傍小窗啼。

**辑者按**：蟋蟀又名"促织"，故三、四句及之。

### 李季兰
四川罗江（清属绵州）人，北路同知化楠女，通永道调元妹，同里诸生曹锡宝室。年二十而寡。

## 红梅和兄雨村韵

鸳鸯同树被风分。无叶扶持若自纷。苦节谁怜人似雪，晓妆懒逐鬓为云。
红颜薄命增新感，白发回头忆旧群。独处久抛人世事，忽传兄句到门闻。

**辑者按**：李调元字雨村，号墨庄，乾隆进士。藏书数万卷，爱才若渴。有

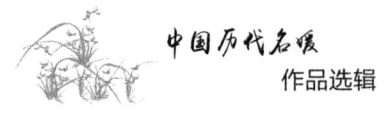

《童山诗集》《雨村诗话》。

## 张宜颐（一作"雍"）

字肃庵，安徽桐城人。湖北巡抚若震曾孙女，庶吉士聪贡姊。直隶滦州知州四川安岳县蔡薰室。

### 咏　燕

空梁绝尘氛，双燕营为舍。秋去春复来，来去无闲暇。舒剪掠微波，含泥入芳榭。素羽时参差，乘风音上下。卷帘待尔归，殷勤若为迓，即此是幽栖，莫漫思王谢。

## 刘　氏

《广安州新志》："欧阳刘氏，欧阳真妻，渠县绅家女。性敏慧，少涉书史，从其父学吟咏。母病，割股救之，邑人称其孝。归直后，每夜读，则必另席阅书。旁置茶铛，候直饮食……互相爱敬，琴瑟静好。至二十二遽殁，真悼之终身。旧所著稿若干篇，乱后只存二十五首。"

### 避乱渠江

片帆冲雾过晴沙，旅况霜凋两鬓华。蹈海何人能避世，思乡有我未还家。十年尘梦随流水，一曲渔歌吊晚霞。烽火连天音信渺，怕看归雁入芦花。

**辑者按**：上诗选自《国朝全蜀诗钞》。于作者小传条，仅有"字里未详。广安欧阳真室"十个字。经查《广安州新志》（北京图书馆柏林寺分馆），摘记如上。

## 张瑶湘

字怀芝,四川遂宁人。莱州知府张问陶堂妹。

**辑者按**:张问陶,字仲冶,号船山,乾隆进士。由检讨累官莱州知府。状似猿,自号蜀山老猿。善书画。工诗,沉郁空灵,为清代蜀中诗人之冠。

## 和古雪弟姒留别之作

知君决计理归舟,别后思君独倚楼。官阁谈心如姊妹,圣湖聚首几春秋。江南雁影飞凉月,峡里猿声送急流。诗补兰陔同洁膳,故园世泽本长留。

## 林佩环

字韵征,顺天大兴人。四川布政使携女,山东莱州府知府四川遂宁张问陶(船山)室。

外子为予写照,得其神似,诗以谢之。

羡君笔底有烟霞,泥拔金钗付酒家。修到人间人才子妇,不辞清瘦似梅花。

**辑者按**:"泥",谓以软媚之态强有所求也。元稹诗:"泥他沽酒拔金钗。"某杂志载此诗,妄改"泥"为"自",韵味全失矣。

## 陈慧珠

字湘若,浙江海宁人,同知陈亿女。四川遂宁举人张问安室。著有《远香斋诗稿》。

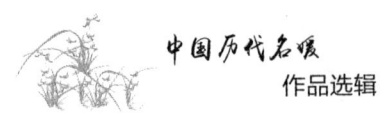

### 漫兴五首和船山弟韵（选一）

秋风起关塞，萧瑟不胜愁。明月照千里，流光水上楼。
酒人能免俗，名士几忘忧。世外轻无累，江干羡白鸥。

## 杨继端

字古雪，广元人。苏州府同知瑞亭女，遂宁张问莱室。著有《古雪诗钞》十二卷。

### 仗剑行

余有剑癖，尝镌古雪二字于上。

我思淮阴未遇时，仗剑受侮无人知。朱家郭解何足道，睚眦报仇亦器小。太阿秋水双芙蓉，昆吾之铁欧冶工。藏之不离闺阁中，出匣奇气如长虹。有时舞作雪花莹，古雪之义将毋同。剑分勿谓兹语渎，从古女子多奇蹢。妙手空空纵寓言，岂无红线人如玉。干将莫邪皆神物，安见雄心竞雌伏。前岁妖气震畿邑，羽林并力歼王则。此身恨不作男儿，手提青萍来杀贼。学仙学剑谁比伦，我今佩此姑效颦。黄龙悟后得真诀，稽首还师回道人。

## 梅 娘

字未详，四川奉节人，适诸生某。

## 口占答外

月影横窗夜色迷,金凫香烬语声低。笑君不是林和靖,也把梅花唤作妻。

## 高浣花

字瀞雪,四川华阳(今四川成都)人。南汇拔贡杨廷贤继室。早寡,著有《鹃血余草》。

梁山舟先生序瀞雪诗云:余读夫人诗,爱其雄伟清挺,字字从性情中流出,无巾帼气犯其笔端。盖能根本于三百篇以抒其性情之正。至若怀古登高,绘状景物,慷慨淋漓,则纯乎大雅之音,非近代闺秀所能望,可谓极欣赏之致。

## 温 泉

美人容易管兴亡,赐浴犹传第二汤。天子不如妃子贵,水边谁忆李三郎。
山泉著意绕华清,暖别鸳鸯便有情。爱煞侍儿扶起处,桃花流水腻无声。

## 漂母祠

丈夫不自爱,一饭受人怜。竟使淮阴妇,千秋庙俨然。

## 耿静如

字未详,四川华阳(今四川成都)人。翰林院庶吉士崔荆南之母。青年抚孤,教子成名。有《暇娱集》。

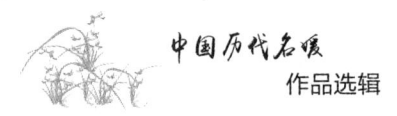

## 无　题

一瞬年华欲换新，贫家事事总伤神。风吹落叶空阶响，疑是敲门索债人。

### 陈瑞馨

　　字兰露，华阳（今四川成都）人。新都杨云溪箧室。著有《兰露集》一卷。《国朝全蜀诗钞》编著者：玩其词忌，或由失宠，忧愤成疾，决忌轻生，已可概见。其诗才秀拔，尚无脂粉柔媚之态。若杨君者，但知渔色，不解怜才，致令美人黄土，千古伤心。张船山太史吊蔡文姬诗云："女子才多定不详。"其殆为若人咏矣。

## 绝命词（集古三首选一）

　　断送玉容人上天，红销香断有谁怜。鸟啼花落人何在？风景依稀似去年。

　　**自注云：**"妾本良家子，幼攻书史，年方及笄，蒙君错爱，聘为侧室。迩来十有二年，惟冀延嗣，以承宗祧，永侍巾栉。岂期红颜命蹇，甘心玉碎，决意珠沉。气数使然，莫可如何！残诗字画，愿郎珍重，妾死有余荣矣。"

　　**辑者按：**由于时代和阶级的局限，陈瑞馨把自己的悲惨遭遇，归之于"气数使然，莫可如何"。编选者则责杨云溪"但知渔色，不解怜才"，并引张船山"女子才多定不详"以证其说，都是错误的。

### 周湘兰

　　字绉秋，河南祥符人。四川巫山县邵凭阳子坚室。著有《护兰轩诗草》。

### 子坚醉后郊游，践水失履，同人咸以诗嘲，代占奉答

疏狂醉眼太模糊，误认溪田作坦途。欲跨琴高三月鲤，忽飞叶令两仙凫。
只知量似陶彭泽，忘却身为屈大夫。富贵自来同敝屣，暂时抛撇有心无。

昨夜几逢灭顶灾，此身岂是济川才。未随妃子凌波去，且学诗人捉月回。
足底沧浪应濯惯，胸中块垒顿浇开。归途惹得儿童笑，赤脚神仙谪降来。

## 王　蓉

字文贞，温江（今四川成都温江区）人。贡生侃女，宜宾进士余祥钟室。年三十卒于母家。

### 山　行

路绕深林俯石矶，避人白鹭掠波飞。乡心不畏征途远，昨夜先从梦里归。

## 彭宝姑

字月遗，成都（今四川成都）人，平武教谕维植女。父母殁任所，女只身扶柩旋里，守贞不字。著有《续红楼梦》等书。

### 武侯祠

独将只手挽狂澜，垂拱冲人梦亦安。鱼水君臣同父子，格心尤比济时难。

**辑者按**：以上自马士骐至彭宝姑，凡二十三人，计诗二十八首，均选自《国

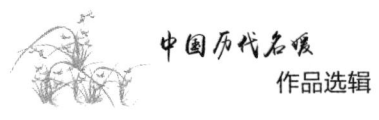

朝全蜀诗钞》。

## 宋蕙湘

秦淮教坊女也。被北兵掠去，题诗邮壁，凄然有去国黍离之痛焉。诗凡四首，犹记其一云：

### 题邮壁

风动江声揭鼓催，降旗飘扬凤城开。君王下殿将军死，绝代红颜马上来。

——《妇人集》

## 王 筠

字松坪，长安（今陕西西安）人。乾隆进士王元常女。自恨身列巾帼，作《繁华梦传奇》以自抒胸臆，发泄积愤。曾在卷首自题《鹧鸪天》一首："闺阁沉埋十数年，不能身贵不能仙。读书每羡班超志，把酒长吟太白篇。怀壮志，欲冲天，木兰崇嘏事无缘。玉堂金马生无分，好把心情付梦诠。"为数千年来沉埋闺阁的女子一吐愤气。

——《中国历代才女小传》

### 题苏武牧羊图

仗节辞丹阙，轻身出汉关。但知君命重，岂畏虏庭难？壮气云同浩，冰肠雪易餐。

群羊消岁月，野鬼话辛酸。节劲清风凛，心昭白日寒。孤忠谁绘出？千古共饮看。

**辑者按**：无丝毫脂粉气，谁能辨其出自巾帼之手？

## 程蕙英

字莐倩，阳湖（今江苏常州）人。生卒年均不详，约清穆宗同治中前后在世。著有长篇弹词《凤双飞》及诗集《北窗吟稿》。

### 自题《凤双飞》弹词

紫虚楼阁倚长空，缥缈烟云夺化工。阁上凤凰飞已去，余音犹绕碧梧桐。易稿三番此最优，枯毫落处渐成丘。应逢福地为书箧，慰我辛勤二十秋。

### 自题《凤双飞》后寄杨香畹

半生心迹向谁论？愿借霜毫说与君。未必笑啼皆中节，敢言怒骂亦成文。惊天事业三秋梦，动地悲欢一片云。开卷但供知己玩，任教俗辈耳无闻。

### 春日过汤氏园有感

桃李新花发旧枝，柳条长日挂游丝。月明风细黄昏景，输与眠香蛱蝶知。

## 金婉勤

字淑昭，浙江钱塘人，金公道坚之六女也。幼聪颖，端庄厚重，言动如成人，视一切服物玩饰泊如也。惟喜读书，好深思，公爱怜殊甚。每曰："此吾家不栉进士也，但惜不寿耳。"女士秀外慧中，雅好修洁，闺房文具，并极精美。丁巳闰二月二十六日，以肺痈卒，年甫十九岁。塾师江油饶时中君协编次其遗著，题曰《金女士诗文遗集》。

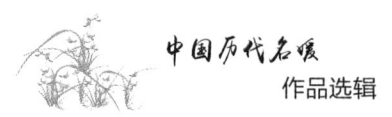

## 春日偶成小诗作咏(选四)

### 春 山

青烟生远峤,芳草碧于油。行到峰回处,莺鸣欲更幽。

### 春 水

夹岸桃花落,溶溶漾绿波。孤舟闲载酒,醉听打渔歌。

### 春 风

习习和风畅,晴空柳絮扬。江城频送暖,几度减衣裳。

### 春 晴

园林经雨洗,青霭映红霞。恐被行人践,呼童拾落花。

## 读史记杂咏(八选二)

### 项 羽

叱咤风云霸业空,楚歌声里泣重瞳。英雄末路怨千古,一阕虞公恨未穷。

### 李 广

平生壮志尚凌云,射虎归来日色曛。醉尉公然加白眼,谁怜失势故将军。

### 菊 花

羞竞群花艳,翘然挺秀枝。人谁怜瘦骨,我自惜幽姿。
淡雅标高格,丰神独冠时。凭他霜雪至,依旧傲东篱。

饶时中曰:喜其清丽,能自写照。

**辑者按**：小传系据《金女士传》去其繁琐写成。淑昭遗文，多属史论，颇多卓见，但篇幅较长，略而未录。

## 庞纫芳

名蕙缳，吴江吴闻玮（名锵）妇。

### 紫藤花下分赋

年来愁病强支离，也向花前醉酒卮。绣阁开尊同北海，金钗雅集胜南皮。锦云夜月千层浪，紫玉春风万缕丝。何事今宵称绝胜，筵前道韫总能诗。

### 春词一首

春深诗句满经函，小字红笺手自缄。睡起有情疑好梦，愁来无力换罗衫。繁花满树空教谢，芳草盈庭未忍芟。荡子天涯归未得，双栖嗔杀燕呢喃。

——《妇人集补》

## 龙 隐

女冠，俗姓夏氏，华亭（今甘肃华亭）人。

### 闺 思

碧天明月影迟迟，翠袖轻寒香露滋。海内风尘劳客梦，江东罗绮擅文辞。

频惊桂棹回前渚,时整花钿立小墀。子夜明灯犹未寝,鱼笺珍玩感婚诗。

——《妇人集补》

## 俞 桂

字琼英,仁和人。遇合抑塞,年二十而夭。有诗文十六篇,才思颇清绮。

### 拟义山无题

才唱骊歌日渐曛,牵裳官道泪纷纷。红英陌上花无主,锦翼云中雁断群。玉镜几时还照影,金炉从此罢烧薰。闻知天上无离别,愿得相携驻白云。

## 王兆淑

字仙琬,通州(今属北京)人。

### 和秋柳诗

春来眉展试罗衣,过眼繁华今又非。吴苑笙歌愁月尽,隋隄花草怨人稀。风吹荒岸流萤堕,叶落村墟黄蝶飞。片影凉光秋欲滴,赏心如梦肯相违。

夕阳疏影使人怜,残恨西风冷碧烟。彭泽举杯初漉帽,秦川罢织欲缝绵。营中画角思归日,马上章台忆别年。最是悲凉成九辩,鹧鸪嘲哳寂寥边。

——《妇人集补》

## 秋 瑾

字璇卿(1875—1907),号竞雄,别署鉴湖女侠,山阴(今浙江绍兴)人。

1904年赴日本留学,积极参加留日学生的革命活动。次年由光复会员加入同盟会。1906年为反对日本取缔留学生而归国。1907年在绍兴主持大通学堂,联络金华、兰溪等地会党、组织光复军,与徐锡麟分头准备皖浙两省起义。徐失败后被捕,七月十五日慷慨就义于绍兴轩亭口。

## 秋瑾传
### 《清代七百名人传》

秋瑾,浙江山阴人。字璿卿,自号鉴湖女侠。幼承家学,甫笄,通经史,喜为歌诗。年十九,嫔湖南王延钧,生一子一女,随夫居京师。庚子拳变,瑾大愤慨,益励于学,洞究中外强弱之故,憬然于女学之不可不兴,乃脱簪珥为学赀,别其夫,寄子女于外家,孑身渡日本。京师女友咸置酒陶然亭,以壮其行。瑾既之东,见留学生腐败情状,则又大愤,发其言于中国女报。又曰:"吾欲结二万万人团体于一致,通全国女界声息于朝夕,使我女子生机活泼,精神奋迅,以速进于大光明界,为醒狮之前驱,为文明之导线,万不当依托男子求生活也。"读者壮之。瑾性豪纵,有口辩,遇不达时务者,辄面折之,不稍假借,以故不为人所容。光绪三十二年,回国。夙与桐城吴芝瑛善。芝瑛,汝纶犹女,锡山廉泉妻也。善诗古文词,常居西湖小万柳堂。瑾过其所,述留学艰苦状。既出倭刀相示,并自著宝刀歌、剑歌等篇,曰:"吾以弱女子只身走万里,所赖以自卫者,惟此耳。且出前摄之舞剑小影,顾盼自豪,冷气袭人衣袖。"芝瑛曰:"留学风潮且大起,倘遇关吏诘问,得毋疑为女革命党乎?"瑾笑曰:"革命终当自己革命始,所谓男女平权是也。"酒既罢,拔刀起舞,唱日本歌数章,左右和以风琴,激越悲壮,声动座。旋应绍兴明道女学之聘,任教职。逾年五月二十六日,锡麟击毙安徽巡抚恩铭,狱连瑾。绍兴太守贵福,满人也。六月四日,逮入署严鞫之,不承。榜掠备至,血溅衣履。令自画供,瑾提笔书一秋字。复呵之,续成秋雨秋风愁杀人七字,卒无一言。贵福亟赴省,谒大吏,会汤寿潜主办浙省铁路局,迎合当道意,不直瑾所为,狱遂定。瑾故工诗,其黄海舟中感怀曰:"片帆破浪涉沧溟,回首河山一发青。四壁波涛旋大地,一天星斗拱黄庭。千秋劫烬灰全死,十载淘馀水尚腥。海外神仙渺何处,天涯涕泪一身零。""闻道当年鏖战地,至今犹带血痕留。驰驱戎马中原梦,破碎河山故国羞。领海无权悲索莫,磨刀有日快恩仇。天风吹面冷然过,十万云烟眼底收"。其抱负可见矣。越日,竟杀于轩亭口,年三十一,葬西泠桥畔。薤露悲歌,震动遐迩。浙抚张曾敭,贿招其兄领柩回绍。其子复移母柩至湘。石门徐寄尘为建亭于其地,题曰:"风雨亭"云。

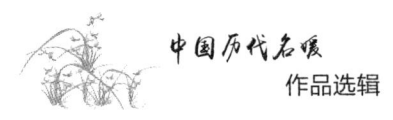

## 对　酒

不惜千金买宝刀，貂裘换酒也堪豪。一腔热血勤珍重，洒去犹能化碧涛。

## 日人石井君索和即用原韵

漫云女子不英雄，万里乘风独向东。诗思一帆海空阔，梦魂三岛月玲珑。铜驼已陷悲回首，汗马终惭未有功。如许伤心家国恨，那堪客里度春风。

## 柬徐寄尘二首

祖国沦亡已若斯，家庭苦恋太情痴。只愁转眼瓜分惨，百首空成花蕊词。何人慷慨说同仇，谁识当年郭解流！时局如斯危已甚，闺装愿尔换吴钩。

## 秋风曲

秋风起兮百草黄，秋风之性劲且刚。能使群花皆缩首，助他秋菊傲秋霜。秋菊枝枝本黄种，重楼叠瓣风云涌。秋月如镜照江明，一派清波敢摇动。昨夜风风雨雨秋，秋霜秋露尽含愁。青青有叶畏摇落，胡鸟悲鸣绕树头。自是秋来最萧瑟，汉塞唐关秋思发。塞外秋高马正肥，将军怒索黄金甲。金甲披来战胡狗，胡奴百万回头走。将军大笑呼汉儿，痛饮黄龙自由酒。

## 感　愤

莽莽神州叹陆沉，救时无计愧偷生。抟沙有愿兴亡楚，博浪无椎击暴秦。国破方知人种贱，义高不碍客囊贫。经营恨未酬同志，把剑悲歌涕泪横。

## 吴芝瑛夫人

　　夫人姓吴氏，名芝瑛，号万柳夫人。安徽桐城望族（吴挚甫侄女）。幼时父教之读，辄过目成诵，历久不忘。及长，延师启迪，温文尔雅，不繁督责。性好吟咏，师或命题，立即下笔成章，潇洒出尘，师称其有道韫才。年十九，适廉南湖，夫妇之间，雍容和蔼。清末季，南湖赴京就职度支部郎中，夫人随往。后以埋秋瑾骨，为都察院御史常徽劾奏清廷，准夫人与秋瑾同党，侦缉益急。南湖上书申辩，舆论拥护，幸免究。以故夫人劝南湖先生毋为升斗之禄，屈志于清廷之下，遂绝意仕途，解职南旋，筑别墅于沪之西郊，颜曰小万柳堂。1934年卒，享寿六十有七。

　　（此小传辑者按《吴芝瑛夫人传略》上下编写。）

## 挽秋瑾女侠五律二首

　　昔日同游地，今朝来哭君。百年谁不死，三尺此孤坟。时事那堪道，英灵自有群。行人痛冤狱，掩泪话殷勤。

　　碧血千年事，悠悠那足论。此心天可白，一死我何言。玄酒空山奠，孤亭落日昏。旧交三两在，谁与诉烦冤？

## 哀山阴七律二首

　　时将赴山阴为秋瑾营葬，故有是作。

　　爱书滴滴冤民血（用无根句），能达君门死亦恩。今日盖棺论未定，轩亭谁与赋招魂。（浙人对于此狱独无清议，是可异矣。）

　　天地苍茫百感身，为君收骨泪沾巾。秋风秋雨山阴道，太息难为后死人。

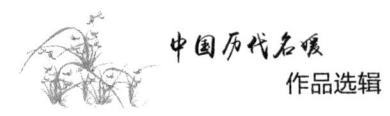

## 挽秋瑾女士联语并跋

一身不自保
千载有雄名

有是哉,秋女士殃戮已句全矣。既为之传,又纪其遗事,回顾壁间小影,一痛欲绝。忽忆萧选得二语,乃濡泪墨之尺素,他日当大隽其墓门。呜呼女士,其长此党(疑应作蒙)冤耶?

丁未六月大暑日,桐城吴芝瑛扶病书于南园草屋。

# 词

## 侯夫人

炀帝宫人。

### 一点春

砌雪消无日,卷帘时自颦。庭梅对我有怜意,先露枝头一点春。

——《绛云楼历代女子词选》

## 耿玉贞

唐人,余不详。

### 菩萨蛮

玉京人去秋萧索,画檐鹊起梧桐落。欹枕悄无言,月和清梦圆。　背灯惟暗泣,甚处砧声急。眉黛远山攒,芭蕉生暮寒。

——《绛云楼历代女子词选》

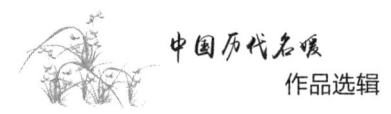

## 陈金凤

福清人。闽王审知才人。

### 渔歌子二首

西湖南湖斗彩舟,青蒲紫蓼满中洲。波渺渺,水悠悠,长奉君王万岁游。
龙舟摇曳东复东,采莲湖上红复红。波淡淡,水溶溶,如隔荷花路不通。

——《绛云楼历代女子词选》

## 李清照

### 渔家傲(或题作"记梦")

天接云涛连晓雾,星河欲转千帆舞。彷佛梦魂归帝所,闻天语,殷勤问我归何处。

我报路长嗟日暮,学诗谩有惊人句。九万里风鹏正举。风休住,蓬舟吹取三山去。

这首诗通过梦境描绘了一幅壮阔奇伟的场面,表现了作者追求理想境界的强烈愿望,充满了浪漫主义精神。风格豪迈奔放,与她其他词作的情调殊异。
《艺蘅馆词选》乙卷:"此绝似苏辛派,不类《漱玉集》中语。"

辑者按:1983年10月《文史知识》载有郑孟彤先生以《借神仙境界,抒壮阔胸怀》为题,对此词进行了相当深刻的剖析,可供读者参考。

## 如梦令

　　昨夜雨疏风骤，浓睡不消残酒。试问卷帘人，却道海棠依旧。知否？知否？应是绿肥红瘦。

　　这是李清照早年的作品。词中写一个贵族少女怜花惜春的感情。主人公与卷帘人的一段对话，言简而意深，平淡而曲折，说明她对自然与生活的观察十分细致。

## 声声慢

　　寻寻觅觅，冷冷清清，凄凄惨惨戚戚。乍暖还寒时候，最难将息。三杯两盏淡酒，怎敌他晚来风急！雁过也，正伤心，却是旧时相识。　　满地黄花堆积，憔悴损，如今有谁堪摘？守着窗儿，独自怎生得黑！梧桐更兼细雨，到黄昏点点滴滴。这次第，怎一个愁字了得！

　　这首词以沉痛的语言抒写了作者的忧愁和哀伤，描述了她在动乱生活中的不幸遭遇。词中用白描手法，直抒胸臆，环境气氛与思想感情自然交融，又大量使用叠字来加强感情的渲染，更增强了作品的艺术感染力，被后代评论家赞为"创意出奇"（《鹤林玉露》卷十二）之作。

## 永遇乐（元宵）

　　落日熔金，暮云合璧，人在何处？染柳烟浓，吹梅笛怨，春意知几许？元宵佳节，融和天气，次第岂无风雨？来相召，香车宝马，谢他酒朋诗侣。　　中州盛日，闺门多暇，记得偏重三五。铺翠冠儿，捻金雪柳，簇带争济楚。如今憔悴，风鬟雾鬓，怕见夜间出去。不如向帘儿底下，听人笑语。

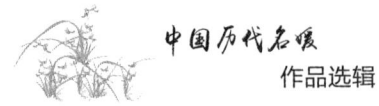

这首词是作者南渡以后写的。词中通过元宵节的感受,用今昔对比的手法,表现了作者悲苦凄凉的处境和自甘寂寞的心情。其中也流露出一种伤感世乱、眷念故国的感情,具有较强的感染力。

## 醉花阴

薄雾浓云愁永昼,瑞脑销金兽。佳节又重阳,玉枕纱厨,半夜凉初透。东篱把酒黄昏后,有暗香盈袖。莫道不销魂,帘卷西风,人比黄花瘦。

《瑯環记》卷中:易安以《重阳·醉花阴》词函致明诚。明诚叹沉赏,自愧弗逮,务欲胜之。一切谢客,忘食忘寝者三日夜,得五十阕,杂易安作,以示友人陆德夫。德夫玩之再三,曰:"只三句绝佳。"明诚诘之。曰:"莫道不销魂,帘卷西风,人比黄花瘦。"正易安作也。

## 一剪梅

红藕香残玉簟秋。轻解罗裳,独上兰舟。云中谁寄锦书来?雁字回时,月满西楼。

花自飘零水自流。一种相思,两处闲愁。此情无计可消除,才下眉头,却上心头。

《琅環记》卷中:赵明诚幼时,其父将为择妇。明诚昼寝,梦诵一书,觉来唯忆三句云:"言与司合,安上已脱,芝芙草拔。"以告其父,父为解曰:"汝殆得能文词妇也。言与司合是词字,安上已脱是女字,芝草拔是之夫二字,非谓汝为词女之夫乎?"后李翁以女女之,即易安也,果有文章。易安结褵未久,明诚即负笈远游,易安殊不忍别,觅锦帕书《一剪梅》词以寄之。

## 朱淑真

朱淑真，号幽栖居士，生卒年不详，钱塘（今浙江省杭州）人。公元1170年前后在世。早岁父母审，嫁为市井民家妻。她对婚姻不满，一生抑郁不得志，故其诗词多忧愁怨恨之语。后人把她和李清照并称。今传《断肠诗》十卷，《断肠词》一卷。

### 菩萨蛮

山亭水榭秋方半，凤帏寂寞无人伴。愁闷一番新，双蛾只旧颦。
起来临绣户，时有疏萤度。多谢月相怜，今宵不忍圆。

### 减字木兰花春怨

独行独坐，独唱独酬还独卧。伫立伤神，无奈轻寒著摸人。
此情谁见，泪洗残妆无一半。愁病相仍，剔尽寒灯梦不成。

**辑者按**：五"独"字，突出地刻画了作者在愁病之中孤寂凄凉情景，而毫无雕饰之迹。

### 眼儿媚

迟迟风日弄轻柔，花径暗香流。清明过了，不堪回首，云锁朱楼。
午窗睡起莺声巧，何处唤春愁，绿杨影里，海棠亭畔，红杏梢头。

## 魏夫人

名玩，字玉汝，公元1078年前后在世，湖北襄阳人。魏泰（道辅）姊，南丰

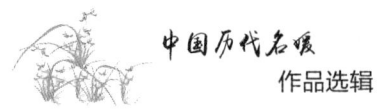

曾布丞相之妻。徽宗时,封为鲁国夫人。《朱子语录》:"本朝妇人能文者,唯李易安与魏夫人。"

## 江城子 春恨

别郎容易见郎难,几多般,懒临鸾。憔悴容颜,陡觉缕衣宽。门外红梅将谢也,谁信道,不曾看。 晚妆楼上望长安,怯轻寒,莫凭栏。嫌怕东风,吹恨上眉端。为报归期须及早,休误妾,一春间。

## 武陵春 别情

小院无人帘半卷,独自倚栏时。宽尽春来金缕衣。憔悴有谁知。
玉人近日书来少,应是怨来迟。梦里长安早安归,和泪立斜晖。

## 菩萨蛮

溪山掩映斜阳里,楼台影动鸳鸯起。隔岸两三家,出墙红杏花。
绿杨堤下路。早晚溪边去。三见柳绵飞,离人犹未归。

## 孙道绚

宋高宗时人,号冲虚居士,黄谷成之母。《游宦纪闻》:黄公铢,字子厚,富沙浦城人。与朱文公为交友,长于诗。刘潜夫宰建阳,刻其《谷城集》于县斋。黄之母,笔力甚高。世南为尝见黄亲录词稿,今载于此。云先妣冲虚居士,少聪明,颖异绝人。于书史无所不读,一过辄成诵。年三十。先君捐弃,即抱贞节以自终。平生作文章诗词甚富,晚遭回禄,毁爇无余。此词数篇,皆脍炙在人者,因访求得之。

## 南乡子 春闺

晓日压重檐,斗帐春寒起来忺。天气困人梳洗懒。眉尖,淡画春山不喜添。闲把绣丝拈,认得金针又倒拈。陌上游人归也未?恹恹,满院杨花不卷帘。

## 风中柳 寄外

销减芳容,端的为郎烦恼。鬓慵梳,宫妆草草。别离情绪。待归来都告。怕伤郎,又还休道。 利锁名缰,几阻当年欢笑。更那堪、鳞鸿信杳。蟾枝高折,愿从今须早。莫辜负、镜中人老。

## 滴滴金

月光飞入林前屋,风策策,度庭竹。夜半江城击柝声,动寒梢栖宿。 等闲老去年华促。只有江梅伴幽独。梦绕夷门旧家山,恨惊回难赎。

## 醉思仙

晚霞红。看山迷暮霭,烟暗孤松。动翩翩风袂,轻若惊鸿。心似镜,鬓如云;弄清影,月明中。谩悲凉,岁冉冉,蕣华潜改衰容。

前事销凝久,十年光景匆匆。念云轩一梦,回首春空。彩凤远,玉箫寒;夜悄悄,恨无穷。叹黄尘久埋玉,断肠挥泪东风。

《花庵词选》题云:寓居妙湛,悼亡作此。

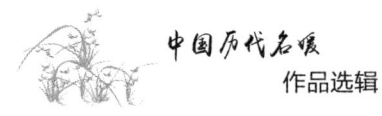

## 越 娘

广州参军陈敏夫妾。《绿窗新话》卷上引《丽情集》：陈敏夫随兄任广州参军，其兄素无妻室，专宠一妾，名越娘，美貌能诗。兄在任不禄，敏夫随越娘搬挈还家。归次洪都，越娘吟诗一联曰："悠悠江水涨帆渡，叠叠云山缓辔行。"命敏夫和之。敏夫应声回："今夜不知何处宿，清风明月最关情。"微寓相挑之意。越娘见诗，微笑。是夜宿双溪驿，月明如昼，越娘开樽，同敏夫饮，唱酬欢洽。问敏夫："今夜何处睡？"答曰："廊下图得看月。"各有余情。夜向深，敏夫闻廊下有履声，乃潜起看，见越娘摇手令低声，迎进相抱曰："今日被君诗句惹动春心。"遂就寝。越娘乃吟词为上。

——《宋词纪事》

## 西江月

一自东君去后，几多恩爱暌离。频凝泪眼望乡畿。客路迢迢千里。　　顾我风情不薄，与君驿邸相随。参军虽死不须悲，幸有连枝同气。

## 卢 氏

天圣（宋仁宗年号）中人，父为汉川县令。

## 凤栖梧

蜀道青天烟霭翳。帝里繁华，迢递何时至。回望锦川挥粉泪，凤钗斜嚲乌云腻。

钿带双垂金缕细，玉珮珠唿，露滴寒如水。从此鸾妆添远意，画眉学得遥山翠。

《墨客挥犀》卷四：蜀路泥溪驿，天圣中，有女郎卢氏者，随父往汉川作县令，替归，题于驿舍之壁。其序略云：登山临水，不废于讴吟；易羽移商，聊舒于羁思。因成《凤棲梧》曲子一阕。聊书于壁。后之君子览之者，毋以妇人窃弄翰墨为罪。

——《宋词纪事》

**辑者按**："汉川"今县名。本唐汉川县，宋初改义川，后避讳改汉川。故城在今湖北汉川县北，清属湖北汉阳府。"汉州"，清属四川成都府，今广汉市。词中提到"蜀道""锦川"，则"汉川"具显系"汉州"之误。

## 琴　操

杭妓，后为尼。

## 满庭芳

山抹微云，天连衰草，画角声断斜阳。暂停征辔，聊共引离觞。多少蓬莱旧侣，频回首、烟霭茫茫。孤村里，寒鸦万点，流水绕低墙。　　魂伤。当此际，轻分罗带，暗解香囊。谩赢得青楼，薄幸名狂。此去何时见也，襟袖上，空有余香。伤心处，长城望断，灯火已昏黄。

《能改斋漫录》卷十六：杭之西湖，有一倅闲唱少游《满庭芳》，偶然误举一韵云："画角声断斜阳。"妓琴操在侧云："画角声断谯门，非斜阳也。"倅因戏之曰："尔可改韵否？"琴即改作阳字韵，词为上。东坡闻而称赏之。后因东坡在西湖，戏琴回："我作长老，尔试来问。"琴云："何谓湖中景？"东坡答云："秋水共长天一色，落霞与孤鹜齐飞。"琴又云："何谓景中人？"东坡云："裙拖六幅潇湘水，鬓耸巫山一段云。"琴又云：何谓人中意？"东坡云："惜他杨学士，憋杀鲍参军。"琴又云："为此究竟为何？"东坡云："门前冷落车马稀，老大嫁作商人妇。"琴大悟，即削发为尼。

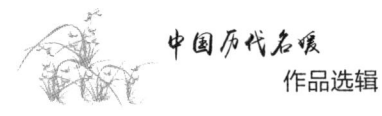

## 哑 女

女与周锷同时。锷，元丰二年（1079）进士。

### 失调名

风波未息，虚名浮利终无益。不如早去备蓑笠。高卧烟霞，千古企难及。
今君既已装行色，定应雁塔题名籍。他年若到南雄驿，玉石休分，徒累卞和泣。

《宁波府志》卷四十一：哑女者，莫详其氏族，亦不知何许人。熙宁中，见于鄞之戒香寺，婉娈丱角，年芳及笄，喑不能言。惟日持帚，垂臂跣足，晨粥午饭，每拾菜滓偶啖，人以为颠骇。历人家，预知吉凶，以为欣戚。里士周锷学举子业，女屡到其家。锷知其非常，至则必延以蔬饭。一日，未及食，忽起书偈於壁曰："三界火宅，众苦俱备，汝诸人求早出离。"后又造锷，值锷趣装将应举，女笑不止。锷疑焉，再三叩之，遂索笔作长短名云：（词为上）。锷袭而藏之。一日，露卧镇明岭下，或呵以不检，遽起归寺，长吁坐逝，时三月三日也。锷为具棺椁，瘗之柳亭。后锷见女于京师，追问之，不就。归发其瘗，则空棺也。

**辑者按**：似虚构，但亦难以置信。

## 美 奴

陆藻侍儿。藻字敦礼，侯官人。崇宁二年进士，大以，大观中为给事中。

### 卜算子

送我出东门，乍别长安道。两岸垂杨锁暮烟，正是秋光老。
一曲古阳关，莫惜金樽倒。君向潇湘我向秦，鱼雁何时到！

## 如梦令

日暮马嘶人去,船逐清波东注。后夜最高楼,还肯思量人否?无绪,无绪。生怕黄昏疏雨。

《苕溪渔隐丛话》后集卷第四十:苕溪渔隐曰:"陆敦礼藻有侍儿,名美奴,善缀词。出侑樽俎,每丐韵于坐客,顷刻成章。"

### 慕容岩卿妻

姓氏无考,岩卿,姑苏士人。

## 浣溪沙

满目江山忆旧游,汀洲花草弄春柔。长亭舣住木兰舟。　　好梦易随流水去,芳心犹逐晓云愁。行人莫上望京楼。

《竹坡诗话》卷三:冯均州为余言,顷年平江府雍熙寺,每深夜月明,有妇人歌小词于廊庑间,就之不见。客有闻而录之者,姑苏士子慕容岩卿见而惊曰:"君何从得此词?"客语之故。岩卿悲哭久之,曰:"此余亡妻之词,无知之者。"明日视之,乃其妻旅榇所在。(《夷坚志》亦载此事)

**辑者按**:《竹坡诗话》《夷坚志》均宋人作。清阮元(文达)对《夷坚志》的评价是:"书中神怪荒诞之谈居其大半,然而遗文轶及事可资考镜者,亦往往杂出于其间。"据此,则上词实难以置信,但各选本均载,兹亦故录存之。

### 幼　卿

北宋宣和时人。

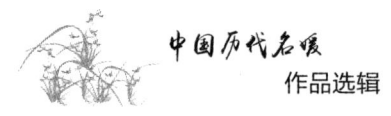

## 浪淘沙

目送楚云空,前事无踪。谩留遗恨锁眉峰。自是荷花开较晚,孤负东风。
客馆叹飘蓬,聚散匆匆。扬鞭那忍骤花骢。望断斜阳人不见,满袖啼红。

《能改斋漫录》卷十六:宣和间,有女子幼卿,少与表兄同砚席,雅有文字之好。未笄,兄欲缔姻,父母以兄未禄,难其诉。后幼卿适武弁,表兄亦登科甲,取教洮房。适幼卿夫亦统兵陕右,相与邂逅,兄鞭马而驰,略不相顾。幼卿感怀同情,因作《浪淘沙》以寄意。

**辑者按**:上文在不失原意的情况下,略有改动。

### 王莹卿

《艳异编》:宣和中蜀人王通判有女莹卿,字娇娘。与中表申纯字厚卿者有私,唱和诗词甚多。有寄生《满庭芳》云云。其后父纳帅子之聘,娇娘以忧卒,申生痛念之亦死。合葬于濯锦江边,人见有双鸳飞翔其上,名为鸳鸯墓云。

**辑者按**:本选辑诗部分,录有王娇红(又名妖娘)《送别》《寄别申生》七绝二首,可参看。

## 满庭芳

帘影摇花,簟纹浮水,绿阴庭院清幽。夜长人静,赢得许多愁!空忆当时月色,小窗外,情话绸缪。临风泪,抛成暮雨,犹向楚山头。　　殷勤红叶,传来密意,佳好新逑。奈百端间阻,思爱休休!应是红颜薄命,难消受、后雅风流。须相念,重寻旧约,休忘杜家秋。

## 一剪梅

豆蔻梢头春意阑。风满前山,雨满前山,杜鹃啼血五更残。花不禁寒,人不禁寒。

离合悲欢事几般。离有悲欢,合有悲欢,别时容易见见时难。怕唱阳关,莫唱阳关。

——《绛云楼历代女子词选》

## 窃杯女子

北宋宣和年间人,身世无考。

## 鹧鸪天

月满蓬壶灿烂灯,与郎携手至端门。贪观鹤降笙箫举,不觉鸳鸯失却群。

天渐晓,感皇恩。传宣赐酒脸生春。归家切恐公婆责,乞赐(或作窃取)金杯作照凭。

《宣和遗事》亨集:"臣妾有一词上奏天颜,这词名《鹧鸪天》。徽宗览毕,就赐金杯与之。"

## 念奴娇

桂魄澄辉,禁城内,万动盏华灯罗列。无限佳人穿绣径,几多妖艳奇绝。凤烛交光,银灯相射,奏箫韶初歇。鸣梢响处,万民瞻仰宫阙。　　妾自闺门给假,与夫携手,共赏元宵节。误到玉皇金殿砌。赐酒金杯满设。量窄从来,红凝粉面,尊见无凭说。假王金盏,免公婆责罚臣妾。

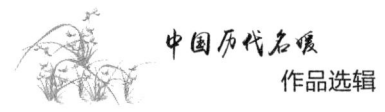

《宣和遗事》亨集：帝准奏，再令妇人做一词。妇人请命题。准圣旨，令将金盏为题，《念奴娇》为调。女子领了圣旨，口占一词道：（词为上）徽宗见了此词，大悦，不许后人攀例，赐盏与之。

辑者按：上两词艺术成就不足道。但通过它徽钦二宗，为什么身为臣虏，为后世笑，我们就更清楚了。

## 蒋兴祖女

兴祖靖康（宋钦宗年号，1126—1127）间为阳武令。《梅磵诗话》卷下：靖康间，金人犯阙，阳武蒋令兴祖死之。其女为贼虏去，题字于雄州驿中，叙其本末，仍（作因字解）作《减字木兰花》词。蒋令浙西人。其女方笄、美颜色，能诗词，乡人皆能道之。

### 减字木兰花 题雄州驿

朝云横渡，辘辘车声如水去。白草黄沙，月照孤村三两家。　　天天去也，万结愁肠无昼夜。渐近燕山，回首乡关归路难。

## 谭意哥

《青琐高议》别集卷之二略云：谭意哥小字英奴，随亲生于英州。丧亲，流落长沙，堕入娼家。后适汝州张正字。赏作《极相思》《长相思》令，以寄幽思。（可与宋诗谭意哥小诗相参阅）

### 极相思令

湘东最是得春先，和气暖如绵。清明过了，残花巷陌，犹见秋千。　　对景感时情绪乱,这密意,翠羽空传。风前月下,花时永昼,洒泪何言!

## 长相思令

旧燕初归,梨花满院,迤逦天气融和。新晴巷陌,是处轻车骏马,禊饮笙歌。旧赏人然,对佳时,一向乐少愁多。远意沉沉,幽闺独自颦蛾。　　正消黯,无言自感。凭高远意,空寄烟波。从来美事,因甚天教,两处多磨?开怀强笑,向新来,宽却衣罗。似恁他人怪憔悴,甘心总为为伊呵!

## 李　氏

西洛人,适张浩。

## 极相思

红日疏翠密晴暄,初夏困人天。风流滋味,伤怀尽在,花下风前。　　后约已知君定,这心绪,尽日悬悬。鸳鸯两处,清宵最苦,月甚先圆?

《青琐高议》别集卷之四略云:张浩字巨源,西洛人,与东邻女李氏善。女有词赠之,名《极相思》。后府尹作伐,卒娶李氏。

## 乐　婉

杭妓。余无可考。

## 卜算子(答施酒监)

相思似海深,旧事如天远。泪滴千千万万行,更使人、愁肠断。　　要见无

因见，弃了终难弃。若是前生未有缘，待重结来生愿。

《古今词话》：施酒监赠杭妓乐婉《卜算子》词云："相逢情更深，恨不相逢早。识尽千千万万人，终不似，伊家好。别你登长道，转更添烦恼。柳外朱楼独倚栏，满目围芳草。"婉答以词如上。

## 徐君宝妻

据陶宗仪《辍耕录》卷三：岳州徐君宝妻某氏，亦同时被掳来杭，居韩蕲王府。自岳至杭，相从数千里，其主者数欲犯之，而终以巧计脱。盖某氏有令姿，主者弗忍杀之也。一日，主者怒甚，将即强焉，因告曰："俟妾祭谢先夫，然后乃为君妇不迟也，君奚用怒哉！"主者喜诺。即严妆焚香，再拜默祝，南向饮泣。题《满庭芳》词一阕于壁上已，投大池中死。

## 满庭芳

汉上繁华，江南人物，尚遗宣政风流，绿窗朱户，十里烂银钩。一旦刀兵齐举，旌旗拥、百万貔貅。长驱入，歌楼舞榭，风卷落花愁。　　清平三百载，典章人物，扫地都休。幸此身未北，犹客南州。破鉴徐郎何在？空惆怅、相见无由。从今后，断魂千里，夜夜岳阳楼。

——摘自《历代词萃》

**注 释**

"汉上繁华"三句："宣政"，宣和、政和都是宋徽宗年号。这三句说南宋的汉上各繁华都市和人物，还保持着北宋徽宗时的流风余韵。"绿窗朱户"二句：是说带着灿烂的帘钩的朱户有十里之多，承上繁华而言。百万貔貅：指强悍勇猛的敌兵之多。貔貅，猛兽名。

清平三百载：宋自太祖建隆元年讫恭帝德祐二年，计三百一十六年。破鉴三句，用徐德言与他妻子乐昌公主破镜重圆事。作者丈夫也姓徐，用此典故极恰切。

## 花仲胤妻

《花草粹编》卷三：仲胤为相州录事，久而不归，其妻寄此词。仲胤览之，

"伊"字作"尹"字。遂作《行香子》寄回云："顿首起（当作启）情人，即日恭维问好音。接得彩笺词一首，堪惊。题起词名恨转生。展转意多情，寄与音书不志诚。不写伊川题尹字，无心。料想伊家不要人。"妻后答云："奴启情人勿见罪，闲将小书作尹字。情人不解其中意。共伊间别几多时，身边少个人儿睡。"胤见之，大笑称赏，时人咸荣之。

## 伊川令

西风昨夜穿帘幕，闺院添消索。最是梧桐零落。迤逦秋光过却。　　人情音信难托。鱼雁成耽阁。教奴独自守空房，泪珠与、灯花共落。

**辑者按**：据龙榆生先生编撰的《唐宋词格律》，《行香子》为双调小令，六十六字，上片五平韵，下片四平韵。音节流美，亦可略加衬字。并举苏轼、秦观、李清照三人词各一首为例。花胤所作，去律甚远，而唐珪璋先生编著之《宋词纪事》，虽是引自《花草粹编》，但对此未加任何说明，不解何故？

## 聂胜琼

长安妓，后归李之问。《绿窗新话》卷下引《古今词话》：李公之问仪曹解长安幕，诣亲师改秩。都下聂胜琼名娼也，质性慧黠，公见而喜之。李将行、胜琼送之别，饮于莲花楼，唱一词末句云："无计留君住，奈何无计随君去？"李后留经月，为细君督归甚切，遂别。不旬日，聂作一词以寄之，名《鹧鸪天》。李在中路得之，藏于箧间。抵家为其妻所得，因问之，具以实告。妻喜其语句清健，尽出妆奁资其夫复往京师娶归。琼至，即弃冠栉，捐其妆饰，奉承李公之宣以主母礼，大和悦焉。

## 鹧鸪天

玉惨花愁出凤城，莲花楼下柳青青。尊前一唱阳关曲，别个人人第五程。
寻好梦，梦难成。有（一作"况"）谁知我此时情？枕前泪共阶前雨，隔个窗

儿滴到明。

### 赵才卿

《绿窗新话》卷下引《古今词话》：成都官妓赵才卿，性黠慧，有词速敏。帅府作会以送都钤，帅命才卿作词，应命立就《燕归梁》。都钤览之，大赏其才，以钦器数百厚遗。帅府亦赏叹焉。

## 燕归梁

细柳营中有亚夫。华宴簇名姝。雅歌长许佐投壶。无一日，不欢娱。　　汉王拓境思名将，捧飞诏，欲登途。从前密约尽成虚。空赢得，泪流珠。

### 刘 彤

字文美，江宁章文虎妻。《苕溪渔隐丛话》后集卷第四十：江宁章文虎，其妻刘氏，名彤，文美其字也。工诗词，尝有词寄文虎（词如上）。又云："向日寄去诗曲，非敢为工，盖欲道衷肠万一耳。何不掩恶，辄示他人？适足取笑文虎也。本不复作，然意有所感，不能自已，小草二章、章四句奉寄。其一云：'碧纱窗外一声蝉，牵断愁肠懒昼眠，千里才郎归未得，无言空拔玉炉烟。'其二云：'画扇停挥白日长，清风细细袭罗裳。女童来报新篘熟，安得良人一共觞。'"

## 临江仙

千里长安名利客，轻离轻散寻常。难禁三月好风光，满阶芳草绿，一片杏花香。　　记得年时临上马，看人眼泪汪汪。如今不忍更思量。恨无千日酒，空断九回肠。

## 陆游妾

《随隐漫录》卷五：陆放翁宿驿中，见题壁诗云："玉阶蟋蟀闹清夜，金井梧桐辞故枝。一枕凄凉眠不得，挑灯起作感秋诗。"放翁询之，驿卒女也，遂纳为妾。方半载余，夫人逐之，妾赋《卜算子》云。

### 卜算子

只知眉上愁，不识愁来路。窗外有芭蕉，阵阵黄昏雨。　　晓起理残妆，整顿教愁去。不合画春山，依旧留愁住。

**辑者按**：《词苑丛谈》亦载此词，惟作"妾赋《生查子》词一首"。此词正是《生查子》而非《卜算子》。《随隐漫录》误。《宋词纪事》引《随隐漫录》，疏于订正。

## 蜀中妓

### 市桥柳 送行

欲寄意浑无所有，折尽市桥官柳。看君着上春衫，又相将放船楚江口。后会不知何日又，是男儿休要镇长相守。苟富贵，无相忘。若相忘，有为此酒。

**辑者按**：这首词可贵处在"是男儿休要镇长相守"一句。

周公瑾云：词亦可喜。
刘子庚云：出之妇人之口，反在文人学士之上。
丁铭仪云：此词后人即取词中市桥柳为调名，《词综》《词律》均采之。

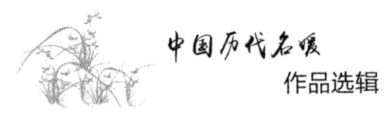

## 蜀 娼

《齐东野语》卷十一：蜀娼类能文，盖薛涛之遗风也。放翁客自蜀挟一妓归，蓄之别室，率数日一往。偶以病稍疏，妓颇疑之，客作主词自解，妓即韵答之云：（词为上）或谤放翁挟蜀尼以归，即此妓也。

### 鹊桥仙

说盟说誓，说情说意，动便春愁满纸。多应念得脱空经，是那个先生教的？不茶不饭，不言不语，一味供他憔悴。相思已是不曾闲，又那得工夫咒你。

## 严 蕊

字幼芳，天台营妓。《齐东野语》卷第二十：天台营妓严蕊字幼芳，善琴弈歌舞，丝竹书画，色艺冠一时。间作诗词，有新语。颇通古今，善逢迎。四方闻其名，有不远千里而登门者。唐与正守台日，酒边尝命赋红白桃花，即成《如梦令》。与正赏之双缣。又七夕，郡斋开宴，坐有谢元卿者，豪士也。夙闻其名，因命之赋词，以己之姓为韵。酒方行而已成《鹊桥仙》。元卿如之心醉，留其家半载，尽客囊橐馈赠之而归。其后朱晦庵以使节行部至台，欲摭与正之罪，遂指其尝与蕊为滥，系狱月余，蕊虽备受箠楚，而一语不及唐，然犹不免受杖。移籍绍兴，且后就越置狱鞠之。久不得其情。狱吏因好言诱之曰："汝何不早认，亦不过杖罪，况已经断，罪不重科，何为受此辛苦耶？"蕊答云："身为贱妓，纵使与太守有滥，科亦不至死罪，然是非真伪，岂可妄言以污士大夫，虽死不可诬也。"其辞既坚，于是再痛杖之，仍系于狱。两月之间，一再受杖，委顿几死，然声价愈腾，至彻皋陵之听。未几，朱公改除，而岳霖商卿为宪，因贺朔之际，怜其病瘁，命之作词自陈。蕊略不构思，即口占《卜算子》云。词如上。即日判令从良。继而宗室近属纳为小妇，以终身焉。

### 如梦令

道是梨花不是，道是杏花不是。白白与红红，别是东风情味。曾记，曾记，人在武陵微醉。

## 鹊桥仙

碧梧初出，桂花才吐，池上水花微谢。穿针人在合欢楼，正月露，玉盘高泻。蛛忙鹊懒，耕慵织倦，空做古今佳话。人间刚道隔年期，指天上、方才隔夜。

## 卜算子

不是爱风尘，似被前缘误。花落花开自有时，总赖东君主。　　去也终须去，住也如何住？若得山花插满头，莫问奴归处。

**辑者按**：幼芳虽"身为贱妓"，然观其宁死不肯妄言以污士大夫，何其美也。古往今来，不乏以妄言诬陷他人而自显者，宁无愧乎！又：岳霖，飞第三子，任朝散大夫，敷文阁待制。辛赠太中大夫。其为蕊雪冤，即日脱蕊於火坑，比之朱晦庵这位"宋代大儒"，读者自能平章矣。

## 梅　娇

吴七郡王爱姬。

## 满庭芳

一种阳和，玉英初绽，雪天分外精神。冰肌玉骨，别是一家春，楼上笛声三弄，百花都未知音。明窗畔，临风对月，曾结岁寒盟。

笑杏花何太晚，迟迟不发，等待春深。只宜远望，举目似烧林。丽质芳资虽好，一时取媚东君。争如我，青青结子，金鼎内调羹。

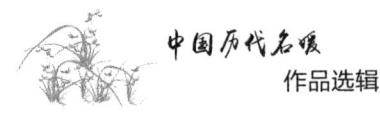

《彤管遗编》后集卷十二：梅娇、杏倩者，宋吴七郡王之二爱姬也。梅、杏丰姿俊雅，善音律诗词。王盛暑卧凉亭，吟曰："凉亭九曲阑干绕，四面柳荷香来好。身眠八尺白鳄须，头枕一枚红玛瑙。毒龙畏热不敢行，海水剪碎蓬莱岛。"后二句命杏、梅续之。梅云："公子犹嫌扇力微。"杏云："游人尚在红尘道。"续已，二人矜竞所长，各作一阕以戏。王笑作《杏梅词》以和解之。

梅娇嘲杏倩《满庭芳》词如上。《彤管遗编》又载杏倩嘲梅娇《满庭芳》词云：

景傍清明，日和风暖，数枝浓淡胭脂。春来早起，惟我独芳菲。门外几番雨过，似佳人细腻香肌。堪赏处，玉楼人醉，斜插满头归。

梅花何太早，消疏骨肉，叶密花稀。不逢媚景，开后甚孤栖。恐怕百花笑你，甘心受雪压霜欺。争如我，年年得意，占断踏青时。

## 易祓妻

生平不详。《古杭杂记》：易祓，字彦章，潭州人，以优校为前廊，久不归，其妻作《一剪梅》寄之。

## 一剪梅

染泪修书寄彦章。贪作前廊，忘却回廊。功名成遂不还乡。石作心肠，铁作心肠。

红日三竿懒画妆。虚度韶光，瘦损容光。相思何日成双？羞对鸳鸯，懒对鸳鸯。

## 胡与可

号惠斋，平江人，胡晋臣女，尚书黄由室。由，淳熙（南宋孝宗年号）八年进士第一。

• 词 •

## 百字令

小斋幽僻,久无人到此,满地狼藉。几案尘生多少憾,把玉指、亲传踪迹。画出南枝,正开侧面,花蕊俱端的。可怜风韵,故人难寄消息。　　非共雪夜交光,这般造化,岂费东君力。只欠清香来扑鼻,亦有天然标格。不上寒窗,不随流水,应不钿宫额。不愁《三弄》,只愁罗袖轻拂。

《皇宋书录》外篇言,夫人号惠斋,有文章,兼通书画,给事公女也。吴人多相传其尝因几上凝尘,戏画梅一枝,仍题《百字令》其上。

### 戴复古妻

武宁(今江西武宁)人,失其姓氏。《辍耕录》卷四:戴石屏先生復古未遇时,流寓江西武宁,有富家翁爱其才,以女妻之,居二三年,忽欲作归计。妻问其故,告以曾娶。妻白之父,父怒。妻宛曲解释,尽以奁具赠夫,仍饯以词云(如上)。夫既别,遂赴水死,可谓贤烈也矣。

## 怜薄命

惜多才,怜薄命,无计可留汝。揉碎花笺,忍写断肠句!道旁杨柳依依,千丝万缕,抵不住、一分愁绪。　　捉月盟言,不是梦中语。后回君若重来,不相忘处,把杯洒、浇奴坟土。

**辑者按**:戴复古,宋天台人,字式之,以字行。笃志古学,尝从林景思游,又登陆游之门。以诗鸣,好游历。所居有石屏山、因以为号。

### 淮上女

生平未详。南宁嘉定(1208—1224)年间,金人南侵中,军士掠淮上良家女

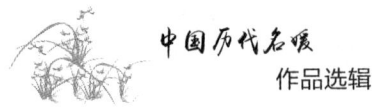

北归。有女题《木兰花》词于逆旅。

## 减字木兰花

淮山隐隐，千里云峰千里恨。淮水悠悠，万顷烟波成顷愁。　　山长水远，遮断行人东望眼。恨旧愁新，有泪无言对晚春。

### 平江妓

姓名事迹无考。《豹隐纪谈》：嘉定间，平江妓送太守词曰：

## 贺新郎

春色原无主，荷东君、著意着承，等闲分付。多少无情风与浪，又那更，蝶欺蜂妒。算燕雀、眼前无数。纵使帘栊能爱护，到如今、已是成迟暮。芳草碧，遮归路。　　看看做到难言处。怕宣郎、轻转旌旗，易歌襦袴。月满西楼弦索静，云蔽崑城阆府。便恁地、一帆轻举。独倚阑干愁拍碎，惨玉容、泪眼如红雨。去与住，两难诉。

### 王清惠

字冲华，南宋末年度宗宫中昭仪。德祐二年（1276）临安沦陷，随三宫入燕。到大都（今北京市）后，自请出家为女道士。

## 满江红

太液芙蓉，浑不似、旧时颜色。曾记得、春风雨露，玉楼金阙。名播兰馨妃后里，晕潮莲脸君王侧。忽一声、鼙鼓揭天来，繁华歇。

龙虎散，风云灭。千古恨，凭谁说？对山河百二，泪盈襟血。客馆夜惊尘土梦，宫车晓碾关山月。问姮娥，於今肯从容，同圆缺？

## 金德淑

宋宫人，入元，归章丘李生。《乐府纪闻》：章丘李生，至元都，旅次无聊，对月歌曰："万里倦行役，秋来瘦几分。因看河北月，忽忆东海云。"夜静闻妇有倚楼而泣者，明日访之，则宋宫人金德淑也。询李曰："客非作夜怨歌人乎？词乃佳制否？"李曰："歌非己作，有同舟人自杭来吟此，故记之耳。"妇泣曰："此亡宋昭仪王清惠所寄江水云诗。"因自举其《望江南》。

### 望江南 赠汪云水

春睡起，积雪满燕山。万里长城横缟带。六街灯火已阑珊。人立玉楼间。

## 刘 氏

《梅硐诗话》卷下：近丁丑岁，有过军挟一妇人，经从长兴和平酒库前，题一词，词名《沁园春》，后书雁峰刘氏题。语意凄婉，见者为之伤心，可与蒋氏词并传。（辑者按：可能指前蒋兴祖女《减字木兰花》一词）

### 沁园春

我生不辰，逢此百罹，况乎乱离。奈恶因缘到，不夫不主；被擒捉去，为妾为妻。父母公姑，弟兄姨妹，流落不知东与西。心中事，把家书写下，分付伊谁？

越人北向燕支，回首望，雁峰天一涯。奈翠鬟云软，笠儿怎戴；柳腰春细，马迅难骑。缺月疏桐，淡烟衰草，对此如何不泪垂！君知否？我生於何处，死亦魂归。

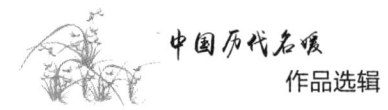

## 陈彦章妻

《湖海新闻夷坚续志》后集：宋嘉熙（理宗年号，1237—1240）戊戌，兴化陈彦章混补试中，次年正月往参大学，时幼新娶，其妻作《沁园春》以壮其行。一时传播，以为佳话。

### 沁园春

记得爷爷，说与奴奴，陈郎俊哉。笑世人无眼，老天得法，官人易聘，国士难媒。印信乘龙，夤缘叶凤，选似扬鞭选得来（疑有讹字）。果然是，西雍人物，京样官坯。　　送郎上马三抔，莫把离愁恼别怀。那孤灯只砚，郎君珍重；离愁别恨，奴自推排。白发夫妻，青衫事业，两句微吟当折梅。彦章去，早归则个，免待相催。

## 唐　婉

越州山阴（今浙江绍兴）人。陆游前妻，舅父唐闳女。《齐东野语》卷一：陆务观初娶唐氏，闳之女也，于其母夫人为姑侄。伉俪相得，而弗获于其姑。既出而未忍绝之，则为别馆，时时往焉。姑知而掩之，虽先知挈去，犹事不得隐，竟绝之，亦人伦之变也。唐后改适同郡宗子士程，尝以春日出游，相遇于禹迹寺南之沈氏园。唐以语赵，遣致酒肴。翁怅然久之，为赋《钗头凤》一词，题园壁间。实绍兴乙亥岁也。

《耆旧续闻》卷第十：务观一日至园中，去妇闻之，遣遗黄封酒果馔，通殷勤。公感其情，为赋《钗头凤》词。其妇见而和之，有"世情薄，人情恶"之句，惜不得其全阕。未几，怏怏而卒，闻者为之怆然。

### 钗头凤

世情薄，人情恶。雨送黄昏花易落。晓风乾，泪痕残。欲笺心事，独语斜阑。难，难，难！　　人成各，今非昨。病魂常似秋千索。角声寒，夜阑珊。怕人寻问，咽泪装欢。瞒，瞒，瞒。

### 郑文妻孙氏

《古杭杂记》：太学服膺斋上舍郑文，秀州人。其妻寄以《忆秦娥》词，为同舍见者侍播，酒楼妓馆皆歌之。识为欧阳永叔词，非也。

## 忆秦娥

花深深，一钩罗袜行花阴。行花阴，闲将柳带，试结同心。　　日边消息空沉沉，画眉楼上愁登临。愁登临，海棠开后，望到如今。

### 赵秋官妻

宋人，余不详。

## 武陵春（书歧阳邮亭）

人道有情还有梦，无梦岂无情？夜夜相思直到明，有梦怎教成？　　昨夜偶然来梦里，邻笛又复惊。笛韵凄凉不忍听，总是断肠声。

### 楚　娘

《醉翁谈录》乙集卷一略云：妓女楚娘适三山林茂叔，林正室李氏稍不能容，楚娘作词题壁。李氏见之，遂欢然相好。

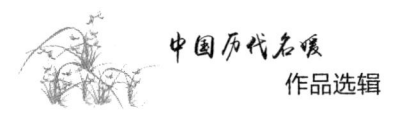

## 生查子

去年梅雪天,千里人归远。今岁雪梅天,千里人追怨。　　铁石作心肠,铁石刚犹软。江海比君恩,江海深犹浅。

### 刘鼎臣妻

姓氏无考,可能是婺州(今浙江金华)人。《古杭杂记》:婺州刘鼎臣赴省试,临行,妻作词名《鹧鸪天》云。

## 鹧鸪天

金屋无人夜剪缯,宝钗翻过齿痕轻。临行执手殷勤送,衬取萧郎两鬓青。听祝付,好看成,千金不抵此时情。明年宴罢琼林晚,酒面微红相映明。

### 陈妙常

《古今女史》:宋女贞观尼陈妙常,年二十余,姿色出群,诗文俊雅,工音律。张于湖(辑者按:即南宋著名词人张孝祥)授临江令,宿女贞观,见妙常以词调之,妙常亦以词拒(辑者按:即上词)。后与于湖故人潘必正私通情洽。潘密告于湖,于湖以计断为夫妇。

## 太平时

清静堂中不卷帘,景悠然。闲花野草漫连天,莫胡言。　　独坐洞房谁是伴?一炉烟。闲来窗下理琴弦,小神仙。

## 吴淑姬

湖州人。父为秀才。家贫，貌美，慧而能诗词。为富家子所据，或投郡诉其奸淫。时王十朋（宋乐清人，绍兴中庭对忠鲠，高宗亲擢为第一。累官太子詹事，以龙图阁学士致仕）为太守，判处徒刑。郡僚相与诣理院观之，乃具酒引使至席，命脱枷侍饮，即席成二词，众皆叹赏。明日，以告十朋，言其冤，乃释放。后为周姓子买以为妾，名曰淑姬。

《花庵词客》云："女流中黠慧者，有词五卷，名《阳春白雪》，佳处不减李易安也。"

### 惜分飞 送别

岸柳依依拖金缕，是我朝来别处。惟有多情絮，故来衣上留人住。　　两眼啼红空弹与，未见桃花又去。一片征帆举，断肠遥指苕溪路。

### 祝英台近

粉痕消，芳信断，好梦总无处。病酒无聊，欹枕听残雨。断肠曲曲屏山，温温沉水，却是旧看承人处。　　久离阻，应念一点芳心，闲愁知几许。偷照菱花，清瘦自羞觑。可堪梅子酸时，杨花飞絮，乱莺又催将春去。

## 罗惜惜

浙东罗仁卿女，适张幼谦。罗与张少时同就塾师，密订终身。后女父母受辛聘，张以词寄女，女亦作词自誓。后卒归于张。

### 卜算子 答幼谦

幸得那人归，怎得教来也。一日相思十二辰，真是情难舍。　　本是好姻缘，

又怕姻缘假。若是教随别个人，相见黄泉下。

## 王玉贞

武陵名妓。时陆仲举飘泊江湖，过武陵，邂逅玉贞，一见投契。贞日脱簪珥买欢湖上。后贞囊箧空乏，仲举恝然他适。贞留之不得，作词赠别。仲举既去，贞遂赴湖死。

### 玉楼春

来时吴会犹残暑，去日武陵春已暮。欲知恩爱感人深，洒泪多于江上雨。欢情未举眉先聚，别酒频斟君莫诉。从今遮莫向西湖，抬眼尽成断肠处。

## 马琼琼

初为妓，后归朱廷之。廷之因辟二阁，东阁正室居之，琼琼居西阁。廷之之任南昌，琼以梅雪扇并题词寄之。廷之详词中之意，知西阁为东阁摧挫，遂休官归家，置酒会二阁曰："昨见西阁所寄雪梅词，使人不遑寝食。"东阁乃曰："君今仕矣，试为判断此事，东西阁所云梅花孰是也"。廷之遂作《浣溪沙》一阕以示二阁云："梅正开时雪正狂，两般幽韵孰优长？且宜持酒细端详。　　梅比雪花输一出，雪如梅蕊少些香。花公犹是不思量。"自后二阁欢会如初。

### 减字木兰花 题梅雪扇

雪梅妒色，雪把梅花相抑勒。梅性温柔，雪压梅花怎起头。
芳心欲诉，全仗东君来作主。传语东君，早与梅花作主人。

**辑者按**：封建士大夫之风流韵事，虽足供茶余酒后之谈资，然廷之竟"休官归家"，以调协妻妾间之嫉妒，这种官吏，于国何用！赵宋安得不亡！

## 张淑芳

《西湖志》：张淑芳，樵家女，宋理宗选宫嫔，贾似道见其美，匿为妾。似道败，芳遂削发为尼。结庵九溪，栽花种竹以老。

### 更漏子

墨痕香，灯下泪。点点愁人幽思。桐花落，蓼花残。雁声天气寒。　　云栖月，青溪坞。待到秋来更苦。风浙浙，水盈盈。淙淙激不平。

## 赵文素

长安妓，与和州吴采臣观察共酒杯，目成者久之。比丁酉，观察有行间之役。是夜，漏下三十刻矣，闻剥声，启户视之，则文卿也。袖出《长相思》一阕，涕泗横流，观察亦以一阕别之。后踪迹不知所之矣。

### 长相思

花月情，月有情，花月多情两地兮。断肠直到今。　　听君行，怕君行，来问君家果否行？传闻未必真。

#### 附：吴观察答词

长相思，短相思，长短相思不自知。人来梦里时。　　怕逢伊，又逢伊，及至逢伊却恨迟。明朝怎别离！

## 舒　氏

《碧鸡漫志》卷二：王齐叟彦龄……娶舒氏，亦有词翰。妇翁武选，彦龄事之

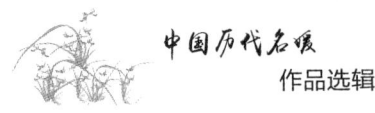

素不谨,因醉酒谩骂,翁不能堪,取女归,竟至离绝。舒在父家,一日行池上,怀其夫,作《点绛唇》曲云。

## 点绛唇

独自临流,兴来时把阑干凭。旧愁新恨,耗却来时兴。　　鹭散鱼潜,烟敛风初定。波心静,照人如镜。少个年时影。

### 鄱阳护戎女

《岁时广记》卷二十一引《蕙亩拾英集》:鄱阳一护戎,失其姓,厥女极有词藻。太守以端午泛舟,雅闻其风韵,因遣人求词,女走笔成《望海潮》以授使者。

## 望海潮

云收飞脚,日祛怒暑,新蝉高柳鸣时。兰佩紫囊,蒲抽碧剑,吴丝两腕双垂。闻道五陵儿。蛟龙吼波面,冲碎琉璃。画鼓声中,锦标争处飐红旗。　　使君冠盖追,正霞翻酒浪,翠敛歌眉。扇动水风生玉宇,微凉透入单衣。日暮楚天低。金蛇掣电,漾千顷霜溪。宴罢休燃宝蜡,凭月照人归。

### 尹词客

《岁时广记》卷三十五引《蕙亩拾英集》:"锦官官妓尹氏,时号为诗客,今蜀中有《诗客传》是也。诗客有女弟工词。号词客,亦有传。……词客本士族,蔡尹情而与之出籍。王帅继镇,闻其名,追之。时郡人从帅游锦江,王公命作词,且以词之工拙为去留,遂请题与韵,令作《玉楼春》以呈。一坐咨赏,会罢释之。"

• 词 •

## 玉楼春

浣花溪上风光主，宴集瀛仙开幕府。商岩本是作霖人，也使闭花沾雨露。谁怜氏族传簪组，狂迹偶为风月误。愿教朱户柳藏春，莫作飘零提上絮。

## 西江月

世事短如春梦，人情薄似秋云。不须计较苦劳心，万事原来有命。　幸遇三杯酒美，况逢一朵花新。片时欢笑且相亲，明日阴晴未定。

## 念奴娇 风情

别离情绪，奈一番好景，一番悲戚。燕语莺啼人乍远，还是他乡寒食。桃李无言，不堪攀折，总是风流客。东君也自，怪人冷淡踪迹。　花艳芳草春工，每逢花意薄，疏狂何意。除却清风并皓月，胍胍此情谁识？料得文君，重帘不卷，只等闲消息。不如归去，受他真个怜惜。

——《古今女史》

## 朱希真

小字秋娘，建康府朱将仕女也。聪明俊雅，诗览古今。年十六，适同邑商人徐必用。用颇解文义。商久不归，闺中情思抑郁，作闺怨词一阕，集古一阕。父见其词，不知其为古句也。希真为父解之，时流皆称其美。

239

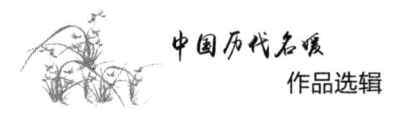

## 蝶恋花 春风

武陵春色浓如酒。游冶才郎,初试花间手。绛蜡烛残人静后,眉峰便作伤春皱。　　一霎风狂和雨骤。柳嫩花柔,浑不禁僝僽。明日余香知在否?粉罗犹有残红透。

## 念奴娇 梅花

见梅惊笑,问经年何处收香藏白。似语如愁,却问我何苦红尘久客。观里栽桃,坛头种杏,到处成疏隔。千林无伴,淡然独傲霜雪。

且与管领春回,孤标争肯接。雄蜂雌蝶,岂是无情,知受了多少凄凉风月。寄驿人遥,和羹心在,谩使芳尘歇。东风寂寞,可人谁为攀折。

## 王琼奴

徐苕郎妻也。后苕郎戍边,有吴指挥者,以计杀之,欲纳琼奴,琼赋《满庭芳》自誓。后鸣于御史,得白其冤,遂自杀。

## 满庭芳

彩凤群分,文鸳侣散,红云路隔天台。旧时院落,画栋满尘埃。谩有玉京离燕,东风里似诉悲哀。主人去,卷帘恩重,空屋亦归来。

泾阳憔悴女,不逢柳毅,书信难裁。叹金钗脱股,宝镜离台。万里辽阳郎去,知何日却得重回。丁香树,含花到死,肯共野蒿开!

——《闺秀词话》

## 王素音

长沙女子,为乱兵所掳,题《减字木兰花》一阕于良乡琉璃河驿壁上,读之令人凄绝。仿佛中夜万籁俱寂时听杜鹃作泣血啼也。

### 减字木兰花

尘沙障眼,细计来程家渐远。野草闲花,不见当年阿母家。　诗题古驿,鸡骨柔情无笔力。锦字偷裁,立到黄昏月上时。

——《闺秀词话》

## 飞　红

李良年《词坛纪事》云:宋宣和中,有王通判妾飞红者,貌美,能写词,有词一阕。《听秋声馆词语》云,蜀人王通判妾,有《留春令》一词。

### 留春令

花低莺踏红英乱,春心重,顿成愁懒。杨花梦散楚云平,空惹起,情无限。伤心渐觉成牵绊,奈愁绪寸心难管。深诚无计寄天涯,几欲问,梁间燕。

## 贾云华

云华母与魏鹏母有指腹之约。鹏谒贾,贾命女结为兄妹,不及前盟,两人遂相与私。未几,鹏以母丧归,云华赋《踏莎行》与诀别。

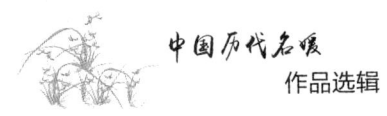

## 踏莎行

随水落花,离弦飞箭,今生无处能相见。长江纵使向西流,也应不尽千年怨。盟誓无凭,情缘有限,愿魂化作衔泥燕。一年一度一归来,孤雌独入郎庭院。

——《词话丛编》

## 紫 竹

大观时人,方乔宝。事见《遗方乔书》。

## 踏莎行

醉柳迷莺。懒风熨草,约郎暂会闲门道。粉墙阴下待郎来,藓痕印得鞋痕小。花日移阴,帘香失裘,望郎不到心如捣。避人愁入倚屏山,断魂还向墙阴绕。

——《绛云楼历代女子词选》

## 生查子

思郎无见期,独坐离情惨。门户约花开,花落轻风飐。　　生怕是黄昏,庭竹和烟黯。敛翠恨无涯,强把兰缸点。

——《词话丛编》

## 盼 盼

山谷过泸帅,有官妓盼盼,帅尝宠之。山谷戏以浣溪赠之云:"脚上鞋儿四寸罗，唇边朱麝一樱多。见人无语但回波。　　料得有心怜宋玉，只因无奈楚襄何。今生有分向伊么。"盼盼即筵前唱惜春客词侑酒。

## 惜春容

年少看花双鬓绿，走马章台弦管逐。而今老更惜花深，终日看花看不足。
坐中美女颜如玉，为我同歌金缕曲。归时压得帽檐低，头上春风红簌簌。

——《词话丛编》

## 僧　儿

蜀广汉妓。《历代诗余》载其《满庭芳》一词。

## 满庭芳

团菊包金，丛兰减翠，画成秋暮风烟。使君归去，千里倍潜然。两度朱旛雁水，全胜得、陶侃当年，如何见，一时盛事，都在送行篇。

愁烦，梳洗懒，寻思陪宴。花月湖边，有多少风流往事萦牵。闻道霓旌羽驾，看看是、玉局神仙。应相许，冲云破雾，一到洞中天。

**辑者按**：才华如此而沉沦为妓，良堪嗟叹！惜其姓名、身世，两无稽考。此词主旨在最末一句，读者幸勿忽其悲苦的心情。

## 尹温仪

陈耀文《花草粹编》云：成都妓尹温仪本良家子，后以零替失身妓籍。蔡相帅成都，酷爱之。尹告蔡乞除乐籍，蔡戏曰："若樽前成一小阕，便为除免。"尹曰："乞腔调。"蔡答以西江月。尹又乞严韵。蔡曰："汝排十九，用九字。"即便应声曰：

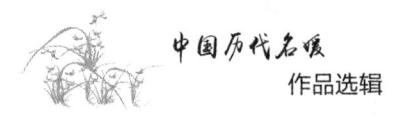

## 西江月

韩愈文章盖世,谢安才貌风流。良辰开宴在西楼,敢劝一杯芳酒。　记得南宫高遇,弟兄都占鳌头。一门金殿御香浮,名在科甲第九。

《词坛纪事》《词苑丛谈》均载上词。

## 管道升

### 渔歌子四首 题渔父图

人生贵极是王侯,浮名浮利不自由。争得似,一扁舟,弄月吟风归去休。

遥想山堂数树梅,凌寒玉蕊发南枝。山月照,晓风吹,只为清香苦欲归。

南望吴兴路四千,几时闲去雪水边?名与利,付之天,笑把渔竿上画船。

身在燕山近帝居,归心日夜忆东吴。斟美酒,脍新鱼,除却清闲总不如。

**辑者按**:《中国历代才女小传》:"作者潇洒自在的心情,不惯官居束缚的性格,完全可以从这四首《渔父词》中看出。读起来颇有一些陶渊明'归去来兮'的风味。"这个评论并无不当。但窃以为还应该结合当时社会现实来认识这一问题。元朝统治者把人分为十等,而儒居其九。介乎娼丐之间,地位卑微,随时可以招致杀身之祸。因此,很多知识分子都流露出不满这一现实,产生了逃避现实的思想感情。赵孟頫的和作:"渺渺烟波一叶舟,西风木落五湖秋。盟鸥鹭,傲王侯,管甚鲈鱼不上钩!"姚燧的"笔头风月时时过,眼底儿曹渐渐多。有人问我事如何,人海阔,无日不风波"。汪元亨的"荣华梦一场,功名纸半张,是非海波千丈……"关汉卿的"南亩耕,东山卧,世态人情经历多。闲将往事思量过,贤的是他，愚的是我，争甚么！"马致远的"布衣中，问英雄，王图霸业成何用。禾黍高低元代宫，楸梧远近千家冢，一场恶梦"。如此等等，在元人小令中，还有很多，难道仅仅是作者个性的表露吗？

## 刘燕哥

《青楼集》：刘燕哥，善歌舞，齐参议还山东，刘赋《太常引》以饯，至今脍炙人口。

## 太常引

故人别我出阳关，无计锁雕鞍。今古别离难。兀谁画，蛾眉远山。　　一樽别酒，一声杜宇，寂寞又春残。明月小楼间。第一夜，相思泪弹。

## 萧淑兰

生卒年不详。元代萧公让之妹，其事见于明卓人月《古今词统》（《明史·志第七十五·艺文四》载录"卓人月《古今词统》十六卷"）。《录鬼簿续编》《曲海总目提要》均著录，其以词入曲事《词苑丛谈》亦载录。萧淑兰词事曰：张世英馆于萧公让家。其妹萧淑兰慕张俊才，尝挑之，张拒而不纳。萧乃赋《菩萨蛮》赠之："天教刘阮迷蓬岛，桃花片片依芳草。芳草惹春思，王孙知不知？妾身轻似叶，君意坚如铁。妾意为君多，君心弃妾那。"张得词，遂未辞而归。萧又云："有情潮落西陵浦，无情人向西陵去。去也不教知，怕人留恋伊。忆了千千万，恨了千千万。毕竟忆时多，恨时无奈何。"后其兄公让知之，以妹许张，备礼而婚焉。

## 菩萨蛮 离思

有情潮落西陵浦，无情人向西陵去。去也不教知，怕人留恋伊。　　忆了千

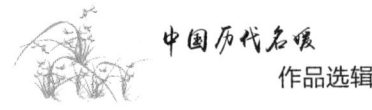

千万，恨了千千万。毕竟忆时多，恨时无奈何。

——《中国文艺丛选》

**辑者按**：《中国文艺丛选》载有此词，但对作者生平无介绍。1985年6月，在北京图书馆善本特藏部查到《萧淑兰情寄菩萨蛮杂剧》一卷（元曲第八十八册），剧共四折。前概括剧情，简介如下：

张世美字云杰，浙江温州人，外貌俊雅，内性温良。自幼苦学，才华藻丽，经史皆通。萧山友人萧公让延作馆宾，教其二子。

淑兰曾从师读书，深晓文义，善能吟咏。年方十九，容貌非常，未曾许聘于人。淑兰父母早亡，依兄嫂恩养。

清明日，全家尽往祖茔祭祀，兰托病不去，偕婢女梅香往后花园书斋，主动向世英表示原托终身，而世英却是一个谨守礼法的书呆子，且竟因此不辞而去西兴友人家。半月之后，公让修书差人迎其回馆。淑兰作《菩萨蛮》一阕："无情水满西兴渡，多情人往西兴去。西兴去路遥，教奴魂梦劳。　今将心内苦，联作相思句。君若见情词，同偕连理枝。"嘱梅香封于书内，勿让兄嫂得知。不料竟为公让发觉，细审其故，云杰无心。夫妇遂遣媒到西兴，迎张云杰回萧山，招赘为婿焉。

剧末　题目正名：
贤嫂嫂合成金贯锁，亲哥哥配上玉连环。
张世英饱成君子志，萧淑兰情寄菩萨蛮。

**又按**：据台湾人文出版社印行的《中外地名大辞典》："西兴镇在浙江省萧山县西二十里。滨临运河。本西陵城，旧名固陵，亦名敦兵城。"《水经注》："浙江又径固陵城北，昔范蠡筑城于浙江之滨，言可以固守，谓之固陵，……后汉建安初……守王朗拒孙策数战不利。"六朝时谓之西陵牛埭；吴越时以陵犹吉语，改曰西兴；宋为西兴镇；元为西兴场；明初设盐课司，清时并入钱清场。苏轼诗："江上秋风晚来急，为传钟鼓到西兴。"即此地当水陆冲要，市广繁盛。

据此，则此词所用地名，应以杂剧引为是。至于词的内容，《中国文艺丛选》与《杂剧》所引，差异甚大。结合本事，仔细体玩，似亦应以《杂剧》所引为是。

## 罗爱爱

嘉兴名妓也，又呼为爱卿，色艺冠一时，工诗词。尝与诸文士会于鸳湖之凌虚阁,玩月赋诗,爱卿先成四绝句,坐皆搁笔。同郡赵生行六,慕聘焉。赵将如大都,临别,爱卿置酒中堂,赵子捧觞寿母,自歌《齐天乐》一阕以侑。歌罢,皆泪下,赵乘醉解缆去。母以思子病不起。甫葬三月,(张)士诚陷平江,杨参政率兵拒于嘉兴,不戢,军士大掠,赵居为刘万户者所据,欲逼爱卿,托词入室,自缢死。刘以绣褥裹尸,瘗于银杏树下。赵归,求得其详,发树下,貌如生焉。棺葬白苎村母茔侧。

——《青楼小名录》(略有删减)

## 齐天乐 赠外

恩情不把功名误,离筵又歌金缕。白发慈亲,红颜幼妇,君去有谁为主?流年几许况闷闷愁愁,风风雨雨。凤折鸾分,未知何日更相聚。

蒙君再三分付,向堂前侍奉,休辞辛苦。官诰蟠花,宫袍制锦,要待封妻拜母,君须听取,怕日落西山,易生愁阻。早促归程,彩衣相对舞。

——《古今女史》

## 齐天乐 别郎应举

恩情莫把功名误,离筵又歌金缕。白发慈颜,红裙幼妇,君去有谁为主?流年几许,况闷闷愁愁,风风雨雨。凤折鸾分,未知何日更相聚。

蒙君再三分付,向堂前侍奉,休辞辛苦。万里皇恩,五花官诰,要待封妻拜母,君须听取,怕日薄西山,易生悉阴。早促回程,彩衣相对舞。

——《古今青楼集选》

**辑者按**:《古今女史》明赵世杰撰。《古今青楼集选》明周公辅编。两书均为明刻本,现藏北京图书馆善本特藏部。个别字词有差异,今并录之,供读者比较。至赵书上阕少"流年几许"四字,按词牌应以周书为是。

**又按**:《古今女史》姓氏篇,罗爱爱为北齐人,下注"未详"二字。又有"罗

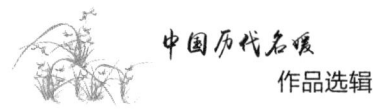

爱卿（列在茜桃前），杭妓也，年十八，适赵氏子。入京求仕，作词赠别。后因乱为刘万户所掳，誓不就辱，遂自缢死"。与《青楼小名录》所记吻合。据此，北齐罗爱爱当另是一人。

## 陈凤仪

《历代诗余》卷一百一十九《金元词语》载陈凤仪（成都乐妓）、刘燕歌，皆乐妓也。陈有《送别·一络索》词，刘有《饯齐参议·太常引》皆传唱一时。

### 一络索 送蜀守将龙图

蜀江春色浓如雾，拥双旌归去。海棠也似别君难，一点点，啼红雨。　此去马蹄何处？向沙堤新路。禁林赐宴赏花时，还忆著，西楼否？

## 王　氏

崔英妻。至正（元顺帝年号1341—1368）时，陆士畅为之作《芙蓉歌》，甚详，闽中魏惟度新编《芙蓉屏记》，亦引此词。

### 临江仙 题芙蓉屏

少日风流张敞笔，写生不数今黄荃。芙蓉画出最鲜妍。岂知娇艳色，翻抱死生冤。　粉绘凄凉余幻质，只今流落谁怜？素屏寂寞伴枯禅。今生缘已断，愿结再生缘。

## 王　朗

字仲英，金坛人。学博彦泓（名次回）女，无锡秦松龄之母。著有《断肠草》。《妇人集》云：学博以香奁艳体盛传吴下，朗亦生而夙悟，诗歌书画，靡不精工，尤擅小词，为古今绝调，生平著撰甚富，均以兵乱散失。尝于扇头见其《浪淘沙》三首，真所谓却扇一顾，倾城无色矣。

## 浪淘沙（闺情）三首

几日病淹煎，昨夜迟眠，强移心绪镜台前。双鬟淡烟低髻滑，自也生怜。不贴翠花钿，懒易衣鲜，碧油衫子褪红边。为怯游人如蚁拥，故拣阴天。

疏雨滴青钿，花压重檐，绣帏人倦思恹恹。昨夜春寒眠不足，莫卷湘帘。罗袖护掺掺，怕拂妆奁，兽炉香倩侍儿添。为甚双蛾长翠锁，自也憎嫌。

斜倚镜台前，长叹无言，菱花蚀彩个人蔫。分付侍儿收拾去，莫拭红绵。满砌小榆钱，难买春还，若为留住艳阳天。人去更兼春去也，烦恼无边。

### 王娇鸾

天顺初人，临安卫王指挥女。与松陵周廷章善，往还诗词很多。其送别诗有"郎马未离青柳下，妾心先在白云边"之句。后廷章负盟别娶，鸾闻之大恚，遂自缢，而以昔所唱和诗词暗藏公牍，投州按院。按院樊公祉见之，忿然，遂下周于狱。

## 如梦令

正好欢娱彩幔，何事赤绳缘断！步月散幽怀，又被琴声撩乱。情愿，情愿，孤枕与君分半。

### 王凤娴

字瑞卿，号文如子，云间人。进士张本嘉妻。垂髫时，祖父试以骈句云："秀

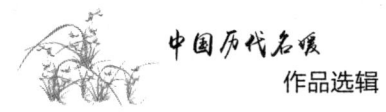

眉新月小。"即应声曰:"鬓发片云浓。"华亭范濂译其诗曰:"高华绝响钱刘,清新迥出温许。"女文珠、媚珠皆能诗。有《贯珠集》及《焚余草》五卷传世。

## 临江仙 秋兴

珠帘不卷银蟾透,夜凉独自凭阑。瑶琴欲整指生寒。鹤归松露冷,人静井梧残。 天际一声新度雁,翱翔似觅回滩,浮生能见几愁欢。三秋今已半,枫叶醉林丹。

## 长相思

梧叶残,枫叶残,塞雁频过人未还。沉吟独倚栏。 忆乡关,盼乡关,叠叠南云山外山。松梢日影寒。

## 浣溪沙 郊行

曲径新篁野草香,随风闪闪蝶衣忙。柳绵飞堕点衣裳。 人在景中怜日永,燕翻波面舞春长。小桥古渡半斜阳。

——《绛云楼历代女子词选》

## 张倩倩

吴江人,适同邑沈自征。自征字君庸,负才任侠。倩倩艳色清才,年三十四而殁。遗香仅存一二。

## 蝶恋花

漠漠轻阴笼竹院。细雨无情，泪湿霜花面。落叶西风吹不断，长沟流尽残红片。　　千遍相思才夜半。又听楼前，叫过伤心雁。不恨天涯人去远，三生缘薄吹箫伴。

## 忆秦娥

风雨咽，鹧鸪啼破清明节。清明节，杏花零落，闷怀千叠。情悰依旧和谁说？眉山斗锁空愁绝。空愁绝，雨声和泪，问谁凄切。

### 叶宏缃

字晓庵，号书城，明末昆山人。阚敷在室。著有《绣余小草》。

## 望江南

人别后，独自倚窗纱。画谱难图连理树，绣床羞刺并头花，愁思近来加。

### 吴永汝

虞山人，字小法。母故某尚书姬。七岁善琴筝，十岁工词翰，乐府诗歌，一见即能诠识，人有霍王小女之目。（《词苑丛谈》）

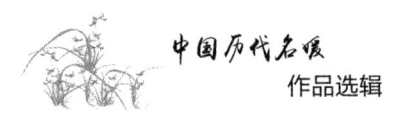

## 如梦令

帘外一枝花影,月到花梢阴冷。夜坐穗灯消,寂寂小窗寒寝。梦醒,梦醒,重把离愁细整。

## 陈若兰

海盐人,名端麟,著闺词一百首。

## 浪淘沙

垂柳依依绿影生,芰荷亭上设棋枰。局中弹出纵横势,笑问檀郎若个赢?

闺中喜作道家妆,云锦裁成绿羽裳。学戴星冠簪日月,侍儿齐绾髻双双。

一自檀郎赴玉京,残灯挑尽泪盈盈。黄昏又值芭蕉雨,不管人愁滴到明。

**辑者按**:据龙榆生先生编撰的《唐宋词格律》:《浪淘沙》唐教坊曲。刘禹锡、白居易并作七言绝句体,五代时始流行长短句双调小令,又名《卖花声》。

## 沈宜修

字宛君(1590—1635),江苏吴江人,明代才女。生于书香世家,长女叶纨纨、次女叶小纨、三女叶小鸾、五女叶小繁、三儿媳沈宪英均工诗词,并著有诗集;叶小纨、叶小鸾文名更盛。诗论家叶燮为其幼子。

## 忆王孙

天涯随梦草青青，柳色遥遮长短亭。枝上黄鹂怨落英。远山横，不尽飞云自在行。

## 忆秦娥 寒夜不寐忆亡女

西风冽，竹声敲雨凄寒切。凄寒切，寸心百折、回肠千结。　　瑶华早追梨花雪，疏香人远愁难说。愁难说，旧时欢笑，而今泪血！

**辑者按**：宜修生三女，小女叶小鸾，慧心丽质，最受父母钟爱，不幸距婚期仅五日而病逝，年仅十七。上词"寸心百折、回肠千结""而今泪血"，虽属夸张，确是真情。

## 浣溪沙

淡薄轻阴拾翠天，细腰柔似柳飞绵。吹箫闲向画屏前。　　诗句半绿芳草断，鸟啼多为杏花残。寒夜红露湿秋千。

## 叶纨纨

字昭齐（1610—1632），吴江（今江苏省苏州市）人。叶绍袁和沈宜修长女，其相端妍，金辉玉润，三岁能诵《长恨歌》，十三岁能诗，书法遒劲，有晋风。常与其妹叶小纨、叶小鸾以诗唱和。后归赵山袁氏，情郁郁不乐。崇祯五年（1632），妹小鸾将嫁，作《催妆诗》甫成，而妹讣至，归哭过哀，病发而死，卒年二十三。著有《芳雪轩遗稿》，又名《愁言》。

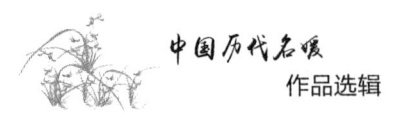

## 蝶恋花

尽日重帘垂不卷,庭院萧条,已是秋光半。一片闲愁难自遣、空怜镜里空华换。　　寂寞香残屏半掩,脉脉无端往事思量遍。正是销魂肠欲断。数声新雁南楼晚。

## 水龙吟 次母韵,早秋感旧,同两妹作。

萧萧风雨江天,凄凉一片秋声逗。香销菡萏。绿摧蕙草,烟迷远岫。浪卷长空,云轻碧汉,薄罗凉透。恨西风吹起,一腔闲闷,那胜镜中消瘦。　　寂寞文园秋色,这情怀问天知否?檐铃敲铁,琅玕折玉,听残更漏。淡月疏帘,小庭曲槛,且还斟酒。算从来千古堪愁,何用空沾衫袖。

## 叶小纨

字蕙绸(约1613—约1657),吴江(今江苏省苏州市)人,生于明神宗万历四十一年,卒于清顺治十四年。叶绍袁、沈宜修二女,著有杂剧《鸳鸯梦》,是我国戏曲史上首位有作品传世的女作家。

## 临江仙 经东园故居

旧日园林残梦里,空庭闲步徘徊。雨干新绿遍苍苔。落花惊鸟去,飞絮滚愁来。　　探得春回春已暮,枝头累累青梅。年光一瞬最堪哀。浮云随逝水,残照上荒台。

## 叶小鸾

明末才女。字琼章（1616—1632），一字瑶期，吴江（今属江苏苏州）人，文学家叶绍袁、沈宜修幼女。貌姣好，工诗，善围棋及琴，又能画，绘山水及落花飞蝶，皆有韵致，将嫁而卒，有集名《返生香》。

### 水龙吟 秋思，次母忆旧三作，时父在都门

芭蕉细雨潇潇，雨声断续砧声逗。凭栏极目，平林如画，云低晚岫。初起金风，乍零玉露，薄寒轻透。想江头木叶，纷纷落尽，只余得青山瘦。　　且问沈寥秋气，当年宋玉应知否？半帘香雾，一庭烟月，几声残漏。四壁吟蛩，数行征雁，漫消杯酒。待东篱绽满黄花，摘取暗香盈袖。

### 浣溪沙 春闺二首

曲榭莺啼翠影重，红妆春恼淡芳容。疏香深院闭帘栊。　　流水画桥愁落日，飞花飘絮怨东风。不禁憔悴一春中。

几日东风倚画楼，碧天清霭半空浮。韶光多半杏梢头。　　垂柳有情留夕照，飞花无计却春愁。但凭天气困人休。

### 南歌子 秋夜

门掩瑶琴静，窗消画卷闲。半庭香雾绕阑干，一带淡烟红树隔楼看。　　云散青天瘦，风来翠袖寒。嫦娥眉又小檀弯，照得满阶花影只难攀。

**注　释**

檀，浅赭色，唐宋闺妆多用以画眉。

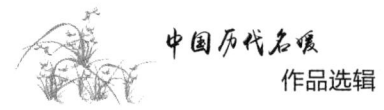

## 张红桥

福建闽县人，因居红桥之西，自号红桥。雅丽能诗，情才择配，豪右委禽皆不纳。长乐王偁有诗名，亦拒之。后福清林鸿托邻媪投以绝句，桥答之，遂缔婚约。相与唱和诗甚多。后鸿适金陵，屡寄以诗词。红桥自鸿去后，独坐小楼，顾答影欲绝。及见鸿诗词，感念成疾，不数月而卒。这首长调，清新闲婉，以浅淡之语发深窈之思，真情实感，自心头流出，不作一浮泛应酬之语。"一缕""两行""千重"三句，叠用数词，只觉情长，不嫌其复，较珊缋满纸用典堆揉者，更觉味深。

——《金元明清词选》

## 念奴娇 次韵送外之金陵

凤凰山下，恨声声玉漏今宵易歇。三叠阳关歌未竟，城上栖乌催别。一缕情丝，两行清泪，渍透千重铁。重来休问，尊前已是愁绝。

还忆浴罢描眉，梦回携手，踏碎花间月。漫道胸前怀豆蔻，今日总成虚设。桃叶津头，莫愁湖畔，远树云烟叠。剪灯帘幕，相思谁与同说？

### 附：林鸿《大江东去》留别红桥

钟情太甚，人笑我到老也无休歇。月露烟云多是恨，况与玉人离别。软语叮咛，柔情婉娈，镕尽肝肠铁。歧亭把酒，水流花谢时节。　　应念翠袖笼香，玉壶温酒，夜夜银瓶月。蓄意含嗔多少态，海岳誓盟都说。此去何之，碧云春树，含晚峰千叠。图将羁思，归来细与伊说。

——《闺秀词话》

## 绝句

桂殿焚香酒半醒，露华如水点银屏。含情欲诉心中事，羞见牵牛织女星。

红桥答云：
梨花寂寂斗婵娟，银汉斜临绣户前。自爱焚香消永昼，从来无事诉青天。

**辑者按**：林鸿与闽县周元、郑定，侯官黄元、王褒、唐泰，长乐高棅、王恭、陈亮，永福王偁，号闽中十才子，而鸿为之冠。

## 顾若璞

### 浣溪沙（四时词）

嫩柳牵丝覆绮窗，起来无绪理明珰。恼人最是日初长。三尺乌云随意挽，两条却月待萧郎。胡琴锦瑟不曾张。

绿水红莲一带妍，荷衣欲剪惜金线。可怜鹡鹩不同眠。纨扇看来心已碎，迎凉盼不到秋天。算来又怕说秋天。

西风淅沥敲窗碎，落叶萧萧蛩语沸。薄寒向晚侵罗袂。玉人楼上正裁缝，那有工夫闲拾翠。年年此际心先醉。

密霰彤云自有情，梅花落尽不知春。可怜愁杀玉娉婷。风过冰檐疑佩明，晚类懒上读书灯。夜寒无奈怯腰身。

### 玉楼春 晚春三桥看月

花飞锦带春波起，残月流辉明水底。万珠的铄照新妆，故掬嫦娥纤手里。柳线牵烟轻重绿，渔灯高下鸳鸯宿。无情花柳送归春，不管离人肠断续。

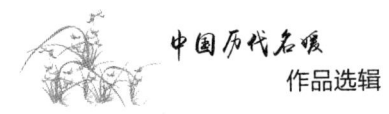

## 徐 媛

苏州府长洲人,字小淑(1560—1620)。副使范允临妻。工书画,好吟咏。与寒山陆卿子相倡和,吴中士大夫交口誉之,称吴门二大家。有《络纬吟》。

### 渔家傲

板扉小隐清溪曲,夜月罗浮花覆屋。木笼戛戛摇生谷,庄田熟,桔槔悬向茅檐宿。
青山一片芙蓉簇,林皋逸韵飘横竹。远浦轻帆低几幅,浓睡足,笑看小妇双鬟绿。

徐电发评:妆点农家,饶有林下风致。

辑者按:《络纬吟》卷九题作:步韵咏吴延陵郊居小斋,调寄《渔家傲》。

### 烛影摇红 望远

一上高楼,夕阳影里无穷路。冷烟衰草送秋时,曾记临歧语。归信莫教轻误,恨西风,偏成间阻。虚窗促织,别院寒砧,总添愁苦。
过尽征鸿,踌躇无计传衷素。织将锦字又模糊,颠倒难重数。小月花梢微露,镜台前,暗窥眉妩。玉箫声断,金鸭香寒,梦回谁诉?

## 寇 湄

明南院教坊中女。字白门,能度曲,善画兰。十八九岁时,为保国公朱国弼所娶。清初籍没诸勋卫,国弼尽室入都。湄以千金予国弼赎身,匹马短衣从一婢而归。后归扬州某孝廉,后还金陵,流落乐籍以死。

## 蝶恋花

眉淡衫轻春思乱,不怪无情,翻受多情绊。怕上层楼凝望眼,落花飞絮终朝见。　　钗凤暗敲双股断,划损雕栏,一一相思遍。香袅兽炉空作篆,荼蘼开谢闲庭院。

### 颜绣琴

字清音,江南吴县人,适汾湖叶氏。

## 长相思 忆叶昭齐(纨纨)表妹

思漫漫,恨漫漫,春色芳菲取次看。闲庭花影寒。　　绕阑干,倚阑干,梦见虽多相见难。红香泣夜残。

### 朱中楣

字远山,江西南昌人。吉永李元鼎室。著有《镜阁新声》。

## 西江月 暮青雨夜

细雨欲收春去,残花暗约莺留。无心闲玩强登楼,陌上行人还有。　　泥滑难将旧恨,提壶唤起新愁。天涯芳草自悠悠,零落海棠消瘦。

### 李　因

字今生,号是庵,又号龛山逸史。浙江会稽人,葛征奇室。有《竹笑轩集》。

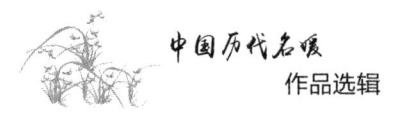

## 菩萨蛮

莺声渐老春归去,游丝著意留花住。独自倚空楼,珠帘懒上钩。 妒他双宿燕,故把重门键。月照小阑干,罗衣怯暮寒。

## 郑 妥(郑如英)

金陵人,名妥,金陵院妓,韶丽惊人,亲铅椠之业,与期莲生者目成。寄《长相思》用十二字为目,酬和成帙。冒伯麟集妥与马湘兰、赵令燕、朱泰玉之作为《秦淮四美人选稿》。称妥手不去书,朝夕焚香持课,居然有出世之想。伯麟有《述怀诗》云:"浪说掌书仙,尘心谪九天。皈依元凤愿,陌上亦前缘。"良可念也。《雨中送期莲生》:执手难分处,前车问板桥。愁从风雨长,魂向列离销。客路云兼树,妆楼暮与朝。心旌谁复定,幽梦任摇摇。

## 浪淘沙

日午倦梳头,风静帘钩,一窗花影拥香篝。试看别来多少恨,江水悠悠。新燕语春秋,泪湿罗裯,何时重话水边楼。梦到天涯芳草暮,不见归舟。

## 柳如是

明末清初女诗人,1618—1664在世。本姓杨,名爱,改姓柳,名隐,又改名是,字如是。号河东君,又号蘼芜君、影怜、我闻居士。初为吴兴名妓,能画工诗,色艺冠一时。后嫁崇祯朝礼部侍郎钱谦益,构绛云楼居之,酬唱无虚日。明亡,劝谦益殉国,谦益不能从。谦益死后,尸骨未寒之际,由于家族中攘夺家产,被逼自缢。如是传世著作有《戊寅草》《湖上草》,并辑有《古今名媛诗词选》。

## 金明池 寒柳

有恨寒潮,无情残照,正是萧萧南浦。更吹起,霜條孤影,还记得,旧时飞絮。况晚来,烟浪迷离,见行客,特地瘦腰如舞。总一种凄凉,十分憔悴,尚有燕台佳句。　　春日酿成秋日雨,念畴昔风流,暗伤如许。纵饶有,绕隄画舫,冷落尽,水云犹故。念从前,一点春风,几隔着重帘,眉儿愁苦。待约箇梅魂,黄昏月淡,与伊深怜低语。

## 踏莎行 寄书

花痕月片,愁头恨尾,临书已是无多泪。写成忽被巧风吹,巧风吹碎人儿意。半帘灯焰,还如梦里,消魂照个人来矣。开时须索十分思,缘他小梦难寻视。

## 杨绛子

浙江嘉兴人,柳如是妹。有《鹃灵阁小集》。

## 高阳台 春柳寄爱姊

过雨含愁,因风助态,江南二月春时。少妇登楼,怜他几许相思。流莺处处啼声巧,织柔條,摇曳丝丝。散黄金,持赠旗亭,劳燕东西。　　逢人莫便纤腰舞,纵青垂若辈,浊世谁知。张绪风流,灵和情更依依。天涯一霎花飞候,也应嗟、堕溷沾泥。怨东风,吹醒芳魂,吹老芳姿。

## 项兰贞

字孟畹,秀水人。黄卯锡室。归卯锡后,学诗十余年,有《裁月》《云露》。

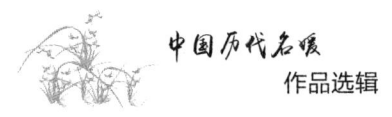

## 南唐浣溪沙 小春

淅淅寒风撼玉钩,起来斜日照红楼。帘外一声鹦鹉唤,唤梳头。　花发小春情脉脉,笛吹长夜恨悠悠。多少泪珠弹不断,倩谁收?

## 陈　沅

字圆圆,一字畹芬。姑苏名妓。本姓邢,幼从养姥陈氏,因姓陈。有殊色,善歌,初为田畹所得,后归吴三桂。李自成破京师,圆圆为自成所得,三桂大怒(吴伟业《圆圆曲》"冲冠一怒为红颜"),乞清师破自成,乃复得圆圆。顺治中,三桂进爵为王,圆圆将正妃位,辞。三桂后妇悍妒,圆圆独居别院。及三桂有异谋,圆圆窥其微,乞为女道士以终。

## 丑奴儿令 梅花

满溪绿涨春将去。马踏星沙,雨打梨花,又有香风透碧纱。　声声羌笛吹杨柳。月映官衙,懒赋梅花。帘里人儿学唤茶。

## 顾　春

又名顾太清(1799—1876),字梅仙。原姓西林觉罗氏,满洲镶蓝旗人。嫁为贝勒奕绘的侧福晋。被誉为"清代第一女词人"。晚年以道号"云槎外史"之名著作小说《红楼梦影》,成为中国小说史上第一位女性小说家。其文采见识,非同凡响,因而"八旗论词,有"男中成容若,女中太清春"之语。

## 浪淘沙 登香山望昆明湖

碧瓦指离宫,楼阁玲珑。遥看草色有无中。最是一年春好处,烟柳空濛。

湖水自流东，桥影垂虹。三山秀气为谁钟？武帝旌旗都不见，郁郁蟠龙。

## 江城子 落花

花开花落一年中，惜残红，怨东风。如雪扑帘栊。坐时飞花花事了，春又去，太匆匆。

惜花有恨与谁同？晓妆慵，忒愁侬。燕子来时，红雨画楼东。尽有春愁衔不去，无才思是游蜂。

## 江城梅花引 雨中接云姜信

故人千里寄书来。快些开，慢些开，不知书中安否费疑猜。别后炎凉时序改，江南北、动离愁、自徘徊。　徘徊，徘徊，渺予怀。天一涯，水一涯。梦也，梦也，梦不见，当日裙钗。谁念碧云，凝伫费肠回。明岁君归重见我，应不是，别离时，旧形骸。

况周颐译云："情情相生，自然合拍。"

## 霜叶飞 和周邦彦片玉词

萋萋芳草，疏林外，月华初上林表。断桥流水暮烟昏，正夜凉人悄。有沙际，寒蛩自晓。星星三五流萤小，见白露横空，那更对，孤灯如豆，清影相照。昨夜梦里分明，远随征雁，迢递千里难到。西风吹过几重山，怅故人怀抱。想篱落，黄花开了。尊前谁唱凄凉调？应念我，凝情处，听风听雨，恨添多少？

## 浪淘沙 春日同夫子慈溪纪游

花木自成蹊，春与人宜，清流荇藻荡参差。小鸟避人栖不定，扑乱杨枝。

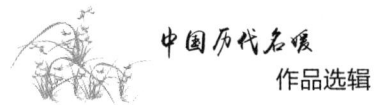

归骑踏香泥，山影沉西，鸳鸯冲破碧烟飞。三十六双花样好，同浴清溪。

## 胡 莲

字茂生，浙江天台人。有《涉江词》。

### 蝶恋花

忆昔相逢银烛底，细语难传，弹入瑶琴里。隔坐相邀欢未几，登楼怅望情何已。　肠断当时书一纸，两字鸳鸯，印入双心里。瘦减罗衣都为此，秋风吹落梧桐子。

## 沙 宛

字嫩儿，又字未央，自号桃叶女郎。清金陵妓，能诗，有《蝶香词》。

### 醉花阴

翡翠楼头风几阵，断送残红尽。落暮掩罗帏，睡鸭香寒，冷却沉檀印。梦回宝枕垂云鬓，愁压蛾弯损。窗外雨声疏，响入芭蕉，又是黄梅信。

——《历代名媛词选》

## 纪映淮

明末清初女诗人，字冒绿（1617—1691?），小字阿男，江南上元（今江苏南京）人，纪映钟之妹，莒州杜李室，其夫抗清被戮，纪映淮守寡以终，著有《真冷堂词》。

• 词 •

## 桃源忆故人

楼前花逐东风舞,惟有杨花堪妒。一味入帘穿户,不管愁人顾。　枝头杜宇声偏苦,叫得斜阳欲暮。门外残红无数,零落横塘路。

——《历代名媛词选》

## 顾之琼

字玉蕊,浙江钱塘人,钱绳庵室。有《亦政堂集》。

## 浣溪沙 闺思

一缕乌云散篆香,雨丝红泪破残妆,沈吟长自送斜阳。　烟嫋嫋升迟宝鼎,雨濛濛过冻银床,不堪人去日添长。

## 唐　榛

字玉亭,四川奉节人。宜兴周书占室。徐乃昌《闺秀词钞》《众香词》录其词三阕。

## 清平乐

江南三月,好雨知时节。一夜小楼吹不歇,桃花雨花俱发。　重楼山外青山,春光多在珠湾。试问清风明月,何曾拘管人间。

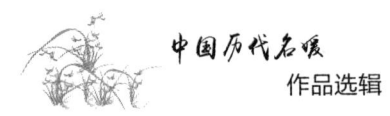

## 浣溪沙

深掩重门白昼清,东风午院落花轻。碧纱窗外雨新晴。　　烟锁垂杨愁欲结,梦回香阁恨初生。枝头黄鸟一声声。

## 徐　灿

字湘苹(约1618—1698),又字明深、明霞,号深明,又号紫言(竹字头)。江南吴县(今苏州市西南)人。明末清初女词人、诗人、书画家,为"蕉园五子"之一。光禄丞徐子懋女,弘文院大学士海宁陈之遴继妻。从夫宦游,封一品夫人。工诗,尤长于词学。她的词多抒发故国之思、兴亡之感。又善属文、精书画、所画仕女设色淡雅、笔法古秀、工净有度,得北宋人法,晚年画水墨观音、间作花草。著有《拙政园诗馀》三卷,诗集《拙政园诗集》二卷,凡诗二百四十六首,今皆存。

## 少年游 有感

衰杨霜遍灞陵桥,何物似前朝?夜来明月,依然相照,还认楚宫腰。　　金樽半掩琵琶恨,旧谱为谁调?翡翠楼前,烟脂井畔,魂与落花飘。

## 诉衷情 暮春

今春何事待将休,丝雨柳梢头。恁般心事撩乱,还要替花愁。　　江南景,绿阴稠,倦红妆。暂飞乡梦,试看归鸿,也算忘忧。

## 踏莎行

芳草才芽,梨花未雨,春魂已作天涯絮。晶帘宛转为谁垂?金衣飞上樱桃树。故国茫茫,扁舟何许?夕阳一片江流去。碧云犹叠旧河山,月痕休到深深处。

**辑者按**:相国指她的丈夫陈之遴。之遴本为崇祯朝进士,入清官至弘文院大学士。一个丧失气节,一个眷恋故国河山,故云:"相国愧之。"谭献《箧中词》评论说:"兴亡之感,相国愧之。"

## 永遇乐 舟中感旧

无恙桃花,依就燕子,春景多别。前度刘郎,重来江令,往事何堪说!近水残阳,龙归剑杳,多少英雄泪血!千古恨,河山如许,豪华一瞬抛撇。　　白玉楼前,黄金台畔,夜夜留明月。休笑垂杨,而今金尽,秋李还销歇。世事流云,人生飞絮,都付断猿悲咽。西山在,愁容惨黛,如共人凄切。

谭献评说:这首词"外似悲壮,中实凄咽,欲言未尽"。

## 西江月

剪烛闲思往事,看花尚记春游。侯门东去小红楼,曾共翠娥杯酒。　　闻说倾城尚在,可如旧日风流?匆匆弹指十三秋,怎不教人白首。

《词苑丛谈》引陈维崧《妇人集》说她"才锋遒丽,生平著小词绝佳。盖南宋以来,闺房之秀,一人而已"。

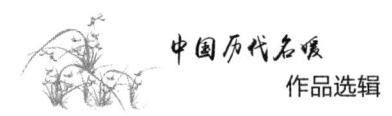

## 菩萨蛮

　　困花压蕊丝丝雨,不堪只共愁人语。斗帐抱春寒,梦中何处山。　　卷帘风雨恶,泪与残花落。羡煞是杨花,输它先到家。
　　一春谁试桃花雨,游丝只共晴烟舞。燕也不曾来,湘帘空自开。起看花影午,鸾镜双蛾俯。徙倚却黄昏,泪如红蜡痕。

　　近来才女,应以徐灿为第一。灿字湘苹,长洲人,归海宁陈素庵之遴。所著有《拙政园词》,皆绝工艳流丽,尤喜其《菩萨蛮》二词。

——李调元《雨村词话》

## 朱中楣

字远山,江西南昌人,吉水李元鼎室。著有《镜阁新声》。

### 西江月　暮春雨夜

　　细雨欲收春去,残花暗约莺留。无心闲玩强登楼,陌上行人还有。　　泥滑难将旧恨,提壶唤起新愁。天涯芳草自悠悠,零落海棠消瘦。

## 杜漪兰

字中素,江西吉水人,建昌熊文举室。有《耻庐集》。

### 阮朗归　新柳

　　條风处处放新枝,行行春日迟。闲看芳草影参差,莺花争艳时。　　杨柳岸,画船齐,相思忆画眉。那禁对对鸟飞归,风光只自知。

## 刘 淑

字淑英,江西安顺人。铎女,王蔼室。有《千山遗集》附词。

### 画堂春

凉飚冽冽摧深红、淡秋欲别难容。朝来羞睹绮霞工、雁急歌风。　　转盼华图如卷,江干哭损芙蓉。送秋已是意都慵,又说寒冬。

## 彭 琬

字玉映,浙江海盐人。期生妹,适马氏。有《挺秀堂集》。

### 锦堂春

月已几番圆缺,漫云别未三秋。谁怜心曲无多地,贮尽万千愁。　　鹊语朝朝无准,灯花夜夜空留。恼他云树连天远,远何处认归舟。

## 侯承恩

字思谷,一字孝仪,江南嘉定人。江东益室。有《盆山词钞》一卷。

### 画堂春

夕阳时候薄寒生,依依独角自闲行。一群鸿雁带愁声,飞过高城。　　揽镜暗伤憔悴,背人偷落红冰。画桥西去是蓬瀛,只隔云程。

## 黄媛介

字皆令,浙江嘉兴(今浙江嘉兴)人。生卒年均不详,约清世祖顺治前后在世。工诗赋,善山水。太仓张溥闻名往求之,时已许字杨氏世功。世功久客不归,父兄劝之改字,媛介誓不可,卒归世功。吴伟业曾作《鸳湖闺咏四章》以赠。明亡,家破,转徙吴越间,以笔墨自给。著有《湖上草》《越游草》《离隐词》等传于世。

### 临江仙 秋日

庭竹萧萧常对影,卷帘幽草初分。罗衣香褪懒重薰。有愁憎燕语,无事数归云。　秋雨欲来风未起,芭蕉深掩重门。海棠无语伴销魂。碧山生远梦,新水失残痕。

## 张学雅

字古什,山西阳曲人。张佚女,金坛于沚聘室。有《绣余草》。

### 蝶恋花 夜雨

门掩苍苔春寂寂。暮雨潇潇,隔著窗儿滴。小院黄昏人独立,一双飞鸟归栖急。　万里潇湘云雾湿。帘外风声,疑是吹芦荻。肠断梅花和泪泣,还惊夜半高楼笛。

## 钟 青

字山容,浙江仁和人。适海盐吴氏,有《寒香集》。

## 如梦令 五日十五夜

皓月柳梢堪恋,风散榴花片片。总是一情痴,可惜流光如电。倚遍,倚遍,花影遮人半面。

## 陈 璘

字兰修,江南常熟人。瞿式耜媳,伯申室。有《藕花庄词》。

## 临江仙 咏帘

妩媚风光须掩映,琼轩画舫朱楼。湘波荡漾翠波流。只怜妨燕子,常卷上金钩。　　宛冒游丝绿粘弱絮,最宜烛影红幽。藏香彷佛暗香浮。月分千片雪,雨隔一重秋。

## 吴文柔

字昭实,江南吴江人。兆骞(字汉槎,顺治十四年举人,有《秋笳词》二卷)妹,杨焯室。有《桐听词》。

## 谒金门 寄汉槎兄塞外

情恻恻,谁遣雁行南北?惨淡云迷关塞黑,哪知春草色。　　细雨花飞绣陌,又是去年寒食。啼断子规无气力,欲归归未得。

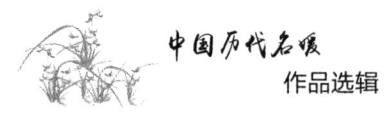

## 王端淑

清初女作家,字玉映,号映然子,又号青芜子,山阴(《中国人名大辞典》作钱塘)人。宗伯王季重次女,钱塘贡士丁睿子之妻(《人名大辞典》作适丁兆圣)。博学工诗文,善书画,一生著述宏富。顺治中欲援曹大家例,召入禁中,教诸妃主,端淑力辞不就。卒年八十余岁。

### 浣溪沙 春闺

澹绿轻红掩画楼,珠帘尽日下金钩,玉人鸾镜倦梳头。 春老梦寻芳草路,销魂人在木兰舟,明月何处弄箜篌?

## 高景芳

汉军旗人,张宗仁室。有《红雪轩词》一卷。

### 祝英台近 莫愁湖

柳条长,春水阔,中有断肠路。曲曲平堤,村径夕阳暮。旧时艇子曾来,金樽兰桨,竞寻访,莫愁何处。 昔年事,湖上水鸟双双,只许鸳鸯住。寂历江干,谁是燕莺主?可怜花粉花开,帆来帆去,石城烟树。

## 钟 筠

字贲箸,浙江仁和人,仲恒室。有《梨云榭诗余》二卷。

### 虞美人 春闺

一春花信多担阻,赢得连朝雨。千丝碧柳万丝愁,几度春风,吹不到空楼。

百般小鸟传声巧,红日窥窗早。随他镜里舞孤鸾,待画春山,只怕晓风寒。

## 王 芬

字蕙田,江南娄县人,华亭唐寿椿室。有《十燕巢阁诗》。

### 卜算子 七夕

偶向闲庭立,又报双星节。每岁今宵一度逢,莫话长离别。　银汉鹊桥低,金井瓜盘设。不信姮娥不解愁,掩却天边月。

## 赵承先

字希孟,浙江钱塘人,秀水朱裔三室。有《闲远楼稿》。

### 竹枝词 虎丘四时词条二

春来事事渐繁华,殿阁云深万树花,鹤涧香生罗绮簇,引人不独只烟霞。
短薄祠前雪渐铺,林峦粉饰画难图。梅枝相映山塘月,一抹寒烟失太湖。

## 吴 碧

字玉娟,浙江仁和人。有《柳塘词》。

### 烛影摇红 梅花

雪压霜摧,岁寒心事谁人晓。三分冷艳十分香,瘦影天然妆,笛里飘零最早,

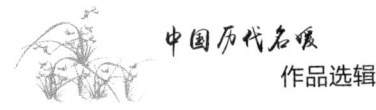

抵多少，别离烦恼，相思恨结，未到开时，头先白了。

玉洁冰清，寻常攀折休倾到。怪他桃李太轻狂，羞同东风笑。莫待寿阳人老，最堪怜、罗浮梦杳。月当头处，人倚阑时，幽心悄悄。

## 钱宛鸾

字翔青，江南吴县人。适云间张氏。有《玉泉草堂词》。

### 画堂春 落花

今宵微雨昨朝风，落尽残红。黄莺啼老绿阴中，摇漾帘栊。　　拾翠人遥，洛浦、为云，梦散巫峰。将开将谢怨春工，未解芳容。

## 林以宁

字亚清，钱塘人。进士林纶之女，监察御史钱肇修（著名戏曲家）之妻。能诗善画，尤长墨竹，且工书法和骈文。她是清代有名的"蕉园五子"（徐灿、柴静仪、朱柔则、林以宁、钱凤纶）之一。著有《墨庄文抄》《墨庄诗余》等。

### 离亭燕

皎皎银河如练，相映小楼人倦。几度寒砧声断续，逗起离情千万。明月不知愁，犹照旧时庭院。　　立尽西风凝盼，回首故园魂断。窈窈长宵浑不寐，枉觉衡阳归雁。饮泣织回文，泪点模糊一半。

## 蔡 琬

字季玉，奉天辽阳人。毓荣女，高其倬室。有《蕴真轩诗余》。

· 词 ·

## 南柯子 寄永夫人

已惜分巢燕,犹怜对镜鸾。袖香余暖共凭阑。记得绿窗松影不胜寒。　　共局他时约,花亭一晌欢。锦囊佳句好谁看?今夜嫦娥望尔,报平安。

## 顾贞立

原名文姬,字碧汾,自号避秦人。江苏无锡人贞观姊,侯晋室。有《栖香阁词》一卷。辑者按贞观字梁汾,清代著名词人,与纳兰性德友善。

## 浣溪沙

好梦留人悔却醒,谁教莺语弄新晴。乍寒还暖又清明。　　门掩落花春寂寂,香消睡鸭昼沉沉。日长闲自理瑶琴。

不在饰句而自有闲适之致,于小令尤宜。莺啼惊梦,乃习见语。首句言悔醒世味之淡,不为梦境之甘也。

——《栖香阁词》(宣统二年刻本)无名氏硃笔眉批。

## 又

独坐无聊对简编,闲题恨字满花笺。夕阳西去转悽然。　　掩泪低徊妆阁畔,掀帘私语瘦梅前,此时试向阿谁怜。

## 忆王孙

何事愁多与病缘,一宵风雨又无眠。起来羞对镜台前。有谁怜,探梅时节拥炉天。

## 满江红 中秋寄梁汾弟

此夜秦淮桃叶渡,兰舟桂桨回首处。金焦两点,水天一样;望去金波鹜万里,愁来白发三千丈。笑闺中嬴质,愧称兄,余差长。

河桥畔,危楼上;疏林隔,征帆漾。伫斜阳送眼,秋潮初涨。十载别离劳梦寝,半生词赋同悽怆。愿重来还补谢家吟,人无恙。

## 如梦令

说道残冬归矣,何事经春还未?铅粉褪梅妆,又报杏花微雨。留住,留住,几叠遥山烟树。

## 南乡子二首 并序

壬子仲冬,同表妹张夫人小舟出西关,湿云连天,欲雨不雨,凄凉景况,黯然消魂。忆从前礼忏华藏,曾维缆于此,风和日暖,迥异斯时,弹指韶光,抑何连耶?因记以二词。其二和张韵,华藏多樱桃花,故落句及之。

### 其一

消尽夜来霜,落木萧疏雁数行。一寸横波凝望处,潇湘。无限江山送夕阳。羞说擅词场,总是愁香怨粉章。安得长流俱化酒,千觞。一洗英雄儿女肠。

## 其二

携酒载婵娟,剪叶为帆藕作船。重系乌堤衰柳下,凄然。分付斜阳惨淡烟。谁与语寒泉,瘦影低鬟照可怜。不似清和风日好,湖边。红绽樱花月正圆。

江山夕阳句,七字中多少兴亡之感。下阕言江流化酒,洗涤愁肠。儿女缠绵,英雄战伐,都被浪花淘尽矣。

——无名氏硃笔眉批

## 沈 宛

字御蝉,浙江吴兴人。叶恭绰《全清词钞》谓沈宛是纳兰性德室。但据徐乾学为纳兰性德撰墓志铭,性德原配卢氏,继配官氏,并未提及沈宛。据此,则沈宛可能是性德的姬人,后被遗弃,所谓"枝分连理绝因缘"是也。有《选梦词》。

## 朝玉阶 秋日有感

惆怅凄凄秋暮天,萧条离别后,已经年。乌丝旧咏细生怜。梦魂飞故国、不能前。　　无穷幽怨类啼鹃,总教多血泪,亦徒然。枝分连理绝因缘。独窥天上月,几回圆。

## 菩萨蛮 忆旧

雁书蝶梦皆成杳,月户云窗人悄悄。记得画楼东,归骢系月中。　　醒来灯末灭,心事和谁说?只有旧罗裳,偷沾泪两行。

这两首词都是写她被休弃后的痛苦生活和心情。她多么想再见到他,现在只有"归骢系月中"的情景,还在记忆中回旋。她的心事和幽怨向谁去诉说呢?只

有天上的月亮，看见她"偷沾泪两行"的"旧罗裳"。

——《金元明清词选》

### 贺双卿

字秋碧，江苏丹阳人。其家世居四屏山下，业农。秋碧生质颖异，姿亦秀丽。幼时颇好学，遇其舅课徒，窃听之，默记不爽。迨长，工女红，制品精巧。恒取易诗词习之，遂深通文艺。雍正八年（1730），年十八，归于金沙周氏子。姑恶夫暴，劳悴以死。有《雪压轩诗词集》。

### 望江南

春不见，寻过野桥西。染梦淡红欺粉蝶，锁愁浓绿骗黄鹂。幽恨莫重提。
人不见，相见是还然。拜月有香空惹袖，惜花无泪何沾衣。山远夕阳低。

### 凤凰台上忆吹箫

寸寸微云，丝丝残照，有无明灭难消。正断魂魂断，闪闪摇摇。望望山山水水，人去去隐隐迢迢。从今后，酸酸楚楚，只似今朝。
青遥，问天不应，看小小双卿，袅袅无聊。更见谁谁见，谁痛花娇？谁望欢欢喜喜，偷素粉，写写描描。谁还管，生生死死，暮暮朝朝。

### 一剪梅

寒热如潮热未平。病起无言，自扫前庭。琼花魂断碧天愁，推下凄凉，一个双卿。
夜冷荒鸡懒不鸣。拟雪猜霜，怕雨贪晴。最闲时候妾偏忙，才喜双卿，又怒双卿。

**辑者按**：双卿天质颖异，而所遇非人——"姑恶夫暴"，卒致劳瘵以死。故其诗词颇多悲卒之语。读者可参前清诗贺双卿小传。

### 俞彩裳

曲园先生次女，幼而明慧。曲园题其所居曰慧福楼，冀其福与慧兼也。性嗜诗，及归武陵许佶身太守，又致力于词。后以产卒。未卒前一月，尽焚其稿。曲园其旧藏，序而刻之，名《慧福楼幸草》。意取《论衡》所云：火燔野草，其所不燔，名曰幸草。凡诗七十五首，词十五首。

## 如梦令

春色渐归芳树，愁思暗和疏雨。莫去倚阑干，帘外轻寒如许。无语，无语，谁识此时情绪。

## 长亭怨慢

正三月落花飞絮。岁岁魂消，绿波南浦。剩有红戕，断肠留得断肠句。一江春水，量不尽情如许。欲别更徘徊，但泪眼盈盈相觑。

日暮纵归舟不远，已抵万重云树。无眠强睡，怕孤负翠衾分与。想别后独自归来，对罗帐凄凉谁语。只两地相思，挑尽一灯疏雨。

——《闺秀词话》

**辑者按**："绿波南浦"化用江淹《别赋》"春草碧色，春水绿波，送君南浦，伤如之何"！

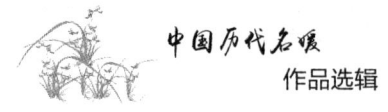

## 薛 琼

无锡人,字素仪,李芥轩崧继室,夫妇白首偕隐,有梁孟风。

### 沁园春 同芥轩赋

利锁名缰,蝇头蜗角,且自由他。幸瓶中鼠窃,尚馀菽粟;畦边虫啮,还剩蔬瓜。随意盘餐,寻常荆布,无愧风流处士家。齐眉案,看鬓霜髭雪,渐老年华。

何妨啸傲烟霞,喜到处徜徉景物奢。且篮舆同眺,青山红树;篷窗共泛,白露苍葭。出不侵晨,归常抵暮,稍有囊钱便买花。随女儿,各经营耕织,检点桑麻。

——《闺秀词话》

**辑者按**:抛却名利,啸傲烟霞,有钱便买花,听凭儿女自食其力。如此白首偕隐,令人羡煞。

## 方玉坤

顺天人,性聪颖能诗。适丁筱舫部郎。后丁南旋,赋雁字长短句寄之,丁得诗即归。

### 失调名

叮咛嘱咐南飞雁,到衡阳与侬代笔,行些方便。不倩你报平安,不倩你报饥寒,寥寥数笔莫辞难。只写个一人两字碧云端。高叫客心酸,高叫客心酸。万一阿郎出见,要齐齐整整,仔细让他看。

——《闺秀词话》

辑者按：语言极其通俗，感情异常真挚。

## 萧恒贞

字月楼，高安人。芗泉方伯妹，归丹徒周天麟太守。天麟亦工词，闺中唱和，人以赵管比之。著有《月楼琴语》一卷。

### 水调歌头 七夕

今夕复何夕，鹊驾已难留。盈盈一水相望，空际碧云流。携得轻纨小扇，坐向冷萤光里，人意淡于秋。襟袂极潇洒，风露浣清愁。

倚银床，荐冰簟，熨罗绸。不妨夜深低语，笑问女和牛。难道仙家眷属。也似人生离合、隔岁一绸缪。终古此河汉，别恨总悠悠。

——《闺阁词话》

## 宗　婉

字婉生，常熟人。与妹倩宜，均娴词翰。婉生幼敏慧，未及笄，即能诗。著有《梦湘楼诗词稿》及《梓余草》《桐叶吟词》凡五十一阕。

### 高阳台 题小青"瘦影自怜春水照"图

一种愁容，十分病态，可曾真个痴心。强整新妆，春风独自沉吟。无情有憾谁人见，只一池春水分明。冷清清，庭院深深，杨柳阴阴。　　天荒地老寻常事，算人间，只有此憾难平。薄命红颜，枉教占断才名。伤心我亦工愁者，向画中订个知音。愿从今、卿自怜侬，侬自怜卿。

——《闺阁词话》

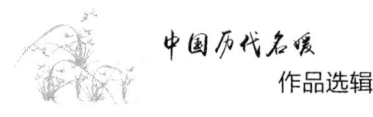

## 曾 懿

　　字伯渊,又名朗秋,四川华阳(今四川成都)人,阳湖袁学昌(幼庵)室。她出身于书香门第,自幼聪慧勤学。父亲去世后,全家乡居浣花溪畔。曾随夫自川入闽,复由闽之皖。她不仅工于诗词书画,尤长于医。著有《古欢室诗词集》及《女学篇》二卷、《中馈篇》一卷、《医学篇》八卷(1907年问世,至今受到中医界的较高评价)。

### 如梦令

　　春水粼粼波皱,南浦消魂时候。风雨阻归期,隔住行人那岫。消瘦,消瘦,镇日帘垂永昼。

### 采桑子 咏秦淮

　　湖山罨画秦淮好。王谢堂前,双燕呢喃,芳草斜阳水拍天。六朝金粉销魂地。桃叶溪边,抚景流连,亚字阑干丁字帘。
　　清秋澹冶秦淮好。瘦了青桐,红了江枫,金碧楼台醉梦中。山河旧影依稀在。凉月惺忪,廿四桥东,一片秋心玉笛风。

### 菩萨蛮

　　东风已绿西堂草,诗魂争奈离情搅。好景艳阳天,年年愁病兼。画屏金缕凤,香锁深闺梦。别绪满关山,人闲心未闲。

## 杨继端

### 画堂春 忆别

春山春水绕离思,垂杨新绿丝丝。索居情绪半成痴,懒谱新词。　　记得苏台分袂,尊前强自扶持。桃花落尽有谁知,暗蹙双眉。

### 蓦山溪 寒夜听雨

纸窗风裂,搅碎檐牙铁。更冻雨廉纤,和长夜欺人情劣。心头耳畔,打迸着销魂(疑为魄之讹)。小梅边,修竹里,点点真愁绝。

关山梦远,断送人轻别。待卜与晴时,只除是五更微雪。鸳鸯耐冷,准拟不成暝。篆香残,谯鼓涩,灯影着明灭。

## 柯心兰

字级秋,陈紫筠司马室,胶州易堂大令培元女。幼承家学,好韵语,著有《香芸阁剩稿》。词犹所习,仅附《虞美人》一阕。年未四十卒。

### 虞美人

梦回频听春鸡唱。催得银屏亮。寒帏生怕小寒侵,只觉朝来难撇是鸳衾。庭前玉树枝相向,日影雕阑漾。隔墙风送卖花声,不道柳丝搓就又清明。

——《听秋馆词话》

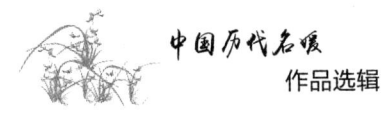

## 杨 琇

字倩玉,杭州沈通声副室。

### 西江月

镜里双蛾对矙,枕边香泪长抛。邻姬无事爱吹箫。不管旁人潦倒。　露下野莲有子,风凉秋燕离巢。银河千丈也填桥,天上原来恁巧。

李调元曰:出语殊有仙气。

——《雨村词话》

## 丁静兰

常州人,丁定甫大令之女。咸丰庚申年。常州城陷,妇女殉节者,缙绅家尤多。静兰有调寄《满庭芳》绝命词一阕,掩抑悲凄,读之令人肠断。

### 满庭芳

万里银波,漏残人静,寥寥天籁无声。寒窗孤影、独自对残灯。无限凄凉旧事,细追思、黯黯伤神。问姮娥、何因生我,弱质太凋零。　销魂当此际,空梁悬影,谁与招魂。但留得清名,薄命传人。此去黄泉前路了,茫茫指示无人。惟剩此一痕冷月,送我去寻亲。

——《闺阁词话》

## 王 筠

长安人。幼嗜书,以身列巾帼为恨。撰《繁华梦传奇》以自抒胸臆。

• 词 •

## 鹧鸪天 题传奇

闺阁沉埋十数年，不能身贵不能仙。读书每羡班超志，把酒长吟太白篇。怀壮志，欲冲天，木兰崇嘏事无缘。玉堂金马生无分，好把心情付梦诠。

——《闺阁词话》

**辑者按**：近人王瑞芳、江民繁编著的《中国历代才女小传》，对作者及《繁华梦传奇》有较详的介绍，读者可查阅。现从该书录湖广总督毕秋帆的母亲张太夫人的题诗二首如下：

燕子桃花绝妙词，南朝法曲少人知。天公奇福何尝吝？不付男儿付女儿。

不为海上骑鲸客，暂作花间化蝶人。是幻是真都是梦，三生谁证本来身！


## 恽　珠

字星联（1771—1833），一字珍浦，晚号蓉湖道人，又称蓉湖散人，自称毗陵女史，清代江苏武进（今常州）人。恽寿平族孙女，肥乡典史毓秀女，满州泰安知府完颜廷璐妻，能诗善绘，闺中有"绝"之目。著有《红香馆集》，纂有《兰闺实录》及《国朝闺秀正始集》。


## 点绛唇 秋夜

夜静天空，西风料峭秋声老。浮云如扫，月到天心小。　　一卷南华，解却愁多少。香闺悄，炉烟细袅，锦帐罗衾好。


## 梁德绳

清浙江钱塘人，字楚生（1771—1847）。工部右侍郎梁敦书女，兵部主事许濂

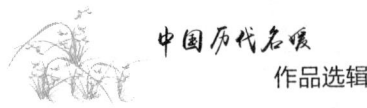

妻。性耽吟咏，兼工书画，曾续成陈端生所撰弹词《再生缘》，有《古春轩诗钞》。

## 抛球乐

小雨吹凉湿桂林，画帘不卷足秋阴。吟边意共青山远，闲处愁随缘酒深。日暮空庭里，北雁飞来动远音。

## 赵 棻

字仪姞。一字婉卿，号子逸，又号次鸿，晚年自称善约老人。上海人。户部侍郎秉冲女也。幼读书，能诗文，有《滤月轩》诗集四卷，文集二卷，词一卷。自为序，略曰："宋后儒者多言文章吟咏非女子所当为，故今世女子能诗者，辄自讳匿，以为吾谨守'内言不出於阃'之礼。反是，则迂欺炫鬻於世，以射利焉耳。是二者，胥失之也。礼昏义女师之教，妇言居德之次，郑君注云：'妇言，辞令也。'夫言之不文，行而不远，文章吟咏，非言辞之远鄙倍者欤？何屑屑讳匿为！"

## 绕佛阁 题雷约轩（葆廉）莲社图

鹤林静土，香界结社，裙屐吟侣。三泖东浒，却疑遁亦庐岑远公住。粥鱼饭鼓，金粟影里，劫尘重数。瑶盏频注。笑他爱酒柴桑唤难去。　忆昔弁峰顶，舌涌青莲留法炬。闻说俊游携筇曾久伫。想约践嬉春，来几新雨。世间今古。问白叶因缘，残衲能诉，更浮图，一珍幽语。

## 刘 氏

字絮窗，江苏武进人。管蘅若室。

## 行香子

柳色才匀,草色方新,怪东风,酿就离情。弦鸣玉轸,酒泛金樽。奈不销愁,不销恨,只销魂。　　极目行云,是处伤神。看斜阳,又近黄昏。桃花片片,杜宇声声。正欲归春,欲归鸟,未归人。

## 王采薇

字玉瑛,一字薇玉,江苏武进人,孙星衍(乾隆五二年进士,袁枚品其诗为"天下奇才")之妻。能诗词,好读《汉书》。工书,论古有识。又善弈,星衍往往以不能对为惭。著有《长离阁诗词》,袁枚称其"哀感顽艳,了当凄楚"。

## 醉花阴 和薇隐韵

嘹唳归鸿惊社后,旅馆乡心逗。梦入晓云飞,绿遍天涯,不见门前柳。露桃影里人犹旧,春也应难久。风日又清明,独对残红,寂寞垂帘昼。

## 谈印梅

字湘卿,归安人。学庭次女,孙庭昆室。与姊印莲,夫族姑佩芳,著有《菱湖三女史集合刻》,又著有《九疑仙馆词》一卷。

## 误佳期

别后车轮常转,死后蚕丝难断。千般懊恼万般娇,怜尔何曾惯!　　爱极转生憎,聚久何妨散。明知归信尚难凭,先把归程算。

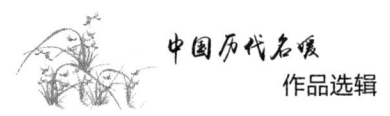

## 秋蕊香

偶把金筝调抚,如怨如怨如慕。曲中弹出鸳鸯谱,室惹周郎回顾。　　芳心更比莲心苦,怎分付?隔窗软语丁宁诉。安全帘外喜无鹦鹉。

## 钱斐仲

字餐霞,号雨花女史。清山西布政使钱昌龄女,德清戚士元室。著有《词话》一卷及《雨花庵词余》,并精绘事。

## 卜算子

自悔种芭蕉,故故当窗户。叶叶凄凄策策声,夜夜添愁绪。　　隔院有梧桐,落叶纷难数。自是离人易得愁,那处无风雨!

## 武意儿

生平不详。应是山西河东地区的女子,也可能是妓女。(据夏承焘、张璋编选的《金元明清词选》)

## 一络索

黄河九曲浑如许,怎相逢便去?河流也似怕君行,一曲曲,回环注。　　春草马嘶何处?剩绿扬愁聚。龙楼此去看花时,还忆着,河东否?

**辑者按**:据词中"怎相逢便去""龙楼此去看花时"二句,当可肯定其为妓女。所谓龙楼看花,则其所逢必犹俗客。作者一见倾心,谅有欲托终身之意。旧社会迫使无数良家妇"托身乐籍,少长风尘"(汪中语),实可哀怜。

## 孙云凤

令宜(春岩)女,袁枚弟子。能诗,善写花卉。后适某氏子,见笔砚辄憎,反目归母家。其妹云鹤、云鸾、云鸿、云鹊、云鹍并能诗、画。有湘筠馆诗。卒年五十一。袁枚有《二闺秀诗》:"扫眉才子少,吾得二贤难。鹫岭孙云凤,虞山席佩兰。"袁枚编《随园女弟子诗选》以席佩兰排第一,孙云凤排第二。

### 诉衷情

红楼梦断晓啼莺,绣幕峭寒生。二月江南春晓,深巷卖花声。　　苔藓薄,柳烟轻,最凄清。昨宵风雨,今朝寒食,来日清明。

### 柳梢青

红叶东风,绿阴疏雨,何处鸣鸠。门掩残春,帘垂清昼,人倚高楼。　　绵绵不断离愁,似芳草萋萋遍州。天若有情,月如无恨,水亦西流。

## 孙云鹤

字兰友(云凤妹),嫁金氏。

### 点绛唇

村柝声寒,乡关梦断三更过。纸窗风破,一点残灯堕。　　静院无人,独自开帘坐。重门锁,梅花和我,对月成三个。

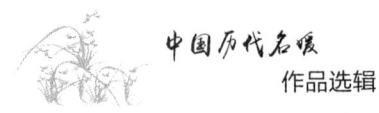

## 张玉珍

字清江,松江华亭人。嫁太仓金瑚秀才,早寡。

### 金缕曲 并序

余自遭变以来,久抛笔砚。春光过半,肠断泪流,无可自解。聊寄长调,以写悲怀。

小院春寒冽,又无端、过了清明,断肠时节。剪纸招魂招不得,路黑关山影灭,但只有愁心凝结。五载离情空缱绻,苦而今踪迹成鸿雪。歌宛转,复呜咽。

林中杜宇应啼血,看天边、月缺犹圆,几曾长缺。命薄红颜千古恨,旧事何堪重说。化梦里双飞蝴蝶。一霎光阴如露电,愿黄泉碧落休言别。生已负,死同穴。

## 张 芬

生平不详。

### 减字木兰花 美人踏青图

冶游天气,杨柳桥边新雨霁。碎剪红绡,系到辛夷第几条。　　翩翩随伴,芳草如茵罗袜暖。莫负东君,有限莺花春欲分。

## 李 嫩

生平不详。

## 捣练子 春闺同清溪作

春悄悄，病恹恹，愁到眉峰两碧尖。妒煞呢喃双燕子，寻巢依旧入风帘。

## 陆 瑛

字素窗，吴县人，诸生昶姊，贡生罗康济室。有《赏奇楼诗词》《蠹馀稿》。

## 望江南 忆婉分嫂

寒成阵，风露逼帘旌。今夜阑干人独倚，去年小阁记同登。往事不胜情。

## 江南春

烟缕缕。雨潺潺。闺中情绪懒，枝上杏花残，流光催得人消瘦，宽褪罗衣不耐寒。

## 席蕙文

字兰枝，一字芸芝，清溪县知县绍元女。著《采香楼诗钞》《自怡集》。

## 竹枝词

曲曲清溪淡淡烟，荻花风起雁来天。渔翁醉卧秋江冷，两岸月明横钓船。

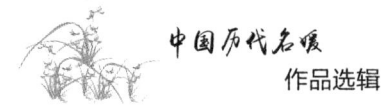

## 江 珠

字碧岑（1764—1804），号小维摩，江苏甘泉人，国子生藩妹。嫁诸生吴学海，受业余处士萧客之门。工词赋，尤长骈体文，通经史，并善舞剑。著有《青藜阁诗文》《小维摩集》传世。

### 望江南 梅

风剪剪，冷淡著疏林。消得相公佳句也，个侬真箇铁为心。雪压一枝横。团粉絮，香护缟衣人。记取灞桥风雪候，花妨微月月妨云，诗影闲梅魂。

## 沈 缥

### 菩萨蛮 春日回文怀素芳周娣

落花红雨春阴薄，薄阴春雨红花落。清院一声莺，莺声一院清。碧波烟霭隔，隔霭烟波碧。魂断最昏黄，黄昏最断魂。

**辑者按**："魂断最昏黄"实不成句，余亦多牵强。这种文字游戏，本无足取，录之聊备一格。

## 尤澹仙

江苏长洲人，字素兰，一字寄湘。工词赋及骈体文。年十八，名列吴中十子。有《晓春阁诗词》。

## 卜算子 闺夜

酌酒破闲愁,未饮先如醉。银缸落尽漏声催,可奈和愁睡。　　而无蝶梦来,空有瑶琴对。秋雨芭蕉一声声,滴得心儿碎。

## 吴 藻

字苹香(1799—1862),自号玉岑子,浙江仁和人。幼而好学,长则致力于词。家居仁和城东,为厉鹗(康熙举人)旧居。后嫁同邑商人黄某为妻,郁郁不得志。晚年移家南湖,与古城野水为伍,绝笔文字,皈依禅院以终。藻词以豪放著,与纳兰容若称清代二大词人。尝以身列巾帼为恨,自绘小影下幅,改作男儿衣履,名为《饮酒读骚图》。有《花帘词》一卷,《香南雪北词》一卷,并传于世。

## 浪淘沙

莲漏正迢迢,凉馆灯挑,画屏秋冷一枝箫。真个曲终人不见,月转花梢。何处暮砧敲?黯黯魂销,断肠诗句可怜宵。莫向枕根寻旧梦,梦也无聊。

## 祝英台近 咏影

曲栏低,深院锁,入晚倦梳裹,恨海茫茫,已觉此身堕。那堪多事青灯,黄昏才到,更添上影儿一个。　　最无那,纵然著意怜卿,卿不解怜我。怎又书窗,依依伴行坐?算来驱去原难,避时尚易,索掩却绣帷推卧。

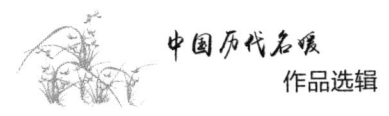

## 满江红 栖霞岭岳武穆王

血战中原,吊不尽、忠魂辛苦。纷纷见、旌旗北指,衣冠南渡。半壁莺花天水碧,十围松柏云山古。最伤心,杯酒未能酬,黄龙府。

金牌急,无人阻;金瓯缺,何人补?但销金锅里,怕传金鼓。墙角读碑斜照冷,墓门铸铁春泥污。爇名香、岁岁拜灵祠,栖霞路。

**注 释**

《武林旧事》:"西湖天下景,朝昏晴雨,四序总宜。杭人亦无时而不游,而春游特盛焉。……日糜金钱,靡有纪极。故杭谚有'销金锅儿'之号。"

吴藻用《满江红》调,填过十首西湖咏古词,是一组"豪宕"之作。上面一首,是其中之一。

**辑者按**:"旌旗北指,衣冠南渡",与李清照"至今思项羽,不肯过江东",以及"南渡衣冠少王导,北来消息欠刘琨"的心情,同样悲愤而沉痛。


## 如梦令

燕子未随春去,飞到绣帘深处。软语话多时,莫是要和侬住?延伫,延伫,含笑回他不许。

**辑者按**:末句以散文句法入词,表现手法极似稼轩。


## 沈善宝

字湘佩,钱塘人。安徽来安武陵云继室。其父沈学琳曾任江南义宁州判。善宝善书画。工诗文,词名也倾盖一时。著有《名媛诗话》和《鸿雪楼诗集》。她是晚清富于爱国热情的女作家。第首词作于道光二十二年(1842)阴历六月二十四日(荷花生日)。当时,鸦片战争已经爆发,英国舰队逼进长江,她和女友张绍英有感于内忧外患,共成此词(上阕张绍英作,下阕善宝续成)。虽出两人之手,而气势贯串,感情一体。不过张词细腻,沈词雄壮。词末"蛾眉曾佐神武",用的是南宋抗金名将韩世忠的夫人梁红玉在黄天荡为世忠击鼓助威的典故。作者借此抒发了自己强烈的爱国主义襟怀。

## 念奴娇 荷花生日

良辰易误,尽风风雨雨,送将春去。兰蕙忍教摧折尽,剩有漫空飞絮。塞雁惊弦,蜀鹃啼血,总是伤心处。已愁衰谢,那堪再听鼙鼓!

闻说照海妖氛,沿江毒雾,战舰横瓜步。钢炮铁轮虽猛掉捷、岂少水师强弩?壮士冲冠,书生投笔,谈笑平夷虏!妙高台畔,蛾眉曾佐神武。

## 满江红 渡扬子江感赋

滚滚银涛,泻不尽、心头热血。想当年、山头擂鼓,是何事业!肘后难悬苏季印,囊中剩有文通笔。数古来,巾帼儿英雄,愁难说。

望北国,愁烟碧;指浮玉,秋阳赤。把蓬窗倚遍,唾壶击缺。游子征衫挽泪雨,高堂短鬓飞霜雪。问苍苍、生我欲何为?空磨折。

**辑者按**:《北堂书钞》:"王大将军(敦)每酒后,辄咏魏武帝乐府歌曰:'老骥伏枥,志在千里;烈士暮年,壮心不已。'以铁如意击唾壶(痰盂)为节,壶尽缺。"

## 满江红 重渡扬子江

扑面江风,卷不尽,怒涛如雪。凭眺处、琉璃万顷,水天一色。酾酒又添豪杰泪,燃犀漫照蛟龙窟。一星星,蟹屿与渔汀,凝寒碧。

千载梦,风花灭。六代事,渔樵说。只江流长往,销磨今昔。锦缆牙樯空烂漫,暮蝉衰柳犹呜咽。笑儿家,几度学乘槎,悲歌发。

从这两首词里,不难想见这位爱国女作家当时那种外敌当前而报国无门的满

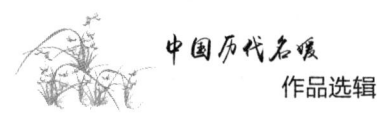

腔怨愤的心情。

——《中国历代才女小传》

## 秋 瑾

字璇卿（1875—1907），号竞雄，别署鉴湖玉侠，山阴（今浙江绍兴）人。1904年赴日本留学，积极参加留日学生的革命活动。次年由光复会员加入同盟会。1906年为反对日本取缔留学生而归国。1907年在绍兴主持大通学堂，联络金华、兰溪等地会党、组织光复军，与徐锡麟分头准备皖浙两省起义。徐失败后被捕，七月十五日慷慨就义于绍兴轩亭口。

### 满江红

小住京华，早又是，中秋佳节。为篱下，黄花开遍，秋窗如拭。四面歌残终破楚，八年风味徒思浙。苦将侬，强派作蛾眉，殊未屑！

身不得，男儿列；心却比，男儿烈。算平生肝胆，因人常热。俗子胸襟谁识我？英雄末路当磨折。莽红尘，何处觅知音，青衫湿！

《历代词萃》译笺：这首词是光绪二十九年作者在北京时所作。笔调雄健，感情奔放，渗透着爱国救亡的革命思想，不愧为中华的巾帼英雄。

### 鹧鸪天

祖国沉沦感不禁，闲来海外觅知音。金瓯已缺总须补，为国牺牲敢惜身！嗟险阻，叹飘零，关山万里作雄行。休言女子非英物，夜夜龙泉壁上鸣。

觅知音句：作者在日本与进步青年、革命志士鲁迅、陶成章、宋教仁、王时译、何香凝、冯自由等，均有交往。

· 词 ·

## 如此江山

萧斋谢女吟《秋赋》，潇潇滴檐剩雨。知己难逢，年光似瞬，双鬓飘零如许。愁情怕诉。算日暮穷途，此身独苦。世界凄凉，可怜生个凄凉女。　　曰："归也"，归何处？猛回头，祖国鼾眠如故。外侮侵陵，内容腐败，没个英雄作主！天乎太瞽。看如此江山，忍归胡虏？豆剖瓜分，都为吾故土。

**辑者按**：词牌《如此江山》又名《齐天乐》。一百零二字，前后片各六仄韵。

## 徐自华

据浙江古籍出版社2014年版《徐自华集》，徐自华字忏慧，号寄尘。崇德（今浙江桐乡崇德）人，生卒年不详，与其妹蕴华俱能诗。秋瑾被害后。与吴芝瑛夫人收其骨而葬之，并寄之以文，又撰《鉴湖女侠秋君墓表》。

## 满江红

感怀，用岳鄂王韵，作于秋瑾就义后。

岁月如流，秋又去、壮心未歇。难收拾。这般危局，风潮猛烈。把酒痛谈身后事。举杯试问当头月。奈吴侬，身世太悲凉，伤心切。

亡国恨，终当雪；奴隶性，行看灭。叹江山已是、金瓯碎缺。蒿目苍生挥热泪，感怀时事喷心血。愿吾侪、炼石效娲皇，补天阙。

秋瑾就义后，浙江各地的光复军和会党，纷纷举事为秋瑾复仇。在日本东京的同盟会总部也派人回国，到上海策动兵变。而在上海的革命党人，则集会制订发动武装起义的计划，清廷十分恐慌。词中"风潮猛烈"，即指上述情况。

吴语称人为侬。秋瑾浙人，故称她为"吴侬"。

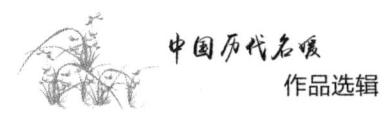

# 散 曲

## 张怡云

元初倡优,能诗词,善谈笑,艺绝流辈。赵松雪、商正叔、高房山等,皆为写《怡云图》以赠。姚牧庵,阎静轩亦与之善。怡云尝佐贵人樽俎,姚阎二公在焉。姚偶言暮秋时三字,阎曰:"怡云续而歌之。张应声作小妇孩儿,曰:'暮秋时……贵人曰,且止,遂不成章。'"

## 残 曲

〔双调·小妇孩儿〕
暮秋时,菊残犹有傲霜枝,西风了却黄花事。

——《青楼集》

## 珠帘秀

姓朱氏,是卢挚同时代的一位有名的歌女。姿容姝丽,长于兼演多种角色。杂剧独步一时,驾头、花旦、软末泥等,悉造其妙。名公文士,颇推重之。胡紫山堂赠以《醉东风》,冯海粟赠以《鹧鸪天》,王秋涧赠以《浣溪沙》。后辈多以朱娘娘称之。

## 小 令

〔双调·寿阳曲(答卢疏斋)〕

山无数,烟万缕,憔悴煞玉堂人物。倚蓬窗一身儿活受苦,恨不得随大江东去。

**附:卢挚寿阳曲**(别珠帘秀)

才欢悦,早间别,痛煞煞(一作痛煞俺)好难割舍。画船儿载将春去也,空留下半江明月。

**辑者按**:卢挚字处道,一字莘老,号疏斋,又号嵩翁,涿郡人。至元五年进士。

# 套　数

〔**正宫·醉西施**〕
检点旧风流,近日来渐觉小蛮腰瘦。想当初万种恩情,到如今反做了一切僝僽。害得我柳眉颦秋波水溜。泪滴春衫袖,似桃花带雨胭脂透。绿肥红瘦,正是愁时候。

〔**并头莲**〕风柔,帘垂玉钩。怕双双燕子,两两莺俦,对对时相守。薄情在何处秦楼?云山满目,羞上晚妆楼。

〔**赛观音**〕花含笑,柳带羞,舞坊何处系离愁?欲传尺素仗谁修,把相思一笔都钩。见凄凉芳草增上万千愁。休休,肠断湘江欲尽头。

〔**玉芙蓉**〕寂寞几时休?盼音书天际头。加人病,黄鸟枝头,助人愁,渭城衰柳。满眼春江都是泪,也流不尽许多愁。若得归来后,同行共止,便是牡丹花下死,做鬼也风流。

〔**余文**〕东风一夜轻寒透,报道桃花逐水流,莫学东君不转头。

# 真　氏

建宁(今福建建瓯)人。元歌妓。
《南村辍耕录》卷二十二玉堂嫁女条云:姚文公燧为翰林学士承旨日,玉堂设宴,歌妓罗列,中有一人,秀丽闲雅,微操闽音。公使来前,问其履历,初不以

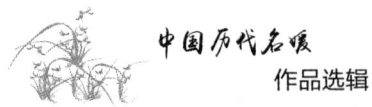

实对。叩之再,泣而诉曰:"妾乃建宁人,真西山之后也。父官朔方时,禄薄不足以给,侵贷公帑,无偿,遂卖入娼家,流落至此。"公命之坐,乃遣使诣丞相三宝奴,请为落籍。丞相素敬公,意公欲以侍巾栉,即令教坊检籍除之。公得报,语一小史曰:"我以此女为汝妻,女即以我为父也。"史欣然从命,京师之人,相传以为盛事云。

## 〔仙吕〕解三酲

奴本是明珠擎掌,怎生的流落平康。对人前乔做作娇模样,背地里泪千行。三春南国怜飘荡,一事东风没主张。添悲怆,那里有珍珠斛,来赎云娘!

**辑者按**:人前娇模样,背地泪千行,概括了娼女的悲惨生涯,沉痛之极。

## 张玉莲

元末倡优,人多呼如张四妈。旧曲其音律不传者,皆能寻腔依词唱之。丝竹咸精,蒲博尽解,谈笑亹亹,文雅彬彬,南北令词,即席成赋,审音知律,时无比焉。往来其门,率富贵公子。积家丰厚,喜延款士夫。复挥金如土,无稍暂爱惜。

——黄雪蓑《青楼集》

## 残 曲

〔双调·折桂令〕
朝夕思君,泪点成斑。
失宫调牌名
侧耳听门前过马,和泪看帘外飞花。

· 散 曲 ·

## 一分儿

姓王氏，京师角妓也。歌舞绝伦，聪慧无比。一日，丁指挥会才人刘士昌、程继善等于江乡园小饮，王氏佐樽，时有小姬歌菊花令南吕曲云："红叶落火龙褪甲，青松枯怪蟒张牙。"丁曰："此沈醉东风首句也，王氏可足成之。"王氏应声而成，一座叹赏。

## 小 令

〔双调·沉醉东风〕
红叶落火龙褪甲，青松枯怪蟒张牙。可咏题，堪描画，喜觥筹席上交杂。答剌苏，频斟入，礼厮麻，不醉呵休扶上马。

——《青楼集》

## 金莺儿

山东名妓也。美姿色，善谈笑，搊筝合唱，鲜有其比。贾伯坚任山东佥宪，一见属意焉，与之甚昵。后除西台御史，不能忘情，作醉高歌红绣鞋曲以寄之。

## 红绣鞋

乐心儿，比目连枝。肯意儿，新婚燕尔。画船开抛闪的人独自。遥望关西店儿，黄河水流不尽心事，中条山隔不断相思。常记得夜深沉，人静悄，自来时。来时节，两三句话，去时节一篇诗。记在人心窝儿里，直到死。

——《青楼集》（元黄雪蓑）

## 刘婆惜

乐人李四之妻，江右人，颇通文墨，滑稽歌舞，迥出其流。先与杭州常推官

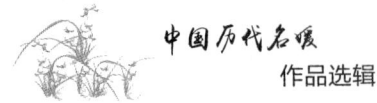

之子之三舍者交好，为其夫间阻，偕宵遁。事觉，决杖，刘负愧，将之广海居焉。道经赣州，时全普庵撒里字子仁，由礼部尚书除赣州监郡。平时守官清廉，惟耽于花酒，公余每与士大夫酬歌赋诗。帽上常喜簪花，否则或果或叶，亦簪一枝。刘过赣，谒全子仁。时宾朋满座，全帽上簪青梅一枝，行酒，全口占《清江引》曲云："青青子儿枝上结。"令宾朋续之，众未有对者。刘敛衽进前曰："能容妾一词乎？"全曰："可。"刘应声续：惹人攀折云云。全大称赏。

## 小 令

**〔双调·清江引〕**

青青子儿枝上结，引惹人攀折。其中全子仁，就里滋味别。只为你酸留意儿难弃舍。

此据《古今说海》本、《说集》本"枝上"作"枝头"，"引惹"作"未许"。末句作"酸溜溜好教人难弃舍"。

## 张 氏

元妓。余无考。

## 套 数

**〔南吕·青衲袄南〕**

蹙金莲双凤头，缠轻纱一虎口。我见他笑捻鲛绡过鸳鸯，敢眉下转将他心事留，占莺花第一俦。正芳年恰二九，恰二九。生的来体太轻盈，皓齿朱唇，不能够并香肩同携手。

**〔骂玉郎北〕** 娇娃俊雅天生就，腰似柳，袜如钩，湘裙微露金莲瘦。你看他宝髻堆，玉笋长，露出春衫袖。

**〔大迓鼓南〕** 相逢莺燕友，四眸相顾，两意相投，此情难消受。风流自古，偏惜风流，展转留情双凤眸。

〔感皇恩北〕呀，指望待饱玩娇羞，谁承望各自分头。好教我恨天高，嫌地窄，怨人稠。指望待相随皓首，谁承望鬼病因由。不由人魂渺渺，体飘飘，魄悠悠。

〔东瓯令南〕添疾病，减风流，废寝忘餐相应候。前生作下今生受，今生不遂来生又。魂劳梦穰感离愁，都则为女娇羞。

〔采茶歌北〕都则为女娇羞，端的是忒风流，闪的人不茶不饭几时休。何日相逢同配偶，甚时密约共绸缪。

〔赚南〕计上心头，暗令家童私相候，休泄漏。何期两意同成就，为他憔瘦。

〔乌夜啼北〕闪的我看看疾重，实实病久，为多情镇日空僝僽。呀，一会家近书斋想念无休。到黄昏愁云怨雨相拖逗，更阑也无限忧愁，夜深沉雨泪交流。想娇容直到五更头，我与你从头一一他行受。果然他心意坚，恩情厚，俺待要鸾交凤友，燕侣莺俦。

〔节节高南〕喜孜孜暗讨求，语相投，今宵暗约同成就。灵犀透，共焚香，齐言咒。日坠月上初沉漏，星移斗转三更候，潜踪蹑足近庭闱，轻移那步临门候。

〔鹌鹑儿北〕猛见了俊俏多情，我和他挨肩携手。悄悄的行入兰房，暗暗的同眠共宿，娇滴滴语颤声低。情未休，情未休，锦被蒙头。燕侣莺俦，旖旎温柔，受过了无限凄凉，谁承望今宵配偶。

〔尾声南〕多情此意难消受，书生切切在心头，受过凄凉一笔勾。

# 王　氏

大都歌妓，余不详。

# 套　数

〔中吕·粉蝶儿（寄情人）〕

江景萧疏，那堪楚天秋暮。战西风柳败荷枯，立夕阳空凝伫。江乡古渡，水接天隅，眼弥漫满山烟树。

〔醉春风〕寂寞日偏长，别离人最苦，把一封正家书改做了诈休书。冯魁不睹是将我来娶。娶，知他是身跳龙门，首登虎榜，想这故人何处？

〔红绣鞋〕往常时冬里卧芙蓉裯褥，夏里铺藤席纱帐，但出门换套儿好衣服。不恋丑冯魁茶员外，茶员外钞姨夫，我则想俏双生为伴侣。

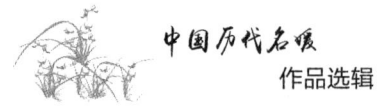

〔迎仙客〕见一座古寺宇,盖造得忒非俗。僧人念经掐数珠,待道是小阇梨,却原来是老院主。俺是个檀越门徒,门长老何方去。

〔石榴花〕看了那可人江景壁间图,妆点费工夫。比及江天暮雪见寒儒,盼平沙趁宿,落雁无书。空随得远浦帆归去,渔村落照舟方住。烟寺晚钟凄然度,洞庭秋月照人孤。

〔斗鹌鹑〕愁多似山市晴岚,泣多似潇湘夜雨。少一个心上才郎,多一个脚头丈夫。每日价茶不茶饭不饭,百无是处,教我那里告诉。最高的离恨天堂,最低的相思地狱。

〔普天乐〕腹中愁,诗中句,问什么失题落韵,跨蹇骑驴。想着那得意时,着情处,笔尖题出惊人句,不由我短叹长吁。嘱付他僧人记取,苏卿留语,知他又渐何知。

〔上小楼〕怕不待剖开肺腹,都向诗中分付。我这里行思行想,行写行读,泪雨如珠。都是此道不出,写不出,忧愁忧虑,搁着笔一声声啼哭。

〔幺篇〕他怎知我嫁了人,我怎知他应过举。翻做了鱼沉雁杳,瓶坠簪折,信断音疏。咫尺地半载余,一字无。双郎何处?我则索随他贩茶船去。

〔十二月〕无福效鸾俦莺侣,有分受枕剩衾余。想起那相思苦,空教人好梦全无。辜负了清歌妙舞,受了些寂寞消疏。

〔尧民歌〕闪的人凤凰台上月儿孤,趁一帆风势下东吴。我这里安桅举棹泛江湖,到不如沉醉罗帏倩人扶。踌躇,天边雁影遥,枉把佳期误。

〔摩合罗〕这厮不通今古通商贾,是贩卖俺愁人的客旅,守着他忧闷怎消除。真乃是牛马襟裾,斗筲之器成何用,粪土之墙不可圬。想俺爱钱娘乔为故,不分好歹,不辨贤愚。

〔三煞〕娘呵你好下的好下的,忒狠毒忒狠毒,全没些情爱牵肠肚。则好教三千场失火皇天震,一万处疔疮生背疽。怎不教我心中怒,你在钱堆上受用,撇我在水面上沉浮。

〔二煞〕我上船时如上木驴,下舱时如下地府,靠桅杆似靠着将军柱。一个随风倒舵船牢狱,趁浪逐波乘槛车。伴着这乔人物,恰便似冤魂般相缠,日影般相逐。

〔一煞〕冯魁酒正浓,苏卿愁起初,下船来行到无人处。我比娥皇女哭舜添斑竹,曹娥女泣江少孝服。则怕瞧破俺真情绪,揾眼疾偷淹痛泪,佯呵欠假带长吁。

〔尾声〕泪珠何日干,愁眉不得舒。将普天下烦恼全堆聚,也似不得苏卿半日苦。

郑振铎云：女流作家，这时绝少。有人都行院王氏，作《粉蝶儿》长曲一套，描写妓女生活，极为沉痛。

——《插图本中国文学史》（第四十九章）

《词谑》〔中吕〕《赶苏卿》，大都歌妓王氏寄情而作。虽妇人亦知词，宜乎元人以词擅名也。

## 杨升庵夫人黄氏

任讷《杨升庵夫妇散曲·弁言》：……至于夫人之作，亦多新颖俊发，不止向所传颂之"积雨酿春寒"一阕而已。且意境解放，突破藩篱，不为数千年礼教所囿，开吾国女子文学未有之局，虽艺术未足抗易安、淑贞之精纯，而情已大申自来女子之闭塞。曲之体使然哉！论吾国女子文学史者，不可忽之。

### 黄莺儿（雨中遣怀）

积雨酿轻寒，看繁花树树残。泥途满眼登临倦，云山几盘，江流几湾，天涯极目空肠断。寄书难，无情征雁，飞不到滇南。

《曲藻》：轻寒作春寒，看作见，云山及江流二句易位。

衣雨滴空阶，傍愁人枕畔来。乡心一片无聊赖，泪眸懒揩，狂歌懒裁。沈郎多病宽腰带。望琴台，迢迢天外，怀抱几时开？

《词林逸响》狂歌作征衫。

霁雨带残虹，映斜阳一抹红。楼头画角收三弄，东林晚钟，南天晚鸿。黄昏新月弦初控。望长安，披襟谁共，万里楚台风。

夫人词一抹红作一彩虹，《词纪》晚钟作晓钟。《逸响》残虹作残红，一抹红作一影虹，收三弄作声三弄。

绿雨湿流光，爱青苔绣粉墙。鸳鸯浦外清波涨，新篁送凉，幽芳弄香。云廊水榭堪游赏。倒金觥，形骸放浪，到处是家乡。

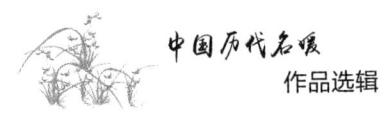

夫人词幽芳作幽兰。《逸响》湿作织。游赏作清赏。

## 落梅花

楼头小,风味佳,峭寒生雨初风乍。知不知时春思念他?背立在海棠花下。
春寒峭,春梦多,梦儿中和他两个。醒来时空床冷被窝,不见你空留下我。
书凭雁,梦凭蝶,枉耽了千金良夜。倚阑千愁见月儿斜,洞房冷银灯花谢。
因他俏,把他迷,眼睁睁指甚为题。害相思只怕日平西,合著眼先推昏睡。

## 罗江怨 寄远

空庭月斜,东方既白,金鸡惊散枕边蝶。长亭十里,唱阳关也。相思相见,相见何年月?泪流襟上血,愁穿心上结。鸳鸯被冷雕鞍热。

## 前 调

青山隐隐遮,行人专急,羊肠鸟道马蹄怯。鳞鸿不至,空相忆也。恼人正是,正是寒冬节。长空孤鸿灭,平芜远树接。倚楼人冷阑干热。

**辑者按**:两首主题基本一致。前者最沉痛的句子应是"相思相见、相见何年月"?后首侧重于"鳞鸿不至,空相忆也"。结句饱含着深刻的情思,一冷一热,余味无穷。

## 天净沙

哥哥大大娟娟,风风韵韵般般。时时刻刻盼盼,心心愿愿,双双对对鹣鹣。
娟娟大大哥哥,婷婷嫋嫋多多。件件堪堪可可,藏藏躲躲,唶唶世世婆婆。

《古今图书集成》引前人诗话评论说:"或比之赵松雪管夫人,犹管工画竹耳,诗词鄙俚,不及黄远矣。"

徐渭(文长)称其:"旨趣闲雅,风致翩翩,填词用韵,天然合律。"

梁乙真《元明散曲小史》中评价说:"她在散曲坛上,正如词中之有李清照、朱淑真。"

## 沉醉东风

也不是石家的绿珠风韵,也不是乔家的碧玉青春。合欢髻、梦里来、行万里。云南近。似苏家过岭朝云,休索我花钿与绣裙。穷秀才,床头金尽。

## 一半儿

小红楼上月儿斜,嫩绿丛中花影遮。一刻千金断不赊。背灯些,一半儿明来,一半儿灭。

腰身小小意中人,娇态盈盈笑里嗔。一点灵犀漏泄春。引人魂,一半儿香来,一半儿粉。

水边杨柳路边花,也照污泥也照沙。合著风流一夥家。说情杂,一半儿妆聋,一半儿哑。

金杯美酒苦留他,锦帐罗帏不恋咱。翠袖红妆马上斜。俏冤家,一半儿嚣人,一半儿耍。

## 骂玉郎过感皇恩采茶歌 咏仕女图

一个摘蔷薇。一个刺挽金钗落。一个拾翠羽。一个捻鲛绡。一个画屏侧畔身斜靠。一个绿写芭蕉。一个红摘樱桃。一个背湖山。一个临盆沼。一个步亭皋。一个管吹凤箫。一个弦抚鸾胶。一个倚栏凭。一个登楼眺。一个隔帘瞧。一个愁眉雾锁。一个醉脸霞娇。一个映水匀红粉。一个偎花整翠翘。一个弄青梅。一个

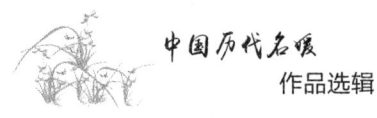

攀折短墙梢。一个蹴起秋千出林杪。一个折回罗袖。一个把做扇儿摇。

这首带过曲通篇二十四句，用二十四个"一个"，写出二十四个古代妇女的形象，各具情态，无一重复。这种有用韵文描写人物群象的本领，实在令人叫绝。"一字歌"的形式，也是黄氏的首创。

——《元明散曲选》

**辑者按**：杨夫人在元、明散曲女作家中（清代亦无其比），堪称独步。任讷及梁乙真女士对她的评价是值得我们重视的。因此，对她散曲选录较多。

## 徐　媛

苏州府长洲人，字小淑（1560—1620）。副使范允临妻。工书画，好吟咏。与寒山陆卿子相倡和，吴中士大夫交口誉之，称吴门二大家。有《络纬吟》。

## 桂枝香 寒夜书愁

### 其一

清霜点峤，玄云天老。四野来鹅管声繁，寒堞上漏筹频报。听檐铃逗风，听檐铃逗风，恍一似旧日笙歌雅调。更添我回肠萦绕，转眼总虚飘。池馆人归后，朱门气寂寥。

### 其二

寒风嶙峭，黄沙卷草。瑶天冻碎堕琼芳，九微烬博炉烟渺。正严威势侵，正严威势侵，耽沉疴倩谁相告？着冷暖有谁相劳？空自旅魂销。泣尽灯前泪，家园已棘蒿！

### 其三

俗情已扫，生缘未了。没由来两字功名，牵绊我一生潦倒。看澄月印潭，看澄月印潭，恰一似重昏夜晓。何日遂皈依真诰？及早去脱尘嚣。回首青山近，仙娃拂袖招。

## 四时江儿水

### 春

寒食厨无火,清明水溅秧,燕归旧垒把新泥上。池塘春晓蘼芜长,棋枰竹坞闲清赏。院宇秋千清扬,香雨丝丝,点破柳梢娇放。

### 夏

五月榴花吐,园林蝶粉黄。翠盘珠露池心漾。玄鬟碧黛妆,两两红牙象板低低唱。别浦莲舟相荡,兰桨刘开,搅破青萍白浪。

### 秋

雾卷水天薄,晶寒水殿凉。盈盈碧影璇宫敞。清光夜永浮仙掌。秋宵玉笛琼楼上,明月关山嘹亮。逸响飘扬,送入绣帏罗幌。

### 冬

轻絮鹅毛叠,寒骄翡翠窗。兽炉烟火氤氲恍,青霜细结明玑网。冷风淡霭穿书幌,朔气寒笳悲壮。边塞荒凉,胡马蓟云遥望。

——《络纬吟》卷九

郑振铎云:范夫人为这时代女作家中的最重要者之一,和杨夫人殆是双璧。她的寒夜书愁,如泣如诉,殆是吴骚中最凄凉之一曲。

——《插图本中国文学史》

## 蒋琼琼

生平不详。

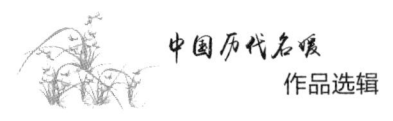

## 桂枝香 春思

澄湖如镜,浓桃如锦;心惊俗客相邀,故倚绣帏称病。一心心待君,一心心待君。为君高韵,风流清俊。得随君,半日桃花下,强如过一生。

**辑者按**:周公辅《古今青楼集选》录存蒋琼琼寄杜生书一文,亦未介其身世。(已选入本辑)郑振铎先生在文学史有如下一段话:"蒋琼琼亦为当时女流作家之一。所作《桂枝香》的四时思及晓思、夜思的六令,很有好句。玩其辞意,当为一妓女;语多拘谨而本色,或为自抒本怀之作而非代笔之罢。"

——郑振铎《插图本中国文学史》

## 林以宁

字亚清,钱塘人。进士林纶之女,监察御史钱肇修(著名戏曲家)之妻。能诗善画,尤长墨竹,且工书法和骈文。她是清代有名的"蕉园五子"(徐灿、柴静仪、朱柔则、林以宁、钱凤纶)之一。著有《墨庄文抄》《墨庄诗余》等。

## 题芙蓉峡传奇

〔八声甘州〕炉烟袅袅,向绮窗拂几,重把灯挑。纤尘不到,水精帘半卷冰绡。金针绣帖今且抛,缃帙芸编伴此宵。然膏,把丹黄评定推敲。

〔皂罗袍〕非是然藜相照。问何来霞气,乱染青绡。磊磊珠玑暗香飘,芙蓉仙峡新词稿。晓楼开宴,金樽翠瓢;闲阶夜咏,云笺彩毫。恍如异境亲身到。

〔前腔〕细玩芳词清调。叹悲欢离合逗起情苗,潇洒心情伴渔樵,功成岂肯居廊庙?鸥夷春泛,风前弄潮;庞家高隐,花前解貂。平生志原皆能道。

〔羽调排歌〕岂肯悠悠?还同腐草。恨缇萦有志难标。含冤只合殉荒郊,奈日近长安路转遥。啼鹃血,魂暗消。荒难林外已三号,思亲泪,不住抛。何时重见整旧镳?

〔掉角儿序〕喜穷经何曾惮劳。素心慕五湖烟棹。想当初螽斯命篇,愧如今小星虚照。若得他,阳阿舞,金谷娇,倾城笑。可抒怀抱。灞陵共老,何愁寂寥!那其间,吟风咏月,自怜同调。

〔尾声〕慧心人,情思巧。一任你笔尖颠倒。怕只怕那有仙姬似小涛。

林以宁在和一班女诗人拈韵分题,吟风弄月之余,又曾试作杂剧《芙蓉峡》传奇。此剧现已失传,除了剧名之外,内容全然不得而知。曲文亦只字不存。仅有《题〈芙蓉峡〉传奇》一曲,从中依稀可知,它所描写的是有关爱情的悲欢离合的题材,作者是"生平志愿",尽寓其中,这是她的得意之作。这套曲收录在她的《墨庄词余》里。

——《中国历代才女小传》

## 顾贞立

原名文姬,字碧汾,自号避秦人。江苏无锡人贞观姊,侯晋室。有《栖香阁词》一卷。辑者按贞观字梁汾,清代著名词人,与纳兰性德友善。

### 桃 丝 自制曲

壬子九月二十一日夜,梦两仙子,烟鬟云鬓,雾縠霞绡,芬芳袭人,光彩耀室,遗余草二株。一株条碧红丝,非花非叶,纤纤可爱,不与垂柳似,云是桃丝。一林翠叶浅深,如梧如菊,如桂如蘪。方圆斜整,种种可异,云是翠凌波。因其名,遂各制一词记之。

### 桃 丝

清波难写流虹影,喜梦里垂垂。比似人间枝叶异桃丝。
红房烂煮琼花宴,问此曾何时?四十九年偿慧业归迟。

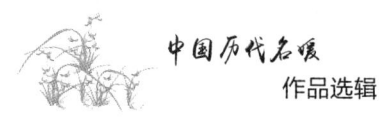

## 翠凌波

　　香逗衾鸾，鬓攲钗凤。断鼓零钟，薄醉和愁拥。哀雁啼蛩清露重，翠生生幻出凌波梦。

　　灵根知是瑶台种，艳叶柔丝，不与凡花共。待展砑粉吴绫，写幅屏山清供。珠箔深沉，不教风雨吹送。

——《栖香阁词》（宣统二年刻本）

## 无名氏

### 〔四季五更驻云飞〕（民间曲调名）

#### 富贵荣华

　　富贵荣华，奴之身躯错配他。"有色金银价"①，惹的旁人骂。嗏②，红粉牡丹花，绿叶青枝又被严霜打，便做尼僧不嫁他。

**注　释**

①这句是骂人的话。意思说，漂亮女子的身份比金银还贵重。

②戏曲中常用的表声之词，有警醒作用。在封建婚姻制度的禁锢下，男女婚姻、爱情，总是同金钱、权势联在一起的。这首小曲，对这种世俗的传统观念，表示了决裂的态度。

——《元明散曲选》

　　**辑者按**：古代遗留下来的"无名氏"作品，不少是妇女之作。这首小曲，细玩其词旨，应肯定其为女子之作。

# 弹　词

## 陶贞怀

清顺治间无锡人，幼多才识。其夫从军在外，幼子夭殇，自身又一病五年，知不起，乃整理旧稿《天雨花》，时已顺治八年矣。

《天雨花》凡三十回，一韵到底。本节如第一回之一部分，略有删节。

——赵景深《弹词选》（新中学文库）

《天雨花》寄托了作者对明代亡国之痛。全书三十回，约七十万字。前半部分写"忠臣而兼智士"的男主角左维明与权奸之间的斗争；后半部分着重描写左维明的女儿左仪贞的过人才智和坚贞勇烈的性格。她不屈于权奸的压迫，手刃奸臣郑国泰，为国除害。到最后，国运已尽，无可挽回，左维明便带领全家和亲友沉船殉节。《天雨花》所表现的民族意识和封建观念都是很浓厚的。

——《中国历代才女小传》

## 乐善村除害

公子年虽十二，英锐威严非等闲；因此众人甚是畏惧，并不敢欺他年幼无知。

看看走到日正午，方到一乡镇市存。一行歇马打中火，齐赶乡村茅店门。丧车停驻店门外，公子来到草堂门。野店无男却是女，走出个白发苍苍老妇人。

见了左公子问道："小相公那里来的？"公子道："我等自大同府而来，行了半日，要打中火，不知你这镇市属何方管下？"婆婆道："此地名叫乐善村，属大同管下。多承小相公前来下顾，还是我老身店中供饭，还是自家起火？"早有总管左书上前说道："我们数十余人，你这小店料难供应，我等自买米粮食物，速速安

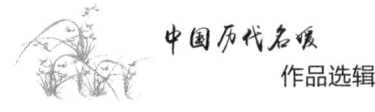

排,临行算还你柴钱房金便了。"

婆婆听了答应是,抬头细细看分明。白布盔巾头上戴,白布毛边一直身。上罩合衫元青布,足下麻鞋孝满身。虽然面带风云色,唇若抹珠眼似星。端然坐定非凡像,气概庄严是贵人。婆婆看定开言问:"相公今年几何春?"维明答道年十二,婆婆听了暗心惊。徘徊不觉流下泪,一声叹息欲回身。公子见了心奇异,止住婆婆年老人。

回对家人道:"看这婆婆如此年老,安能炊爨多人饭食?尔等自去料理,我还有言语问他。"

家人答应称晓得,大家都去后边行。公子便向婆婆道:"今年高寿有几何?店中还有何人存?方才问了我年纪,婆婆因甚双流泪?必定心中有苦情。"婆婆听得他来问:"相公虽则在年轻,说出话言多老到。看来不像小儿身。"

众家将道:"你不知道我家大爷是总督的公子,只因老爷尽忠身故,特来搬柩回乡。我大爷年虽十二,文章诗赋,信笔而成,岂等闲可及?"

婆婆听了,叶舌惊奇道:"原来是督爷家的公子,怪道气品不同。"公子道:"婆婆少说闲谈,只说方才流泪,是甚么缘故?"

婆婆听了回答言:"公子今朝诉听闻,老身姓徐孀居妇,今年六十七年庚。只有一子名徐寿,娶了媳妇在家门。养个孙儿名天保,三世单传只一人。不想去掉媳妇身亡故,遗下孤孙十二龄。老身爱之如至宝,他父怜如掌上珍。并无三男并二女,只一个传宗接代人。不想村中近来出了拐子,闻得专拐人家小儿。去年前村人家,不见了五六个小儿,几次报官,访拿不着。今年不想又到我这村中来作闹了,三日之间,不见了两家儿女。我那天保孙儿,是前日在镇上玩耍,忽然就不见了。满村寻觅,不见影响,多分是拐子拐去。今已第三日了,他父亲早间去城内报官。还有对门何家一个女儿,年才十一,昨日在镇上玩耍,也不见了。如今他家父兄,都出去寻觅,还没回来。因听得相公说道年十二,想到了天保孙儿苦十分,不知拐去如何样,自然不得命残生!"婆婆说罢悲号哭,两泪如泉似雨倾。公子听了方知道,原来是有这般情。

又问婆婆道:"不知那拐子是如何人物,可有看见否?"婆婆道:"从未有人看见,不见小儿,都在薄暮时候,所以如今人家,都不敢把小儿放去镇上玩耍。"

公子遂不去再问,婆婆说罢向内行。公子便对家将道:"那晓村中有歹人?我想你等人二十,个个精通武艺能,何不此地停两日,察访捉拿恶人。若得与他来除去,也与村中绝祸根。"众多家将听此语,开言便叫大爷声:"知他拐子何人物,对面相逢认不真。搬柩回去多要紧,如何耽搁在乡村。算来这等闲事件,大爷不必管他身。"公子听了无言语,少时来了众家人。安排饭食多停当,一齐摆在案中存。服侍大爷来用罢,众人俱各吃完成。便请大爷来上路,公子开言说事因:

"日已过午,能赶多了路程,就在这店中歇了罢。"众人道:"此时方当下午,还好行三四里,赶着大店,才好歇多人,这乡村小店,如何住得?"维明道:"住不下时,便坐也坐了一夜,值甚大事?我今日决不行了,你们要去,只顾先行。"

众人听了多奇异,大爷何故这般行。一齐都叫老总管,他上前来禀主人。左书便对公子道:"大爷何事不行程。原因搬运灵柩到,赶程回去始相应。夫人正在悬悬望,如何耽搁在乡村?小小野店难安歇,数十余人怎住停!大爷不可来执性,伏求上路快行程。"公子听了心中怒,开言说与左书听:"国有王来家有主,去往还当在我心。既然不奉行言语,何须要奉我行程。不如你等来边地,谁将灵柩转家门?况停一日有何碍,那敢此刻赶路程。"左书听了如此说,忙把笑脸说原因:"大爷必要来住下,小的安敢不遵行。但不知大爷因何缘故,今日不行。还是身子不快,还是别有他事?"维明道:"你管我做甚,不过爱这乡村野景,要在此耍一回而已。"

众人不敢多言,只见店家徐寿转回程。婆婆接着忙来问:"报官之后若何能?可曾觅见孙儿否?"徐寿回宫说原因:"官差捕役来访捉,天保从无踪跡形。"婆婆听了双流泪,不知拐到那方存。公子便对徐寿道:"我等今朝欲暂停。借尔店房权一宵,来朝重重送房金。"徐寿满口应承道:"只嫌浅小店房门。"言罢便问娘亲道:"此是何来众客人?"婆婆便乃回言道:"他是总督之后搬灵柩,一行住紮打中火,谁知便说不行程。"言罢又叫孩儿道:"你说这相公今年几何春。他与你天保同年纪,全然不像小儿身。"

徐寿道:"正是不要说没像小儿气质,比着我们天保,长也长了许多;但是他今住下,我们那有许多房子。"婆婆道:"他曾说过没处睡时,坐了一夜,我们如今随他便了。"

二人说罢齐入内,烧茶供应一班人。公子起身来出外,门前站立看行人。听得徐家母子低声哭,对门何宅哭高声。只骂何来瘟男子,但哭姣儿那里存。公子无语心中想:"可恨奴才二十人,不肯与我来出力,搜寻拐子救乡民。我今在此来停住,只望相逢那恶人。苍天何不从吾愿,拐子到来拐我身。若得如我心中愿,可与乡村除祸根。"看看立了多一会,一轮红日又西沉。只见那牧童归去横牛背,横吹短笛转柴门。农夫荷锄纷纷走,渔翁收网回家门。晚烟阵阵茅檐起,唤女呼儿不绝声。都道村中有拐子,大家早早转家门。纷纷男女都归宿,维明便对众人云:"乡村晚景真堪爱,我今玩耍自游行。不消你等来随侍,在我随心适意行。"众人听说吃一惊,一齐都叫大爷身。

"难道不见人家呼男唤女,都道村中出了拐子,不敢放小儿在外;如何大爷要独自一人出去玩耍,不使小的们跟随左右?万一有甚差池,小的们那里担得起这样干系?"公子笑道:"有甚干系?难道怕我被拐子拐了去么?若得如此,便是那

拐子造化了。"

众人又复开言道:"大爷若要去游行,小的们跟了同行去,大爷不可自行程。当初亲奉夫人命,一路维持让主人。怎可暂时离左右?倘有差池可不轻。公子一身非小可,事关重大一家门。还当自重休轻忽,断然不可独身行。"公子听了又笑道:

"此等言词谬十分。我不过要向树林中,用飞石打几个鸟儿玩耍,是以恐怕人多,飞鸟远避,不敢投林,故此要独行前去。安见得便遇拐子?你等出不吉之言,难道那拐子日日出来拐骗小儿不成?既然如此,着如琴、若段随我前去便了;你等只在门前等候,我去即刻便来。"众人听了,无可奈何,只因公子从来性情古怪,但那如琴年十二岁,若段年十二岁。老总管对两个说道:"你们小心跟随大爷,不要远行。若有甚事,立刻飞身通报。"二人答应便跟了公子徐步乡村,一路低头,拾取石块藏在怀中。渐行渐远,早到了镇上,原来是一片荒场,两旁树木。

但见纷纷宿鸟投林上,乡村入暮少行人。按下公子场上事,题起村中作恶人。

却说那拐子姓张名豹,原是山东人氏。拐骗小儿,带到远乡异地,卖与人为奴为婢。夫妻两个一生靠此,惯在江湖游荡,居止不定。若到一处,便寻个幽僻山林,结下一间茅屋栖身。拐得数个小儿,又到别处去了。因此官差无处访捉。近来到这乐善村来,离村五里,有荒山一座,张豹在山中结下草屋,却到村中来拐了一男一女。

此日又进村中地,荒凉场上往来行。正逢来了左公子,张豹将身隐树林。细看此子生得好,不像村中小户人。约来十二三年纪,满身都是孝衣衫。还有两童年相仿,足见今朝造化深。且说维明立在荒场上,徘徊观望自思寻。怎能此刻遇拐子,不枉吾心出至诚。今朝不得逢他面,来日登程上路行。不把祸根来除去,此情牵系怎安心。正当无量思量处,如琴便叫大爷身。看看天色多昏暗,请大爷回入店中存。公子听说回步转,张豹慌忙出树林。维明道:"前面走的必然是了,特我为望他来拐,方才到此,谁知天从人愿,果然来了!我但放胆跟他去,看他拐到那方存。"

好个胆天如天左公子,跟定村中作恶人。转弯抹角多一会,到了深山草舍门。

公子心中想道:想必拐到了,前面一座荒山,一间草舍,一定是他家里。我若跟他进去,知是如何。身畔又无兵器,不过几块石子,且不可猛闯虎口。

公子想着周回看,一株大树在旁存。闪身树后只一隐,张豹回身动手行。扯住如琴并若段,眼前只得二人身。张豹口中称奇怪,方才拐到是三人。孝服孩子何去了,单单两个到山林?上前就把柴门叩,浑家连叫两三声。童氏答声称来了,开门走出手提灯。

张豹道:"浑家,我方才自村中一连拐了三个小儿,眼看跟我到此,谁知霎时间就不见了一个,正是奇事。你且提起两个进去,快打个灯笼出来,我寻那一个要紧。"

童氏捉了人两个,张豹回身去找寻。月光之下周围看,看看走到树前临。公子忙取青石块,大如鹅卵手中擒。觑定张豹头面上,一点流星力作深。拍的一声刚中目,眼珠打碎痛攒心。张豹叶一声阿呀!言方出口未收声。早又一石飞来到,双目俱伤血淋淋。连声大叫不好了,手护双睛痛杀人。公子见他身不倒,再加石块又来临。正中太阳一声响,脑开头眩倒在尘。童氏在内听得了,大惊失色急回身。提了灯笼将跑去,眼前石块似流量。中了左目中右目,大叫连声倒在尘。这回喜杀英雄子,二人中石好伤情。猜他黑夜无处去,仍依旧路便回程。唤了一声众人到,拿住他们两个人。公子移步忙走出,月光满地亮如银。见拐子夫妇哀声叫,倒在尘埃难起身。维明转步回原路,心性通明记得清。转弯抹角忙忙走,要回店内呼家人。看看约有三里路,忽见火把还分明。一簇约有人数十,遥闻叫唤大爷身。公子闻声忙立住,分明都是自家人。此时不觉心大喜,忙忙趋进上前行。高叫左书吾在此,喜坏忠心老仆身。领众赶上来拥住,"大爷啊,几乎吓杀老奴身,日落西山来寻起,一行脚步未曾停。不想大爷走得如此远,还有两个书童那里存"?

公子笑道:"左书却是做梦一般,我独自一人,到此何干?"遂将那遇着拐子,如何打伤二人之事,对众说了一遍。"如今那拐子现在瞎了双目,料想脱逃不去,你等快随我来,拿他两个回去"。

众人听了如此话,个个心中惊又喜。不想大爷年虽幼,胆量机谋这样深。人人不住独奇怪,随了年轻小主人,转弯抹角忙忙走,无多一刻到山林。

原来那童氏虽伤了两目,却不致死,按着眼立了起来。那张豹因太阳上中了一石,双手捧着头,只是满地打滚,童氏在那里搀扶,那里扶得起?维明一见,喜对家将道:"此即拐子,快与我拿下。"众家将答应一声,上前一把拿住,丢翻在地,解下丝绦,把两人四马攒蹄的捆了。公子道:"且到他草屋中去看,还有何人在内。"

三五六人齐入内,火把灯笼照得明。只见小小茅屋无多大,柱中索缚两孩身。一个男来一个女,牢缚得口呆目瞪似痴人。如琴、若段蹲倒地,正是惊魂不定神,见了自家人一众,才能渐渐抬起身。

公子道:"这两个不知可是徐天保?就把拐子拿进来,问他个详细。"众将出来,将张豹夫妻捉进。公子问向二人:"速速供招明白,若有虚言,就此砍成肉酱。"两个人听了,只叫惭愧,一生害了多少小儿,不想今日却落小儿手中,被他如此耀武扬威。没奈何,只得说姓名乡贯,并如何拐骗小儿,详详细细,说了一遍。

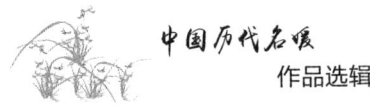

公子道:"这两个孩子是那里来的?"张豹道:"就是乐善村中。"维明遂问两孩,可就是徐天保与那何家女儿。

两个孩子回正是,左公子便命家人把他两个来解放,再照他屋内有何情。只有小小竹丝箱一只,打开了一一看分明,两包银子重沉沉。公子上前来取出,付与徐何两个人。

当下便着众人,把他灶下柴草搬出,塞了大门,把两个拐子牢捆,丢在草堂之内,然后着人众出来,快放起火来,连人连屋一火焚之。众家将道:"既拿到拐子,何不带到村中,与众乡人看看也好。"公子道:"若带到村中,必至惊官动府,我本搬灵柩回乡,那有工夫在此耽搁?况这二人乃死有余辜之辈,今日结果了他,不为罪过。尔等快快放火,看他烧尽了草屋后,便回乐善村去。"

众人听说齐道是,各将火把上前行。拦门柴草齐点着,看定柴门火焰升。毕毕剥剥烧将起,火光透出满山明。

可怜张豹夫和妇,都做焦头烂额人。风趁火势烧得快,火趁风威一卷清。红火焰焰烟迷迷,霎时草屋化灰尘。众人拍手都称快,一齐推定大爷行。抱了天保何家女,依照旧路便行程。五里路程无多远,一行早到店家门。

那徐寿母子忽见天保,又惊又喜,忙问儿子怎回来的?天保就将其事详细告知,众家将又说:"两个拐子都烧死了,从此你们村中高枕无忧矣。"二人听了,吐舌惊奇,忙报与对门何家男妇知了,喜从天降,都赶过来,向左公子磕头,如捣蒜一般,万分感谢,称赞不已。两个孩子又将银两等,都把与父母,徐家何爷喜之不胜,何家招揽了十多人过去,两边忙忙宰鸡杀鹅,安排村酒,酬谢左公子恩德,直乱到四更时分方安寝。

赵景深在他的《弹词选》的导言中说:"最早的弹词首推明代蜀人杨慎的《二十一史弹词》,郑振铎的弹词目即以杨著为首。"又说:"女子所作的弹词甚多,计有顺治陶贞怀的《天雨花》、雍正陈端生、梁德绳的《再生缘》、乾隆侯芝的《再造天》和《锦上花》、嘉庆朱素仙的《玉连环》、道光沈清华的《醒愁编》和郑澹若的《梦影缘》、咸丰邱心如的《笔生花》、同治钮德英的《金鱼缘》、光绪程蕙英的《精忠传》。他如王素芬的《吟余编》和映清的《玉镜台》都不知年代……"

**辑者按**:这种说唱文学,清代极为盛行。以其语言通俗,有唱有白,故深为市民阶层所欢迎,不仅为闺中传诵浇愁而已也。

# 文

## 缇 萦

汉代孝女,余不详。

### 为父上书

妾父为吏齐中,皆称其廉平。今坐法当刑。妾伤乎死者不可复生,刑者不可复续,虽后欲改过自新,其道无由也。妾愿没入为宫婢,以赎父刑罪。

汉文帝十二年,齐太仓令淳于公有罪当刑,诏狱逮系长安。淳于公无男,有五女。会逮将行,骂其女曰:"生女不生男,缓急非有益也。"其少女缇萦,自伤悲泣,乃随其父至长安上书。书奏,天子怜悲其意,遂除肉刑。

——《历代宫闺文选》

**辑者按**:文比王嫱报元帝犹短,竟使"天子怜悲其意,遂除肉刑"。此之谓至诚感人。

## 卓文君

### 与相如书

群花竞芳,五色凌素,琴尚在御,而新声代故。锦水有鸳,汉宫有木,彼木

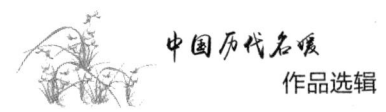

而新,嗟世之人兮,瞀于淫而不悟。朱弦啮,明镜缺;朝露晞,芳弦歇;白头吟,伤离别。努力加餐母念妾,锦水汤汤,与君长诀。

——《邛州志》据《名媛尺牍》

## 司马相如诔

嗟嗟夫子兮亶通儒,少好学兮综群书。纵横剑技兮英敏有誉,尚慕往哲兮更名相如。落魄远游兮赋子虚,毕尔壮志兮驷马高车。忆昔初好兮雍容孔都,怜才仰德兮琴心两娱。永托为妃兮不耻当垆,生平浅促兮命也难扶。长夜思君兮形影孤,步中庭兮霜草枯。雁鸣哀哀兮吾将安如?仰天太息,抑郁不舒。诉此凄恻兮畴忍听予,泉穴可从兮愿捐其躯。

唐伯虎曰:相如伟辨,倾倒词场;文君精华,雄视艺圃。宜其相从当垆而不之耻也。

——《古今女史》

**辑者按**:《邛州志》亦载此文,但多疑为后人伪托。

## 赵飞燕

长安(今西安地区)人(? —1)。成阳侯赵临之女。初学歌舞,以体轻,号曰飞燕。成帝悦之,召入宫,为婕妤。许后废,立为皇后。与其妹昭仪①,日事蛊惑②,诽谤他人。成帝无嗣暴崩,公元1年,汉平帝即位,废为庶人,自杀。《西京杂记》:"赵后有宝琴曰凤凰,皆以金玉隐起,为龙凤螭鸾,古贤烈女之象,亦善为归风送远之操。"

## 上成帝书

后生日,昭仪为贺,帝同往,因留幸焉。后心为奸利,乃诈托有孕,上书奏帝云：

　　臣妾久备掖庭，先承幸御，遣赐大号，积有岁时。近因始生之日，复加善祝之私，特屈乘舆，俯临东掖，久侍宴私，再承幸御。臣妾数月来，内宫盈实，月脉不流，饮食美甘，不异常日。知圣躬之在体，梦天日之入怀。虹初贯日，总是真符，龙据妾胸，兹为嘉瑞。更约蕃育神嗣，抱日趋庭，瞻望圣明，踊跃临贺。谨此以闻。

——《历朝名媛尺牍》（光绪乙巳年成都志古堂校刊本）

**辑者按**：《古今女史》亦载此文。后附朱素衣译语：假娠要宠，开后来妒妇法门，绝多少人后嗣。飞燕一时娇痴，流毒不浅。


## 王　嫱

杨升庵曰：王昭君名嫱，齐国王穰女也。年十七，献之元帝，以备后宫。积五六年，帝以后宫既多，不得常见，乃使画工图其形，案图召幸。宫人皆赂画工，昭君自恃其貌，独不肯与，工人乃丑图之。后匈奴入朝，求美人为阏氏，帝案图以昭君行。及入辞，光彩射人。天子方重信外国，悔恨不及。昭君至匈奴，恨帝始不见遇，乃作怨思之歌。及单于死，子世达立，昭君谓之曰："为胡者妻母，为秦者更娶。"世达曰："欲作胡礼。"昭君乃吞药而死。胡地草色皆黄，惟昭君墓草独青。

王守溪曰："书仅六十余言，情者俱到，汉元见之，自当为艴面。"

——《古今女史》

## 报汉元帝

　　臣妾幸得备员禁闱，谓身依日月，死有余芳。而失意丹青，远窜异域，诚得捐躯报主，何敢自怜。独惜国家黜陟移于贱工，南望汉关，徒增怆结耳。有父有弟，惟陛下幸少怜之。

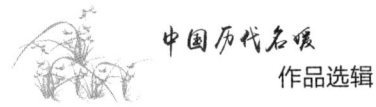

**辑者按**：向以昭君为湖北秭归人。升庵云："齐国王穰女也。"不知孰是。

# 班 昭

班昭后汉班彪女，一名姬，字惠姬。适曹世叔。世叔亡，和帝召入宫，令皇后贵人师事之。兄固著汉书未就死，和帝命昭与马（融）就东观藏书踵成之。年七十余卒。著赋、颂、铭、诔、哀辞、书、论等凡十六篇。王阳明曰：班在西域，三十余年，奴酋莫敢犯一矢，功何巨也。年迈思归，亦情之不得已耳。至于屡疏不听，九死何辞。乃其妹昭情激，能以脂感召，岂非天欤？

查太乙曰：数十年立巨功于绝域，人谁无依风首丘之思。而超妹是书，悲愤恳切，得遂伊兄生入玉门关之愿，可为孝弟之道，萃于一门。

赵问奇《古今女史》

## 为兄上书

妾同产兄西域都护定远侯超，幸得以微功特蒙重赏，爵列通侯，位二千石。天恩殊绝，诚非小臣所当被蒙。超之始出，志捐躯命，冀立微功，以自陈效。会陈睦之变，道路隔绝，超以一身转侧绝域，晓譬诸国，因其兵众，每有攻战，辄为先登，身被金夷，不避死亡。赖蒙陛下神灵，且得延命沙漠，至今积三十年，骨肉生离，不复相识。所与相随时人士众，皆已物故。超年最长，今且七十，衰老疲病，头发无黑，两手不仁，耳目不聪明，扶杖乃能行。虽欲竭尽其力，以报塞天恩，迫于岁暮，犬马齿索。蛮夷之性，悖逆侮老，而超旦暮入地，久不见代，恐开奸宄之源，生逆乱之心。而卿大夫咸怀一切，莫肯远虑，如有卒暴，超之气力，不能从心，便为上损国家累世之功，下弃忠臣竭力之用，诚可痛也。故超万里归诚，自陈苦急，延颈逾望，三年于今，未蒙省录。妾窃闻古者十五受兵，六十还之，亦有休息，不任职也。缘陛下以至孝理天下，得万国之欢心，不遗小国之臣，况超得备侯伯之位，故敢触死为超求哀，匄超余年。一得生还、复见阙廷，使国永无劳远之虑，西域无仓卒之忧，超得长蒙文王葬骨之恩，子方哀老之惠。《诗》云："民亦劳止，讫可小康，惠此中国，以绥四方。"超有书与妾生决，恐不复相见，妾诚伤超以壮年竭忠孝于沙漠，疲老则便捐死于旷野，诚可哀怜。如不蒙救护，后超有一旦之变，冀幸超家得幸赵母、卫姬先请之贷。妾愚戆不知大义，触犯忌讳。

## 班婕妤

名不详。楼烦（今山西朔县东；一说即今宁武。辑者按：朔县在长城外，宁武在长城内，未知孰是）人，班固祖姑。成帝初即位，被选入宫，不久立为倢伃[①]，居增城舍。后赵飞燕姊妹得宠，诬告她同许皇后挟邪诅咒。许皇后因此被废黜，她以善于对答免祸。恐日久见危，乃自请供奉皇太后于长信宫。成帝卒，她奉守园陵，死后葬于园中，其作品今存《自悼赋》《捣素赋》《怨歌行》三篇，抒写她在宫中的苦闷与幽怨。《怨歌行》一名《团扇歌》，钟嵘《诗品》称其"词旨清捷，怨深文绮"。然后人多疑为伪作。《古诗源》："用意微婉，音韵和平。《绿衣》诸什，此其嗣响。"《诗品·总论》："从李都尉迄班婕妤，将百年间，有妇人焉，一人而已。"

## 自悼赋

　　承祖考之遗德兮，何性命之淑灵。登薄躯于宫阙兮，充下陈于后庭。蒙圣皇之渥惠兮，当日月之盛明。扬光烈之翕赫兮，奉隆宠于增城。既过幸于非位兮，窃庶几乎嘉时。每寤寐而累息兮，申佩离以自思。陈女图以镜监兮，顾女史而问诗。悲晨妇之作戒兮，哀褒阎之为邮，美皇英之妃虞兮，荣任姒之母周。虽愚陋其靡及兮，敢舍心而忘兹。历年岁而悼惧兮，闵蕃华之不滋。痛阳禄与柘馆兮，仍襁褓而离灾。岂妾人之殃咎兮，将天命之不可求。白日忽已移光兮，遂晻莫而昧幽。犹被覆载之厚德兮，不废捐于罪邮。奉供养于东宫兮，托长信之末流。共洒扫于帷幄兮，永终始以为期。愿归骨于山足兮，依松柏之余休。
　　重曰：潜玄宫兮幽以清，应门闭兮禁闼扃。华殿尘兮玉阶苔，中庭萋兮绿草生。户室阴兮帷幄暗，房栊虚兮风泠泠。感帷裳兮发红罗，纷綷縩兮纨素声。神眇眇兮密靓处，君不御兮谁为荣？俯视兮丹墀，思君兮履綦。仰视兮云屋，双涕兮横流。顾左右兮和颜，酌羽觞兮销忧。惟人生兮一世，忽一过兮若浮。已独享兮高昭，处生民兮极休。勉虞精兮极乐，与福禄兮无期。绿衣兮白华，自古兮有之。

## 徐 淑

东汉女诗人。桓帝时,其夫秦嘉赴洛阳,她病居母家,未及面别,遂相互赠诗,表达顾恋思念之意。后秦嘉病死,淑亦哀痛过甚而卒。今存《答秦嘉诗》一首,文辞凄怨,一往情深。诗载《玉台新咏》。另有《答夫秦嘉书》《又报秦嘉书》《为誓书与兄弟》等文,载《艺文类聚》及《太平御览》。《诗品》:"夫妻事既可伤,文亦凄怨。为五言者,不过数家,而妇人居二。徐淑叙别之作,亚于《团扇》矣。"

## 答夫秦嘉书

知屈珪璋,应奉岁使,策名王府,观国之光。虽失高素皓然之业,亦是仲尼执鞭之操也。自初承问,心愿东还,迫疾惟宜,抱叹而已。日月已尽,行有伴例。想严装已办,发迈在近,谁谓宋远,企予望之。室迩人遐,我劳如何!深谷逶迤,而君是涉,高山岩石,而君是越,斯亦难矣!长路悠悠,而君是践,冰霜惨烈,而君是履。身非形影,何得动而辄俱;体非比目,何得同而不离。于是咏萱草之喻,以消两家之思;割今者之恨,以待将来之欢。今适乐土,优游京邑,观王都之壮丽,察天下之珍妙,得无目玩意移,往而不能出耶?

## 又报嘉书

既惠令音,兼赐诸物,厚顾殷勤,出于非望。镜有文彩之丽,钗有殊异之观。芳香既珍,素琴亦好。惠异物于鄙陋,割所珍以相赐,非韦恩之厚,孰肯若斯!览镜执钗,情想仿佛,操琴咏诗,思心成结。勒以芳馥身,喻以明镜鉴形,此言过矣,未获我心也。昔诗人有飞蓬文感,班婕妤有谁荣之叹,素琴之作,当须君归,明镜之鉴,当待君还。未重光仪,则宝钗不列也,未待帷帐,则芳香不发也。

赵向奇曰:语出汉人,便觉俊雅。若在六朝,则柔靡之习露矣。

——《古今女史》

## 曹公卞夫人

名卞玲珑（160—230），山东临沂人。出身于卑微的倡家。在谯地（安徽亳州），曹操父亲过生日，卞玲珑等艺人歌舞祝寿。二十岁的卞玲珑容貌秀丽，风姿绰约，被曹操看上，纳之为妾。

## 与杨太尉（彪）夫人袁氏书

卞顿首，贵门不遗，贤郎辅佐。每感笃念，情在凝至。贤郎盛德熙妙。有盖世文才。阖门钦敬，宝用无已。方今骚扰，戎马屡动，主簿股肱近臣，征伐之计，事须敬咨。官立金鼓之节，而违命违制，明公性急忿忧。在外辄行军法。卞姓当时亦所不知，闻之心肝涂地，惊愕断绝，悼痛苦楚，情不自胜。夫人多容，即见垂恕。故送衣服一笼，文绢万匹，房子官锦百斤，私所乘香东车一乘，牛一头。诚知微细，以达往意，望为承纳。

卞夫人瑯琊开阳人，本倡家女，曹公纳之于谯。后丁夫人废，遂为继室，生子丕、彰、植。王受汉禅，尊为皇太后。

钟伯敬曰：卞夫人善为诡词，亦是阿瞒一个好帮手。

——《古今女史》

## 杨太尉夫人袁氏

杨夫人姓袁氏，术姊妹杨彪室也。子杨修，曹公虑为后患，遂因事杀之。公夫人作书慰之，杨答其书。

——《古今女史》

## 答曹公卞夫人书

彪袁氏顿首顿首，路跂虽近，不展淹淹。叹想之劳，情抱山积。曹公匡济天

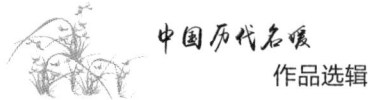

下,遐尔以宁,四海归仰,莫不感载。小儿疏细,缪蒙采拾,未有上报,果自抬罪戾。念念痛楚,五内伤裂。尊意不遗,伏辱惠告。见明公与太尉书,具知委曲。度子之行,不过父母,小儿违越,分应至此。令其始立之年,毕命埃土,遗育孤幼,言之崩溃。昭公所赐已多,又加重赉,礼颇非宜荷受,辄付往信。

**辑者按**:袁氏答书"分应至此"以上,皆违衷之言。慑于威势,不得不尔。乃此书主旨所在。

## 丁廙妻

廙,三国魏丁仪弟,字敬礼。与曹植善。操谓欲立植为嗣,廙力赞其说。及文帝篡汉,与兄仪皆被杀,其妻姓氏年贯不详。

### 寡妇赋

惟女子之有行,固历代之彝伦。辞父母而言归,重君子之清尘。如悬萝之附松,似浮萍之托津。恐施厚而德薄,若临渊而履冰。何性命之不造,遭世路之险迍。荣华晔其始茂,所恃奄其徂泯。静闭门以却扫,魂孤茕以穷居。刷朱户以白垩,易玄帐以素帱。含惨悴以何诉,抱弱子以自慰。时翳翳以东阴,日曈曈以西坠。鸡敛翼以登栖,雀分散以赴肆。气愤薄而交萃,抚素枕而欷歔。逐空床以下帷,拂衾褥以安寐。想逝者之有凭,因宵夜之仿佛。痛存殁之异路,终窈漠而不至。时荏苒而不留,将迁灵以大行。驾龙輴于门侧,设祖祭于前廊。彼生离其犹难,矧永绝而不伤?自衔恤而在疚,履冰冬之四节。风萧萧而增劲,寒凛凛而弥切。霜凄凄而夜降,冰溓溓而晨结。瞻灵宇之空虚,悲屏幌之徒设。仰皇天而叹息,肠一日而九结。惟人生于世上,若驰骥骥过枥。计先后其何几,亦同归乎幽冥。

## 谢 氏

南北朝时期(公元420年—公元589年)人,余不详。

• 文 •

## 贻王肃书

《伽蓝记》：肃为齐秘书丞，聘江南谢氏。及北归后魏，为尚书令，复尚公主。谢氏入道为尼，以诗赠肃。（诗为五言绝句，见前）肃为造正觉寺以憩之。

妾以陋姿，获侍巾栉，结缡之后，心协琴瑟。每从刺绣之余，间及诗歌之事，煮凤嘴以联吟，爇龙涎而吊古。当此之时，君怀金石之贞，妾慕松筠之节，虽菡萏之并蒂，比翼之双飞，未足方其情谊也，顷缘逸隙之生，远适异国，犹忆临歧分袂，言与涕零，亲戚送者，皆为感叹。呜呼，岁月易迁，山川间隔，君留蓟北，妾在江南，鸿帛杳然，鱼书不至，言念及此，未尝不顾影徘徊，泣数行下也。迩年以来，益后情怀恍惚，镜台寂寞，披览往牒，见画眉之胜事，则膏沐无光；想举案之休风，则珍羞不旨。阅未终篇，废书长想。春花空艳，秋月徒园，子规时助其哀，寒蛩亦增其戚。秦嘉徐淑，岂伊异人，妾之薄命，一至于斯！前者，北使南至，闻君爵列尚书，姻联帝室。夫尚书为喉舌之司，典领枢机，参赞庶务，银章紫绶，焜耀一时。况以萧史之才名，配弄玉之芳姿，或携手于花前，或弹琴于月下，回视牛衣对泣之日，不啻人间天上。独可叹者，既有丝麻，遂弃菅蒯，糟糠之妻，白首饮恨，使宋宏高义，专美千秋，妾独何心，能不悲哉！呜呼已矣，衰秋蒲柳，倍加憔悴，昔日缠绵，总成幻影。感连理之分枝，悼盛衰之变态，晨钟一叩，万境皆空，自兹而往，妾惟绣佛长斋，参稽三乘，借菩提之杨枝，洗铅华之繁艳，岂更盼鸂鶒于水中，望鸳鸯于塘上乎？但念机上之丝，本为箔上之蚕，虽云得络，讵属无情。况修途困顿，达人所怜，不敢望窦滔之迎，庶少鉴若兰之志。得假片刻，以罄鄙怀，妾之愿也，惟君图之。

——《历朝名媛尺牍》（光绪乙巳年成都志古堂校刊本）

## 孙　氏

陈眉公曰：迈妻孙氏，吴郡散骑常侍孙宏女也。迈总角好道，立修舍于悬溜山，往来茅岭。惟朔望时节，还家定省。父母既终，用遣妻孙氏还家，为书以谢绝事。孙为书答迈，以永和三年，入临安西山。

——《古今女史》

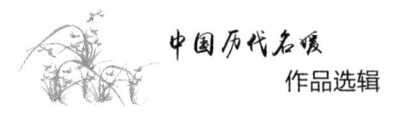

## 答夫许迈书

愚下不才,侍执巾栉,荣华福禄,相与共之。如何君子,笃其大义,轻见斥逐?若以此处遐旷,非妇人所便,昔梁生陟岭,孟光是携。萧史登台,秦妇不舍。卫人修义,夫妻同行。老莱逃名,伉俪俱逝。岂非古人嘉遁之举者,许君乘离矣。

**辑者按**:好道逐妻,人情何在?愚不可及,寡情之至。孙氏入西山,迫不得已耳。

## 陈 氏(刘臻妻)

陈眉公曰:陈氏聪敏能属文,尝正旦献椒花颂,当时称为女流中名宿。至于一纪罹痛,三从罔依,此际此情,读之当悲咽无地。

——《古今女史》

## 答舅母书

元方春秋始富,德业亦隆,弘道诗文,才质兼备。冀志与时畅,荣耀当年,岂意一朝,冥我长往。季方冲幼,过庭莫闻,圣善明训,业成三徙,亦既冠婚,双誉元集。庶几偕老,色养膝下,而殃厉横流,艰祸仍遘。媛姊倾逝,宗模永绝;姊方玄华,并夭戚年,岂虑岂图,祸降弥酷。良才夭于始立,崇基殒于一匮。仰痛殄灭,俯悼二弟,斯人斯命,当可奈何。母年逾耳顺,备经百罹,一纪之中,四遘至痛,目前廓然,三从靡托,穷悼中发,情驰难处。

**辑者按**:《艺文类聚》人部哀伤门亦载此文。惟"季方冲幼"作"元方冲幼"。与开头矛盾,致使文意不顺,似应以《古今女史》作季为是。

## 孙 琼

东晋人,文学家,生平不详,有《箜篌赋》。

### 悼恨赋

伊禀命之不长,遭天乱之靡忧。凤无父之何怙,哀壅瘁以抽心。览蓼莪之遗咏,咏肥泉之余音。经四位之代谢,虽积祀而思深。伊三从而有归,爰奉嫔于他族。仰慈姑之惠和,荷仁泽之陶渥。释褧服以斩衣,代罗帷以缟布。仰慈尊以饮泣,抚孤景以协慕。遇飞廉之暴骸,触惊风之所会。扶摇奋而上跻,颓云下而无际。顿余邑之当春,望峻陵而郁青。瞻空宇之寥廓,愍宿草之发生。顾南枝以永哀,向北风以饮泣。情无触而不怨,思无感而不集。

——《艺文类聚》三四

## 辛 萧

晋代女文学家。散骑常侍傅统妻。生平无可考。今存文《芍药花颂》《菊花颂》《燕颂》三篇,皆写景状物之作。另有《元正诗》一首,亦属应景之制,无实际意义。诗文均载《艺文类聚》。

### 菊花颂

英英丽草,禀气灵和。春茂翠叶,秋曜金华。布濩高原,蔓衍陵阿。阳芳吐馥,载芳载葩。爰采爰拾,投之醇酒。御于王公,以介眉寿。服之延年,佩之黄耇。文园宾客,乃用不朽。

## 卫夫人

晋卫恒从女,汝阴太守李矩之妻。名铄,字茂猗。工隶书,得法于钟繇,王

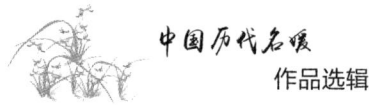

羲之少尝师之。她出身于一个书法世家,祖父卫觊、父卫瓘,叔父卫恒,都是大书法家。钟繇曾称赞她的书法说:"碎玉壶之冰,烂瑶台之月,婉然芳树,穆若清风。"

## 与释某书

卫稽首和南。近奉敕写急就章,遂不得与师书耳。但卫随世所学,规钟繇,遂历多载。年二十,著《诗论草隶通解》,不敢上呈。卫有一弟子王逸少,甚能学卫真书,咄咄逼人,笔势洞精,字体遒媚,师可诣晋尚书馆书耳。仰凭至鉴,大不可言。弟子李氏卫和南。

## 钟 琰

钟琰,西晋女文学家。颍川长社(今河南长葛县西)人。司徒王浑之妻,王济之母。博览群书,善啸歌,且有远识,明鉴知人。今存《遐思赋》《莺赋》两篇,皆载《艺文类聚》。《遐思赋》抒写对故乡的思念,情辞深婉。

## 遐思赋

惟仲秋之惨凄,百草萎悴而变衰。燕翔逝而归海,蟋蟀鸣而相进。坐虚堂而无寥,嗟我思之多怀。怅遐思而内结,嗟尔姜任,邈不我留。谋民生之未几,吾何为其多愁。凉风萧条,露沾我衣,忧来多方,慨然永怀。感飞鸟之返乡。咏卫女之思归。于是周游容与,逍遥仿徨。愁民生之局促,愿轻举而遐翔。

## 王劭之

西晋女文学家。高平(今山东金乡西北)人,刘柔妻。生平无可考。今存《怀思赋》《春花赋》《姜嫄颂》《启母涂山颂》《灵寿杖铭》《夫诔》等文六篇,皆载《艺文类聚》。《春花赋》一连用了四种华丽的比喻,形容百卉同荣的春天,辞彩斐然。

## 春花赋

千葩粲其昭晰兮,百卉蒨而同荣。兰圃翘以含芳兮,芝薄振而沉馨。翠颖竞臻,众条频英。或异色同形,或齐芳殊制。自然神香,不可胜计。烂若罗宿之垂光,灼若随珠之宵列。爽若翡翠之群翔,练若珊瑚之映月。诗人咏以托讽,良喻美而光德。准工女于妙规,饰王后之首则。

## 灵寿杖铭

簋簋鲜干,秀彼崇嶪。下泽兰液,上莹芳霄。贞劲内固,鲜粲外昭。耀质灵荟,作珍华朝。杖之身安,越龄松乔。

## 李 氏

李氏,东阳太守袁宏妻,余无可考。袁宏字彦伯,小字虎。少有逸才,文章绝美。为谢安参军,又为桓温记室。后自吏部郎出为东阳太守。

## 吊嵇中散文

宣尼有言曰:"惟仁者能好人,能恶人。自非贤智之流,不可以褒贬明德,拟议美哲矣。故彼嵇中散之为人,可谓命世之杰矣。观其德行奇伟,风韵劭邈,有似明月之映幽夜,清风之过松林也。若夫吕安者,嵇子之良友也;锺会者,天下之恶人也。良友不可以不明,明之而理全。恶人不可以不拒,拒之而道显。夜光非与鱼目比映,三秀难与朝花争荣。故布鼓自嫌于雷门,砾石有忌于琳琅矣。嗟乎,道之丧也,虽智周万物,不能违颠沛之难。故存其心者,不以一眚累怀;检乎迹者,必以行芥为事。慨达人之获讥,悼高范之莫全,凌清风以三叹,抚兹子而怅焉。阐先觉之高唱,理极滞其必宣。候千载之大圣,期五百之名贡。聊寄愤

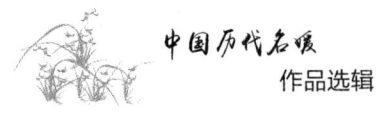

于斯章，思慷慨而炫然。

——《太平御览》五九六

**辑者按**：本文从开头到"必以行芥为事"全属议论。对嵇康的评价，亦颇恰切。在此基础上，最后乃以韵语抒发其哀愤之情。李氏行事虽不可考，读此文亦可概见其高洁之操矣。

# 左 芬

西晋文学家（？—300）。据出土墓志，"芬"作"棻"，字兰芝。齐国临淄（今山东临淄）人，左思之妹。少好学，善缀文，名亚于思，武帝闻而纳之。泰始八年（272）封为修仪，后封贵嫔。姿陋无宠，以文才见重。武帝每有婚丧大事及获方物异宝，必命芬为赋颂。现存诗、赋、颂、赞、诔等二十余篇，多为应诏之作，词藻妍丽。本传所载《离思赋》，诉说其锁闭深宫、骨肉乖离的忧伤，颇为动人。

## 松柏赋

何奇树之英蔚，记峻岳之嵯峨。被玄涧之逶迤，临渌水之素波。擢修本之丸丸，萃绿叶之芬葩。敷纤茎之茏苁，布秀叶之蓊青。列疏实之离离，馥幽蔼而永馨。纷翕习以披离，气肃肃以清泠。应长风以鸣条，似丝竹之遗声。禀天然之贞劲，经严冬而不零。虽凝霜而挺干，近青春而秀荣。若君子之顺时，又似乎真人之抗贞，赤松游其下而得道，文宾餐其实而长生。诗人歌其荣蔚，齐南山以永宁。

## 孟轲母赞

邹母善导，三徙成教。邻止庠序，俎豆是效。断织激事，广以坟奥。聪达知礼，敷述贡道。

## 张　氏（符坚夫人）

### 谏伐晋书

妾闻天地之生万物，王者之治天下，皆因其自然而顺之，故功无不成。是以黄帝服牛乘马，因其性也。禹濬九川，障九泽。因其势也。后稷播种万谷，因其时也。汤武帅天下而攻桀纣，因其心也。皆有因则成，无因则败。今朝野之人，皆言晋不可伐，陛下独决意为之，妾不知陛下何所因也。《书》曰："天聪明，自我民聪明。"天犹因民而况于人主乎！妾又闻王者出师，必上观天道，下顺人心。今人心既不然矣，请验之天道。谚云：鸡夜鸣者不利行师，犬群嗥者宫室必空，兵动马惊，军败不归。自秋冬以来，众鸡夜鸣，群犬哀嗥，厩马惊逸，武库兵器，自动有声，吉凶之理非微，此皆非出师之祥也。如妾所论，愿陛下详而思之。

王百谷曰：张夫人智者，不下王景略。符坚片言不入耳，只是利令智昏，秦运应倒耳。

——《古今女史》

辑者按：《资治通鉴·淝水之战》全载此文。

## 临川长公主

公主名英媛，文帝（南朝宋刘义隆，424—453年）第六女，适东阳太守王藻。景和中，谮之于前废帝，藻下狱死，与王氏离婚。泰始初，改适豫章太守庚冲远，未及成婚，冲远卒，复还王族。

### 上表乞还身王族

妾遭随奇薄，绝于王氏，私庭嚚戾，致此分异，今孤疾茕然，假息朝夕，情

寄所钟，唯在一子。契阔荼炭，特兼怜悯，否泰枯荣，系以为命。实愿申其门衅，还为母子。推迁僶俛，未及自闻，先朝慈爱，鉴妾丹衷。若赐使息彻，归第定省，仰揆天旨，或有可寻。今事迫诚切，不顾典宪，敢缘恩焘，触冒披闻。特乞还身王族，守养弱嗣，虽死之日，实甘于生。

## 刘令娴

徐悱，字敬业，名悱，东海郯人。徐为晋安内史，卒，丧还建业，刘为此文祭之。

赵向奇曰：语短而哀痛甚长，不堪多读。

——《古今女史》

## 祭夫徐敬业文

惟梁大同五年，新妇谨荐少牢于徐府君之灵曰：惟君德爱礼智，才兼文雅。学比山成，辩同河泻。明经擢秀，光朝振野。调逸许中，声高洛下。含潘度陆，超钟迈贾。二仪既肇，判合始兮。简贤依德，乃隶夫君。外治徒奉，内佐无闻。幸移莲性，颇习兰薰。式传琴瑟，相酬典坟。辅仁难验，神情易促。雹碎春红，霜凋夏绿。躬奉正衾，亲视启足。一见无期，百身何赎！呜呼哀哉，生死虽殊，情亲犹一。敢遵先好，手调姜桔。素俎空干，奠觞徒溢。昔奉齐眉，异于今日。从军暂别，且思楼中。薄游未反，尚比飞蓬。如当此决，永痛无穷！百年何几，泉穴方同。

## 徐 惠

翁青阳曰：唐太宗创业英君也，但盈易满而泰易渝。彼其干戈不息而土木繁兴，殊非制治保邦之鸿庥。徐妃此疏，极论当世之民艰，欲其息兵罢役，无俟汰以滋倾危，防微杜渐之心，当与魏征并悬一鉴，人主不可不各置座右。

邵玉汝曰：忠臣谅士，难及其意；文人藻笔，难及其词。意可为女中鲁史，文堪称女中严乐。

——《古今女史》

## 谏太宗息兵罢役疏

　　自贞观以来，二十有二载，风雨调顺，年登岁稔，人无水旱之弊，国无饥馑之灾。昔汉武守文之常主，犹登刻玉之符；齐桓小国之庸君，尚图泥金之事。望陛下推功损己，让德不居。亿兆倾心，犹阙告成之礼；云亭伫谒，未展升中之仪。此之功德，足以咀嚼百王，网罗千代者矣。古人有言："虽休勿休。"良有以也。守初保末，圣哲罕兼。是知业大者易骄，愿陛下难之；善始者难终，愿陛下易之。

　　窃见顷年以来，力役兼总，东有辽海之军，西有昆丘之役。士马疲于甲冑，舟车倦于转输。且召募役戍，去留怀死生之痛；因风阻浪，往来有漂溺之危。一夫之耕，卒无数十之获；一船致损，则倾数百之粮，是犹运有尽之农功，填无穷之巨浪，图未获之他众，丧已成之我军。虽除凶伐暴，有国常规；然黩武玩兵，先哲所戒。昔秦皇并吞六国，返速危亡之兆；晋武奄有三方，翻成覆败之业，岂非矜功恃大，弃德而倾邦；图利忘害，肆情而纵欲。遂使悠悠六合，虽广不救其亡；嗷嗷黎庶，因弊以成其祸。是知地广非常安之术，人劳乃易乱之源。愿陛下布泽流人，矜弊恤乏，减行役之烦，增湛露之惠。

　　妾又闻为政之本，贵在无为。窃见土木之功，不可兼遂。北阙初建，南营翠微，曾未逾时，玉华创制。虽复因山藉水，非无架筑之劳；损之又损，颇有工力之费。终以茅茨永约，犹兴木石之疲，假使和雇取人，不无烦扰之弊。是以卑宫菲食，圣主之所安；金屋瑶台，骄主之为丽。故有道之君，以逸逸人；无道之君，以乐乐身。愿陛下使之以时，则力无竭矣；用而息之，则人斯悦矣。

　　夫珍玩伎巧，乃丧国之斧斤；珠玉锦绣，实迷心之酖毒。窃见服玩纤靡，如变化于自然，织贡珍奇，若神仙之所制，虽驰华于季俗，实败素于淳风，是知漆器非延叛之方，桀造之而人叛；玉杯岂招亡之术，纣用之而国亡。亡验侈丽之源，不可不遏。夫作法于俭，犹恐其奢；作法于奢，何以制后？伏惟陛下明鉴未形，智周无际，穷奥秘于麟阁，尽探颐于儒林。千王治乱之踪，百代安危之迹，兴衰祸福之数，得失成败之机，故亦苞吞心府之中，循环目围之内，乃宸衷之久察，无假一二言焉。唯恐知之非难，行之不易，志骄于业泰，体逸于时安，伏愿抑志裁心，慎终如始，削轻过以添重德，循今是以替前非，则令名与日月无穷，盛业与乾坤永久。

## 武 后

王昭平曰：序次轻逸，如燕尾点波，机趣无限。

陈眉公曰：武后读骆宾王檄，叹曰：有才如此而不用，宰相之过也。后判行文书，群臣不及，则此记度非代作。

——《古今女史》

## 苏氏织锦回文记

前秦苻坚时，秦州刺史扶风窦滔妻苏氏。陈留令武功道质第三女也。名蕙，字若兰。识知精明，仪容秀丽，谦默自守，不求显扬。行年十六，归于窦氏，滔甚敬之。然苏性近于急，颇伤妒嫉。滔字连波，右将军真之孙，朗之第二子也。风神秀伟，该通经史，元文元武，时论高之。苻坚寄以心膂之任，备历显职，皆有政闻。迁秦州刺史，以忤旨谪戍燉煌。会坚寇晋襄阳，虑有危逼，借滔才略，乃拜安南将军，留镇襄阳焉。初，滔有宠姬赵阳台，歌舞之妙，无出其右。滔置之别所，苏氏知之，求而获焉。苦加捶辱，滔深以为憾。阳台又专伺苏氏之短，谗毁交至，滔益忿焉。苏氏时年二十一，及滔将镇襄阳，邀其同往，苏氏忿之，不与偕行。滔遂携阳台之任，断其音问。苏氏忿恨自伤，因织锦回文，五采相宣，莹心耀目。其锦纵广八寸，题诗三十余首，计八百余言，纵横反复，皆成文章。其文点画无缺，才情之妙，超古及今，名曰璇玑图。然读者不能尽通，苏氏笑而谓人曰：徘徊宛转，自成文章，非我佳人，莫之能解，遂发苍头赍至襄阳焉。滔省览锦字，感其妙绝，因送阳台之关中，而具车徒如礼，邀迎苏氏，归于汉武，恩好愈重。苏氏置文词五千余言，属隋季丧乱，文字散落，追求不获，而锦字回文，盛见传写，是近代闺怨之宗旨，属文之士，咸龟鉴焉。朕听政之暇，留心坟典，散帙之次，偶见斯图，因述若兰之才，后美连波之悔过，遂制此记，聊示将来也。如意元年①，五月一日，大周天册金输皇帝御制。

**注　释**

①如意元年为公元692年。

## 武 曌

高宗后。姓武氏，山西并州文水人。荆州都督士彟之女。永徽六年（655），立为皇后。中宗即位，称皇太后，临朝，寻自称皇帝，改国号曰周，自名曌，在位二十二年。她执政近五十年，注重选拔贤才，收复西域四镇，社会经济持续上升，上承"贞观之治"，下启"开元盛世"。但大杀贞观老臣，奖励告密，宠任酷吏，冤狱四起，加之佞佛奢纵，弊政甚多。《全唐诗》存诗四十六篇，《如意娘》《从驾幸少林寺》两篇，被认为是她的本色之作。

## 访求贤良诏

鸾台上之临下，道莫贵于求贤。臣之及君，功岂逾于进善。所以允凝庶绩，式静群方，成大厦之凌云，济巨川之沃日。故周称多士，著美风谣，汉号得人，垂芳竹素。历观前代，罔不由兹。朕虽宵分辍寝，日旰忘食，勉思政术，不惮劬劳，而九域至广，岂一人之独化，必佇材能，共成羽翼。虽复群龙在位，振鹭充庭，仍恐屠钓或违，蒍轴尚隐，未殚岩穴之美，或委邱园之秀。所以屡回旌帛，频遣搜扬，推荐之道相寻，而虚佇之怀未惬，永言于此，寤寐以之。宜令文武官五品以上各举所知。其有抱栋梁之才，可以丹青神化；蕴韬钤之略，可以振耀天威；资道德之方，可以奖训风俗；践孝友之行，可以劝率生灵；抱儒素之业，可以师范国胄；蓄文藻之思，可以方驾词人；守贞亮之节，可以直言无隐；履清白之操，可以守职不渝。凡此八科，实该三道。取人以器，求才务实。所司仍具为限程，副朕意焉。主者施行。

## 江采苹

号梅妃（710年—756年），闽地莆田（今福建莆田）人，宠妃之一。今莆田亦称江东妃。唐玄宗后妃八大才女之一。自小读书识字、吟诵诗文。九岁时，就能诵《诗经》中的《周南》和《召南》。十四岁，善吟诗作赋，自比晋朝才女谢道韫，还精通乐器，善歌舞，琴棋书画无所不通。开元末，被选入宫。赐东宫正一品皇妃，号梅妃。梅妃喜梅，气节若梅。后被杨贵妃打入东京洛阳上阳宫。公元756年（天宝十五年），安史之乱，唐玄宗西逃，梅妃白绫裹身，投井自尽。

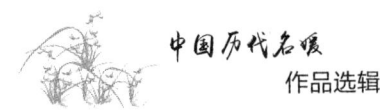

## 楼东赋

玉鉴尘生,凤奁香珍。懒蝉鬓之巧梳,闲缕衣之轻练。苦寂寞于蕙宫,但凝思乎兰殿。信飘落之梅花,隔长门而不见。况乃花心飐恨,柳眼弄愁。暖风习习。春鸟啾啾。楼上黄昏兮,听风吹而回首。碧云日暮兮,对素月而凝眸。温泉不到,忆拾翠之旧游,长门深闭,嗟青鸾之信修。忆昔太液清波,水光荡浮。笙歌赏燕,陪从宸旒。奏舞鸾之妙曲,乘画鹢之仙舟。君情缱绻,深叙绸缪。誓山海而常在,似日月而无休。奈何嫉色庸庸,妒气冲冲。夺我之爱幸,斥我乎幽宫。思旧欢之莫得,想梦著乎朦胧。度花朝与月夕,若懒对乎春风。欲相如之奏赋,奈世才之不工。属愁吟之未尽,已响动乎疏钟。空长叹而掩袂,踌躇步于楼东。

**辑者按**:这篇赋自"奈何嫉色庸庸"以下,直抒胸臆,辞少雕饰而感情真挚,在唐赋中堪称佳作。

## 关盼盼

唐徐州名妓,善歌舞,雅多风态。徐州节度使张愔纳为妾,十分宠爱。旧说为愔父张建封妾,实误。白居易为校书郎时,游徐泗间,张愔设宴,出盼盼以佐欢,居易因之赠诗。元和元年(806),张愔卒后,盼盼念旧爱而不嫁。独居徐州张氏旧宅之燕子楼十余年。后白居易作《感故张仆射诸妓》,讽其不死。盼盼得诗,泣而作《和白公诗》,遂不食而卒。后世文人感其身世,编成小说、戏曲。元王仲谋有《燕子楼传》,侯克中有《关盼盼春风燕子楼》杂剧,明清文人又衍为传奇。《全唐诗》录存其《燕子楼》三首,《和白公诗》一首。可见白居易《燕子楼诗序》、宋陈振孙《白文公年谱》《丽情集》。

## 与白舍人书

自公薨后,妾非不死。第恐百世后,人以我公重色,有从死之妾,是玷我公清范也。

——《古今青楼集选》

**辑者按**：可见本辑唐诗部分。清代大文学家汪中吊马守真文有"夫托身乐籍，少长风尘，人生实难，岂可责之以死。婉娈倚门之笑，绸缪鼓瑟之娱，谅非得已"之论。容甫以"单家孤子，寸田尺宅"，"俯仰异趣，哀乐由人"之身世，对马守贞寄予深挚之同情，在封建时代的士大夫中，并不多见。乐天作诗讽盼盼不死，重故人而轻姬妾，谬矣。然其后谪江州时，闻商妇之歌而泪湿青衫，不禁发出"同是天涯沦落人，相逢何必曾相识"的哀叹，流誉千古，不亦正以其感情真挚耶？

## 崔莺莺

赵世杰（畏天）曰：崔张之事，人人喜谭。及予一夕偶尔检书，得秦参军作崔氏志铭，甚言其家清正严紧，始知崔氏莺莺，一辱于元微之会真记，再辱于伶工戏狎亵侮。数百年后得秦氏书，可为一人洗冤，可为千古止谤。

刘越石曰：凄婉欲绝，自非铁石心谁不动者。吾怜崔，吾恨元。

——《古今女史》

## 答微之书

捧览来问，抚爱过深，儿女之情，怨喜交集。兼惠花胜一合，口脂五寸，致耀首膏唇之饰，虽荷殊恩，谁复为容？睹物增怀，但积愁叹耳。伏承使于京中，就业进修之道，固在便安，但恨僻陋之人，永以遐弃。命也如此，知复何言！自去秋以来，常忽忽如有所失，于喧哗之下，或勉为笑语，闲宵自处，无不泪零。乃至梦寐之间，亦多叙感咽幽离之思。绸缪缱绻，暂若寻常，幽会未终，惊魂已断。虽半衾如煖，而思之甚遥。忆作拜辞，修逾旧岁，长安行乐之地，触绪牵情，何幸不忘幽微，眷念无斁，鄙薄之志，无以重酬，至于终始之盟，则固不在鄙，昔日中表相因，或同宴处，婢仆见诱，遂致私情。儿女之心，不能自固，君子有援琴之挑，鄙人无投梭之拒。及荐寝席，义盛意深，愚细之情，永谓终托。岂期

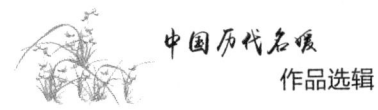

既见君子而不能定情,致有自献之羞,不复明侍巾栉。没身永恨,含叹何言!倘仁人用心,俯垂幽劣,虽死之日,犹生之年。如或达士略情,舍小从大,以先配为丑行,谓要盟之可欺,则当骨化形销,丹诚不没,因风委露,犹托清尘。存没之诚,言尽于此。临纸呜咽,情不能申,千万珍重,珍重千万。玉环一枚,是儿婴年所弄,寄充君子下体所佩。玉取其坚洁不渝,环取其始终不绝。乱丝一绚,文竹茶碾子一枚。此数物不足见珍,意者欲君子如玉之贞,俾志如环不解,泪痕在竹,愁绪萦丝,因物达诚,永以为好耳。心迩身遐,拜会无期,幽愤所钟,千里神会,千万珍重。春风多厉。强饭为佳,慎重自保,无以鄙为念。

**辑者按**:《历朝名媛尺牍》(清光绪乙巳年成都志古堂校刊本)亦载有此文,附有小传,与《古今女史》所记,略有差异。现转录于下:

莺莺字双文,永宁尉崔鹏女也。颜色艳异,尤工文词。与元稹为中表,适同寓河东普救寺。时军人大扰,稹属将党获之,崔免于难。崔母郑夫人命崔出谢,稹心动,诱侍女红娘,以词挑之。崔答之,题其篇曰明月三五夜,遂通焉。明年,稹赴长安,文战不利,久不至而崔竟委身于人。稹至,以外兄求见,崔不出,以诗绝之。稹怨而作会真记。

**又按**:《古今女史》为明刻本,《历朝名媛尺牍》为清末校刊本,相距约三百年。明本"则固不在鄙",清本作"则固不咸鄙"。明本"愚细之情",清本作"愚幼之心"。明本"俾志如环不解",清本作"敝志如环不解"。孰优孰劣,不敢妄置可否,读者审之。

## 鲍君徽

李九我曰:文姬所作词赋,素多古雅,独此恳切直陈。自上此疏,感达宸聪。德宗将方外所贡异物,悉赏赉焉,赐号孝姬,遂与尚宫姊妹齐名。

——《古今女史》

## 乞归疏

臣以草茅嫠妇。重荷宠恩,自谓生有余幸矣。独念妾也幼鲜昆季,长失椿庭,室无鸡黍之餐,堂有垂白之母,衷情迫切,臣不啻隐忍,方虑控诉无门焉。兹者,幸遇圣明，诏臣吟咏，一入御庭，百有余日，弄文舞字，上既以洽明圣之欢心；搦管挥毫，下既以倡诸臣之赓和。惟是茕然老母，置诸不问，岂为子女者恝犹若是耶？臣一思维，寸肠万结。伏愿陛下开莫大之宏恩，听愚臣之片牍，得赐归家，以供甘旨，则老母一日之余生，即陛下一日之恩赐也。臣不揣愚昧，冒死以进。

——《全唐文》

## 步非烟

原为家伎，能歌善乐，喜爱吟诗作赋。以其为原型的传奇小说《非烟传》收录在唐末文学家皇甫枚的《三水小牍》中。赵象依恋邻家的美人步非烟，便买通武公业家的门房，并通过门房妻子的协助，来"以诗寄情"。她很讨厌武公业的粗悍，却倾心于赵象的"端秀有文"，便以诗答之。

# 答赵象书

下妾不幸，垂髫而孤。中间为媒妁所误，遂匹合于琐类。每至清风朗月，移玉柱以增怀；秋帐冬缸，泛金徽而寄恨。岂期公子忽贻好音，发华缄而思飞，讽丽句而目断。所恨洛川波隔，贾午墙高，联云不及于秦台，荐梦尚遥于楚岫。犹望天从素愿，神假微机，一拜清光，九殒无恨。兼题短什，用寄幽怀。伏耸惟特赐吟讽也。诗曰：画檐春燕须同宿，兰浦双鸳肯独飞。常恨桃园诸女伴，等闲花里送郎归。

杨升庵曰：步非烟咸通功曹参军武公业之妾，容止端丽，若不胜衣。善秦声，好文笔、工击瓯，韵与丝竹合。公业甚嬖之。北邻赵象，端秀有文。才弱冠，忽于墙垣隙中，窥见非烟，乃赂公业阍人媪以意达之，以诗酬对。一日，值武生公务繁夥，非烟以前书令媪达之。因侍语曰：今夜公曹直府，可谓良时。妾家后庭，郎君之前垣也。不逾惠好，专望来仪，方寸万里，悉候晤语。既曛黑，象乃跻梯而至，及晚钟初动而归。不盈旬，常得一期。非烟一日挞女奴，女奴密告公业，公业伺之。一夕，见烟倚户微吟，象则据垣斜睇。公业搏之，象跃去，得其半襦。乃入室缚烟于柱，鞭楚至死。象亦易名远窜焉。

——《古今女史》

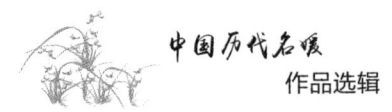

**辑者按：**在封建社会里，妇女地位极其卑微。男人可以姬妾成群，以女子为玩物；而妇女偶有"逾越"，则可以"鞭楚至死"。读非烟《答赵象书》及其可略，能不感慨万端！

## 刘国容

长安名妓，有姿色，能吟诗，与进士郭昭述相爱，他人莫敢窥也。昭述释褐①，授天长簿，与国容别，诘旦赴任②。行至咸阳，国容使一女仆，驰矮驹赍短书云：

欢寝方浓，恨鸡声之断爱。恩怜未洽，叹马足以无情。使我劳心，因君减食。再期后会，以结齐眉。

——《青楼小名录》

**注 释**
①释褐，旧制，殿试后，新进士诣太学释褐，谓释贱者之服而服官服也。②诘旦，明朝。

## 李清照

李慈铭曾推崇此文"叙致错综，笔墨疏秀，萧然出町畦之外"。而且说："宋以后闺阁之文，此为观止。"

——《越缦堂日记补》

## 《金石录》后序

右金石录三十卷者何？赵侯德父所著书也。取上自三代，下迄五季，钟、鼎、甗、鬲、盘、彝、尊、敦之款识，丰碑、大碣、显人、晦士之事迹，凡见于金石刻者二千卷，皆是正讹谬，去取褒贬。上足以合圣人之道，下足以订史氏之失者，皆载之，可谓多矣。呜呼，自王播、元载之祸，书画之胡椒无异；长舆、元凯之病，钱癖与传癖何殊。名虽不同，其惑一也。余建中辛巳始归赵氏。时光君作礼部员外郎，丞相时作吏部侍郎。侯年二十一，在太学作学生。赵李族寒，素贫俭。每朔望谒先出，贸衣，取半千钱，步入相国寺，市碑文果实。归，相对展玩咀嚼，自谓葛天氏之民也。后二年，出仕宦，便有饭蔬衣练，穷遐方绝域，尽天下古文奇字之志。日就月将，渐益堆积。丞相居政府，亲旧或在馆阁，多有亡诗。逸史，鲁壁汲冢所未见之书，遂尽力传写，浸觉有味，不能自已。后或见古今名人书画，一代奇器，亦复脱衣市易。尝记崇宁间，有人持徐熙牡丹图，求钱二十万。当时虽贵家子弟，求二十万钱，岂易得耶？留信宿，计无所出而还之。夫妇相向惋怅者数日。后屏居乡里十年，仰取俯拾，衣食有余。连守两郡，竭其俸入，以事铅椠。每获一书，即同共勘校，整集签题。得书画彝鼎，亦摩玩舒卷，指摘疵病，夜尽一烛为率。故能纸札精致，字画完整，冠诸收书家。余性偶强记，每饭罢，坐归来堂，烹茶，指堆积书史，言某事在某书、某卷、第几叶、第几行，以中否角胜负，为饮茶先后。中即举杯大笑，至茶倾覆怀中，反不得饮而起。甘心老是乡矣。故虽处忧患穷困，而志不屈。好书既成，归来堂起书库大橱，簿甲乙，置书册。如要讲读，既请钥上簿关出，卷帙或少损污，必惩责揩完涂改，不复向时之担夷也。是欲求适意，而反取憀慄。余性不耐，始谋食去重肉，衣去重采，首无明珠翠羽之饰，室无涂金刺绣之具。遇书史百家，字不刓缺、本不讹谬者，辄市之，储作副本。自来家传《周易》《左氏》传，故两家者流，文字最备。于是几案罗列，枕席枕藉，意会心谋，目往神授，乐在声色狗马之上。至靖康丙午岁，侯守淄川，闻金寇犯京师。四顾茫然，盈箱溢箧，且恋恋，且怅怅，知其必不为已物矣。建炎丁未春三月，奔太夫人丧南来。既长物不能尽载，乃先去书之重大印本者，又去画之多幅者，又去古器之无款识者。后又去书之监本者，画之平常者，器之重大者。凡屡减去，尚载书十五车。至东海，连舻渡淮，又渡江，至建康。青州故第，尚锁书册什物，有屋十余间，期明年春再具舟载之。十二月，金人蹈青州，凡所谓十余屋者，已皆为煨烬矣。建炎戊申秋九月，侯起复，知建康府。己酉春三月罢，具舟上芜湖，入姑孰，将卜居赣水上。夏五月，至池阳。被旨知湖州，过阙上殿。遂驻家池阳，独赴召。六月十三日，始负担舍舟，坐岸上，葛衣岸巾，精神如虎，目光烂烂射人，望舟中告别。余意甚恶，呼曰："如传闻城中缓急奈何？"戟手遥应曰："从众。必不得已，先弃辎重，次衣被，次书册卷轴，次古器，独所谓宗器者，可自抱负，与身俱存亡，勿忘之。"遂驰马去。途中奔驰，冒大暑，感疾。至行在，病痁。七月末，书报卧病。余惊怛，念侯性素急，奈何。病痁或热，必服寒药，疾可忧。遂解舟下，一日夜行三百里。比至，果大服柴胡、黄芩药，疟且痢，病危在膏肓。余悲泣，仓皇不忍问后事。八月十八日，遂不起。取笔作诗，绝笔而终，殊无分香卖履之意。葬毕，余无所之。朝廷已分遣六宫，又传江当禁渡。时犹有书二万卷，金石刻二千卷，器皿，茵褥，可待百

客，他长物称是。余又大病，仅存喘息。事势日迫。念侯有妹婿，任兵部侍郎，从卫在洪州，遂遣二故吏，先部送行李往投之。冬十二月，金寇陷洪州，遂尽委弃。所谓连舻渡江之书，又散为云烟矣。独余少轻小卷轴书贴、写本李、杜、韩、柳集、《世说》、《盐铁论》，汉唐石刻副本数十轴，三代鼎鼐十数事，南唐写本书数箧。偶病中把玩，搬在卧内者，岿然独存。上江既不可往，又虏势叵测，有弟迒，任敕局删定官，遂往依之。到台，守已遁。之剡出陆，又弃衣被走黄岩，雇舟入海，奔行朝。时驻跸章安，从御舟海道之温，又之越。庚戌十二月，放散百官，遂之衢。绍兴辛亥春三月，复赴越，壬子，又赴杭。先侯疾亟时，有张飞卿学士，携玉壶过，视侯，便携去，其实珉也。不知何人传道，遂妄言有颁金之语。或传亦有密论列者。余大惶怖，不敢言，遂尽将家中所有铜器等物，欲赴外庭投进。到越，已移幸四明。不敢留家中，并写本书寄剡。所官军收叛卒取去，闻尽入故李将军家。所谓岿然独存者，无虑十去五六矣。惟有书画砚墨，可五七簏，更不忍置他所。常在卧榻下，手自开阖。在会稽，卜居土民钟氏舍。忽一夕，穴壁负五簏去。余悲恸不已，重立赏收赎。后二日，邻人钟复皓出十八轴求赏。故知其盗不远矣。万计求之，其余遂不可出。今知尽为吴说运使贱价得之。所谓岿然独存者，乃十去其七八。所有一二残零不成部帙书册，三数种平平书帙，犹复爱惜如护头目，何愚也耶！今日忽阅此书，如见故人。因忆侯在东莱静治堂，装卷初就，芸签缥带，束十卷作一帙。每日晚更散，辄校勘二卷，题跋一卷。此二千卷，有题跋者五百二卷耳。今手泽如新，而墓木已拱，悲夫！昔萧绎江陵陷殁，不惜国亡，而毁裂书画。杨广江都倾覆，不悲身死，而复取图书。岂人性之所著，死生不能忘之欤？或者天意以余菲薄，不足以享此尤物耶？抑亦死者有知，犹斤斤爱惜，不肯留在人间耶？何得之艰而失之易也！呜呼！余自少陆机作赋之二年，至过蘧瑗知非之两岁，三十四年之间，忧患得失，何其多也！然有有必有无，有聚必有散，乃理之常。人亡弓，人得之，又胡足道。所以区区记其终始者，亦欲为后世好古博雅者之戒云。绍兴二年，玄默岁，壮月朔甲寅，易安室题。

# 祭赵湖州文

白日正中，叹庞翁之机捷。坚城自堕，怜杞妇之悲深。

王学初按：清照祭赵明诚文当作于建炎三年八月明诚下世之时，非后来所作。"白日正中"事，必卒时所用。

## 紫 竹

《宫闺小名录》：秀才方乔，偶与（紫竹）野遇，思之成疾。有道士赠以古镜，曰："此镜一触至阴，留影不散。子所遇少阴，试令照之，即遂意矣。"乔使妪往售，紫竹顾影不去，甚讶，询知其详，遂与私焉。父觉，召方与合为夫妇。

《词苑丛谈》："有紫竹者，工词，善谐谑"。一日手李后主集，父问何处最佳，答以"问君能有几多愁，一江春水向东流"耳。

——《历朝名媛尺牍》

## 遗方乔书

欲结赤绳，应须素节。泣珠成泪，久比鲛人，流火为期，聊同织女。春风鸳帐里，不妨雁语惊寒；暮雨雀屏中，一任鸡声唱晓。

## 谭意歌

禀性聪慧、娇美，能歌善舞，精音律，有文采，为晚唐名士谭从道之女，小字英奴，后更名文婉。家道中落，父亲客死长沙，不久母亲也去世。迫于生计，到酒楼谋生。官妓丁婉卿收养她，教她诗词歌赋，谭意歌十六岁时，才艺双绝，名播长沙。

## 寄张正字

江皋木落，红日西沉，极目云帆，魂与俱逝。伤心哉！年来恩爱，顷刻天涯。归来时只赢得一窗寒月，半枕相思。更兼四壁蛩声啾啾，助人哀寂。不识我郎向芦花汀畔，灯火湾头，亦同妾此时此夜之情否？长江千里，西风酿寒，年少孤征，加餐为幸。

——《古今青楼集选》

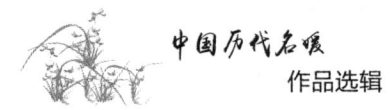

## 刘 后

（刘后）哲宗后，多才艺。政和三年，以后不谨，闻议将废之，而后已为左右所逼，即帘钩自缢而死。

### 别徽宗书

一旦遭遇圣恩，得与嫔御之列，命兮寒薄，至此夭折。虽埋骨九泉，魂魄不离左右。宗庙之重，天下生灵之众，大王帝姬之多，不可以贱妾一人，过有思念。深欲忍死与君父诀别，谪限已尽，不得稍留，冤痛之情，言不能尽。

——《历朝名媛尺牍》（光绪乙巳年成都志古堂校刊本）

## 萧 后

《焚椒录》云：辽俗君臣尚猎，故有四时捺钵（谓四时畋渔行所在也）。辽主号天祐皇帝者，尤长弓马，往往以国先驱。所乘马号，飞电，瞬息百里。常驰入深林遂谷，扈从求之不得，后患之，乃上疏谏。辽主虽嘉纳，心颇厌远焉。

——《古今女史》

### 谏猎疏

妾闻穆王远驾，周德用衰，太康佚豫，夏社几危，此游畋之往戒，帝王之龟鉴也。顷见驾幸秋山，不闲六御，特以单骑从禽，深入不测，此虽神威所届，万灵自为拥护，倘有绝群之兽，果如东方所言，则沟中之豕，必败简子之驾矣。妾虽愚暗，窃为社稷忧之。惟陛下尊老氏驰骋之戒，用汉文吉行之旨，不以其言为牝鸡之晨而纳之。

辑者按："果如东方所言"，后误以相如为东方。

• 文 •

## 罗爱爱

嘉兴名妓也,又呼为爱卿,色艺冠一时,工诗词。尝与诸文士会于鸳湖之凌虚阁,玩月赋诗,爱卿先成四绝句,坐皆搁笔。同郡赵生行六,慕聘焉。赵将如大都,临别,爱卿置酒中堂,赵子捧觞寿母,自歌《齐天乐》一阕以侑。歌罢,皆泪下,赵乘醉解缆去。母以思子病不起。甫葬三月,(张)士诚陷平江,杨参政率兵拒于嘉兴,不戢,军士大掠,赵居为刘万户者所据,欲逼爱卿,托词入室,自缢死。刘以绣褥裹尸,瘗于银杏树下。赵归,求得其详,发树下,貌如生焉。棺葬白苎村母茔侧。

——《青楼小名录》(略有删减)

## 临终寄赵生

妾本娼流,素非良族。山鸡野鹜,家莫能驯,路柳墙花,人皆可折。惟知倚门献笑,岂解举案齐眉。幸蒙君子求为室家,妾便浣其旧染之污,革其前事之失。从郎去后,亲操井臼,采掇苹蘩,修祀祖之仪,笃奉姑之道。岂料旻天不吊,大患来临,金声鼓振,交轰于四境,长枪大剑,耀武于三军。既据李崧之居,又夺韩翃之妇。良人万里,贱妾一身,岂不知偷生之可安,忍辱之耐久,而乃甘心玉碎,决意珠沉,若飞蛾之扑灯,似赤子之入井,乃已之自取,非人之不容。盖所以愧乎为人妻妾而弃主背夫,受人爵禄而忘君负国者也。可怜红颜无主,顷刻花残,赵郎赵郎,从兹永别矣。持笔心灰,言不尽恨,孤魂无着,颙盼归旌。

——《古今青楼集选》

**辑者按**:此书可与《齐天乐》(别郎应举)一词并读。至此书本事,尚待查考。

## 郑允端

字正淑,平江(今苏州)人。出身于儒学世家,自幼受到良好的家庭教育,能诗善文。嫁同郡施伯仁,睹时常"操弄笔墨,吟咏性情"。伯仁亦出身于文献故

347

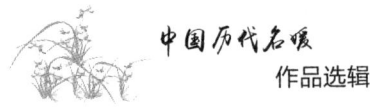

家，博古通今。二人相敬相亲，是一对具有共同的文学好尚的恩爱夫妇。端死后，伯仁整理其遗稿，题名为《肃雍集》。

# 诗稿自序

郑氏系出贵胄，世尚儒业，父兄以经学教授诸生，著名吴下。某自幼承家庭之训，教以读书识字，在后向学，剽窃绪余，粗知义理。及长，归同郡施伯仁氏，而伯仁又文献故家、儒雅之士，气味相类。妇职之暇，尤得操弄笔墨，吟咏性情。尝怪近世妇人女子作诗，无感发惩创之义，率皆嘲咏风月，陶写情思，纤艳委靡，流连光景者也。余故铲除旧习，脱弃凡近，作为歌诗，缄诸笥笋，以俟工宗斤正，然后出示多人。今抱病弥年，垂亡有日，惧湮没而无闻，用写别楮，诠次成帙，藏诸家塾，以示子孙。昔唐山人诗瓢有云："得之者方知吾苦心耳。"余亦云云。至正丙申清明日荥阳郑氏允端识。

**辑者按**：这篇序文，语言朴实可喜。至其"铲除旧习，脱弃凡近"的至情，亦可于其诗作中得到印证。

## 桑贞白

茅鹿门曰：桑氏月妹，嘉禾周逸之妻也，著香奁集。余手诵之，音调清爽，绰有唐宋风味。其自跋更多隽逸之致，望而知为名宿。

皇应侯曰：远企古人，又近得所天，静庵诸人，遥欲俯首让座。

——《古今女史》

## 自跋

妾本桑林中女，幼荷严母庭诲，日究女训烈传经史，以明古今。方识汉有曹大家，中郎女，晋有窦滔妻，宋有朱淑贞，明有朱静庵。俱各隽才巧思，异句奇章行世，心甚企慕。捧诵之余，欲追芳躅，虑难吻合。兹适所天，素耽嘉句，益慰熏陶有自,时遇明月流天,芳菲映地,或风晨雨夕,辄烧水沉烹雀舌,促膝吟哦,遂忘寝食。岁岁漫成下里数十百言,录成一帙,少纪闺中漫致,实非逾阃之言也。佳人既远,比迹为难,时一展卷,徒增叹惘耳。

## 郭 嫔

郭嫔名爱,字善理,凤阳人。贤而有文,入宫二旬而卒。自知死期,书楚声以自哀。

## 绝命词

修短有数兮,不足较也。生而如梦兮。死则觉也。先吾亲而归兮,惭余之失孝也。心凄凄而不能已兮,则可悼也。

——《明史·后妃传》

**辑者按**:郭嫔为明宣宗朱瞻基妃、殉葬前作此词。《明史·后妃传》讳言殉葬,以"自知死期"四字轻轻带过。吾人读史,何能全信!

**附:朝鲜使臣回国陈述成祖朱棣死后,明朝宫廷里殉葬的情形**

及帝(明成祖朱棣)之崩,宫人殉葬者三十余人。当死之日,皆饷之于廷。饷辍俱引升堂,哭声震殿阁。堂上置小木床,使立其上,挂绳围于其上,以头纳其中,遂去其床,皆自雉(吊死)。诸死者之初升堂也,仁宗(朱高炽)亲上辞诀。

——《朝鲜实录》

## 张拾隐

生平不详。

## 寄周公辅

忆昔梅花破白时,与君话别灯前,侬含泪问归期,君且誓谓侬曰:"桃花雨霁后,柳雪飘时,燕子即我之前旌也,卿当寻径。"今燕已将雏,菡萏又欲卸妆,毋论人被羁栖,而鳞鸿亦自渺没。君真薄幸,独不忆花下牵情,杯中留意时乎!侬终身事,实难自主,去留多在八九月向,恐君马首南日,侬已置身闺阁矣。侬与君今世缘悭,愿学至萧来世。满腔幽恨,即颖侯亦不忍尽吐。书付鸿来,肠随情断。

——《古今青楼集选》

### 蒋琼琼

生平不详。

## 寄杜生

别时节白帝徂秋,又早见塞腓春卉,流光飞驶,黯犹伤神。情事无可对言,落莫何堪自解!妾聊寻幽韵,用展愁思,吴笺和泪,远寄词坛。虽惭织锦回文,实妾相思公案也。多情如我郎,当连棹归航,毋教冷落百花洲上人。至嘱至嘱。

——《古今青楼集选》

**辑者按**:百花洲在我国有三处:
一、在山东省历城县大明湖南,方广数十亩,居民庐舍,围旋环绕,亦名百花堤。宋曾巩、苏轼皆有诗。
二、在河南省邓县城东南隅。宋范仲淹营为游泳之所。
三、在江西省南昌县城东东湖北。宋绍兴中曾习水军于此。

——《中外地名大辞典》(台湾人文出版社)

原书有"当连棹归航"句,似可确定蒋琼琼为江西南昌人。

## 侯淑贞

生平不详。

### 寄王估吴

七夕与足下别矣。昔小乔与周郎别,亦是此夕。周郎曰:"天上会合,人间别离。"此两语感怆千古,不意今复见之我两人矣。但妾伤足下之别自今日始,望足下之来亦即自今日始。幸勿恋伉俪之欢,冷落我章台人也。一嘱。

——《古今青楼集选》

## 寇烨如

### 邀周公辅文兄赏莲

午梦初回,侍儿犁争极花开。妾推窗起视,不特貌似六郎,而碧干凌波,清芬沁骨,酷似六郎气节丰标,君当速来同赏,毋负君家茂叔。

——《古今青楼集选》

## 郑如英

字无美,桃叶妓。以韵艳闻,曲中呼为妥十二,妥其小名也。能为诗,秦淮四美之一。

——《青楼小名录》

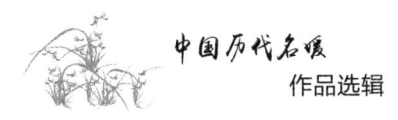

## 后袁孝廉

承君之欢,天长地厚。席君之爱,山高水深。约君之好,海枯石烂。奈一朝分袂,双鲤不传波底信,一鸠空唤雨中愁。如何如何?秋风荐至,君肯俨然左顾,妾窃幸哉。此时庭槐减翠,篱菊堆金,正与足下别离时约也,扫门以俟。

——《古今青楼集选》

## 柳 儿

柳儿字荷香,云间文生侍儿也。因妇妒出之。著有《荷香集》。

## 遗文郎永别书

红粉漂零,青衣憔悴,柔情薄命,遗恨千秋。命也如何,时乎不再,春往秋来,黯犹销魂,悲哉永决。一年行乐,月何事而频亏,三月艳阳,草何心而更绿。银缸夜夜,愁添鹦鹉之杯,锦帐年年,恨积鸳鸯之塚。郎非负义,妾岂忘心?才子风流,绮罗如梦,阿侬心事,云水成尘。沧海珠归,于今绝念,昆山玉碎,无用偷生。看路畔之萧郎,恨河间之婼女,朱栏独椅,绿绮空焚,已矣何言,哀哉自悼。使后人知我心者,春酒一樽,秋江两泪,吊我于夜台之下,则蔓草青烟,兹恨不朽,庶有以报君之恩,完郎之志。嗟呼文生,芦花江上,柳絮楼边,烟雨凄然,知郎心矣。郎心若此,妾恨如斯。葳蕤之锁九重,难遮去梦,宛转之山千叠,不断来愁。恨邪恨邪,寸心不忘,千里如重闻耳。新旧忽移,匪红楼之自眩,屠沽相对,比青塚而尤哀。天乎人乎?果何道乎?

## 李玉英

生卒年不详,明代锦衣卫千户李雄之女。母早殇,雄西征殁。为后母焦氏所不容,因写《送春》《别燕》诗,后母诬其有外遇,后母舅焦榕执送锦衣卫,以奸淫不孝罪处以极刑，后自于狱中上书伏辩，终得免罪白冤，斩焦氏，并选良才作配。

## 辩冤疏

臣年十二，遇皇上嗣位，遍选才人。府尹以臣应选，礼部悯臣孤弱，未谙侍御，发臣宁家。臣年十六，伶仃无依，是以滥形吟咏，感诸身心，寄诸笔札，盖有不得已而为言者。奈何母恩虽广，勿察臣衷，但玩诗词，以为外遇。拿送锦衣卫，本官诬臣奸淫不孝，拟剐罪。臣在狱日久，有欺臣孤弱而兴不良之心者，臣抚膺大恸，狱中莫不惊惶。臣素不才，邻里何无纠举？乃以数句之诗，寻风捉影，陷臣死罪。臣之死因无憾，十岁之弟，毒药鸩死，肢解埋弃，果何罪乎？臣母之罪，臣不敢言，《凯风》有诗，臣当自责。陛下俯察臣情，将臣诗句付有司委勘，有无淫奸实情。推详臣之心，尽在不言之表，则臣亡父母之灵，亦可慰于地下矣。

唐伯虎曰：娇才如许，那堪许多靡折，应是千古恨事。

——《古今女史》

**附本事：**

明正德中，锦衣卫千户李雄，西征陈殁。遗孤五人，子二，曰承祖，曰亚奴。女三，曰桂英，曰玉英，曰桃英。诸子皆前妻所产，惟亚奴后妻焦氏生。焦欲图亲儿徒袭，雄死，令承祖往战场寻父骸骨，觊其陷于非命，而承祖竟抱骨以归。焦乃鸩死承祖，支解而埋之。又以桂英鬻豪家为婢。玉英颇知典籍，年十六，伶仃穷迫，作《送春》诗云："柴门寂寂锁残春，满地榆钱不疗贫。云鬓霞裳半泥土，野花何事亦愁人。"又作《别燕》诗云："新巢泥满旧巢倚，泥满疏帘欲卷迟。愁对呢喃终一别，画堂依旧主人非。"焦指诗词，谓有外通等情，俾舅焦榕执送锦衣卫，诬以奸淫不孝。拟凌迟。嘉庆四年夏，差太监密录罪囚，凡有乃柱人冤，许行陈奏。于是玉英具本，托其妹桃英赍奏讼冤。疏上，有旨，命三法司另勘。焦氏论斩，玉英著锦衣卫选良才择配焉。

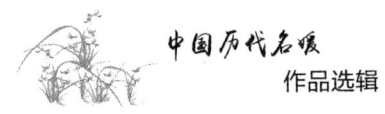

## 马湘兰

名守真（？—？），字湘兰，小字玄儿，又字月娇，秦淮八艳之一，南直隶应天（今江苏南京）人，自幼不幸沦落风尘，与江南才子王稚登交谊甚笃，其与王稚登的书信收于《历代名媛书简》中。在王稚登70大寿时，马氏集资买船载歌妓数十人，前往苏州置酒祝寿，"宴饮累月，歌舞达旦"，归后一病不起，最后强撑沐以礼佛端坐而逝，年57岁。

### 寄王百谷书

别后妾顷刻在怀，即寤寐未忘知已。遥忆故人，再续旧好，恨各一天涯，中心郁结，不能朝夕。继见联枕论心。又兼秋水盈窗，寒蛩破梦，此情此景，真妾消魂时哉？何日既见君子，了却相思宿债，作人间世未有之欢乎。长江险堑，莫能匍匐，八行相讯，神与书驰。

赵问奇曰：幽情种重，描来不俗，应是人行白眉。

——《古今女史》

## 王娇鸾

容貌娇美，擅晓诗文。明英宗天顺年间人，其父临安尉王忠。身为武将之女，王娇鸾却颇通文事，助其父打理文书。后其父遭贬，随父远迁。安定之后，与其邻之子周廷章私订终生。却不料周喜新厌旧，悔了与王娇鸾订下的婚约，王娇鸾得知后，写下绝情诗，为情自尽。后此事传至都察院樊公祉，樊公祉怜惜王娇鸾的才情，依照其二人之约，下令乱棒打死周。周毙命，然伊人已逝，空留遗憾于世。

### 与周廷章

轻荷点水，弱絮飞帘，拜月亭前，懒对东风听杜宇，画眉窗下，强消长画刺鸳鸯。人正困于妆台，诗忽遗于香案。启观来意，无限幽怀，自怜薄命佳人，恼杀多情才子。一番信到，一番使妾倍支吾。几度诗来，几度令人添寂寞。倘得跳东墙学攀花之手，不妨仰北斗驾折桂之梯。眼底无媒，书中有女，自把衷情封去札，莫将消息问来人。谨和佳篇，仰祈深谅。

——《历朝名媛尺牍》

## 杨采采

陈眉公曰：采采原与商生为表兄妹，幼时共戏于秋香亭，誓相好也。不意士诚兵乱，各流散不相及。女适太原王氏矣，商访之，奉以彩花紫脂以通其意，女以此书报之。

赵问奇曰：词气殷勤，方见致书之意。

——《古今女史》

## 致商生书

伏承来使，具述绸缪，昔日欢情，一旦终阻。自遭丧乱，十载于兹，祖母辞堂，先君去室，茕然形影，四顾无依。欲终守前盟，则雁断衡阳而莫通；欲径行小谅，则蚁填沟壑而莫晓。故委身从人，苟延微命。虽应酬之际，强为欢笑，而岑寂之中，不胜伤感。追念旧事，恍若前朝，华翰铭心，芳言在耳。每孤灯夜永，落叶秋高，往往目断遥天，情牵异域。岂意高才不弃，抚念过深！加深泽以滂施，广余光易下照，采葑菲之下体，托葛藟之微踪，虽荷殊恩，愈怀深愧。盖自近岁以来，形销体削，面目可憎，临镜徘徊，自疑非我。兄若见之，亦将贱恶而弃去，尚何矜恤之有？倘思情未尽于今时，拟宿缘再结于来世，没世之恨，懊叹何言！拜会无期，忧思靡竭，惟宜自保，以冀远图，无以妾为深念。

**辑者按**：张士诚，元泰州人。字九四，以操舟运盐为业。元末起兵，陷泰州、高邮，自称诚王，国号大周。据有吴中，又称吴王。有土二千余里，带甲数十万。后为明将徐达、常遇春擒送金陵，自缢死。陈眉公所云"士诚兵乱"，即指张士诚元末起兵事。

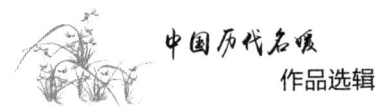

## 梁孟昭

《中国历代才女小传》：《遏愁赋》是一篇情辞婉丽、对仗工整、言简意赅、极尽愁思的作品。

### 遏愁赋

嗟予生之不惠兮，何敢慕乎逍遥。云霏霏而月暗兮，风飒飒兮花飘。柳经春而自茂兮，桐将秋易即凋。矧兰英之吐息兮，秉幽贞而寂寥。水涓涓兮流恨，草凄凄兮萦情。鸟惊心易睍睆，蝶幻梦而轻盈。惜落花之如舞，更啼莺之若诟。结忧思兮危坐，独凝睇兮登栖。泪欲饮而眼淬，愁欲散而眉留。日蓬首而慵饰兮，恍东风以冲冲。虽惠犹而作笑兮，胡宁善于为容。对在御之琴瑟兮，愿静好以欢同。美班姬兮端方，耻赵女兮轻翔。每痦寐兮太息，揽衾帷兮徬徨。

## 小 青

### 与某夫人书

玄玄叩首沥血，致启夫人台座下。关头祖账，迥隔人天，宦舍良辰，当非寂度。驰情感往，瞻睇慈云，分燠嘘寒，如依膝下，糜身百体，未足云酬。娣娣姨姨无恙。犹忆南楼元夜，看灯谐谑，姨指画屏中一凭栏女曰："是娆娆儿倚风独盼，悦惚有思，当是阿青。"妾亦笑指一姬曰："此执拂狡鬟，偷近郎侧，将母似娣！"于时角彩寻欢，缠绵彻曙，宁复知风流云散，遂有今日乎？往者，仙槎北渡，断梗南楼，狷语哮声，日焉三至。渐乃微词含吐，亦有尊旨云云。窃揆鄙衷，未见其可。夫屠肆苦心，饥狸悲鼠，此直供其换马，不既辱以当垆。去则弱絮风中，住则幽兰霜里，兰因絮果，现业谁深？若便祝发空门，洗妆浣虑，而艳思绮语，触绪纷来，正恐莲性虽胎，荷丝难杀，又未易言此也。乃至远笛哀秋，孤灯听雨，雨残笛歇，谡谡松声，罗衣压肌，镜无干影，晨泪镜湖，夕泪镜汐。今兹鸡骨，殆复难支，痰灼肺热，见粒而呕。错情易意，悦憎不驯，老母娣弟，天涯问绝。嗟呼！未知生乐，焉知死悲！憾促欢淹，无乃非达！妾少受天颖，机警灵速，丰兹啬彼，理讵能双？然而神爽有期，故未应寂寂也。至其沦忽，亦匪自今，结缡以来，有宵靡旦，夜台滋味，谅不殊斯。何必紫玉成烟，白花飞蝶，乃谓之死哉！或轩车南返，驻节维杨，老母惠存，如妾之受。阿秦可念，幸终垂悯。畴昔珍赠，悉以见殉，宝钿绣衣，福星所赐，可以超轮消劫耳。然小六娘竟先期相俟，不忧无伴。附呈一绝，亦是鸟死鸣哀。其诗集小像，托陈姬好藏，寻便驰寄。身不自保，何有于零膏冷翠乎？他时放轮堤下，探梅山中，开我西阁门，坐我绿阴床，髣生平于响像，见空帏之寂颸，是耶？非耶？其人斯在。嗟乎夫人，明冥异路，永从此辞。玉腕朱颜，行就尘土，兴思及此，恸也何如！玄玄叩首上。

赵问奇曰：小青者，武林某生姬也。家广陵，年十六归豪公子，性憨跳不驯，妇更奇妒，年十八而夭。所著诗篇，皆清新婉丽，不减静庵诸咏。

——《古今女史》

# 附　录

## 小　青

大青者，虎林某生姬也，家广陵。与生同姓，故讳之，仅以小青字云。姬凤根颖异，十岁遇一老尼，授《心经》，一再过了了，覆之，不失一字。尼曰："是儿早慧福薄，愿乞作弟子。即不尔，无令识字，可三十年活耳。"家人以为妄，嗤之。母本女塾师，随就学。所游多名闺，遂得精涉诸技，妙解声律。江都固佳丽地，或诸闺彦云集，茗战手语，众偶纷然。姬随变酬答，悉出意表，人人惟恐失姬。虽素闲仪则，而风期逸艳，绰约自好，其天性也。

年十六，归生。生，豪公子也，性嘈嗟憨跳不韵。妇更奇妒，姬曲意下之，终不解。一日，随游天竺。妇问曰："吾闻西方佛无量，而世多尊礼大士者何？"姬曰："以其慈悲耳。"妇知讽己，笑曰："吾当慈悲汝。"乃徙之孤山别业，诫曰："非吾命而郎至，不得入！非吾命而郎手札至，亦不得入！"姬自念彼置我闲地，必密伺短长，借莫须有事鱼肉我，以故深自敛戢。妇或出游，呼与同舟，遇两堤间驰骑挟弹游冶少年，诸女伴指点谑跃，倏东倏西，姬淡然凝坐而已。

妇之戚属某夫人者，才而贤，尝就姬学奕，绝爱怜之。因数取巨觞觞妇，瞷妇已醉，徐语姬曰："船有楼，汝伴我一登。"比登楼，远眺久之，抚姬背曰："好光景，可惜！无自苦。章台柳亦倚红楼盼韩郎走马，而子作蒲团空观邪？"姬曰："贾平章剑锋可畏也。"夫人笑曰："子误矣！平章剑钝，女平章乃利害耳！"居顷之，顾左右寂无人，从容讽曰："子才韵色艺无双，岂当堕罗刹国中？吾虽非女侠，力能脱子火坑。顷言章台事，子非会心人邪？天下岂少韩君平。且彼视子去，拔一眼中钉耳。纵能容子，子遂向党将军帐下作羔酒侍儿乎？"姬谢曰："夫人休矣。吾幼梦手折一花，随风片片着水，命止此矣！凤篝未了，又生他想，彼冥曹姻缘簿，非吾如意珠，徒供群口画描耳！"夫人叹曰："子言亦是，吾不子强。虽然，好自爱。彼或好言饮食汝，乃更可虑。即旦夕所须，第告我。"相顾泣不沾衣。恐他婢窃听，徐拭泪还坐。寻别去。夫人每向宗戚语之，闻者酸鼻云。

姬自是幽愤凄怨，俱托之诗或小词。而夫人后亦从宦远方，无与同调者。遂郁郁感疾，岁余益深。妇命医来，仍遣婢以药至。姬伴感谢，婢出，掷药床头，笑曰："吾固不愿生，亦当以净体皈依，作刘安鸡犬，岂汝一杯鸩能断送乎！"然病益不支，水粒俱绝，日饮梨汁一小盏许。益明妆冶服，拥襟歌坐。或呼琵琶妇唱盲词自遣。虽数晕数醒，终不蓬首偃卧也。忽一日，语老姬曰："可传语冤孽郎，觅一良画师来。"师至，命写照。写毕，揽镜熟视，曰："得吾形似矣，未尽吾神也。"姑置之。又易一图，曰："神是矣，而风态未流动也。若见我而目端手庄，太矜持故也。"姑置之。命捉笔于傍，而自与姬指顾语笑，或扇茶铛，或简书，或自整衣褶，或代调丹璧诸色，纵其想会。须臾图成，果极妖纤之致。笑曰："可矣！"师去，取图供榻前，焚香设梨酒奠之，曰："小青，小青，此中岂有汝缘分乎？"抚几，泪淆淆如雨，一恸而绝。时年十八耳。

日向暮，生始踉跄来。披帷见容光藻逸，衣态鲜好，如生前无病时，忽长号顿足，呕血升余。徐检得诗一卷，遗像一幅。又一缄寄某夫人，启视之，叙致惋痛。后书一绝句。生痛呼曰："吾负汝！吾负汝！"妇闻恚甚，趋索图。乃匿第三图，伪以第一图进。立焚之。又索诗，诗至，亦焚之。及再简草稿，业散失尽。而姬临卒时，取花钿数事，赠姬之小女，衬以二纸，正其诗稿。得九绝句，一古诗，一词。并所寄某夫人者，共十二篇。古诗云：

"雪意阁云云不流，旧云正压新云头。米颠颠笔落窗外，松岚秀处当我楼。垂帘只愁好景少，卷帘又怕风缭绕。帘卷帘垂底事难，不情不绪谁能晓。炉烟渐瘦剪声小，又是孤鸿唳悄悄。"

绝句云：

"稽首慈云大士前，莫生西土莫生天。愿为一滴杨枝水，洒作人间并蒂莲。"

"春衫血泪点轻纱，吹入林逋处士家。岭上梅花三百树，一时应变杜鹃花。"

"新妆竟与画图争,知在昭阳第几名。瘦影自临春水照,卿须怜我我怜卿。"

"西陵芳草骑辚辚,内信传来唤踏春。杯酒自浇苏小墓,可知妾是意中人。"

"冷雨幽窗不可听,挑灯闲看《牡丹亭》。人间亦有痴于我,岂独伤心是小青。"

"何处双禽集画阑,朱朱翠翠似青鸾。如今几个怜文彩,也向秋风斗羽翰。"

"脉脉溶溶艳艳波,芙蓉睡醒欲如何。妾映镜中花映水,不知秋思落谁多。"

"盈盈金谷女班头,一曲骊珠众伎收。直得楼前身一死,季伦原是解风流。"

"乡心不畏两峰高,昨夜慈亲入梦遥。说是浙江潮有信,浙潮争似广陵潮。"

其《天仙子》词云:

"文姬远嫁昭君塞,小青又续风流债。也亏一阵黑罡风,火轮下,抽身快,单单别别清凉界。

原不是鸳鸯一派,休算做相思一概。自思自解自商量,心可在,魂可在,着衫又捻双裙带。"

与某夫人书云:"玄玄叩首沥血,致启夫人台座下。关头祖帐,迥隔人天。官舍良辰,当非寂度。驰情感往,瞻睇慈云,分燠嘘寒,如依膝下。糜身百体,未足云酬。娣娣姨姨无恙。犹忆南楼元夜,看灯谐谑,姨指画屏中一凭栏女曰:'是娆娆儿倚风独盼,恍惚有思,当是阿青。'妾亦笑指一姬曰:'此执拂姣鬟,偷近郎侧,将无似娣。'于时角彩寻欢,缠绵彻曙,宁复知风流云散,遂有今日乎!往者仙槎北渡,断梗南楼,猖语哮声,日焉三至。渐乃微辞舍吐,亦如尊旨云云。切揆鄙衷,未见其可。夫屠肆菩心,饿狸悲鼠,此直供其换马,不即辱以当炉。去则弱絮风中,住则幽兰霜里,兰因絮果,现孽谁深?若便祝发空门,洗妆浣虑,而艳思绮语,触绪纷来。正恐莲性虽胎,荷丝难杀,又未易言此也。乃至远笛哀秋,孤灯听雨,雨残笛歇,谡谡松声。罗衣压肌,镜无干影,晨泪镜潮,夕泪镜汐。今兹鸡骨,殆复难支,痰灼肺然,见粒而呕,错情易意,悦憎不驯。老母娣弟,天涯问绝。嗟乎!未知生乐,焉知死悲!憯促欢淹,无乃非达。妾少受天颖,机警灵速,丰兹吝彼,理讵能双。然而神爽有期,故未应寂寂也。至其沦忽,亦匪自今,结禬以来,有宵靡旦,夜台滋味,谅不殊斯,何必紫玉成烟,白花飞蝶,乃谓之死哉!或轩车南返,驻节维扬,老母惠存,如妾之受,阿秦可念,幸终垂悯。畴昔珍赠,悉令见殉,宝钿绣衣,福星所赐,可以超轮消劫耳。然小六娘竟先期相俟,不忧无伴。附呈一绝,亦是鸟死鸣哀!其诗集、小像,托陈媪好藏,觅便驰寄。身不自保,何有于零膏冷翠乎!他时放船堤下,探梅山中,开我西阁门,坐我绿阴床,髣佛平于响像,见空帏之寂飓。是邪非邪,其人斯在。嗟乎夫人!冥明异路,永从此辞。玉腕珠颜,行就尘土,兴思及此,恸也何如!玄玄叩首叩首上。"后附绝句云:

"百结回肠写泪痕,重来唯有旧朱门。夕阳一片桃花影,知是亭亭倩女魂。"生之戚某集而刻之,名曰《焚余》。

戋戋居士曰:"读小青诸咏,虽凄惋,不失气骨。憾全稿不传。要之径寸珊瑚,更自可怜惜耳。闻第二图藏姬家,余竭力购得之。娟娟楚楚,如秋海棠花。其衣里珠外翠,秀艳有文士韵。然尚是副本,即姬所谓'神已是,而风态未流动'者。未知第三图更夫何如。姬尝言:'姬喜看书。书少,就郎取不得,悉从某夫人借观。间作小画。画一扇,甚自爱,郎闻之,苦索不与。'又言:'姬好与影语,或斜阳花际,烟空水清,辄临池自照,对影絮絮如问答。婢辈窥之,则不复尔。但微见眉痕惨然,似有泣意。'余览集中第四(三)绝,知此语非妄也。嗟乎!世之负才零落,踯躅泥梨中,顾影自怜,若忽若失,如小青者,可胜道哉!"

——张来山《虞初新志》

## 蠖斋诗话
### 施闰章

小青诗盛传于世。近有辩者,谓实无其人,盖析"情"字为小青耳。予至武林,询之陆丽京圻。曰:"此故冯具区之子云将妾也。所谓某夫人者,钱塘进士杨廷槐元荫妻也。杨与冯亲旧,夫人雅谙文史,故相怜爱,频借书与读。尝欲为作计,令脱身他归,小青不可。及夫人从官北去,小青郁无可语,遗书作诀,书中云云,皆实录也。小青以命薄甘死,宁作霜中兰,不肯作风中絮,岂徒以才色重哉!"客问:"小青固能诗,恐未免文人润色?"陆笑曰:"西湖上正少此捉刀人。"

## 吴 氏

《诗话类编》:吴氏女爱吟咏,邻有郑僖,雅擅才华。女常令姬索词于生,生赋木兰花词与之,因从其母其婚,不允。女竟以忧恨而卒。生闻之,为悼亡吟,有"生死真梦幻,往来只诗篇"之句。

· 文 ·

## 临终遗郑子书

　　哀哉！古人云："春蚕到死丝方尽，蜡烛（炬）成灰泪始干。"诚哉是言也。一自女媒通好之后，妬情之辈，登奴门者日多，其说不一，奴闻之，如风过耳，但以真心相待。而周舍挟财以媚母氏，遂以一红一书为定。奴乃涕泣不从，两被凌辱，以致成疾，相思之情，又何可胜言。念欲窃香相随，奈百计不可。若此身不救，抱恨于地下，郎之情岂能忘乎！然妾之死，无身后累，郎若成疾，则故里梅花，青青梅子，将靠之谁乎？临终呜咽，不知下笔处。奴挟悉拜上。

——《历朝名媛尺牍》

## 叶小鸾

## 蕉窗夜记（辛未戏作）

　　煮梦子隐于一室之内，惟诗酒是务，了不交世事。于时九月既望，素月澄空，长风入户，叶辞条而自舞，草谢色而知伤。煮梦子携觞絜壶，独酌于庭中。久之，月彩西流，树影东向，觞尽壶干，傲然有怀仙之志。怅然作诗曰："弱水蓬莱远，愁怀难自降。素娥如有意，偏照读书窗。"又"啸残明月堕，歌罢彩云流。愿向西王母，琼浆借一瓯"。既而入室，复剔残灯，披卷久之，隐几假寐，闻窗外簌簌，似有人行。煮梦子从窗隙中窥之，见二绿衣女郎，俱风鬟雨鬓，绰约多姿，坐于庭前石桌之上。笑谈而叹风月之美。俄倾，忽各诉衷曲，愁绪横于眉黛，泪痕融于颊颐，所言甚多，不能悉记，大约记其歌意而已。大者当风抚袖而歌曰："对明月兮怀佳人，清露滴兮乱愁盈，湖山徒倚兮空自愁吟，芳心不转兮几度含情。"小者和而歌之曰："垂翠袖兮飘素香，怀佳人兮天一方。仰鸿雁兮思心伤，安得借彼羽翼兮共翱翔。"歌毕，余韵芳香，袭人不断，启窗欲问之，已振袖而隐蕉丛矣。煮梦子曰："呜呼，岂非蕉之为灵也哉！"

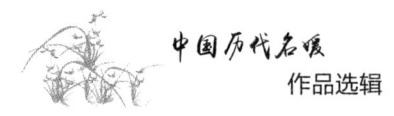

## 汾湖石记

汾湖石者,盖得之于汾湖也。其时水落而岸高,流涸而崖出。有人曰:湖之湄有石焉,累累然而多。遂命舟致之,其大小圆缺,衺尺不一。其色则苍然,其状则崟然,皆可爱也。询其旁居之人,亦不知谁之所遗矣。岂其昔为繁华之所,以年代邈远,故湮没而无闻耶?抑开辟以来。石固生于兹水者耶?若其生于兹水,今不过遇而出之也。若其昔为繁华之所,湮没而无闻者,则可悲甚矣。想其人之植此石也,必有花木隐映,池台依倚,歌童与舞女流连,游客偕骚人啸咏。林壑交美,烟霞有主,不亦游观之乐乎?今皆不知化为何物矣。且并颓垣废井,荒涂旧址之迹、一无可存而考之。独兹石之颓乎卧于湖侧,不知其几百年也,而今出之,不亦悲哉!虽然,当夫流波之冲激而奔排,鱼虾之游泳而窟穴,秋风吹芦花之瑟瑟,寒宵唳征雁之嘹嘹,苍烟白露,蒹葭无际,钓艇渔帆,吹横笛而出没,萍钿荇带,杂黛螺而紫覆,则此石之存于天地之间也,其殆与湖水之冷落于无穷已耶?今乃一旦罗之于庭,复使垒之而为山,荫之以茂树,披之民苍苔,杂红英之璀璨,纷素蕊之芬芳,细草春碧,明月秋朗,翠微缭绕于其巅,飞花点缀乎其岩,乃至楹槛之间,登高台而送归云、窗轩之际,照遐景而生清风,回思昔之啸咏,流连游观之乐者,又不复见于今乎?则是石之沉于水者可悲,今之遇而出之者又可喜也。若使水不落,潮不涸,则至今犹埋于层波之间耳,时(石)固亦有时也哉!

《玉镜阳秋》:《汾湖石记》意颇仿欧,虽小用传奇体,然潆洄秀复,不可一读而置,尤是佳文。

## 王端淑

清初女作家,字玉映,号映然子,又号青芜子,山阴(《中国人名大辞典》作钱塘)人。宗伯王季重次女,钱塘贡士丁睿子之妻(《人名大辞典》作适丁兆圣)。博学工诗文,善书画,一生著述宏富。顺治中欲援曹大家例,召入禁中,教诸妃主,端淑力辞不就。卒年八十余岁。

# 菊 赋

朱明徂暑,玄月改律。雁北违寒,晷南短日,露冷吴宫,波增汉曲。人有愁而必尽,物无微而不肃。曾晚荣之几何,泂无逾于兹菊。内含精英,敷藻清仪,翠叶枝茂,紫茎徒离。越托根于秋坂,亦寄傲于东篱。绕苔经以绣分,匝烟区而锦丽,天穴寥兮弥情,木箫槭兮逾馥。匪负霜而沦操,阅上药于丹篆。羡落美于离骚,一觞进于彭泽。见南山以悠然,将凄隐其攸托。彼华林之琪树,岂非今而是昨?

## 柳如是

明末清初女诗人,1618—1664在世。本姓杨,名爱,改姓柳,名隐,又改名是,字如是。号河东君,又号蘼芜君、影怜、我闻居士。初为吴兴名妓,能画工诗,色艺冠一时。后嫁崇祯朝礼部侍郎钱谦益,构绛云楼居之,酬唱无虚日。明亡,劝谦益殉国,谦益不能从。谦益死后,尸骨未寒之际,由于家族中攘夺家产,被逼自缢。如是传世著作有《戊寅草》《湖上草》,并辑有《古今名媛诗词选》。

# 致汪然明书

接教并诸台贶,始知昨宵春去矣。天涯荡子、关心殊甚。紫燕香泥,落花犹重,未知尚有殷勤启金屋者否?感甚,感甚。刘晋翁云霄之谊,使人一往情深,应是江郎所谓神交者耳。某翁愿作交甫,正恐弟仍是濯缨人耳。一笑。

# 谢汪然明书

鹃声雨梦,遂若与先生为隔世游矣。至归途黯瑟,惟有轻浪萍花与断魂杨柳耳。回想先生种种深情,应如铜台高揭,汉水西流,岂止桃花千尺也。但离别微

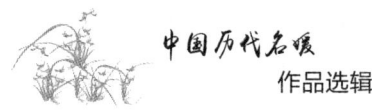

茫,非若麻姑方平,则为刘阮重来耳。秋间之约,尚怀渺渺,所望于先生维持之矣。便羽即当续及。昔人相思字,每付之断鸿声里,弟于先生,亦正如是。书次惘然。

——《柳如是尺牍》

**辑者按:**《学林漫录》初集,载有黄裳先生《关于柳如是》一文,现摘抄如下:

汪然明是住在杭州的徽州富商,其人深通金石音律,亦能诗文,有《春星草堂集》。他是柳如是的一位密友,曾为她刻《尺牍》和《湖上草》。汪对柳如是的生活,亦曾多方照顾,并为她的归宿细心规划。从上两书中,不难看出柳对汪的种种深情厚意的感谢。另一值得注意的是,信中自称"弟"而称汪为"先生"一事。过去女人写信作文,不是自称为"侬",就是自称为"妾"。这里换上了一个"弟"字,在三百年前,可实在非同小可,难怪士大夫要目瞪口呆,为之哗然了。在古代妓女中间,这样毫不气馁地与士大夫平起平坐,蔑视一切的,柳如是是仅有的一例。这是对封建礼法的愤怒抗议,断然将它踏在脚下,勇敢地挣脱身上的枷锁,争取"人"的地位的行径,绝不能仅视之为有趣的佳话。

**又按:**王国维先生对如是早有较高的评价。他的题《湖上草》绝句云:"幅巾道服自权奇,兄弟相呼竟不疑。莫怪女儿太唐突,蓟门朝士几须眉。"

## 徐德音

德音字淑则,钱塘人。博涉群书,所居在湖山之间。每当烟云入户、鱼鸟亲人,辄复燃脂弄笔,墨渖淋漓。时以为班姬、蔡琰复生,不数颂椒铭菊诸作矣。

## 出都留别林亚清夫人

夫人名高列戟,才拟颂椒,思可镂空,皆成五色,笔能垂露,不待三秋。蕉社联吟,丽藻久驰江左;墨庄成集,清词旋达禁中。而又谊笃盍簪,情深伐木,列国缟纻之雅,比侨扎而何多;寒灯鸡黍之盟,继范张而奚让。余也居同梓里,喜接芳邻,爱在幼稺之年,早切景行之志。猥以作嫔太岳,遂尔辞家,滞迹芜城,末由谋面。然而催妆之夕,曾承彤管之贻,奠雁之时,辱惠色丝之句。琼箫璧月,思之子兮十年，画舫明湖，望美人兮千里。比者，犬儿纪岁，玄鸟司晨，余方随官都门，君亦留家燕市。宣南僦屋，经营社燕之巢，巷北停车，密迩棲鸟之暑。初通问讯，恍若平生，继睹徽仪，竟成莫逆。茶筒酒盏，共晨夕者逾时，广厦崇庥，车声华者涣岁。将谓长亲謦欬，永承谦游，岂期遽赋骊驹，旋嗟间阻。玄冥届节，折衰柳以奚堪，青绮临歧，抚离觞而不御。爰操柔翰，聊志离悰。深有惭于大巫，是用正之喆匠。此时小别，辞君于关山雨雪之中，隔岁重来，人俟我于禁苑莺花之候。盟存息壤，其在斯乎？唱彻阳关，我将往矣。

**辑者按**：本文词句浮艳，内容空泛，极雕琢堆砌之能事，炫才而已。所谓班蔡复生，未免过誉。本无足取，录之以见当时文风。

## 曾 懿

少受母亲良好家教，通经史、善诗词，工书画，习医理。宦游闽、皖、赣的20余年间，潜心文学、医学，提倡女学救国、医学救国，为蜀中著作至富的女诗人、女医学家。有《古欢室诗词集》四卷（光绪三十三年刊本），包括《浣花集》《鸣鸾集》《飞鸿集》《浣月词》等，另有《女学篇》一卷（光绪三十三年长沙刊本）、《医学篇》八卷（光绪三十三年长沙刊本）。

## 自题像赞

何彼人斯，持舫若玉。西穷雪山，北涉燕山，游将周兮五岳。南浮闽海，东遵渤海，迹几遍于四渎。坤道湮芜，伊谁匡扶？崇我文德，诗书自娱。肃我壸范，教养与俱。大拙若拙，大智若愚。中流失船，千金一壶。人书并寿，铸影为图。为问兮吾，何似故吾。乃系以赞曰：

秋月鉴吾心，秋水澄吾神。如日之方曦，如花之当春。皎皎而清，肫肫其仁。熙熙乎，翼翼乎，长得我浑多璞玉，烂漫之天真。

## 曾 彦

字季硕，成都华阳人，幼年失父，由母亲左锡嘉抚育成人。"姿颖既绝，而貌

又明丽,每轩车过市,望着骈立,吒为神仙。","倾城名士,艳重一时。"曾彦幼承母训,读书引彖,弹丝蔦彩,无不精妙绝伦,五言作品,造诣也很高。有诗《桐凤馆集》首卷为五言诗,次卷为杂言,王凯运"独嘉美彦"曰:"篇篇学古,无复俗华靡,而风骨益洁。"另著有《虞共室遗集》(光绪十七年辛卯刊本),为张祥龄所刻。俞樾光绪十七年序,云:"质而不野,丽而有则,不求纤密之巧,自有宏肃之美;昔人称嵇志清峻,阮旨遥深,其兼之乎!余尝见其手书草稿,字体娟好而仍含朴茂之意,兼工篆隶,尤喜丹青,女子中多才多艺如斯人者,见亦罕矣。"

## 《古欢室诗词集》序

峨山耸秀,代产人文。璇阁钟英,世传名淑。莫不辞标黄绢,曲谱乌丝。书之砚北,尽金屋之奇才。选入江东,即玉台之新咏。从未有绮情超隽,既播早岁之芳声,逸思清芬,复极才人之韵事,如吾姊伯渊者殆其尤焉。吾姊幼擅清华,长尤聪慧。慰萱枝之孤影,笑语晨昏;荣荆树之五株,时聆吟咏。颂椒花于元日,彩笔频挥;咏柳絮于风前,蛮笺初写。形摹蝌斗,滥觞礼器之碑;色染丹青,追步辋川之画。迨袁姊丈幼安之赘于蜀也,本范郑之旧姻,联鲍桓之佳耦,刘娴既独矜善秀,徐悱亦早誉清新。铲薰夕而共香,镜照尘而同影。浣花堂畔,互赓消夏之词,芳草洲前,共赋采莲之曲。斯则画眉京兆,让此多能,鼓瑟杨郎,羡兹佳耦者矣。洎乎鸳鸯左顾,孔雀南飞,神驰闽水之游,目断渝关之路,鸥边之月如画,塞外之天易秋。堕凉句于樽前,吹泪痕于笛里。茫茫南浦,我本多愁,黯黯秋江,人能无恨?嗣后风云错互,鱼雁久疏,鲁酒薄不能消离逖之悲,秦声扬不能激沉郁之气,心路咫尺,事阻山河,古今所同慨也。丙戌岁,彦有姑苏之游,道出皖江,忽复相睹。离怀甫慰,盈觞劝酬,欣罗狂谈,乐说旧事。亟取吾姊所作而读之,虽零珪断璧,而已秀绝寰区矣。离筵初开,别景如促,执手一去,填膺百忧。忽忽数年间。复于邮中获睹吾姊手订诸卷。或倡和乎重闺,或惆怅乎远道,或挹峨峰之耸峭,试谱新词,或览巫峡之孤高,用陈官辑。骚牢金石,接宏响于杜陵。潆绘风云,溯渊源于乐府。散琼瑶之笔,大半言情;留赠答之章,无非怀旧。惟其至性真挚,结想高超,故以本缠绵悱恻之胸,发睿渺幽微之论。洵可谓洪钟一响,万籁无声也已。彦春蚕丝尽,寒蟹肠空,偶为侧艳之词,间效西昆之体,惊才绝艳,方矜长吉后身;振翼传音,窃谓文通肖我。他日泛蜻蛉之舫,欣鲍姊之重逢;联桐凤之吟,喜刘家之竞爽。闲出斯卷,撷笛歌之?当令众山皆响也。庚寅二月下浣,同怀妹季硕彦作于苏州沧浪亭虞恭室。

## 黄媛介

字皆令,浙江嘉兴(今浙江嘉兴)人。生卒年均不详,约清世祖顺治前后在世。工诗赋,善山水。太仓张溥闻名往求之,时已许字杨氏世功。世功久客不归,父兄劝之改字,媛介誓不可,卒归世功。吴伟业曾作《鸳湖闺咏四章》以赠。明亡,家破,转徙吴越间,以笔墨自给。著有《湖上草》《越游草》《离隐词》等传于世。

## 闲思赋 并序

癸酉七月,读向秀《思相赋》,爱之,复感陈王《洛神赋》之妙绝。因作《闲思赋》以传缥缈之怀。

惟古人之不作兮,咏遗篇之渺茫。意欲欻举而无合兮,心远降而自伤。何伊人之多怀兮,托幽会于灵神。故素所悦爱兮,冀一见而相亲。致微辞而献诚兮,竟不接而弃我。眷彼美而长怀兮,竭平生而增慕。既不察余之衷情兮,何踯躅而不去?诵诗书以自陈兮,使君王之道光。接一语以迥隔兮,怅永昧于椒房。身欲去而顾留兮,羡浮云之飞扬。曾不得而相抗兮,渺一世而沈藏。何慷慨之不绝兮,人各具此深情。不延赏于君德兮,当新怨之未平。怪清风之夜吹兮,声音凄而不绝。情惨怛而易增兮,心惆怅而焉歇?保高人之胸襟兮,虑已开而更结。

乱曰:宛绎幽思,下一世兮。虚无道诚,集心智兮。木石幽通,感所自兮。天灵耿结,多所思兮。案牍存咏,声泪至兮。梦魂潜通,神情逝兮。长川浮广,流波利兮。端身正念,诚其事兮。淳粹渊漠,无所器兮。明白洞达,有必致兮。贵贱贫富,生已字兮。披佛异端,独取义兮。

王士禛云:作小赋颇有魏晋风致。

## 《离隐诗》序

予产自清门,归于素士。兄姊媛贞,雅好文墨,自幼慕之。乙酉逢乱,转徙吴闽,羁迟白下。后入金沙,闭迹墙东。虽衣食取资于翰墨,而声影未出乎衡门。古有朝隐、市隐、渔隐、樵隐,予以离索之怀,成其肥遁之志焉,爰作长歌,题

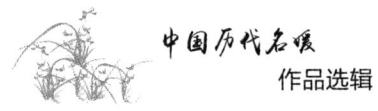

曰离隐云。

## 金 逸

字纤纤（1770—1794），江苏常州人。生于清高宗乾隆三十五年，卒于乾隆五十九年，年二十五。适同乡陈基（字竹士）。工诗，与江珠、陈雪卿、杨蕊渊、李佩金等女史结诗社，唱和无虚日。受业于袁枚门下，因其悟性高，被袁枚视为"闺中三大知己"之一。

### 上随园夫子书

前者返棹天台，驻旌茂苑，建坫坛于绣谷，媛集金闺；续宴会于钱塘，才量玉尺。湖山佳话，万古千秋，风月主人，九州一老。大名灌耳，望等天神；小草怀春，自惭营鷃。方苦登龙之无路，乃蒙折简以相招。恨不奋飞，偏逢小极。药铛金卷，消永昼之生涯；病竖诗魔，作终宵之伴侣。腰无一尺，泪有千行。郎君竹士，黍陪杖履，得即光仪。乃以风雅宗工，儒林耆旧，而肯虚怀若谷，老眼舒青，备述教言，愈加铭佩。又读六月六日夫子与立崖司马书，谓龙华会上。必使留名。自问何人，而矜宠若此！感甚也，亦愧其也。兹逢令坦兰润玉公子挂席金陵，停车蒋径，托其介绍，愿列门墙。敬达贱名，用修短牍。倘蒙不弃，万幸何如。此日碧云秋雁，存一函于明月楼中，明年绛帐春风，当双拜于海棠花下。

## 管 筠

清代女词人、画家，字湘玉，又字静初。浙江杭州府钱塘县（今浙江杭州）人，安徽繁昌知县陈文述妾。工诗，善画佛。于文述为政，常有建议。著有《小鸥波馆集》。

### 西湖三女士墓记

……至于小青，心孤似月，命薄如花。以藕丝莲性之缠绵，遭猖语啸声之摧折。烧灯讯曲,照影怜春,朝泪汐泪之痕,新云旧云感,爱之者以为千古第一情人,怜之者以为千古第一伤心人矣。筠尝读其贻杨夫人书用焚余草,远笛孤灯,境何惨也;零膏冷翠,语何悲也;玉烟花蝶,观何达也;絮果兰因,志何决也。女辞家而适人,臣出身而事主,慷慨成仁者易,从容就义者难。卒之超轮消劫,礼佛以终,靓服明妆,留照而去。平心论之,殆千古之第一贞姬烈女欤!

**辑者按**:三女士为清宗菊香、明冯小青、杨云友三人,而于小青特详。现摘小青部分。

## 归懋仪

清代女诗人。字佩珊,号虞山女史,江苏常熟人。巡道归朝煦女,上海监生李学璜妻。佩珊本出自李氏,其母心敬,字一铭,妹心耕,最耽吟咏,嫁归氏后早卒,著有《蠹鱼草》。

## 复吴星槎别驾

接奉朵云,复披雅咏,浣薇窗下,锦烂七襄,刺绣帘前,目迷五色。先生擅玉局之诗才,兼龙门之史笔,骋足青云,公侯倒屣,寻芳紫陌,花月增辉。仪久耳鸿名,未瞻芝宇,兹聆謦欬,如坐春风。辅嗣清言,元龙豪气,并而有之,不胜钦服。仪少小耽吟,中年多病,永昼拈毫,借丹铅而蠲忿,清宵听漏,对花月如言愁。遇昧庄师,提倡风骚,殷勤宏奖,感恩知己,耿耿难忘。前者偶学倚声,过蒙先生青睐,涂鸦弱腕,说项情深。似愧知音,先生真天下有心人也。书中推许过情,扨谦已甚,临风三复,且感且惭。自兹以往,惟望时赐指南,俾知趋向,是则寸心所私祷者也。奉次元韵四章,借展钦仰之忱。伏祈施之斧削,幸甚不备。

## 席佩兰

清代女诗人(1760～1829后),袁枚女弟子。名蕊珠,字韵芬,一字遗华,号浣云、道华、佩兰等,昭文(今江苏常熟)人。常熟孙原湘妻。佩兰擅画兰。诗天机清妙,著有《长真阁诗稿》《傍杏楼调琴草》。

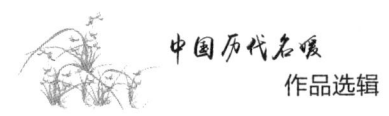

## 上随园老人书

春风入座，小草生香，偶呈彤管之章，深荷色丝之誉。正拟金钗换酒，代夫婿以相留，何期采鹢乘潮，载先生而竟去，怅惘奚胜！乃蒙仍使重来，瑶珍远贶，飞蓬陋影，得邀琼岛之题；落絮微吟，复入玉台之选。如闻击赏，示以唾壶，应被熏蒸，加之苏合。从此心香一瓣，常在随园，更期珠玉九天，分来茅屋。恭修短简，用布微忱。蒙题小影三君，或工仲姬之画笔，或擅清照之诗词。并称绣阁逸才，知属绛纱高弟。无缘识面，先乞寄声。报称为难，何处结三生之草，受恩知感，终当绣五色之丝。


## 骆绮兰

清代嘉庆间女诗人。字佩香，号秋亭，上元（今南京）人，一作江苏句容人。江宁诸生龚世治妻。早寡，少耽吟咏。袁枚、王文治诗弟子。工写生，所作芍药三朵花图卷，宗恽寿平。尤喜画兰，以寄孤清之致。有自绘《佩兰图》及《秋镫课女图》，题者不多作。字格清秀，惜少骨干，字则清轶尘俗，都极可诵。著有《听秋轩诗稿》。


## 《听秋馆闺中同人集》序

女子之诗，其工也，难于男子。闺秀之名，其传也，亦难于才士。何也？身在深闺，见闻绝少，既无朋友讲习，以瀹其性灵；又无山川登览，以发其才藻，非有贡父兄为之溯源流，分正伪，不能卒其业也。迄于归后，操井臼，事舅姑，米盐琐屑，又往往无暇为之。才士取青紫，登科第，角逐词场，交游日广，又有当代名公巨卿，从而揄扬之，其名亦赫然昭人耳目。至闺秀幸而配风雅之士，相为唱和，自必爱惜而流传之，不至泯灭。或所遇非人，且不解呫哔为何事，将以诗稿付醯瓮矣。闺秀之传，难乎不难？且难之中，又有不同者。兰自从先君学诗，垂发时即解音律。及长，适龚氏，值家道中落，与夫子辍吟咏，谋生计。继又以孀居持门户，从扬州僦居丹徒之西。老屋数椽，秋灯课女，以笔墨代蚕织，固食贫者之常也。厥后索诗画者日益众，或见兰之诗而疑之，谓《听秋轩稿》皆倩代之作。兰赋性粗豪，谓于诗不能工，则诚歉然自惭。谓于诗不能为，则颇奋然不服。间出而与大江南北名流宿学觌面分韵，以雪倩代之冤，以杜妄人之口。师事随园、兰泉、梦楼三先生，出旧稿求其指示差缪，颇为三先生所许可。世之以耳为目者，敢于不信兰，断然不敢不信随园、兰泉、梦楼三先生也。于是疑之者息而议之者起矣。又谓妇人不宜作诗，佩香与三先生相往还，尤非礼。兰思三百篇，大半出乎妇人之什，《葛覃》《卷耳》，后妃所作。《采蘋》《采蘩》，夫人命妇所作。《鸡鸣·昧旦》，士妇所作，使大圣从扬扬焉以内言不出之义绳之，则早删而逸之矣。而仍存之于经者何哉？随园、兰泉、梦楼三先生苍颜白发，品望之高，与洛社诸公相伯仲，海内能诗之士，翕然以泰山北斗重之，百世之后，犹有闻其风而私淑之者，兰深以亲炙门墙，得承训诲为此身之幸。谓不宜与三先生追随赠答，是谓妇人不宜瞻泰山仰北斗也。为此说者，应宜哑然自笑矣。夫不知其人之而疑之者私，明知其人之才而议之者刻，私与刻皆非醇厚君子之用心也。兰年四十有二矣。近日流览内典，游心虚无，作归道图以自勖，毁誉之来，颇淡然于胸中，深悔向者好名太过，实以自招口实。但结习未除，每当凉月侵帘，焚香默坐时，于远近闺秀投赠之什，犹记忆不能忘。披诵一遍，深情厚意，溢于声韵之外，宛然如对其人，因裒而辑之，以付梓人。使蚩蚩者知巾帼中未尝无才子，而其传则倍难焉。彼轻量人者，得无少所见多所怪也？兰编是集，既自伤福命不如同人，又窃幸附诸闺秀之后而显矣。嘉庆丁巳秋句曲女史佩得骆绮兰识。

**辑者按**：《闺中同人集》为江珠、毕汾、毕慧、鲍之兰、鲍之蕙、鲍芝芬、周礼兰、卢元素、张少蕴、潘耀贞、侯如芝、王琼、王怀杏、许德馨、泰淑荣、叶毓珍等十六人唱和之作及书札。

佩香自谓"赋性粗豪"，观其斥非议流言一段文字，目彼等为"妄人""蚩蚩者""非醇厚君子之用心"。痛快淋漓，真可谓文如其人矣。在千般摧残妇女的封建社会里，唯恨如佩香者太少耳。

# 江　珠

字碧岑（1764—1804），号小维摩，江苏甘泉人，国子生藩妹。嫁诸生吴学海，受业余处士萧客之门。工词赋，尤长骈体文，通经史，并善舞剑。著有《青藜阁诗文》《小维摩集》传世。

## 白莲花赋

　　绿波缥缈,翠盖参差。来从西极,滴向瑶池。获鸳鸯之双宿,狎鸥鹭以纷披。云想衣兮之子,风举袂兮欲仙。清秋幽韵,玉妇婵娟。空澄涵露,江晓流烟。芳心耿耿悄无语,一水盈盈路几许。望美人兮殊未来,净冰华兮将谁与?
　　乱曰:白日兮清风,晨烟兮暮霭。亭亭独立出尘氛,色香不染归空界。

### 冼玉清

　　别署碧琅玕馆主(1894—1965),南海西樵人。著名的文献学家、文史学者、诗人、画家。她博学多才,为岭南文化的研究献出了毕生的精力,在历史文献的考据、乡邦掌故的溯源、诗词书画的创作、金石丛帖的鉴藏等方面功泽学林。

## 《广东女子艺文考》序(节选)

　　……就人事而言,则作者成名,大抵有赖于三者。其一名父之女,少禀庭训,有父兄为之提倡,则成就自易。其二才士之妻,闺房唱和,有夫婿为之点缀,则声气易通。其三令子之母,侪辈所尊,有后嗣为之表扬,则流誉自广。……以上三者,气类相引,较诸无根之芝,无源之醴,其难易不可以道里计,则人有幸有不幸也。

### 裘凌仙

　　近代女诗人。字筱云,自号明秋馆主人,扬州人。知县秦国均妻。通经学。樊增祥称其"诗格清绮,情味婉笃",其古风时有苍凉幽渺之致,又深寓慷慨不平之气,风格清劲,于现实亦有所讽喻。又能词及散文。著有《明秋馆诗词集》。

## 愤 赋

　　侧身四顾，抚膺太息，搔首向天。嗟嗟世事，愤气中填。何堪忍垢含忧，牢骚无已。追怀古人，赍愤至死。昔者，屈原被放，心念郢门。怀沙之赋，意激辞温。茫茫湘水，谁吊忠魂。武侯伐魏，祈山六出，既结孙吴以扼曹，复置屯田为军实。星殒秋风，筹谋未必。至若李陵被虏，有愤莫伸。闻笳动魄，触目伤神。曾以五千之众，敌十万之人。子卿归矣，举目谁亲？登台置酒，悲岂无因。若夫闻鸡起舞，击楫中流，澄清有志，襄济无俦。威慑魏憝，心怀晋忧。权臣当国，倾播堪愁。中原荆棘，陵庙松楸。至于绿珠堕楼，花容掩泣。石尉豪强，孙秀赐挚。贪利赵王，利则何急。金谷园空，风流谁袭。惨玉碎兮花残，化啼鹃兮愁唈。乃如武穆精忠，辽金畏惧。旧京几复，士民响附，直捣黄龙，凯歌可赋。金牌召归，大错斯铸。奸相和戎，甘将国误。及夫信国忠荩，岭海募师。大厦将倾，一木独支。成仁取义，衣带歌辞。秉浩然之正气，自卓绝于一时。孤臣去国，孽子思亲。远流烟瘴，遥隔关津。凄风扑面，泪雨酸辛。能不饮泣含悲，感慨风尘！至于见才必忌，论功不拜，道济见收，长城自坏，谁复唱筹量沙，立于不败？已矣乎，臣心苦兮君不知，君见疑兮当明时。功垂成兮身先死，名欲立兮遭谤词。英雄偏数奇，莫不怀愤而嗟咨。

### 易眯娘

　　吴江（今江苏吴江）人，居松陵（今吴江）。幼敏慧，作花鸟小图，工刀札，善吟咏，尝手摹吴道子画观音像，施醉香庵女冠。卒年二十四。《觚剩》《历代画史汇传》

## 绝命书

　　眯娘，松陵人。父好名画，环室为画城，令女司之，因名曰画奴。眯娘工吟咏。善丹青，以所适非人，遂投环而死。绝命书即临终贻其父母者。

　　女不幸，少遭离乱，骨肉飘零，两地易处。况复长年羸病，自知弱蕙易殇，

373

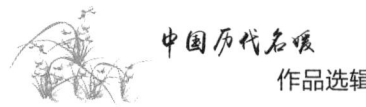

薄云难寿。然从垂髫以来，溺情芸艺，敢志金图，将谓结褵名族，执爨良家，俾慈帏二人，得慰心于白发，窃所顾也。不意媒妁之欺，近在至戚，毁我素名，织彼娄计，致匹合于琐类。终身之仰，失在一朝，怨魄不舒，愁魂欲断，岂知有生之乐哉！夫女自春首分袂而后，郁为沉疾，尝累日一粥，而见粒则呕，薄饮不及蠡勺，悲苦之状，不可殚陈。当夫兰门暮掩，薄寒中人，檐雨淅沥，灯花频落，砧声远飘，谯鼓断续，女于斯时，凄其泪零，倚枕竟夕，不知忧之何从也。及乎画窗晓开，丽花笑暖，慧鸟争啼，凭栏数回，因恩稚年，西园随伴，踏青始归，泛锦瑟于芳楼，驰红衫于细马，鲍丝稠杂，谐笑为欢，方之今时，遂若隔世。同是一身，而苦乐顿异，命之不猷，夫复何言！今秋负心人以窥觊失意，迁怒于女，笞楚千态，垂垂待毙，无后生理。爰令丫鬟向香，告情父母，既夜是命尽之次。父母一来垂视，永以遐隔。绿香帐里，岂有冷翠零膏；红叶窗前，莫向韵颜稚齿。将见柳眼露凝，埋香化泪；莲心风折，劈恨成丝。明月三更，天涯草碧，还家之期，当在晓风残月间耳。父母春秋已高，强饭自爱，勿以女为念。幸收女骨，覆以抔土，得以脱迹人间，销魂天上，梁黄槐绿，烟冷云飞，遂毕此身矣。孟光同隐，未得斯人，弄玉俱仙，徒为虚语。独念父母蓄我不卒，绕膝之欢，邈矣难再。梅花犹在额乎？莲花犹在足乎？镜台旧影，翠帷余香，姗姗其来迟，知是亭亭倩女魂也。

**辑者按**：睐娘"终身之仰，失在一朝"。虽由于媒妁之欺，而责在父母。假使睐娘尚有一线生机，必不忍投环自尽。此书情词凄切，令人不忍卒读，吾不知其父母又将何以为怀！

## 陶贞怀

清代弹词女作家。江苏无锡人。约顺治八年（1651）前后在世。她自幼多才，性格豪爽，一生饱经忧患，每当读英雄史传之时，便感叹时事，于是集史事与现实于笔下，写下了长篇弹词《天雨花》，歌颂忠义之士。《天雨花》是清代弹词中的杰作。

## 《天雨花》序

《天雨花》何为作也？悯伦纪之梦乱，思得其人以扶伦立纪，而使顽石点头也。何以演之？弹词也。亦感发惩创之义也。盖礼之不足防而感以乐；乐之不足感，而演为院本，广院本所不足（及）而弹词兴。夫独弦之歌，易于八音，密座之听，易于广筵，亭榭之流连，不如闺闱之劝喻。又使茶熟香温，风微月小，良朋晏座（成），促膝支颐，其为感发惩创多矣。余生长乱离，遭时患难，每读英雄之传，慨然忠孝之才。每难（叹）汉室亡于宦官，唐家乱于宠婴（嬖）天启兼此，宜长厉阶，而屠戮忠良，烈于前古，卒移龟鼎，自取丧亡，慨已！家大人有水镜知人之明，抱辋（辋）川卷怀之首（道），惜余缠之（足），许以论心。谓余有木兰之才能，曹娥之志行，深可愧焉！又谢庭积有绪闻传于口学，今者风木不宁矣，生我知我，育我授我，我何为怀。寄奏（秦）嘉之扎（札），远道参军，悼殒褓（衍字）褓（之）殇，危楼思子。爰取丛残籍（旧）稿，补缀成书。咾（嗟）乎，烰（烽）烟既靖，忧患频仍，淡看春姤之痕留，自欲春蚕之丝尽。五载药炉，一宵蕉雨，行将化石以立（去）其能使顽耍（石）点头也乎？别本在清河张氏嫂、莒城张氏嫂、同里蒋氏姨（姊）、高氏姨、管氏妹，并多传钞讹脱，身后庶将此本丁宁太夫人寄往清河。顺治八年，岁次辛卯，九月十九日，梁溪陶贞怀自叙。

**辑者按**：录自光绪丙戌镌鉴定秘本《天雨花》。这篇序文，的确"传钞讹误"不少，以致给断句、理解带来不少困难。或正因为是"秘本"之故耶？括号中疑为正字，为辑者所加。

## 王端淑

清初女作家，字玉映，号映然子，又号青芜子，山阴（《中国人名大辞典》作钱塘）人。宗伯王季重次女，钱塘贡士丁睿子之妻（《人名大辞典》作适丁兆圣）。博学工诗文，善书画，一生著述宏富。顺治中欲援曹大家例，召入禁中，教诸妃主，端淑力辞不就。卒年八十余岁。

## 与夫子论槎云遗稿书

槎云律体诸作，高老庄重，不加雕琢，真大雅之余音，四抬之正格也。五七言绝句，明逸娟秀，音韵铿然，引而愈长，令人可歌可颂，洵乎筝中独步矣。惜其芳龄不永，兰玉遽摧，倘天假之年，其所造岂有竟哉。

**辑者按**：林以宁（亚清）组蕉园诗社，成员七人，时称"蕉园七子"。其一张昊字槎云。

——《历朝名媛尺牍》

## 赵 棻

字仪姞。一字婉卿，号子逸，又号次鸿，晚年自称善约老人。上海人。户部侍郎秉冲女也。幼读书，能诗文，有《滤月轩》诗集四卷，文集二卷，词一卷。自为序，略曰："宋后儒者多言文章吟咏非女子所当为，故今世女子能诗者，辄自讳匿，以为吾谨守'内言不出於阃'之礼。反是，则讦欺炫鬻於世，以射利焉耳。是二者，胥失之也。礼昏义女师之教，妇言居德之次，郑君注云：'妇言，辞令也。'夫言之不文，行而不远，文章吟咏，非言辞之远鄙倍者欤？何屑屑讳匿为！"

### 静坐读书赞

半日静坐，半日读书，昔贡之训，后学之模。静坐以摄其心思，故其读书也，能研精而贯粗。读书以扩其识力，故其静坐也，非阴释而阳儒，不然，吾恐其或流于泛滥，或堕于虚无。得气之清，味道之腴，君子之进德而修业也，其在斯乎？

## 秋 瑾

字璇卿（1875—1907），号竞雄，别署鉴湖女侠，山阴（今浙江绍兴）人。1904年赴日本留学，积极参加留日学生的革命活动。次年由光复会员加入同盟会。1906年为反对日本取缔留学生而归国。1907年在绍兴主持大通学堂，联络金华、兰溪等地会党、组织光复军，与徐锡麟分头准备皖浙两省起义。徐失败后被捕，七月十五日慷慨就义于绍兴轩亭口。

### 致徐小淑绝命词

痛同胞之醉梦犹昏，悲祖国之陆沉谁挽。日暮途穷，徒下新亭之泪；残山剩水,谁招志士之魂?不须三尺孤坟,中国已无干净土。好持一杯鲁酒,他年共唱摆仑歌。虽死犹生,牺牲尽我责任。即此永别,风潮取彼头颅。

壮志犹虚,雄心未渝,中原回首肠堪断。

**辑者按**:徐小淑是秋瑾的学生。秋瑾于1907年7月15日凌晨,就义于绍兴轩亭口。这封信是就义前五日写的。《秋瑾诗文选》注:"摆仑歌""摆仑",现通译为拜仑(Geozge Gozdon Bgzon,1788—1824),英国19世纪杰出的积极浪漫主义诗人。他一生创作的许多优秀诗篇,表达了对专制压迫者的愤恨,歌颂了人民英雄的反抗斗争精神。

## 徐自华

字寄尘(1873—1935),号忏慧。著名女诗人。石门语溪(今桐乡崇福镇)人。祖父徐宝谦,号亚陶,光绪庚辰进士,官安徽庐州知府;父徐多镠,号杏伯,国学生。自华生性敏慧,10岁即解吟咏。徐自华婚后七年,夫亡。年少寡居,以诗赋自遣,并专志树人,任南浔浔溪女学校长。

## 祭秋女士文并序

秋女士瑾,字璿卿,一字竞雄,别号鉴湖女侠,浙江山阴人也。祖、父皆名宦。君幼长于闽,复随父宦游湘中。后居京师,旧学既深,新知益扩,因以振兴女学,恢复平权为己任。游学东瀛,有名于时。余初未之识也,丙年仲春,晤于苕上,同事半载,雅相怜爱。自后君赴沪创办中国女报,余父丧奔归,从此行迹几同水萍风絮矣。今夏,诸姊妹约余作西湖游,方欲作书招之,共为消夏计。书未发而噩耗来,谓以皖中徐锡麟案,疑女士为同党诛之矣。呜呼!女士何罪,而遭此奇冤惨狱耶?彼苍者天,又何施于女士有如是之暴虐酷毒耶?今其生平事迹,既得吴之瑛女士已为之传。余因恸成疾,近始小瘥。嗟夫,吾疾能瘳,芳魂难返,悲不能已,作文祭之,并哭以诗,聊鸣余哀。

**辑者按**:文为四言诗体,冗长从略。

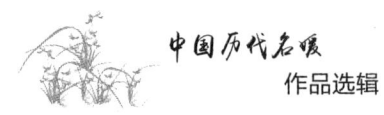

## 吴芝瑛

字紫英（1867—1933），别号万柳夫人。桐城县高甸人。生于诗书之家。父吴康之历任宁阳、禹城、蒲台、武城等地知县，所至皆"恤民兴学，不遗余力"。有《鞠隐山庄诗集》传世。伯父吴汝纶，系民主主义教育家。曾是曾国藩的入室弟子。

## 致徐寄尘女士书

寄尘吾姊如面。久未笺候，驰慕之私，殆无以为喻。昨在报上见致孙大总统电，并立秋社及建风雨亭小启，生死交情，始终不渝，欣慰无量。秋君之妹佩卿自湘中来，明日诣抗，即往南湖悲秋阁。因久仰高义，属妹一言介绍，以便诣谒，想吾姊亦必相见恨晚也。秋君遗孤名元德，年十五，一女名桂芬，年十有三。仍在王氏专制家庭之下，失于教养，情极可悯。佩卿回越，拟属乃侄赴湘，接来沪上。衣食教诲，是吾辈后死之责。想吾姊亦表同情，故急车闻。秋君墓表原石，当日毁墓时，妹密托心腹先期运出，故得保存，今尚在吾悲秋阁中。秋祠成立后，此石应置祠中。何时需用，望示知，以便送上也。妹久病未健，不能偕佩卿回来，手此代面，即颂曼福，不尽凄凄。妹吴芝瑛谨启。

## 王灿芝

灿芝字桂芬，秋瑾女也。亦能诗文，绰落有母风。与文学史作者梁乙真女士，曾同学于上海南方大学。

## 《清代妇女文学史》序

丙寅春，学友梁君乙真，辑《清代妇女文学史》，征先母鉴湖女侠遗著而属为序。闻之，日月丽空，中女著文明之象；云霞绚采，天孙垂河汉之章。补造化而功立娲皇，协重华而贤闻敤首。自是厥后，递著灵芬。则如伏女传经，班姬续史，纱厨讲学，玉尺量才；或传都荔之词，或饰红桃之句，或篇成春茗，或集号遗芳，莫不逸思雕华，锦心吐慧，媲金闺之群彦，奏玉台之新声，宫体珍于艺林，淑问彰于文苑。前修所纂，洵无间焉。逮及有清，闺襜尤盛。蕉园七子，标二帜以联吟；荔香一门，美九女之酬唱。恽珠则集成正始，汪端乃诗选朱明，随园传请业之图，西泠征修墓之什。婵嫣十子，吴下蜚声；婉嫕四英，毗陵挺秀。郁乎人文之选，蔚为妇学之宗。有炜闺房，用光史乘。然而琼思瑶想，在作者贯以元精；缥帙绦绳，赖传者垂之奕禩。织九张之锦段，将济美于金荃；本四始之温柔，可补遗于彤史。梁君此作，意在斯乎？顾灿芝以为文章之事，得失靡常，人固赖以文存，文亦时为德掩。知人论世，夐乎难矣，至若非常之原，不测之地，湛身遂志，没世称名，遗什仅存，征声入变，是则提刀杀贼，谢道蕴不负清才，设帐授徒，沈雪英可谓沉勇者矣。嗟嗟，人孰无母，彼苍者天！哭先灵于秋风秋雨，问诗冢于某山某水。网一代之香奁文字，君怀夜月以俱明；郁千秋之巾帼英雄，我念春晖而永叹。

中华民国十五年六月桂芬王灿芝序于沪寓

**辑者按**：选辑本止于清末，以符历代之义。而是篇乃作于民国成立以后，但以其为烈士之裔，"绰落有母风"，且"念春晖而永叹"。故录之，载于卷末，以飨诸者。